*Paru dans Le Livre de Poche :*

MONEY

CASH !

FORTUNE

LE ROI VERT

HANNAH :
1. Hannah
2. L'Impératrice

LA FEMME PRESSÉE

KATE

POPOV

LES ROUTES DE PÉKIN

CARTEL

TANTZOR

BERLIN

L'ENFANT DES 7 MERS

SOLEILS ROUGES

TÊTE DE DIABLE

LES MAÎTRES DE LA VIE

LE COMPLOT DES ANGES

# LE MERCENAIRE DU DIABLE

Né au lendemain de la guerre, en 1946, Paul-Loup Sulitzer perd son père à l'âge de dix ans. Confronté à la solitude et au chagrin dans sa pension du lycée de Compiègne, Paul-Loup acquiert la rage de vaincre. Il écourte ses études et se lance rapidement dans la vie active. A dix-sept ans, en créant un club de porte-clefs, il suscite un véritable phénomène de mode. Plus jeune P.-D.G. de France à vingt et un ans, il entre dans le livre Guiness des records. Comme son père, qui avait réussi en partant de rien, Paul-Loup Sulitzer se lance dans le monde des affaires. Il devient importateur d'objets fabriqués en Extrême-Orient et est à l'origine de la «gadgetomania». Très vite, il élargit sa palette d'activités et touche avec bonheur à l'immobilier. C'est à ce moment qu'il assimile les lois de la finance, se préparant à devenir l'expert que l'on connaît aujourd'hui.

En 1980, il invente le western économique, un nouveau genre littéraire, et écrit *Money*, dont le héros lui ressemble comme deux gouttes d'eau. *Cash* et *Fortune* paraissent dans la foulée. Le succès est énorme : ses romans deviennent des manuels de vie pour des millions de jeunes en quête de valeurs positives et permettent à un très large public de comprendre l'économie de marché sans s'ennuyer. Suivront de nombreux romans, qui sont autant de best-sellers : *Le Roi vert*, *Popov*, *Cimballi*, *Duel à Dallas*, *Hannah*, *L'Impératrice*, *La Femme pressée*, *Kate*, *Les Routes de Pékin*, *Cartel*, *Tantzor*, *Les Riches*, *Berlin*, *L'Enfant des Sept Mers*, *Soleils rouges*, *Laissez-nous réussir*, *Tête de diable*, *Les Maîtres de la vie*, *Le Complot des Anges*, *Succès de femmes*, *Le Mercenaire du diable*, *Crédit Lyonnais : cette banque vous doit des comptes*, *La Confession de Dina Winter*, *La Femme d'affaires*.

Il est également l'auteur du *Régime Sulitzer* et des *Dîners légers et gourmands de Paul-Loup Sulitzer*.

Paul-Loup Sulitzer a vendu à ce jour 35 millions de livres dans 43 pays du monde. Souvent visionnaire, toujours en phase avec son époque, il sait ouvrir les fenêtres du rêve et du jeu des passions humaines.

# PAUL-LOUP SULITZER

# *Le Mercenaire du Diable*

ROMAN

**STOCK**

# Première partie

# 1

Julius Kopp s'arrêta au milieu du salon et regarda autour de lui. Rien n'avait été épargné. Les fauteuils, recouverts de tissu à grosses fleurs rouges et jaunes, avaient été éventrés à grands coups de couteau. Les miroirs étaient brisés et le sol était jonché d'éclats qui réfléchissaient la lumière du lustre que Mariella Naldi avait allumé en entrant. Les portes-fenêtres, donnant sans doute sur une terrasse, étaient fermées.

Les murs eux-mêmes avaient été frappés, avec la même arme probablement, qui avait creusé des sillons profonds.

Kopp s'approcha. Était-ce le hasard des coups de lame donnés avec fureur dans le plâtre, ou bien y avait-il une intention ? Ces traces dans le mur formaient souvent des croix renversées, le trait horizontal, le plus court, étant situé au bas d'une longue ligne verticale.

Les lampes en opaline étaient elles aussi brisées, et les débris s'amoncelaient sur le sol.

Les trois tableaux avaient été lacérés. Les toiles pendaient hors des cadres. Kopp essaya, en tenant les morceaux de toile, de reconstituer les tableaux, mais les dégâts étaient trop graves. Il crut reconnaître cependant deux portraits de Mariella Naldi. Quant au troisième tableau, il lui sembla qu'il représentait le Christ agenouillé, écrasé sous le poids de la croix.

Il se tourna vers Mariella Naldi.

Il vit d'abord les mains sur le visage. La jeune femme se cachait la bouche, et ses doigts écartés couvraient en partie ses yeux. Tout son corps, mince, exprimait le désarroi et la frayeur. Elle se tenait un peu voûtée, comme pour esquiver un coup. Sa robe, largement décolletée, laissait voir les os des clavicules, les salières. La poitrine était comme absorbée, effacée. Et cependant, Julius Kopp trouva que la silhouette était attirante, peut-être à cause de cette fragilité, de cette peur qu'elle exprimait.

Il n'était pas surpris de ce qu'il éprouvait.

Lorsque, la veille au soir, il avait entendu pour la première fois la voix de Mariella Naldi, il avait été aussitôt séduit. Elle téléphonait, disait-elle, en se recommandant de John Leiser, l'écrivain, le journaliste du *Herald Tribune*. Elle ne voulait pas s'adresser à la police, parce que immédiatement la presse serait avertie, et elle ne voulait surtout pas de scandale en ce moment. Elle allait présenter dans quelques jours sa collection d'automne, et son image ne devait pas être entachée d'un fait divers. Leiser avait affirmé que Julius Kopp et son agence, l'Ampir, étaient capables de dénouer ce genre d'affaire rapidement et dans la discrétion.

Kopp l'avait écoutée. Il avait aimé cette voix haletante, cet accent italien, ces *r* roulés, et la peur mêlée de détermination qu'elle exprimait.

— Je ne veux pas de scandale, avait répété Mariella Naldi, en aucun cas. Vous connaissez les journalistes. Ils ne parleront que de cela, et le public se détournera de ma collection. Les Américains, surtout, n'aiment pas ce genre de chose, ça les inquiète. Je vends beaucoup mes modèles aux États-Unis, vous comprenez.

Puis elle avait demandé avec angoisse s'il acceptait de s'occuper de l'affaire.

– Laquelle ? avait-il répondu en riant.

Elle n'avait encore rien expliqué.

Elle avait balbutié. Elle était si bouleversée. La concierge lui avait téléphoné, affolée. Elle avait découvert la porte de l'appartement de Mariella Naldi grande ouverte, et ce qu'elle avait vu en s'avançant était terrible, avait-elle dit, les meubles renversés, les murs souillés.

– Je ne veux pas y aller, avait répété Mariella Naldi. J'ai mes derniers modèles à terminer, je resterai à l'atelier toute la nuit.

Puis, d'une voix suppliante, elle avait ajouté :

– Demain matin, avec vous, je vous en prie. John Leiser me dit...

Kopp avait été irrité. Chacun de ses anciens clients croyait avoir des droits sur lui, chacun s'imaginait le connaître.

Il s'était donc montré réticent, par principe. L'Agence ne traitait pas les cambriolages, avait-il dit en ricanant, ou même les petits règlements de comptes amoureux, les amants qui se vengent.

Mariella Naldi avait protesté avec indignation. Elle vivait seule. Elle avait toujours vécu seule.

– Pas de lien amoureux, jamais ? avait demandé Kopp. Avec votre voix, pourtant...

Elle n'avait pas répondu et il s'en était voulu de cette provocation, expliquant que l'Ampir – « Agence mondiale pour l'information et le renseignement », avait-il annoncé, comprenait-elle, « mondiale » ? – n'intervenait que dans le cadre d'affaires de grande ampleur qui nécessitaient la mise en œuvre de moyens importants. D'ailleurs les honoraires de l'Ampir, les provisions qu'elle demandait...

– Je ne discute pas vos tarifs, avait coupé Mariella Naldi.

Elle avait parlé tout à coup d'une voix sèche et dure, encore plus attirante.

– Un détective privé, une agence classique…, avait encore argumenté Kopp.

– C'est vous, Julius Kopp, que je veux, avait-elle dit.

À cet instant, il avait regretté d'avoir branché le haut-parleur pour ses collaborateurs, au début de la conversation. Il s'était retourné vers Roberto et Alexander qui souriaient ironiquement.

– Les Italiennes…, avait murmuré Roberto en faisant une grimace complice.

Alexander avait approuvé d'un hochement de tête, et Kopp avait fixé le rendez-vous au lendemain matin, devant l'entrée de l'immeuble, à 9 h 30.

– Trop tôt ? avait-il demandé.

– Je ne vais pas dormir, avait-elle répondu avant de raccrocher.

Alexander s'était installé devant l'un des ordinateurs de la grande salle technique, au siège de l'Ampir. Il avait pianoté, fait défiler ses fichiers. Roberto avait allumé un cigare et marmonné que cette affaire lui semblait – il clignait de l'œil – intéressante. Kopp avait attendu, les deux mains appuyées à la console, que l'imprimante fasse jaillir les informations qu'Alexander, en quelques dizaines de minutes, avait réussi à rassembler et à mettre en ordre.

*Mariella Naldi*
*haute couture*
*Prêt-à-porter*
*28, avenue Montaigne, Paris 8ᵉ*

*Mariella Naldi, après avoir conquis une partie importante du marché italien et s'être imposée à Milan comme l'une des nouvelles stylistes de la péninsule, s'est installée depuis cinq ans à Paris où, forte de ses réussites italiennes, elle a pu monter une maison importante qui a deux faces complémentaires : la haute couture traditionnelle et, d'autre part, le prêt-à-porter de luxe. Elle semble soutenue par un ou plusieurs groupes financiers, mais ceux-ci restent dans l'ombre. Officiellement, Mariella Naldi détient la totalité du capital de sa société.*

*À Milan, les juges italiens l'ont suspectée d'avoir, comme la plupart des couturiers de la péninsule, dissimulé une partie de ses bénéfices au fisc. On l'a soupçonnée aussi d'avoir utilisé des sources de financement occultes. On a parlé d'« argent sale ».*

*Mariella Naldi n'a cependant jamais, comme certains de ses confrères, été inculpée ou incarcérée.*

*Elle a été liée, il y a quelques années, à Sandor Béliar, le financier d'origine hongroise et de nationalité américaine qui partage son temps entre New York, Saint-Moritz et Venise. Différents articles de la presse spécialisée dans la vie privée de personnalités assurent que Sandor Béliar a rompu avec Mariella Naldi puisqu'on le voit, depuis plusieurs mois, en compagnie d'un ancien mannequin vedette de Mariella Naldi, Abigaïl Miller.*

Julius Kopp avait soigneusement plié les feuillets et félicité Alexander, un véritable « internaute ».

– Ce sera une affaire exclusivement personnelle ? avait demandé ironiquement Alexander. Vous n'aurez pas besoin de notre collaboration, n'est-ce pas ?

Roberto avait secoué la tête.

– Julius imagine toujours cela...

Mariella Naldi habitait un immeuble situé avenue Charles-Floquet. Kopp s'était garé longtemps à l'avance, à une centaine de mètres de l'entrée.

Il n'arrivait jamais le dernier à un rendez-vous. C'était une habitude contractée depuis ses débuts dans les services de renseignement, quand il n'était encore que le commandant Julien Copeau et qu'on lui avait enseigné – et il l'avait appris à ses dépens – qu'on peut toujours être surpris si l'on n'a pas inspecté le terrain avant les autres.

Il avait donc quitté le siège de l'Ampir, une ferme située près de Barbizon, peu après 7 heures, craignant les embouteillages, puis il avait rôdé, roulant lentement dans le quartier du Champ-de-Mars, passant et repassant devant l'immeuble de la rue Charles-Floquet.

Il s'engageait dans cette affaire avec curiosité et désinvolture. Il croyait à un règlement de comptes, à la fois amoureux et professionnel. Le saccage d'un appartement était souvent une manière de passer sa colère ou de dissimuler les intentions véritables d'une intrusion chez autrui. Peut-être voulait-on dérober des croquis, des esquisses, ou bien Mariella Naldi était-elle victime d'un amant ou, pourquoi pas, d'une compagne abandonnée ou évincée ?

Kopp ne connaissait pas le milieu de la haute couture. Mais ce petit monde ne devait pas échapper aux lois générales, celles qu'il avait rencontrées dans chacune des affaires auxquelles il avait été mêlé : les hommes et les femmes se battent pour l'argent, le pouvoir, le sexe. Et ils habillent ces mobiles essentiels des fanfreluches les plus diverses. Les unes ont les couleurs de la survie de l'espèce, du dévouement, les autres invoquent la foi en Dieu, mais lorsqu'on arrache les défroques des uns et des autres, on retrouve les vieux démons. L'or et le cul, et la force pour assouvir ces désirs.

Est-ce que ça allait être le cas de Mariella Naldi ?

Elle était arrivée à 9 h 30 précises. La Bentley grise s'était arrêtée en double file. Le chauffeur avait, hâtivement, fait le tour de la voiture pour ouvrir la portière.

Kopp, assis dans sa Land-Rover, avait jugé, à la façon dont l'homme se déplaçait, à grandes enjambées, qu'il s'agissait d'un garde du corps professionnel pratiquant sans doute les arts martiaux.

Il avait vu enfin Mariella Naldi. Ses chaussures d'abord, étranges, noires, faites de larges bandelettes prenant tout le pied et une partie de la cheville. Les talons étaient hauts, carrés. C'était une forme originale, comme Julius Kopp n'en avait jamais vu. Puis il découvrit les jambes fines et brunes, et dans le mouvement qu'avait effectué Mariella Naldi pour descendre de la voiture, Kopp avait aperçu les genoux et même le début des cuisses. Ce fut enfin tout le corps, dans une robe noire à petits motifs blancs. La taille était serrée dans une large ceinture en cuir blanc. Il vit, la robe étant très décolletée, la peau brune de la poitrine.

Mariella Naldi dit un mot à son chauffeur, puis franchit rapidement les quelques mètres qui la séparaient de l'entrée. Elle portait une veste noire cintrée, les cheveux flous couleur de jais, et un sac en crocodile qu'elle serrait sous son bras gauche.

Julius Kopp avait à peine entrevu son visage, trop attiré par la silhouette. Il lui avait semblé qu'il était mince, bien architecturé, le front large et bombé, les pommettes saillantes. Mais il n'avait pas vu les yeux.

Il avait sauté de sa voiture et s'était dirigé vers l'entrée de l'immeuble à la suite de Mariella Naldi.

Tout en marchant vite, il n'avait pas quitté des yeux le chauffeur, qui l'avait observé, les bras croisés. Kopp se méfiait de cette attitude. Elle permettait de faire jaillir une arme. Mais il s'en était voulu de cette crainte. Ce n'était qu'une petite affaire privée dans laquelle il s'était engagé parce qu'une femme avait une voix prenante.

Et quand il fut face à Mariella Naldi au pied de l'escalier, il avait pensé : « Et de beaux yeux verts. »

Ils n'avaient échangé que quelques mots dans l'ascenseur, une cabine vitrée qui était montée lentement au milieu d'une immense cage d'escalier aux parois recouvertes de marbre veiné de rose.

Mariella Naldi s'était tenue dans l'un des angles de la cabine et Kopp n'avait pas aimé la manière dont elle l'avait dévisagé. Il avait soutenu son regard, s'efforçant à l'insolence, à l'ironie, s'attardant sur son décolleté, jaugeant ses seins, ses hanches, ses jambes. Elle avait subi son examen avec une impatience visible et elle s'était avancée avant même que la cabine soit arrêtée à la hauteur du sixième et dernier étage.

– Vous ne vous connaissez pas d'ennemis, bien sûr, avait murmuré Julius Kopp cependant qu'elle cherchait les clés de l'appartement.

Il avait répété d'un ton sarcastique : « bien sûr », tout en remarquant qu'il n'y avait qu'une seule porte par étage. Celui ou ceux qui s'étaient introduits dans l'appartement n'avaient même pas eu besoin de se dissimuler.

Mariella Naldi ne réussissait pas à ouvrir. Elle s'était trompée de clés, sa main tremblait. Elle avait murmuré en baissant la tête qu'elle était effrayée à l'idée de ce qu'elle allait découvrir. La concierge l'avait prévenue, disant qu'ils n'avaient rien laissé d'intact, que c'étaient des sauvages qui avaient fait ça.

Kopp, en la voyant tout à coup si troublée, s'était demandé si elle ne lui jouait pas la comédie, si, une fois de plus, on ne cherchait pas à se servir de lui comme d'un bouclier contre la police. Il pourrait témoigner qu'elle avait pénétré avec lui dans l'appartement, qu'elle était bouleversée. Il en avait tant subi, déjà, de ces fausses naïvetés, de ces effrois médités, qu'il était sur ses gardes.

Il avait pris brutalement les clés des mains de Mariella Naldi, l'avait écartée, et avait ouvert.

Il avait vu d'abord, dans l'entrée, le marbre brisé d'une console. On avait dû frapper un coup de masse, sans doute amorti par un chiffon afin de ne pas faire un trop grand bruit. Mais qui écoutait, dans cet immeuble qui paraissait inhabité, où la hauteur des plafonds était d'au moins quatre mètres, et les cloisons comme les parquets, épais et sans doute insonorisés?

Le miroir au cadre doré qui surmontait la console était étoilé d'un coup porté en son centre.

Kopp n'avait plus regardé Mariella Naldi. Il s'était dirigé vers le salon, demandant d'allumer, et il avait écrasé des débris de bois et de verre qui crissaient sous ses pieds.

Alors il avait découvert le saccage. On avait systématiquement tout détruit, avec une minutie de professionnel. On eût dit le passage dans un bar ou une boîte de nuit d'une équipe de racketteurs, mécontents du retard mis par le patron à payer les sommes exigées.

C'est à ce moment-là que Kopp s'était retourné et qu'il avait vu Mariella Naldi qui se cachait le visage.

## 2

Julius Kopp ramassa le sac noir que Mariella Naldi avait laissé tomber en portant les mains à son visage. Il était anormalement lourd, et en pressant ses doigts sur la longue pochette de peau, il reconnut la forme d'un de ces revolvers de petit calibre qui ne sont efficaces qu'à bout portant.

Cette femme mentait. Elle se savait menacée. Elle voulait éviter la police parce qu'elle ne tenait pas à ce qu'on fouillât dans sa vie, alors elle s'adressait à l'Ampir. Julius Kopp sifflota et rendit le sac à Mariella Naldi en le soupesant.

– Petit, mais lourd, dit-il.

Elle le fixa longuement sans répondre.

Il ouvrit les portes-fenêtres et passa sur la terrasse, qui dominait les immeubles du Champ-de-Mars. Le panorama était dégagé et, au-dessus du moutonnement gris des toits, au-delà de l'esplanade, Kopp admira longtemps le volume doré, étincelant du dôme des Invalides, qui lui parut aussi beau par ce matin clair que la vérité lointaine que, dans chaque affaire, il espérait atteindre. Mais le mirage se dérobait. Le dôme des Invalides se ternissait. Un nuage masquait le soleil.

Kopp se retourna. Mariella était restée à la même place.

– Il serait naturel, dit Kopp en rentrant dans le salon, que vous portiez plainte.

Il développa avec emphase tous les avantages qu'il y aurait à s'adresser à la police. En même temps, il marchait autour de Mariella, l'obligeant ainsi à se mouvoir, à le suivre cependant qu'il ouvrait les

18

portes des meubles bas ou les tiroirs d'une commode. On semblait n'avoir rien volé. À la fin, il s'installa dans un fauteuil, prit son étui à cigares, le montra à Mariella Naldi et, sur un signe de tête qu'elle fit, commença à préparer méticuleusement son cigare le plus important, le premier de sa journée. Sait-on jamais s'il sera suivi d'un autre ?

– Vous craignez quoi ? demanda-t-il en tirant la première bouffée. La presse ou la police ?

Elle s'emporta. En colère, donnant de petits coups de pied dans les débris, elle avait un accent italien plus prononcé encore, avec des sonorités gutturales étonnantes, comme si elle parlait du fond de la gorge, ce qui voilait sa voix et la rendait encore plus troublante.

Elle expliqua qu'elle voulait avant tout la discrétion, que le succès d'une collection était toujours un miracle et qu'elle ne pouvait prendre le risque de voir son nom s'étaler en première page des journaux. Elle avait payé cher la concierge pour qu'elle garde le silence.

– Qui payez-vous d'autre ? dit Kopp en se levant.

– Vous, répondit-elle avec une brusquerie presque insultante.

Elle ouvrit son sac, et Kopp, instinctivement, recula d'un pas, prêt à bondir ou à se jeter sur le côté. Puis il se moqua de lui-même quand il vit Mariella sortir un stylo et un carnet de chèques. Il s'approcha, lui saisit le poignet et délibérément renversa le sac. Le petit pistolet noir glissa sur le sol. Il le repoussa de la pointe du pied.

– Prudente, dit-il, armée.

Elle ramassa le revolver, le replaça dans le sac sans faire aucun commentaire et s'apprêta à remplir le chèque.

– Plus tard, dit-il en l'empêchant d'écrire. Si vous m'expliquiez ?

Il ne signait de contrat dans les formes légales, poursuivit-il, que si un minimum de confiance s'établissait entre l'Ampir et son client. Il secoua la tête. Ce n'était pas encore le cas.

– Vous devez de l'argent? demanda-t-il tout à coup.

Elle fit non de la tête, puis, après un instant d'hésitation, expliqua qu'elle avait un découvert habituel auprès d'une banque, mais il ne dépassait pas le montant normal de ce qui était consenti à une entreprise. Et la Mariella Naldi Cie était une société saine.

Il fumait lentement, tête levée, sans paraître la regarder alors qu'il l'observait les yeux mi-clos. Il s'éloigna vers la terrasse. Le racket, dit-il d'une voix monocorde, se pratiquait désormais dans toutes les activités.

– C'est une épidémie qui s'est répandue depuis cinq ou six ans, avec la chute du mur de Berlin.

Il ricana.

– Ce sont les Russes qui ont diffusé le virus. Ils signent des contrats tout à fait légaux mais ils prélèvent, les armes à la main, un pourcentage. Ils coupent les doigts, les gorges, ils éventrent les banquiers, font sauter leurs voitures. L'Ampir, en quelques années, dit-il en s'approchant à nouveau de Mariella, a triplé son chiffre d'affaires. Tout le monde veut être protégé.

Il pointa son doigt en direction de Mariella.

– Vous aussi, puisque je suis là.

Elle ne bougeait pas, les bras croisés, les jambes légèrement écartées, donnant à la fois une impression de force et de faiblesse.

– Là où il y a des femmes – belles –, reprit Kopp, il y a toujours des hommes qui cherchent à se servir d'elles. Ils les vendent. Ils les louent. C'est une marchandise qui trouve toujours des acheteurs. On se

dispute à coups de fusil à pompe les sources de production et le monopole du marché. Ça s'appelle la
traite des Blanches. On n'ose plus employer ces
termes, mais il y a chaque année une quinzaine de
milliers de femmes qui sont vendues à l'Ouest, des
Polonaises, des Russes, des Caucasiennes, des Hon-
groises. Parmi elles, certaines sont d'une très grande
beauté, et intelligentes.

Il toucha du bout du doigt la poitrine de Mariella,
qui recula.

– Celles-là deviennent mannequins, mais elles ont
toujours des protecteurs, et si on ne paie pas...

D'un mouvement du bras, il décrivit le salon.
Mariella s'indigna. Korp ne comprenait rien à la
réalité d'une maison de couture, dit-elle. Les mannequins étaient des femmes libres et fières, des femmes
d'affaires prévoyantes qui géraient leur carrière avec
précision. Beaucoup étaient étudiantes.

– Parfait, dit Korp, je crois que nous nous sommes
tout dit. Voyez votre décorateur, il vous remettra tout
cela en place.

Korp se dirigea vers l'entrée. Il s'apprêtait à partir,
à regret déjà. Il n'aurait jamais dû accepter ce premier rendez-vous. Les atmosphères collaient à lui
comme une tunique dont il ne se débarrassait qu'une
fois le mystère éclairci, sinon en totalité – qui pouvait
prétendre atteindre la vérité, ce dôme inaccessible ? –,
du moins suffisamment pour que les questions ne le
hantent plus. Et s'il quittait cet appartement maintenant, s'il ne revoyait plus Mariella Naldi, il aurait le
sentiment intolérable d'avoir renoncé à savoir, à comprendre. C'était comme lorsqu'il s'approchait d'une
femme puis échouait à en faire la conquête. Humi-
liant et vexant.

Il s'arrêta.
– Jusqu'à la prochaine fois, dit-il.

Mariella Naldi fit un pas vers lui. Son visage s'était crispé. Et, la tête un peu penchée, elle murmura :

– Vous croyez qu'ils reviendront ?

Si on était entré dans l'appartement par hasard, expliqua-t-il, elle ne risquait plus rien ou presque, les probabilités étaient en sa faveur. Les cambrioleurs reviennent rarement dans les mêmes lieux. Ils ne saccagent que par dépit ou par frayeur. Ils souillent pour se débarrasser de leur angoisse et de leur agressivité.

– Que vous a-t-on pris ? demanda-t-il.

Il fallait faire un inventaire méthodique. Possédait-elle un coffre ? Des œuvres d'art ?

Mariella s'assit sur l'accoudoir d'un fauteuil. Elle montrait la lassitude élégante d'une femme qui demeure belle en toute occasion. Quel âge pouvait-elle avoir ? Korp la regarda avec insistance. Cette femme, quels que fussent son âge et son histoire déjà longue, conservait encore la vigueur et les promesses de la jeunesse.

Korp fit lentement le tour du salon, s'attardant devant chaque meuble et chaque bibelot brisé.

– Je n'ai rien de très précieux ici, dit Mariella Naldi.

Elle se leva en s'appuyant à l'accoudoir.

Les esquisses des futures collections se trouvaient avenue Montaigne, dit-elle. C'était là sa seule vraie richesse.

– Bijoux ? demanda Korp.

Elle leva la tête. Ils n'avaient pas encore vu le reste de l'appartement, dit-elle.

Korp la suivit dans un long couloir étroit peint en blanc, qui ressemblait à une coursive. Il semblait qu'on n'ait pas touché à cette partie de l'appartement. Le couloir était décoré de grands dessins à la plume ou au fusain, placés sous verre. Aucun d'eux n'avait été ni maculé ni brisé.

– Ils n'ont peut-être pas eu le temps de venir jusque-là, dit Kopp.

À cet instant, il sentit une odeur forte, de pourriture, comme celle qui se répandait parfois lorsque, à la Ferme, siège de l'Ampir, on nettoyait la fosse.

Mariella se tourna vers lui, s'arrêta. Elle respira fortement, fronçant les sourcils. Elle avait dû sentir aussi cette odeur qui flottait, épaisse.

Elle avait peur, avoua-t-elle. Elle ne voulait pas entrer la première dans les pièces.

Il ouvrit une porte. Les meubles métalliques de la cuisine brillaient. Le rouge des bordures et des cornières en cuivre tranchait avec le blanc immaculé des larges dalles de marbre.

Kopp referma la porte.

– Parfait, murmura-t-il.

Le couloir s'élargissait en une sorte de petit vestibule, puis formait un angle droit. Kopp découvrit trois portes.

– La salle de bains, murmura Mariella Naldi en montrant celle qui se trouvait au fond du couloir.

Et, désignant les deux autres portes, elle ajouta :

– Les chambres.

Les tableaux et les miroirs accrochés aux cloisons de cette partie du couloir étaient aussi à leur place, intacts.

– Tout est en ordre, dit Kopp.

Il pensa : « Trop. » Pourquoi ce contraste dans l'appartement, ce vandalisme dans l'entrée et le salon, et cette partie oubliée, négligée, protégée ? Cela avait-il un sens ?

Il répéta pour lui-même, à voix basse :

– Ils ont dû manquer de temps.

Il s'était arrêté. Mariella Naldi se glissa près de lui, le frôla, ouvrit la première porte à gauche et, sans entrer dans la chambre, alluma.

Kopp s'avança. Sur le lit, une couverture bleue faisait une tache vive dans une pièce entièrement blanche.

Kopp s'écarta pour que Mariella pût ressortir de la chambre, où il continua de laisser errer son regard. Sur l'un des murs, face au lit, se trouvait une photographie de Mariella, les cheveux coupés court à la Jeanne d'Arc, le visage maigre, en tunique de grosse laine à col roulé.

Et tout à coup, ce cri.

Kopp bondit. Mariella était recroquevillée sur le sol et ne formait plus qu'une masse noire, les bras autour de la tête. Elle était sur le seuil de la seconde chambre.

Avant même de regarder dans la pièce, Kopp sentit l'odeur putride. Sur le lit défait, il vit un corps de femme nu. Les chairs étaient marbrées de taches noires, en voie de décomposition, comme si on l'avait extrait de son cercueil pour le déposer là. On avait enfoncé dans la poitrine, à la hauteur du cœur, un crucifix tête en bas. Le visage était caché par un livre ouvert. Sur le mur, une croix renversée avait été tracée en deux grands coups de couleur brune.

Kopp souleva Mariella, la porta vers le lit de la première chambre, l'y coucha, ferma la porte, puis il revint vers le cadavre et s'en approcha.

La femme, morte depuis plusieurs jours, était jeune, à l'évidence. Elle était blonde. Il voulut voir son visage, souleva le livre avec précaution. Les traits étaient déformés, rongés.

Il recula, lut sur la couverture du livre : « Nietzsche, *L'Antéchrist* ».

Ce n'était pas une affaire aussi simple que Julius Kopp l'avait cru.

# 3

Julius Kopp s'assit sur le bord du lit et regarda Mariella Naldi. Elle avait placé son bras gauche replié sur ses yeux et la main droite ouverte sur sa gorge, comme si elle voulait desserrer une corde nouée autour de son cou. Sur la table basse, proche du lit, se trouvaient un verre, une carafe d'eau, et une série de comprimés que le médecin, qui venait de sortir de la chambre, avait laissés là.

– Pour la calmer, avait-il dit en croisant Kopp dans le couloir.

L'appartement avait été envahi par une douzaine de policiers, qui relevaient des empreintes et photographiaient les lieux. Kopp avait reconnu le commissaire François Broué, chargé des missions et des enquêtes difficiles à la préfecture de police, et avait échangé quelques mots avec lui. Leurs rapports étaient bons, et Broué avait promis de faire connaître à Kopp l'identité de la morte, si on l'établissait. Mais il était sceptique. Cette femme-là, on l'avait peut-être sortie d'un caveau quelconque, appartenant à l'un des milliers de cimetières que comptait la France. On avait sûrement repoussé la dalle. Qui pouvait savoir que le tombeau avait été vidé ? Ce n'était qu'une mise en scène macabre, «dégueulasse», pour terroriser Mariella Naldi et la briser. La faire céder.

– Vous devez savoir qui la menace, non, puisque vous la protégez ? avait demandé Broué.

Kopp avait haussé les épaules. Il faudrait qu'il explique un jour à Broué ce qu'étaient les pudeurs, les prudences, les hypocrisies, les habiletés et les arrière-pensées des clients de l'Ampir, même les plus francs, pour que le commissaire comprenne et admette que Kopp ne savait rien.

— Pourquoi on vous paie si cher, alors ? avait poursuivi Broué.

— On ne m'a pas encore payé, avait répondu Kopp.

Il ne savait d'ailleurs pas, avait-il ajouté comme pour lui-même, si cette affaire l'intéressait.

— Ça pue trop pour vous ? avait demandé Broué.

Kopp avait fait une grimace. L'odeur de mort était encore forte bien que l'un des policiers ait répandu dans tout l'appartement un désodorisant douceâtre. Le mélange qui en avait résulté était écœurant.

Broué avait pris Kopp par l'épaule, l'avait entraîné dans le salon, puis lui avait montré les sillons creusés sur les murs.

— Croix renversées, avait-il dit. Signe satanique. Il ne nous manque que le chiffre maléfique, 666, pour que le tableau soit complet. Évidemment...

Ils étaient passés sur la terrasse, où Kopp respira à pleins poumons.

— Évidemment, avait repris Broué, on refuse de croire à ces conneries. Et pourtant vous avez des adolescents qui profanent une tombe à Toulon, et des adultes par dizaines de milliers qui célèbrent un peu partout des messes noires. Ne restez pas prisonnier du monde d'hier, Kopp. Vous avez connu la folie rationnelle, l'espionnage, la guerre des services de renseignement, le communisme, etc. Vous étiez excellent, je crois, dans ce type de combat. Il faut vous adapter, mon vieux, le monde va exhaler une haleine fétide, celle de la mort sale, le règne de la folie folle, des élucubrations diaboliques. On va regretter les bons combats géométriques, ou bien les luttes d'intérêts qui obéissent à une logique simple – addition, soustraction. Maintenant, c'est la lutte primitive, la mort contre la vie.

Il avait forcé Kopp à rentrer dans le salon.

– Ça sent l'Apocalypse, mon cher Kopp. C'est bien au-delà du fanatisme ! Et bientôt, l'intégrisme nous paraîtra un ennemi facile à identifier et donc à combattre.

– J'ai fait ça, murmura Kopp.

– Je sais, je sais, fit Broué : Mais il y a pire.

Il avait baissé la voix.

– C'est l'appel de la mort, l'alliance avec le Diable, la religion de Satan.

Il avait ricané.

– On est au bout, Kopp. Ce n'est plus une civilisation qu'il faut défendre : c'est la vie, tout simplement, contre ceux qui pactisent avec les puissances infernales.

Kopp avait souri. Il ignorait, avait-il dit, que Broué était aussi un prédicateur.

– Je vous montrerai nos dossiers, avait répondu Broué. Quand je les feuillette, j'ai l'impression de me retrouver dans un marécage, avec de grosses bulles d'air pourri qui explosent à la surface. On profane les cimetières, on viole ou on égorge des nouveau-nés pour se barbouiller le corps avec leur sang, on se teint les cheveux en rouge et en vert, on mutile les animaux, on s'asperge de leur sang, on exhume les cadavres de leurs cercueils pour danser autour des corps putréfiés, et on plante un crucifix renversé dans le cœur des pauvres morts ou de ce qu'il en reste. Alors, ce que je vois ici – il avait montré les marques sur les murs –, ça ne me surprend qu'à moitié. On veut dire ou provoquer quelque chose. Et Mariella Naldi doit savoir quoi. Sinon pourquoi elle ? Pourquoi ce carnaval funèbre ici ?

Tout en parlant, il avait trouvé dans un bahut une bouteille de whisky dont il avait servi un verre à Kopp. Il avait rempli le sien, trinqué.

– Ce n'est plus notre bonne vieille raison, Kopp. Il faut s'enfoncer profond, pour comprendre. Mais – il avait levé son verre – ça peut ne pas vous tenter, vous pouvez préférer vos contrats habituels. Mais – il avait bu d'un seul trait –, si vous vous lancez dans cette affaire, ne vous contentez pas des ordinateurs de l'Ampir. Vous êtes très fort à l'agence, m'a-t-on dit, vous avez un collaborateur qui est une sorte de génie, un Mozart de l'informatique, non ?

– Alexander, fit Kopp.

Broué avait hoché la tête, répété le nom d'Alexander, puis ajouté :

– Pensez à la mort et au Diable, Kopp, ce sera plus utile. Et lisez la Bible.

Il avait fait signe à Kopp de le suivre. Ils étaient entrés dans la chambre où l'on avait trouvé le cadavre. La fenêtre était ouverte, des policiers agenouillés achevaient de chercher des indices. Des sacs en plastique étaient posés sur le lit. Dans l'un, on avait placé le crucifix qu'on avait trouvé enfoncé dans le cadavre ; dans l'autre, le livre que Kopp avait vu ouvert sur le visage de la morte.

Broué avait enfilé des gants, pris et feuilleté le livre, revenant aux premières pages.

– Voilà, dit-il.

Il commença à lire d'une voix posée :

– *Périssent les faibles et les ratés : premier principe de notre amour des hommes. Et qu'on les aide encore à disparaître. Qu'est-ce qui est plus nuisible que n'importe quel vice ? La pitié active pour les ratés et les faibles : le christianisme. Je veux inscrire à tous les murs cette accusation éternelle contre le christianisme, partout où il y a des murs...*

Broué avait replacé le livre dans le sac en plastique, enlevé ses gants, puis montré la croix renversée, brune, tracée sur le mur de la chambre.

– Lisez la Bible et n'oubliez pas Nietzsche, Kopp, avait-il dit.

Tout en serrant la main de Julius Kopp, il avait ajouté en souriant :

– Si vous restez dans cette affaire... Je le souhaite, mais vous n'aimez peut-être pas le Diable ni la mort, Kopp ?


## 4


Mariella Naldi baissa le bras, ouvrit les yeux, fixa un instant Julius Kopp puis voulut se cacher de nouveau le visage. Kopp lui prit le poignet et la força à le regarder. Elle essaya de se dégager mais il continua de serrer, et à la fin elle renonça, se souleva, appuya son dos contre le mur, à la tête du lit. Sans la lâcher, Kopp poussa un oreiller et elle se pencha un peu en se laissant aller.

– Donc, vous ne la connaissez pas ? demanda-t-il.

Les policiers, en la soutenant, l'avaient conduite près du corps afin qu'elle pût l'identifier. Elle avait étouffé un cri, puis avait commencé à hoqueter et était restée un long moment enfermée dans la salle de bains.

– Parmi toutes ces filles, reprit-il, ces mannequins...

Elle ne bougea pas, les yeux si grands ouverts, si immobiles qu'elle semblait ne rien voir.

Il se tut.

– Vous êtes catholique, croyante ? murmura-t-il.

Il était gêné de poser ces questions, mais il n'avait pas inventé le crucifix planté dans le corps de la femme morte, la croix peinte sur le mur, les sillons creusés sur les cloisons du salon.

— Qu'est-ce qu'ils veulent? murmura-t-elle.

Il lui lâcha le poignet. Il était sûr qu'elle ne cacherait plus ses yeux.

— Vous effrayer, d'abord, dit-il.

Il se leva, fit quelques pas jusqu'à la fenêtre. Elle donnait sur l'avenue Charles-Floquet. Il chercha des yeux la Bentley de Mariella Naldi, ne la vit pas. Où était passé le chauffeur-garde du corps? Cet homme, le revolver que Mariella Naldi gardait dans son sac, et le corps putréfié qu'on avait posé sur son lit, c'étaient autant de questions qu'il devait résoudre pour comprendre.

Il se mit à soliloquer tout en allant et venant dans la chambre. De temps à autre, il jetait un coup d'œil à Mariella Naldi qui ne bougeait pas, paraissant ne pas l'entendre.

— Ceux qui ont fait ça, dit-il, ont pris de gros risques. Ils ont exhumé le cadavre ou ils l'ont conservé après avoir tué la femme, ils l'ont transporté jusqu'ici. Ce n'est ni facile ni agréable. Il fallait vraiment qu'ils accordent à la présence de ce corps dans votre chambre une importance majeure.

Il s'arrêta.

— C'est un acte symbolique et je ne comprends pas encore ce symbole. Mais vous...

Il s'approcha du lit.

— Pour vous, reprit-il, ce devrait être sans mystère, pourquoi, sinon, cette femme, là, dans votre chambre, ces signes?

Il s'assit de nouveau sur le lit.

— Ils ont sorti un cadavre de son cercueil, commença-t-il d'une voix cassante, ils sont donc capables de vous placer dans une caisse. Ils déterrent les mortes, ils peuvent enterrer les vivantes, vous ne croyez pas? Réfléchissez-y.

Il hésita puis se leva, mais au moment où il ouvrait la porte elle l'appela. Qu'il l'attende, dit-elle en descendant du lit. Elle se secoua comme si elle voulait faire tomber de ses épaules de la poussière ou un poids gênant. Elle donna à Kopp l'impression qu'elle frissonnait. Il la saisit au bras, l'interrogeant du regard. Mais elle se dégagea.

— Votre sac, dit-il en le lui tendant.

Elle eut un moment d'appréhension en s'engageant dans le couloir, mais elle se reprit, marcha vite vers l'entrée.

— Pourquoi êtes-vous armée? lui chuchota Kopp, mais elle ne répondit pas.

Le commissaire Broué était encore sur le seuil, parlant avec deux inspecteurs qui allaient rester sur place. Broué félicita Mariella Naldi pour la manière dont elle faisait face. Il souhaitait bien sûr avoir une conversation, une longue conversation, dit-il, avec elle.

— Tout ce qui s'est passé dans cet appartement est un peu étrange, vous ne trouvez pas, madame?

Broué cligna de l'œil vers Kopp, le prit par le bras. Ce petit homme chauve était vif et agile.

— Vous vous enfoncez avec nous? Parfait, murmura-t-il.

— Quand? interrogea-t-il, tourné vers Mariella Naldi.

— D'abord ma collection, n'est-ce pas? C'est dans moins d'une semaine. Vous ne m'accusez pas, j'imagine.

Broué fit non en souriant.

— C'est vous qui devriez avoir hâte de tout nous raconter, dit-il. Dans votre intérêt.

Mariella Naldi baissa la tête, puis, suivie de Kopp, entra dans l'ascenseur.

# 5

Ils ne parlèrent pas dans la voiture que Kopp conduisit vite, s'intercalant entre les files, gagnant ainsi en quelques minutes, malgré la circulation très dense de ce début d'après-midi, l'avenue Montaigne.

Il s'arrêta en double file et, aussitôt, il vit le chauffeur de Mariella Naldi sortir de l'immeuble au numéro 28 de l'avenue. Sur la façade de la maison de couture, un immense drapé de tissu noir représentait une robe plissée retenue par une faux géante. Le nom Mariella Naldi en grosses lettres dorées occupait toute la longueur des vitrines du rez-de-chaussée où se trouvaient la boutique et les salons.

L'homme, sans quitter Kopp des yeux, vint ouvrir la portière et expliqua à Mariella Naldi qu'il s'apprêtait à aller la chercher comme convenu, à 15 h 30, à son domicile. Kopp le dévisagea. Il avait le visage massif et le front bas d'un lutteur, ses cheveux noirs étaient coupés ras, comme ceux d'un soldat. En l'écoutant parler d'une voix rugueuse, Kopp se demanda si cet homme était croate ou hongrois. Ou peut-être caucasien. Il avait le torse si musclé que la veste de son complet s'évasait sur ses pectoraux. Mariella assura Kopp que Branko allait garer lui-même la voiture. Kopp hésita, les doigts sur les clés, puis il descendit.

Lorsqu'il se retourna, au moment d'entrer dans la boutique, Branko démarrait, faisant gronder le moteur et patiner les quatre roues motrices.

– Branko, demanda-t-il dans l'ascenseur, il est depuis longtemps à votre service ?

– Un héritage, dit-elle, la tête baissée.

Au quatrième étage, celui de la direction et de la

conception, Kopp fut frappé par les grandes photographies qui décoraient la galerie. Mariella Naldi était arrêtée à chaque pas. On lui présentait un échantillon, un croquis, on l'entraînait dans une des pièces qui ouvraient de part et d'autre de ce long espace semblable aux larges couloirs des palaces anciens.

Kopp put ainsi détailler les clichés des mannequins. Il ne connaissait pas le style de Mariella Naldi, mais à voir ces longues femmes maigres aux os saillants, aux yeux enfoncés, belles mais inquiétantes, il ressentit un malaise. Elles étaient poudrées au point de paraître blafardes, certaines avaient le visage blanc comme ceux des pierrots. Leurs corps longilignes étaient drapés dans des tuniques de tissu noir qui accusaient encore leur maigreur, comme si la vision d'une peau blanche tendue sur les os devait être un attrait, une séduction. Certaines de ces femmes portaient des tenues étranges, composées de lambeaux de tissu ne couvrant que le pubis, voilant à peine les seins, laissant une épaule nue.

C'était une vision étonnante, comme si Mariella Naldi avait voulu habiller ces mannequins de haillons, comme si ces silhouettes osseuses devaient inquiéter et suggérer par la beauté anguleuse et austère des visages, l'ambiguïté des poses, que la servitude et le malheur peuvent être beaux, attirants.

Kopp pensa: «Des prisonnières, des femmes si frêles qu'elles vont être brisées.» Elles étaient belles pourtant, mais dans la souffrance, comme saisies sur les lisières entre la vie et, déjà, la mort.

Il sentit la présence de Mariella Naldi. Il se tourna: elle le dévisageait.

– Morbide, dit-il.

– J'aime le noir, répondit-elle d'un ton dur en s'éloignant.

Il la suivit jusqu'à son bureau mais, quand il entra,

Mariella était déjà au téléphone. Elle parlait avec vivacité, mêlant l'italien au français ; une ride verticale coupait son front en deux. Elle raccrocha tout à coup, crispée, semblant découvrir la présence de Julius Kopp. Puis elle se laissa tomber dans son fauteuil et d'une main appuyée au rebord du bureau, elle le fit tourner, ne présentant à Kopp que ses épaules, son dos. Elle prit ses cheveux à deux mains, les souleva et Kopp découvrit ce sillon profond qui creusait sa nuque. Un signe de fragilité.

Il vit les doigts de Mariella glisser sous les cheveux, sa tête se courber. Et brusquement elle se mit à sangloter. Kopp se leva, voulut se placer en face d'elle, mais elle avait fait tourner le fauteuil de façon qu'il ne vît pas son visage.

– Je crois la connaître, murmura-t-elle enfin, après plusieurs minutes.

Kopp ne dit rien, émit seulement un bruit de gorge, une approbation, une invitation à poursuivre.

Mais Mariella continuait de sangloter.

– Son visage, reprit Kopp, vous l'avez à peine aperçu. Et d'ailleurs… comment aurait-on pu reconnaître des traits, alors que les chairs étaient boursouflées, noircies ?

– Son corps, chuchota Mariella. C'est le sien, j'en suis sûre.

Elle se leva, prit sur le rayonnage métallique, qui occupait entièrement l'une des cloisons, un classeur qui parut énorme à Kopp. Elle le posa devant lui et lui fit signe qu'il devait commencer à le feuilleter.

La première photo montrait une femme, nue, debout, les mains croisées sur son sexe. Sous la photographie, quelques lignes donnaient les renseignements biographiques essentiels, lieu et date de naissance, études de la jeune femme, ainsi que des indications sur ses premiers contrats, ses premières prestations. Ses mensurations et le numéro de téléphone étaient encadrés. Kopp regarda Mariella qui, le visage fermé, l'observait. Elle devina l'étonnement de l'homme.

– Je veux qu'un mannequin soit nu, murmurat-elle, pour savoir comment il vit dans son corps. Un mannequin doit être lisse, pour que le tissu soit sa vraie peau.

Elle respira longuement, puis elle dit :

– Martha Bronek.

## 6

Julius Kopp nota les épaules larges et les seins hauts, ronds, qui se détachaient, lourds et fermes, sur un torse maigre, où se voyaient les côtes. Puis il regarda le visage de Martha Bronek. Il ne put trouver aucune ressemblance entre cette jeune femme aux cheveux longs rassemblés sur la joue droite, et la morte aux yeux vides et aux chairs gonflées qu'il avait vue couchée sur le lit de Mariella Naldi. Peutêtre retrouvait-on la couleur des cheveux, autant qu'il pouvait en juger sur la photo. En tout cas, ils étaient clairs, blonds comme ceux de la morte.

Kopp se redressa pour envisager la photo de plus loin, prendre tout le corps dans son regard. Martha Bronek paraissait grande. Il lut dans l'encadré : 1,79 mètre. La morte, en effet, occupait presque toute la longueur du lit.

Il reposa le classeur sur la table sans quitter la photo des yeux. Les jambes et les bras avaient des attaches fines, mais les mains entrecroisées sur le sexe paraissaient larges, comme n'appartenant pas à ce corps, témoignant, ainsi que les épaules, d'une origine paysanne, que démentaient pourtant la finesse des traits, la silhouette générale.

Il se tourna vers Mariella Naldi. Elle avait les yeux fixes, si grands, remplis d'effroi. Elle tenait ses doigts enlacés devant sa bouche.

– *Martha Bronek*, lut Kopp d'une voix lente, *née le 5 mai 1976 à Zielona Gora, Pologne.*

Il n'y avait, avec un numéro de téléphone, qu'une seule autre indication : « ESS ».

– ESS ? répéta Julius Kopp.

Mariella Naldi parut d'abord ne pas entendre, puis elle fixa longuement Kopp et dit seulement, d'une voix calme, comme si elle s'était définitivement reprise après un trouble qu'elle voulait oublier :

– Je vous remercie, monsieur Kopp. Je crois que c'était une erreur.

Elle se pencha, reprit le classeur, le ferma d'un coup sec, le replaça sur les rayonnages.

– Une confusion, continua-t-elle en s'asseyant derrière son bureau. L'émotion. Je vais suivre vos conseils, m'en remettre à la police.

Elle hésita, puis, fixant Kopp, ajouta :

– Exclusivement.

Naturellement elle était prête à régler immédiatement à l'Ampir les honoraires relatifs à cette journée que Kopp lui avait consacrée.

– Une demi-journée, dit Kopp d'une voix ironique.

Elle sortit son carnet de chèques et jeta à Kopp un coup d'œil interrogatif.

– Je me suis beaucoup amusé, dit Kopp en se levant. Mais, vous ne craignez donc plus rien tout à coup ? Le saccage de votre appartement, cette morte, tout cela ne vous inquiète plus ? Ou bien vous craignez qu'en allant trop loin j'aggrave le danger ? Que ma curiosité n'exaspère encore davantage vos ennemis ?

Il s'appuya des deux mains au bureau et se pencha, si bien que Mariella Naldi fut contrainte de reculer pour que les lèvres de Kopp ne touchent pas son front.

— C'est toujours une erreur, dit Kopp. La tumeur que vous n'arrachez pas développe ses métastases, et quand vous voulez intervenir, il est le plus souvent trop tard.

Il toucha le téléphone.

— Avec qui parliez-vous quand je suis entré dans le bureau? Un ami? Pas John Leiser, je crois qu'il ne parle pas italien. Il vous a conseillé de vous taire? De renoncer à mon aide? Il fallait vous décider tout de suite, et pas après ça…

Il alla vers le rayonnage, prit le classeur, retrouva rapidement la photo de Martha Bronek et, pinçant l'angle de la page entre la paume et le pouce droit, il tira d'un mouvement brusque.

Mariella Naldi poussa un cri, puis, d'une voix rageuse, hurla qu'il n'avait pas le droit.

Kopp comprit, en entendant le grincement, que la porte du bureau s'ouvrait derrière lui. Il faillit se retourner mais il jugea instinctivement qu'il n'avait que le temps de rentrer la tête dans les épaules, de se tasser pour amortir le coup et de garder les jambes souples. Surtout, ne pas se raidir.

On le frappa au creux des épaules, sans doute des deux mains nouées, et il ressentit la douleur passer dans toute la colonne vertébrale, jusqu'aux orteils, et il ne put que s'affaisser, les jambes coupées sous le choc. Mais, parce qu'il s'était préparé à recevoir le coup, il sut contenir la douleur, et aucun de ses muscles ne se bloqua. Il roula sur le côté droit en s'affaissant, puis, toujours accroupi, fit un demi-tour et détendit d'un mouvement rapide sa jambe droite. Il devait, si l'agresseur ne s'était pas déplacé, persuadé de l'avoir abattu ou mis hors de combat, l'atteindre au bas-ventre et le plier en deux tant il avait mis de violence dans le coup.

Kopp sentit la pointe de son pied écraser le sexe de l'homme en même temps qu'il reconnaissait la veste de Branko et son visage qui grimaçait, la bouche ouverte. Mais aucun cri ne sortit. Branko s'effondra, les mains crispées sur son sexe.

Kopp se redressa. Il avait raison de s'exercer chaque jour avec Roberto dans le grand hangar de la Ferme aménagé en salle d'entraînement. Roberto était un adversaire déterminé, rapide, pervers même, le meilleur de tous les collaborateurs que Kopp avait engagés à l'Ampir. Le plus coriace aussi, puisqu'il était encore vivant.

Kopp toucha du bout du pied le corps de Branko, puis se baissa, fouilla dans les poches de la veste, y trouva les clés de la Land-Rover. Il se retourna vers Mariella Naldi et ne parut pas prêter attention au fait qu'elle le menaçait de son revolver tenu à deux mains, les bras tendus, dans une posture professionnelle.

– Laissez la photo là, sur le bureau, dit Mariella Naldi en se soulevant lentement de son fauteuil.

Kopp continua de plier la page arrachée cependant qu'elle répétait :

– Laissez la photo, monsieur Kopp.

– Où est le parking ? demanda-t-il en agitant les clés de la voiture, puis en glissant la photo dans sa poche.

Mariella était debout maintenant, le revolver toujours pointé dans la direction de Julius Kopp.

– Je l'ai vidé, dit-il en montrant l'arme d'un mouvement du menton.

Elle baissa un instant les yeux vers le revolver et cela suffit à Kopp pour, d'un violent balayage du poing droit, faire sauter l'arme des mains de Mariella Naldi.

– Truc classique, usé, dit-il, mais il fonctionne toujours, quand on a en face de soi des amateurs, ou des professionnels sans entraînement.

Branko, à terre, commença à geindre.

– Soignez-le, dit Kopp. Vous aurez besoin de lui.

Il sortit du bureau en disant qu'il trouverait lui-même le parking.

Les hôtesses de la boutique lui semblèrent aimables, mais ce n'était peut-être qu'une apparence ou une illusion.


# 7


Kopp traversa la Seine par le pont de l'Alma. La journée était passée vite, ce qu'il aimait. Il fallait, pour qu'il se sente vivre, que les heures soient dévorées par les actes, ainsi il oubliait qu'il vivait, et donc il vivait pleinement, d'instinct, sans penser à la vie. C'était un paradoxe dont il avait parfois essayé de parler, mais le plus souvent ses interlocuteurs, des officiers des services de renseignement au temps où il servait dans l'armée, ou bien des grands patrons, clients de l'Ampir, ne paraissaient pas comprendre. Et Kopp finissait par se taire, mécontent d'avoir essayé de s'expliquer.

Le seul avec qui il avait pu échanger quelques phrases sur son mode de vie était un vieil agent du MI 6, Graham Galley, qu'il avait retrouvé au moment de l'affaire Ordo Mundi, quand Kopp avait démantelé cette secte qui prétendait regrouper les Maîtres de la Vie. Galley était l'un de ces spectateurs engagés mais ironiques qui restent lucides en toute circonstance. Il aimait bien Kopp. Et Kopp le savait. Galley était un allié.

Tout en conduisant, Kopp déplia la page qu'il avait arrachée dans le classeur, et la posa derrière le volant, sur le tableau de bord.

Martha Bronek avait aussi les hanches larges et elle ne ressemblait au type de mannequins que semblait affectionner Mariella Naldi que par la maigreur. Les os lui perçaient la peau, mais elle avait de gros seins, comme des protubérances presque étrangères à ce squelette.

Kopp eut tout à coup envie de caresser une de ces femmes un peu replètes qu'il aimait, quand on prend le corps à pleines mains et qu'on s'en donne à pleine bouche, que c'est onctueux comme une crème dans laquelle on plonge son visage, tel un enfant glouton.

Mais cela faisait longtemps qu'il ne succombait plus à l'un de ces coups de cœur ou de corps auxquels, avec délectation, il se livrait naguère. Il voyait Viva, la seule des collaboratrices de l'Ampir qui avait tenu le coup, ou survécu. Mais Viva n'était qu'une liaison régulière et paisible, sans surprise. Elle savait mêler l'expérience et l'enthousiasme, bref, faire naître le désir et faire croire qu'elle en éprouvait. Que demander de plus ?

Il demandait plus.

Il pensa à Mariella Naldi avec un mélange d'irritation et de sympathie. Ce devait être l'une de ces fausses maigres qu'on découvre, quand elles sont nues, douces et pleines au palais comme un vin savoureux, ni trop riche, ni trop léger, entre le bordeaux et le beaujolais, un vrai bourgogne en somme.

Il en eut l'eau à la bouche.

Et elle comptait se débarrasser de lui d'une simple

phrase ou d'un coup de poing de Branko entre les épaules!

Kopp s'engagea sur le périphérique en direction de l'autoroute A6, qu'il comptait prendre pour regagner la Ferme, siège de l'Ampir. Il roulait lentement, parce que la circulation était dense, souvent ralentie par des camions. Il composa le numéro de téléphone qui se trouvait sur la page, au-dessous de la photo de Martha Bronek. Le numéro n'était pas attribué. Il appela la Ferme. Il eut Hélène d'abord, mais ni elle ni son mari, Charles, n'avaient aperçu Alexander. Kopp chargea les gardiens de demander à Alexander de le rappeler dans la voiture, car il n'arriverait à la Ferme que dans une heure environ. L'autoroute, en cette fin de journée, se chargeait de plus en plus.

Bientôt, en effet, il avança au pas, mais cela ne le dérangeait pas. Il avait une décision à prendre. Fallait-il qu'il reste dans cette affaire où on ne voulait plus de lui? Mais était-ce là une raison pour renoncer à un défi intéressant à relever? Mariella Naldi lui semblait attirante et rétive, forte et faible, avec une peau brune comme il les aimait et un visage énergique, de ceux qui le séduisaient, dont il avait envie de connaître l'âme, sûrement complexe. Elle devait avoir une histoire étrange, une vie singulière puisque, jolie femme, jeune encore, elle était à la fois à la tête d'une des grandes maisons de couture européennes, et qu'on trouvait chez elle, sur son lit, un cadavre profané, des signes diaboliques tracés sur les murs, et qu'elle portait dans son sac un automatique qu'elle savait tenir à deux mains, même si elle se laissait surprendre. Et Branko, son chauffeur, n'avait ni le physique ni les méthodes du chauffeur d'un maître paisible et rangé.

Kopp se sentit soudain émoustillé par ce cocktail étrange. Et pour couronner le tout, le livre de Nietzsche sur le visage de la morte. Était-ce vraiment Martha Bronek ?

Avec cette photo, cette date et ce lieu de naissance, ce numéro de téléphone et ces trois lettres, ESS, Alexander devait pouvoir reconstituer non seulement la biographie de la jeune femme, sa carrière, mais toute son ascendance depuis le premier partage de la Pologne !

À ce moment, alors qu'il passait à la hauteur des pistes d'Orly, Kopp s'aperçut que d'après ce qu'indiquait sa jauge il était sur la réserve d'essence. Il pensa qu'il n'y avait plus de station sur l'autoroute avant Fontainebleau, et encore lui faudrait-il traverser la ville jusqu'à Avon, à la sortie sud.

Il s'engagea donc sur la bretelle qui conduit à Orly, s'arrêta à la première station, où il fit lui-même le plein, puis se gara afin d'aller payer dans la petite boutique située en face des pompes.

Il entra, vit aussitôt les titres de *France-Soir* qui s'étalaient en première page, en grosses lettres grasses et noires : *LE RETOUR DU DIABLE – Nouvelles tombes profanées*. La couverture d'un hebdomadaire féminin placé à plat sur la caisse le fascina, si bien qu'il mit longtemps, malgré les questions de l'employé, à donner le numéro de sa pompe. Il regardait les deux femmes qui se tenaient par la taille.

L'une était à n'en pas douter Mariella Naldi. Elle portait une robe presque semblable à celle qu'elle avait aujourd'hui, noire, décolletée, plus courte peut-être, laissant voir les genoux. Les chaussures étaient différentes : un anneau de métal doré cerclait la cheville, comme une menotte, dont la fermeture était visible sur le côté et rattachée par une chaînette à la chaussure très découverte, sur talon aiguille.

L'autre jeune femme avait les cheveux coupés

court, en une sorte de brosse rouge et verte qui donnait au visage un aspect étrange, car les joues étaient très blanches, les yeux bordés de larges traits noirs. Elle ressemblait à Martha Bronek, sans que Julius Kopp pût être sûr qu'il s'agissait d'elle, tant le contraste avec la photo du classeur était grand. La comparaison avec la morte aux cheveux blonds ne menait à rien. Elle avait pu se décolorer les cheveux, les teindre à nouveau. Mais ce mannequin avait les mêmes épaules larges que Martha Bronek, les mêmes mains épaisses. La jeune femme était vêtue de haillons de cuir noir. L'un des seins, rond, entouré de cuir, paraissait s'échapper de la tunique.

Kopp lut le titre : *LA MODE SATANIQUE DE MARIELLA NALDI.*

Il paya l'essence.

Au moment où il sortait de la boutique, il entendit sonner le téléphone de sa voiture. Ce devait être Alexander. Il se précipita mais le souffle de l'explosion le repoussa, le jetant à terre. Les vitres de la boutique dégringolèrent dans un grand fracas. De la Land-Rover éventrée commençaient à s'élever des flammes noires et rouges.

Kopp resta assis sur le sol cependant que retentissaient les hurlements des sirènes.

8

Julius Kopp sortit du commissariat central d'Orly plus de quatre heures après l'explosion. La nuit était fraîche et il pleuvait. Il hésita un moment, puis, longeant le parking, se dirigea vers la station de taxis de l'aérogare ouest. Contrairement à tous les usages, les policiers ne l'avaient pas autorisé à téléphoner.

On l'avait laissé seul dans une pièce durant plus d'une heure, puis étaient arrivés les inspecteurs de la brigade antiterroriste, qui l'avaient interrogé avec une délectation et une agressivité si visibles qu'il en avait ri.

Était-il le coupable ou la victime ? avait-il demandé.

Il y avait peu de différence, avait répondu le commissaire Ferrandi, auquel, plusieurs fois déjà au cours des années, Kopp avait eu affaire. C'était un type maigre qui, tout en parlant, se pinçait le lobe de l'oreille et grimaçait comme si la douleur qu'il s'infligeait était intense. Il méprisait Julius Kopp et condamnait les activités de l'agence Ampir. Pour lui, les types comme Julius Kopp étaient des parasites qui suscitaient et fabriquaient des affaires dans le but de toucher leurs honoraires et gonfler leur chiffre d'affaires. Ils n'avaient aucun sens du service de l'État. Et c'était d'ailleurs pour cela que Kopp ou d'autres – il avait cité le nom d'anciens officiers de gendarmerie convertis en chefs d'entreprises de sécurité – avaient quitté l'armée ou les services de renseignement pour le fric, la publicité, et tout ce qui va avec.

– On ne fait pas de bons défenseurs de l'ordre avec des jouisseurs, avait-il dit. Et vous êtes l'un d'eux, Kopp. Alors, victime, bourreau, je m'en fous. Vous nous emmerdez une fois de plus et vous ne sortirez d'ici qu'après nous avoir raconté ce que vous cherchiez, qui vous avez au cul. Mais est-ce que vous le savez ? Vous êtes peut-être vous-même l'auteur de l'explosion. Pour le spectacle, la pub, les médias, etc. Pas question d'avoir la presse sur le dos, je vous avertis. Je ne vous laisse pas téléphoner, mon cher Kopp. Quand vous serez sorti d'ici, vous ferez ce que vous voudrez, mais pas avant, et on va vous garder un petit bout de temps.

Naturellement, Julius Kopp s'était tu, laissant Ferrandi questionner, pérorer et s'irriter. La colère du commissaire avait explosé, alors qu'habituellement il se contrôlait, quand Kopp avait demandé à téléphoner au commissaire François Broué.

– Broué, je l'emmerde! Les petits princes de la police qui magouillent avec les hommes politiques et qui font des confidences aux journalistes, je leur vomis dessus!

Ferrandi, à ce moment-là, avait cessé de s'en prendre au lobe de son oreille. Il faisait craquer ses phalanges.

– Je vais parler à quelques amis que j'ai dans la presse, avait répondu Julius Kopp. Vous aussi, vous serez célèbre, comme Broué, ça vous calmera.

– Foutez le camp, avait dit Ferrandi. Mais sur cette affaire, je vous tiens pour responsable et je vais signaler que vous cachez des informations à la police. Complicité avec des réseaux terroristes : les juges chargés de ce genre de dossier ne plaisantent pas, Kopp, ils n'aiment pas les types dans votre genre.

Kopp s'était retrouvé face au parking d'Orly ouest et il avait donc commencé à marcher, à la recherche d'un taxi.

Après quelques pas, il reconnut Roberto qui venait à sa rencontre, les deux mains dans les poches de son long imperméable, le chapeau aussi démodé que celui que portait Humphrey Bogart dans ses premiers films, enfoncé jusqu'aux yeux. Il le repoussa d'un geste affecté lorsqu'il se trouva face à Julius Kopp.

– Déjà? dit-il. On veut déjà vous tuer? L'Italienne? La voix, je m'étais méfié, trop…

Il chercha un mot, ne trouva pas, frotta ses mains.

– Naturellement, dit-il, l'Ampir est engagé dans l'affaire jusque-là?

Puis, comme Kopp ne répondait pas, il montra la deuxième Land-Rover de l'Agence, fit jouer l'ouverture des portes à distance.

– C'est notre dernière, dit-il. Je crois qu'elle est encore saine, je ne m'en suis pas écarté.

Il s'installa, raconta comment Alexander, en écoutant les émissions radio de la police, avait aussitôt localisé Kopp au commissariat d'Orly. Puis Roberto commença à rouler en direction de l'autoroute, mais Kopp mit la main sur son poignet.

– Paris, dit-il. On n'attend jamais pour régler ses comptes. Question de morale, n'est-ce pas ?

Roberto, sans lâcher le volant, ouvrit la boîte à gants, et Kopp prit le Beretta, en vérifia le chargeur, puis glissa l'arme dans sa ceinture.

– Alexander m'a téléphoné ? demanda-t-il.

Roberto fit oui de la tête.

L'appel avait déclenché la charge explosive placée sous la voiture et reliée au téléphone. Le procédé était efficace mais rarement employé, car on n'était pas maître des risques. On pouvait appeler la voiture à n'importe quel moment, alors qu'elle se trouvait dans un embouteillage ou en stationnement, vide. On ne maîtrisait qu'un seul paramètre : l'explosif. Kopp était persuadé que ceux qui avaient placé la charge ignoraient son numéro de téléphone. Ils n'avaient pas eu le temps de le trouver ou de le repérer. Ils s'en étaient donc remis pour une part, une grande part, au hasard. C'étaient des professionnels, mais sans rigueur.

– Qui ? demanda Roberto.

Kopp décrocha le téléphone, appela la Ferme, et quand il eut Alexander, expliqua qu'il voulait des renseignements sur une jeune femme, Martha Bronek, née à Zielona Gora, Pologne, le 5 mai 1976, et décédée depuis sans doute quelques semaines. Il voulait aussi qu'on découvre le sens de trois lettres : ESS. Il avait disposé d'un numéro de téléphone, mais il ne se souvenait plus que des trois premiers chiffres, 317. La page du classeur avait brûlé avec la voiture. Il désirait qu'Alexander fouille de fond en comble la vie de Mariella Naldi et de sa société. Il voulait tout connaître d'elle, de ses financements, de son histoire. Et de son chauffeur, Branko. Il n'en connaissait que ce prénom. Ce devait être un Croate ou un Hongrois, un type entraîné.

– Un peu trop sûr de lui, ajouta Kopp sur un ton ironique.

– Vous l'avez eu ? interrogea Roberto.

Kopp se contenta de pencher un peu la tête tout en continuant de donner ses instructions à Alexander. Il voulait aussi un dossier sur les profanations récentes de cimetières en France et à l'étranger.

Il ajouta :

– Ce qu'on sait sur le retour du Diable, les sectes sataniques.

Roberto se mit à rire, et quand Kopp eut raccroché, il dit :

– Pourquoi faut-il qu'on ne s'occupe plus que de dingues ?

– C'est tout ce qui reste, fit Kopp en lui tapotant le poignet.

Puis il indiqua à Roberto qu'il devait rouler jusqu'à la tour Eiffel. Après, on trouverait à se garer le long de l'esplanade du Champ-de-Mars et on se rendrait à pied jusqu'à l'avenue Charles-Floquet.

– L'Italienne, dit Roberto.

Kopp répondit par une moue indécise.

# 9

Roberto, sur les indications de Kopp, se gara avenue de Suffren, non loin des quais de la Seine. Mais Kopp ne descendit pas de la voiture. Penché en avant, les mains croisées, il commença à parler.

— Quand je suis arrivé chez elle, ce matin, le chauffeur savait déjà qui j'étais. Il avait dû surprendre ou écouter une conversation de Mariella Naldi avec John Leiser ou avec moi. Mon intervention les dérangeait, lui et ceux qui l'emploient, c'est clair. Il m'a regardé comme un tueur qui vous évalue. Vous connaissez ce regard, Roberto.

Kopp se redressa.

— Il s'appelle Branko, corps et tête de brute, mais de la détermination, du savoir-faire – un professionnel hargneux. À mon avis, je sens ça, il n'est pas qu'au service de Mariella Naldi, il la surveille.

— L'explosion…, commença Roberto.

— Il a garé la voiture. Il a eu tout le temps qu'il fallait pour poser l'engin. Mariella Naldi n'a pas communiqué avec lui, à moins…

Kopp s'interrompit, se souvint de la conversation téléphonique qu'elle avait eue au moment où il entrait dans son bureau, avenue Montaigne. Ce n'était sans doute pas Branko, mais l'interlocuteur aurait pu prévenir Branko. Mariella, en tout cas, avait changé d'attitude.

— Officiellement, dit Kopp en descendant de la voiture, nous ne sommes plus sur l'affaire, Mme Naldi nous a remerciés, Roberto. Je crois même qu'elle regrette beaucoup de m'avoir téléphoné, ou bien on le lui a fait regretter.

Ils marchaient le long de l'avenue de Suffren, déserte. Il pleuvait.

– Je ne vous ai pas parlé de la morte couchée sur le lit, fit Kopp.

Il décrivit le cadavre de la jeune femme, peut-être Martha Bronek.

Roberto s'arrêta, obligeant Kopp à l'imiter.

– Abandonnons, Julius, dit Roberto. Il faut se tenir à distance de ce genre d'histoire. On n'y gagne rien, seulement des malédictions. C'est plein de bonnes femmes, et les femmes sont toujours un peu sorcières.

– Vous y croyez? dit Kopp en recommençant à marcher.

Roberto haussa les épaules.

– Il n'y a que les fous, ou alors des types tordus, pervers, pour s'en prendre à des cadavres, les sortir de leur trou, les profaner. Qu'est-ce qu'on a à voir, nous, avec ces dingues?

Kopp s'était écarté de quelques pas, et d'un geste de la main faisait signe à Roberto de se tenir éloigné lui aussi, de façon à surveiller l'avenue Charles-Floquet, dans laquelle ils étaient entrés.

Kopp, d'un pas résolu, se dirigea vers l'entrée de l'immeuble qu'habitait Mariella Naldi. Roberto le rejoignit aussitôt. Il avait, comme il disait, le «don des portes».

Il passa la main sur le boîtier du code d'entrée et, en trois ou quatre minutes, à l'aide d'un minuscule calculateur électronique, il détermina le code d'accès en envoyant dans le boîtier une série d'impulsions électriques.

Le hall d'entrée était éclairé par les lampadaires de la rue. Kopp s'engagea le premier dans l'escalier et Roberto le suivit à une dizaine de marches derrière lui. L'immeuble était silencieux et, dès le premier étage, ils avancèrent dans l'obscurité la plus complète, se guidant sur la rampe. Au dernier étage, devant la porte de l'appartement de Mariella Naldi, Roberto éclaira la serrure, et il la fit jouer à la première tentative. La porte n'était ni fermée à clé ni verrouillée.

Kopp attendit quelques secondes avant d'entrer, puis, prenant le Beretta en main, il se glissa dans l'appartement, où Roberto le suivit après avoir refermé la porte palière derrière lui.

Le salon et l'entrée n'avaient pas été nettoyés ni rangés. La torche de Roberto éclairait les débris que Kopp avait vus dans la matinée.

Celui-ci, après un rapide coup d'œil sur les pièces de réception, s'engagea dans le couloir. L'appartement ne pouvait qu'être vide. Il n'imaginait pas Mariella Naldi revenant coucher ici, seule. Il ouvrit la porte de la première chambre. Le faisceau de lumière s'arrêta sur le lit vide. Dans la deuxième chambre, les fenêtres étaient restées ouvertes, mais l'odeur douceâtre continuait de flotter.

– À vomir, dit Roberto en montrant le lit. Elle était là ?

Kopp répondit d'une oscillation de la tête, puis fit glisser les panneaux de la penderie. Il demanda à Roberto d'éclairer les vêtements suspendus. Les inspecteurs du commissaire Broué avaient déjà dû les examiner, mais Kopp les découvrit. Roberto s'était approché, et lui aussi soulevait les jupes, les robes noires. Kopp laissa glisser ses doigts sur les tissus.

– Deux femmes, chuchota Roberto, deux.

Il prit des vêtements, les posa sur le lit, comparant leurs tailles.

Certaines vestes avaient une carrure plus large, les pantalons étaient plus courts. Tous les vêtements de cuir noir – des jupes lacérées, des gilets cloutés – avaient la même taille.

– Deux femmes, répéta Roberto, un couple.

Kopp referma la penderie. Peut-être la clé de l'affaire se trouvait-elle là, dans ce couple tel que la photo du magazine féminin l'avait saisi, Mariella Naldi et Martha Bronek. Un troisième personnage, un fou, était intervenu pour briser le couple : il avait tué Martha d'abord, et pour se venger de Mariella, lui avait donné une leçon en plaçant le corps mort sur le lit de sa chambre.

– Qu'est-ce qu'on fout dans cette histoire ? murmura Roberto. Ce n'est qu'une affaire de mœurs dans le milieu des travestis, une histoire de cul en costume.

– Et on voudrait me tuer pour si peu ? dit Kopp en ricanant.

Il ne se décidait pas à quitter l'appartement, passant même sur la terrasse, revenant dans le salon et les chambres.

Roberto lui toucha l'épaule. Il valait mieux ne pas traîner là.

– La mort, c'est contagieux, murmura-t-il.

– Deux femmes, répéta Kopp.

Il se souvint que le matin, en entrant dans l'appartement, il avait eu, malgré les meubles et les miroirs brisés, les tableaux lacérés, le sentiment de pénétrer dans une atmosphère presque caressante, comme lorsque des voilages vous effleurent le visage et l'enveloppent. Il avait aimé cette sensation.

Il sortit de l'appartement après s'être retourné plusieurs fois.

Au moment où ils traversaient l'avenue Charles-Floquet, une voiture déboîta lentement. Kopp pensa que le conducteur avait oublié d'allumer ses phares quand tout à coup la voiture accéléra, moteur hurlant, et fonça sur lui. Kopp poussa Roberto, se jeta lui-même en arrière et tomba sur la chaussée. La voiture disparut vers l'avenue de Suffren.

Kopp resta quelques minutes assis par terre. Deux fois en un jour. Roberto lui tendit la main pour l'aider à se redresser.

– On ne peut plus abandonner, dit Kopp. Ça ne changerait rien.

Roberto se contenta de lever les bras en signe d'impuissance.


# 10


– Kopp !

Kopp serra la crosse de son arme, se retourna et aperçut le commissaire Broué qui descendait d'une voiture garée sur un passage clouté au bout de l'avenue Charles-Floquet. Il distingua, assis dans le véhicule, les silhouettes de trois hommes.

Broué marcha lentement vers Kopp au milieu de la chaussée et Kopp alla à sa rencontre. Roberto, appuyé à une voiture, allumait une cigarette.

– Deux fois aujourd'hui, dit Broué en s'arrêtant.

Il avait eu connaissance de l'explosion de la Land-Rover, et vu, quelques instants plus tôt, le manège de la voiture.

– Puisque vous étiez là…, commença Kopp.

– Ils nous ont surpris aussi, dit Broué. On a alerté les patrouilles de police, mais ils ont déjà dû rejoindre les périphériques et l'autoroute. C'était une BMW, n'est-ce pas ? Nous n'avons même pas eu le temps de relever le numéro.

– Moi non plus, dit Kopp en souriant.

– Vous avez de bons réflexes, murmura Broué.

Il prit le bras de Kopp.

– Qu'est-ce que vous faisiez là-haut ?

D'un mouvement de tête, il montra l'appartement de Mariella Naldi.

– Effraction, poursuivit-il. Le commissaire Ferrandi veut déjà vous déférer devant un juge d'instruction de la section antiterrorisme pour complicité, entraves à la bonne marche de la justice, etc. Mais je vais vous apprendre quelque chose de plus.

Il faisait les cent pas, obligeant Kopp à le suivre. Il s'arrêta, prit Kopp aux épaules. Il était contraint de lever la tête parce que Kopp le dépassait d'une trentaine de centimètres.

– Kopp, Kopp, qu'est-ce que vous avez fait – ou pas fait, ajouta-t-il à mi-voix – à Mme Naldi ? Ce matin, c'était une femme en sucre, elle fondait d'émotion, d'angoisse, avec son beau profil de victime. En fin d'après-midi, j'ai rencontré une furie, une hyène accompagnée de son avocat, Me Narrouz, un drôle de bonhomme. Je vous raconterai. C'est un personnage influent, à la tête d'un cabinet juridique international, accrédité auprès de plusieurs barreaux étrangers, Zurich, Berlin, Amsterdam, New York, Milan. On ne pèse pas grand-chose en face de lui. Ni vous, ni moi, police ou pas, Kopp. C'est avec l'aide de cet avocat-là qu'elle vous poursuit pour agression, violence, vol de document, etc. Un juge va vous convoquer, mon vieux – priez pour que ce ne soit pas Ferrandi qui soit chargé de l'enquête – et si j'ajoute – il montra de nouveau l'appartement – l'effraction, et pourquoi pas le vol de preuves, le détournement...

Il s'arrêta, lâcha Kopp.

– Qu'est-ce que c'est que cette femme-là ? Qu'est-ce qu'il y a derrière ?

Il se remit à marcher.

– Je n'ai encore rien, ou...

Il hésita, regarda Kopp, fit un clin d'œil.

– La morte a été tuée par rupture des cervicales, un coup à la base de la nuque. Pas de trace visible de contusions dues à un instrument, mais la rupture est nette. Un coup à tuer un bœuf.

Il tapota sur sa poche.

– J'ai déjà le rapport d'autopsie.

– Qu'est-ce que je dois faire ? demanda Kopp d'une voix ironique. Déposer plainte pour tentative d'homicide ?

Broué écarta les bras.

– Vous allez avoir du mal avec ces clients-là. Je ne sais pas ce qu'ils cachent, mais ils ne sont guère sensibles à l'ironie.

Il frappa un coup sur l'épaule de Kopp.

– Je ne suis pas contre vous, mon vieux. Pas avec vous non plus, mais à côté, sur une voie parallèle.

– On peut quand même se croiser ? fit Kopp.

– Tout arrive, dit Broué. Mais…

Il s'éloigna vers la voiture.

– N'oubliez pas : Me Narrouz, ce n'est pas le premier venu. Un pervers coriace. Il ne lâche jamais un procès. Et quand il mord il arrache la jambe. Renseignez-vous.

Kopp remercia, rejoignit Roberto.

– *Totalkrieg*, dit-il. Même les hyènes et les chiens sont contre nous.

Il sourit à la grimace de Roberto, répéta :

– Guerre totale.

– Et les morts, fit Roberto, de quel côté combattent-ils ?

54

# 11

– Elle est née à Bologne, dit Alexander, c'est ma seule certitude.

Il était assis en face de Kopp, dans la salle technique du siège de l'Ampir. Roberto, debout devant une fenêtre, s'appuyait au décrochement du mur. Viva s'adossait à la porte ; ses cheveux défaits tombaient en longues mèches blondes sur ses épaules.

C'était une habitude de Kopp de fournir à tous ses collaborateurs de l'agence – et parfois même à Charles et à Hélène, qui assuraient la garde la Ferme – toutes les données dont lui-même disposait. Puisque chacun savait, chacun pouvait, pensait-il, réagir selon sa nature mais en connaissance de cause dans les circonstances toujours imprévues qu'une enquête faisait inévitablement surgir.

Alexander, on le surnommait le « pêcheur de fond » : il rassemblait les éléments d'information éparpillés dans les différents centres mondiaux d'archives, dans les bibliothèques d'universités, dans les services de documentation des journaux ou des ministères. Il savait se connecter aux réseaux les plus fermés, ceux des services de renseignement. Kopp ne lui avait jamais refusé les crédits qu'il demandait. Et il avait déjà, à deux reprises, agrandi la salle technique qui comptait cinq ordinateurs, des imprimantes, des écrans de réception et des systèmes d'écoute à distance. Si un jour Alexander disparaissait, avait souvent pensé Kopp, l'Ampir se trouverait sourde, aveugle et paralysée. Avec précaution, il avait invité Alexander à faire de Viva son assistante, à l'initier. Ce qui était sûr, c'est qu'ils étaient devenus amants. Pour le reste, lorsque Alexander exposait le résultat de ses recherches, Viva se taisait comme si elle n'avait en rien participé à la constitution du dossier. Peut-être en effet Alexander ne lui avait-il confié aucun de ses procédés, aucune de ses astuces, persuadé, au fond, qu'il était seul capable de jouer avec les réseaux de manière aussi magistrale, de casser les codes, de pirater à loisir et de défendre les mémoires de ses ordinateurs contre toute intrusion.

— L'intuition ne s'apprend pas, avait-il l'habitude de répéter.

Et quand Kopp essayait de l'interroger sur les moyens qu'il avait mis en œuvre pour accumuler tant de détails biographiques ou de données techniques, Alexander se dérobait, toussotait, prenait l'expression d'un Anglais de caricature, discrètement réprobateur devant l'inélégance de son interlocuteur.

Il disait :

— Mon cher Kopp, on ne demande jamais à un grand cuisinier ses recettes. D'ailleurs, s'il acceptait de vous les donner, elles seraient incomplètes. Pas de plaisir sans mystère. Le secret est un facteur de jouissance.

Kopp avait dû s'incliner. Après tout, Alexander ne paraissait songer ni à mourir, ni à quitter l'Ampir.

— À Bologne, répéta Kopp.

Il regarda le dossier à couverture rouge sur lequel Alexander avait croisé les mains, comme s'il ne voulait pas s'en séparer. Trois autres classeurs étaient placés devant lui, mais ils ne comportaient, à en juger par leur épaisseur, que quelques feuillets, alors que celui que protégeait Alexander était haut d'une vingtaine de centimètres.

— Mariella Naldi, avait dit Alexander en tapotant sa couverture rouge.

— Née quand ? demanda Kopp.

Alexander sourit.

– C'est une femme, Kopp. Est-ce qu'on connaît jamais l'âge exact d'une femme ? Il y a l'état civil de Bologne, facile d'accès. Seulement, c'est la première curiosité et ça a été ma première surprise, il y a deux Mariella Naldi, mêmes parents, même adresse. L'une, la plus vieille, est née le 4 septembre 1958, l'autre, quatre ans plus tard, le 4 septembre 1962. Personne, à Bologne, ne semble étonné de cette étrange coïncidence. Quatre ans, c'est peu, mais ça permet certaines variations : trente-huit ou trente-quatre ans, ce n'est pas tout à fait la même chose, n'est-ce pas ?

– Comment expliquez-vous ça ? demanda Kopp en tendant la main vers le dossier.

Alexander ignora le geste.

– Je n'explique rien. Je constate.

Il commença à ouvrir le dossier, puis le referma.

– Je ne suis qu'un technicien, Kopp, une mémoire. L'intelligence, l'interprétation, la décision, ce sont vos domaines, non ? Vous êtes le patron. Je suis à votre service, comme nous tous.

Il inclina la tête vers Roberto puis vers Viva, à laquelle il sourit.

C'était la séance habituelle de cabotinage, celle qui précédait la communication des pièces et l'exposé, souvent complaisant et long, des trouvailles. Mais il fallait en passer par là, subir la loi d'Alexander, ses silences, ses coquetteries.

Kopp soupira, se cala contre le dossier de la chaise. Alexander poussa vers le milieu de la table qui les séparait les deux autres dossiers.

– Martha Bronek, dit Alexander. Rien, fichiers, mémoires vides. À Zielona Gora, l'informatisation n'en est qu'à ses débuts. Je ne peux pas pénétrer ce qui n'existe pas encore. Il faudra aller sur place, Kopp, si vous continuez à vous intéresser à ce personnage.

– Plus que jamais, répondit Kopp de sa voix la plus calme.

Il bouillait d'impatience, mais un accès de colère n'aurait rien changé. Alexander se serait levé, aurait déclaré qu'on ne pouvait pas raisonnablement travailler dans un tel climat de psychopathologie, et on aurait perdu quelques heures. Il fallait donc adopter le style britannique : *understatement*.

– Peut-être, reprit Kopp, pourrions-nous commencer par ce dossier – il tendit la main – qui paraît bien rempli.

– On pourrait le croire, murmura Alexander. Évitons les désillusions et donc l'impatience.

Il prit le troisième dossier, l'ouvrit, le secoua. Il était vide.

– L'énigme, dit-il, l'éclipse totale. Vous ne m'avez pas donné beaucoup d'indices, Kopp. Trois lettres : ESS, trois chiffres : 317. Je n'ai eu que deux idées, mais elles ne sont confirmées par rien. SS, vous connaissez ? Uniformes noirs, tête de mort, Hitler, apocalypse, paganisme, sadisme, rites morbides et cruels. E, pour enfer ? J'aurais préféré, et vous comprendrez pourquoi, *Inferno*, c'est plus international.

Il referma le dossier vide.

– Car bien sûr, comme toujours avec vous, Kopp, nous sommes d'emblée dans l'international, *the world*.

Kopp serra le bord de la table à deux mains.

– Et pour les chiffres, rien ? C'était le début d'un numéro de téléphone.

– Dommage que votre mémoire...

– Elle a explosé, dit Kopp, en même temps que votre coup de téléphone. Il ne m'est resté que ça : 3, 1, 7.

– Une hypothèse, dit Alexander, mais qui demande à être fouillée, mais je n'ai pas eu le temps, ce dossier-là m'a beaucoup occupé.

Il croisa de nouveau les mains sur le dossier Mariella Naldi.

— Votre hypothèse, s'il vous plaît, fit Kopp.

— 31, et 7, auquel cas 31 serait l'indicatif du pays, la Hollande, et 7 le début du numéro. L'hypothèse n'est pas absurde, car bien des numéros des Pays-Bas commencent par 7.

Alexander se tut, regarda Kopp, puis Roberto et Viva.

— Si nous en venions à notre sujet principal, commença-t-il.

— Je vous en prie, dit Kopp. Mais pensez, plus tard, à constituer un dossier sur Me Narrouz, un avocat important, me dit-on.

Roberto jura en brandissant le poing.

— Donc, dit Alexander, deux possibilités, soit le 4 septembre 1958, soit le 4 septembre 1962, mais une seule famille, un seul lieu de naissance, Bologne.

Il commença à feuilleter les différentes pièces, parfois de longs textes qui paraissaient être des reproductions d'articles et même de livres, parfois des notes brèves provenant de fiches de renseignement. Le dossier comportait plusieurs photos. Mais Alexander ne semblait pas disposé à les communiquer, plaçant chaque fois sa main ouverte sur le document, continuant de parler d'un ton monocorde qui voulait faire croire à un détachement agrémenté d'une pointe d'ennui.

— Donc, dit-il, Mariella Naldi est née à Bologne, soit en 1958, soit en 1962. Quelqu'un a-t-il voulu introduire une confusion, une incertitude ? C'est possible. Ou bien y a-t-il deux Mariella Naldi, pourquoi pas ? Son père possédait des usines textiles dans la banlieue de Bologne et, à partir des années soixante-dix, ses activités se sont développées rapidement. Il se lance dans la fabrication de vêtements. Il occupe, de ce fait, une place importante dans l'*establishment* local, et c'est à ce titre, si je peux dire, qu'il sera grièvement blessé dans un attentat. Un «brigadiste», un terroriste rouge, lui loge une balle dans la tête. Il restera paralysé, aphasique, gâteux, pour dire vulgairement. Mais on comprend que sa fille – contentons-nous de noter qu'elle a une quinzaine d'années, ce sera plus simple – ne nourrisse pas de sympathie particulière pour le rouge, et qu'elle choisisse au contraire le noir. Dans les années quatre-vingt, elle est plusieurs fois soupçonnée d'avoir participé à des actions de commandos d'extrême droite, *I Neri*, Les Noirs. Elle est arrêtée, interrogée, inculpée, relâchée, emprisonnée à nouveau. C'est une activiste, et en même temps la fortune paternelle qu'elle gère lui permet de financer les publications de ces groupuscules qui prolifèrent à Bologne. Elle est très belle. Savez-vous comment on l'appelle, dans les milieux de gauche ? La *Strega nera*, la Sorcière noire. Une personnalité attachante, vous ne trouvez pas, Kopp ?

Alexander tendit une photographie à Kopp, qui tarda à tendre la main pour la prendre, comme si ce document lui importait peu. Roberto et Viva se rapprochèrent.

D'abord, Kopp ne reconnut pas Mariella Naldi dans cette jeune fille en blouson et pantalon de cuir noir, les cheveux relevés en chignon. On pouvait l'imaginer nue sous le blouson entrouvert. Elle avait, dans une pose à la fois provocante et caricaturale, passé ses deux mains sous la ceinture de son pantalon qui collait à ses hanches et à ses cuisses, le bassin projeté vers l'avant, dans une sorte de déhanchement qui faisait ressortir son pubis et tendait le pantalon de cuir.

Roberto siffla entre ses dents.

– *Strega nera*, répéta-t-il.

Mariella Naldi était photographiée devant un immense drapeau noir qui occupait comme un rideau de scène tout le fond de la photo. En son centre, se trouvaient une tête de mort et des tibias croisés, blancs.

Viva prit la photo, fit la moue.

– Belle conne, dit-elle en tendant la photo à Alexander.

Kopp reprit au passage le document, le regarda encore longuement. Il pensa aux *Damnés*, le film de Luchino Visconti. C'était l'atmosphère et la mode de ces années-là.

– Cela n'a pas duré, dit Alexander en replaçant la photo dans le dossier. La politique, l'engagement extrémiste ne me paraissent pas du tout dans les préoccupations de Mariella Naldi. Il s'agissait d'un enfantillage somme toute banal, une réaction spontanée à l'attentat contre son père.

Il prit une épaisse liasse de feuillets.

– Voilà qui est plus intéressant, plus original aussi. Mariella Naldi, expliqua-t-il, avait en quelques années orienté la production des usines paternelles vers un prêt-à-porter aux limites de l'extravagance, notamment des vêtements de cuir rappelant les uniformes SS de la Seconde Guerre mondiale. Elle avait touché ainsi une clientèle parfaitement ciblée, celle du hard rock, elle avait surtout vendu ses produits à l'exportation, aux États-Unis, en Angleterre et, si étonnant que cela puisse paraître, dans des pays de l'Europe centrale. En Hongrie d'abord, puis peu à peu dans tous les anciens États communistes après la chute de Gorbatchev en Russie. Elle s'était associée à des producteurs de disques, à des imprésarios de groupes rock. Deux pays avaient particulièrement bien réagi : l'Allemagne et les Pays-Bas.

– Les Pays-Bas, Kopp, indicatif téléphonique : 31, insista Alexander.

Le plus grand marché restait celui des États-Unis.

– Savez-vous comment s'appelle sa ligne de produits ? *Inferno*, précisément. Mariella Naldi a ouvert des ateliers en Californie. C'est une réussite fabuleuse et, voilà qui est étonnant, discrète. Elle a préféré jouer sur le registre de la haute couture à partir des années quatre-vingt. Tenez…

Il tendit à Kopp plusieurs photos de défilés de mode à Milan. Kopp examina chacune d'elles avec attention. Il reconnut Mariella Naldi, qui présentait elle-même certains modèles au milieu de ses mannequins. Le visage avait minci, les joues s'étaient creusées depuis le premier cliché. Mais l'attitude du corps exprimait toujours le même défi. Le regard était fixe.

– Dans certains milieux, dit Alexander, on continue, même à cette époque, à l'appeler *Strega nera*. Ça lui convient assez bien. Est-ce l'intérêt commercial bien compris ou, plus profondément, une conviction forte ? Savez-vous à quoi elle a participé, des années durant ?

Il agita un feuillet qu'il ne donna pas à Kopp.

– À des réunions organisées par une douteuse association, celle des Enfants de Satan, ou les Fils du Diable – le nom n'est pas fixé avec précision, il change d'une année à l'autre. Mais la justice a plusieurs fois inculpé certains de leurs adhérents d'agression sexuelle sur des mineurs et de violences diverses. La presse – il prit une photocopie d'article – a parlé à leur propos de messes noires, tenues dans les environs de Bologne, avec sacrifices d'animaux. Ces Fils de Belzébuth – précisa-t-il en riant –, c'est le nom que je leur donne, c'est un peu comique, non ?

– Vous trouvez ? dit Kopp sans bouger. Demandez à Roberto si, quand la BMW a voulu nous renverser, nous avons ri ! Il ne me semble pas.

– Alexander aura sûrement l'occasion d'apprécier aussi la farce, j'en suis sûr.

– J'y suis prêt, dit Alexander.

Après quelques minutes de silence, il reprit :

– Donc, les Fils du Diable, Enfants de Satan, ou de Belzébuth, se sont, une nuit, introduits dans une église. La scène a été filmée, la bande vidéo saisie. Une femme était allongée sur l'autel, entourée de chandeliers. Les fidèles étaient masqués. Et on a égorgé, sur le corps de cette femme, des oiseaux, peut-être tout simplement des poulets, en tout cas elle a été aspergée de sang, une manière, paraît-il, de s'imprégner d'énergie vitale, et de la retransmettre aux fidèles du Diable.

Alexander feuilleta les dernières pièces du dossier.

– Primitif, n'est-ce pas ? Cela m'a rappelé mes cours d'histoire romaine à Cambridge. Avez-vous entendu parler du culte de Mithra ? Il avait beaucoup de succès au IIᵉ siècle. On égorgeait des taureaux au-dessus d'une cavité dans laquelle, sous un caillebotis, se tenait un homme ; celui-ci se trouvait ainsi baptisé par le sang de l'animal qui lui communiquait, imaginait-on, sa virilité, puisque le taureau…

Il s'interrompit.

– La police est intervenue à l'aube, enchaîna-t-il. Des paysans avaient entendu des cris, des plaintes et des chants dans cette église qui n'était habituellement fréquentée que le dimanche. Mais les policiers étaient trop peu nombreux pour arrêter tous les participants, dont la plupart se sont enfuis. La jeune femme couchée sur l'autel n'a pu échapper aux policiers. Son nom, quand il a été connu, a fait scandale. Non, fit Alexander en secouant la tête, ce n'était pas Mariella Naldi, mais son mannequin vedette ! Une Hollandaise, Monika Van Loo, dont la carrière semble avoir été brisée. Elle a disparu. Elle a sans doute été très faiblement condamnée. Que pouvait-on lui reprocher ? Intrusion dans une église, profanation ? Elle n'était pas l'organisatrice de la cérémonie. Elle n'a pas dit un seul mot pendant le procès. Ni remords, ni regrets, ni explications. D'après les journalistes venus en foule, elle était figée, pâle, absente. Une morte vivante, ce furent les termes employés. L'idée plaisait. J'ai là un article titrant : *La morte viva è top model*.

Kopp prit la photocopie. Sans comprendre l'italien, il parcourut des yeux l'article, s'attardant à la photographie de cette jeune femme qui se tenait assise très droite à côté de son avocat. Il repéra, dans la légende de la photo, le nom de Narrouz, repassa rapidement l'ensemble de l'article, où il découvrit en effet ce nom à plusieurs reprises, précédé de l'abréviation *Avv*.

Kopp rendit la photographie à Alexander.

— Mᵉ Narrouz, dit-il, déjà là ! J'aimerais connaître son parcours.

Alexander souligna le nom d'un rapide coup de crayon et, à voix basse, il observa que Kopp ne lui avait jamais parlé de Narrouz avant ce matin.

Kopp leva la main d'un geste bienveillant. Il était disposé à toutes les indulgences, maintenant qu'il avait repris la conduite de la partie.

— Dans votre première recherche, le premier jour, hier matin donc...

Kopp s'interrompit, dit d'une voix rêveuse :

— Depuis, il y a eu deux tentatives de meurtre, et nous avons à nos trousses un avocat international et une jolie femme en furie.

— Et la morte, dit Roberto, les Enfants du Diable, etc. La *Strega nera* nous entraîne vite.

— *Inferno*, voyage en enfer, murmura Kopp en se

tournant vers Roberto. Nous allons voir ce qui se cache derrière tout ça.

– La mort, Julius, la mort, dit Viva.

Kopp haussa les épaules. La mort, voilà des années qu'il jouait avec elle. Au moins, cette fois-ci, elle avançait sans masque, sa grande faux sur l'épaule. Et elle était séduisante. Alors ?

Il continua de questionner Alexander, lui rappelant que, dans sa première récolte d'informations, il avait cité deux noms, celui de Sandor Béliar – qui, disait-on, avait vécu avec Mariella Naldi – et celui d'Abigaïl Miller, une top model qui s'affichait maintenant en compagnie de Béliar.

– Rien de plus à leur sujet ? demanda Kopp.

Alexander fit une grimace. Il avait obtenu quelques photos d'Abigaïl Miller. Tout en les cherchant, il expliqua que les informations concernant Sandor Béliar étaient inaccessibles.

– Ce type a tout crypté puis tout enfermé dans un sarcophage soudé qu'il a coulé dans une dalle de béton, elle-même enfouie par vingt mille mètres de fond, et protégée par un système d'alarme infranchissable ! Non, c'est une métaphore, mais la réalité est pire. Sandor Béliar, ce n'est qu'un nom, des lieux, Saint-Moritz, New York, Venise, et des visages de femmes, Mariella Naldi ou Abigaïl Miller. Rien d'autre.

Kopp se leva.

– Donc, c'est lui qu'il faut connaître.

Alexander écarta les bras en signe d'impuissance.

– Saint-Moritz, New York, Venise, ce sont des villes de rêve, non ? fit Kopp.

## 12

Durant plusieurs jours, Kopp ne quitta la Ferme qu'une heure chaque matin pour courir dans la forêt voisine.

Le jour à peine levé, il s'élançait en direction du sous-bois en longues foulées. Les branches fouettaient son visage et la rosée retombait en gouttelettes glacées. Il sautait les buissons, retrouvait au bout de quelques minutes son souffle, le rythme de la course. Il ne ralentissait qu'une fois parvenu au cœur du bois, où il apercevait parfois entre les branches le village de Barbizon, dont il s'éloignait vite, en se faufilant entre les troncs. Il avait besoin de ce silence, de cette heure d'activité physique intense, pour tenter de saisir les fils qui ne formaient pas encore une tresse et dont, pourtant, il devinait qu'ils étaient tissés ensemble.

Il ne savait pas encore lequel il devait tirer pour commencer.

Mariella Naldi, à laquelle il avait tenté de téléphoner à la maison de couture – parce qu'il vaut toujours mieux affronter l'adversaire –, avait, lui avait-on répondu, quitté la France pour l'Italie. Où ? La secrétaire était restée évasive. Mme Naldi visitait, comme chaque mois, ses usines de Bologne. Pouvait-on la joindre là-bas ? avait demandé Kopp. La secrétaire lui avait demandé de patienter, puis, d'une voix ennuyée, avait expliqué qu'en fait Mme Naldi se trouvait peut-être à ses bureaux de Milan ou de Venise, sans qu'on pût, à Paris, donner plus de précisions.

– C'est à quel propos ? avait enfin questionné la secrétaire. Le directeur commercial, le directeur des achats ou le directeur de la communication pouvaient répondre à toutes les questions ou prendre les décisions qui s'imposaient.

Julius Kopp avait raccroché.

Pourquoi avait-on essayé par deux fois de le tuer alors que c'était Mariella Naldi elle-même qui avait fait appel à lui ? Peut-être n'avait-elle pas compris la signification du saccage de son appartement, croyant qu'il ne s'agissait que d'un fait divers, sans comprendre l'avertissement, la menace pressante – que la découverte du cadavre de Martha Bronek avait rendue intolérable. Pas immédiatement pourtant, puisque Mariella avait donné le nom de Martha Bronek et montré la fiche du classeur, révélant la date et le lieu de naissance de cette jeune femme avec qui, peut-être, Mariella Naldi avait vécu.

Était-ce le fil Martha Bronek qu'il fallait tirer ?

Et pourquoi tirer un fil ?

Kopp choisissait de courir sur les allées cavalières qui s'ouvraient ici et là dans la forêt. Il écartait les branches les plus basses d'un mouvement brutal du bras à hauteur de son visage.

Il avait la certitude irritante que chaque fil était relié à l'autre et il n'en saisissait pas encore la raison.

Peut-être devait-il commencer par le plus important, ce Me Narrouz sur lequel Alexander n'avait encore fourni aucun renseignement, ou bien, comme lui-même l'avait dit, chercher à comprendre quel rôle jouait le financier, Sandor Béliar, qui avait dû être l'amant en titre de Mariella Naldi avant de la remplacer par Abigaïl Miller.

Les quelques photos qu'Alexander avait montrées de la jeune femme avaient suscité chez Kopp une réaction de rejet, presque de dégoût, l'envie de retourner le cliché afin de ne plus voir ce corps maigre, ce visage osseux aux yeux profondément enfoncés dans les orbites, cette dureté d'expression, comme s'il donnait à imaginer ce qu'il serait une fois la mort venue.

Abigaïl Miller était aussi un fil.

Lequel saisir ?

À moins de commencer par la morte, Martha Bronek – puisqu'il semblait bien que ce fût elle – dont Alexander n'avait rien appris. Ou encore, tenter de mettre la main sur le chauffeur, cet homme qui brisait la nuque à coups de poing, qui tuait ainsi. Oui, là était le premier nœud. La mort de Martha Bronek par rupture des cervicales, qui d'autre pouvait l'avoir causée, sinon Branko ? Julius Kopp sentait encore la douleur, là, entre les omoplates, à la base de la nuque.

À chaque foulée, chaque matin, la conviction de Julius Kopp se faisait plus forte, plus claire : tout cela devait se rejoindre. Il existait une explication cohérente globale.

Il revit le crucifix planté à l'envers dans le cœur de Martha Bronek, les croix, renversées elles aussi, tracées sur les murs de l'appartement, le livre de Nietzsche – sans doute choisi à cause du titre – ouvert sur le visage, les corps de ces mannequins photographiés dans la galerie de la maison de couture, avenue Montaigne, le nom lui-même de la ligne de produits Naldi : *Inferno*.

Tous ces détails qu'il rassemblait, il devait faire un effort pour les garder en lui, car ils se dispersaient, s'évaporaient comme si sa raison se refusait à les prendre en compte et à les admettre.

« Ridicule », pensa-t-il. Il refusait de croire à tant de folie primaire.

Il ralentit, puis s'arrêta.

Était-il donc stupide et naïf ? Penser que les hommes étaient à l'abri de la folie, quelle qu'elle soit ? Même la plus morbide, la plus sauvage...

N'avait-il donc rien vécu, rien subi, rien combattu?

Demain il irait voir Mertens. Avec qui d'autre pourrait-il parler?

# 13

Le général Louis Mertens regarda longuement Julius Kopp. Il avait la même taille que lui mais sa maigreur le faisait paraître plus grand, d'autant que, légèrement voûté, il donnait l'impression de pouvoir, en se redressant, gagner plusieurs centimètres. Il portait une sorte de houppelande, ou de djellaba, qui lui donnait un air de moine ascétique, car le visage était décharné, les tempes creusées, le regard dur.

La forêt de Senlis entourait le parc de la maison. Mertens s'arrêtait précisément à la lisière des arbres, puis reprenait sa marche en sens inverse, écoutant Kopp, lui posant une question, le dévisageant.

Ils ne s'étaient pas revus depuis plusieurs années, peut-être dix. Kopp avait quitté l'armée au moment où le général Mertens commandait son service.

Mertens s'était montré cinglant, méprisant. Pourquoi le commandant Copeau démissionnait-il? Pour l'argent? Pour la liberté? Des leurres! On ne parvient à être soi-même que dans la soumission à un ordre qui vous transcende, fait de vous le rouage d'une grande mécanique. Pas de liberté sans abnégation. Pas de grandeur sans misère.

– Vous allez devenir un mercenaire, Copeau, et sans noblesse, puisque vous servirez l'argent, c'est-à-dire la vilenie. Vous ne serez plus un valet d'armes, mais un valet d'argent, une pauvre chose, Copeau, valet de valet en quelque sorte.

Puis Mertens s'était laissé tomber dans son fauteuil et avait ajouté :

– J'ai dit ce que j'avais à dire, ce que je crois, mais tout dépend de l'homme, de vous, Copeau. Vous pouvez aussi échapper au marécage où vous décidez d'entrer.

À trois ou quatre reprises, au fil des années, par de brefs messages, Mertens avait manifesté à Kopp son soutien, ses félicitations. Et, de manière indirecte, dans des affaires difficiles, il avait apporté son appui à l'Ampir.

Puis Mertens avait quitté l'armée et publié, non pas un livre de mémoires comme chacun s'y attendait, mais une méditation philosophique sur l'ordre et le sens du monde. Kopp avait reçu un exemplaire de ce livre dédicacé au « Commandant Julien Copeau, qui n'a pas perdu pied ».

Ce n'est qu'après plusieurs mois que Kopp avait feuilleté l'ouvrage, composé de phrases brèves, séparées par de larges espaces. Une partie du livre était consacrée à une réfutation de celui que Mertens appelait le « fol et ténébreux esprit » : Nietzsche.

– Ces croix renversées, répéta Kopp, ce livre ouvert sur le visage d'un cadavre profané, un livre de Nietzsche...

Mertens avait croisé ses mains derrière le dos. Il se voûta davantage. Il ne pouvait guère aider Kopp, dit-il. Il n'avait plus aucun contact avec les gens en place. Il s'était retiré dans cette terre familiale – « Elle appartient aux Mertens depuis le XIe siècle » – pour méditer.

– Je vous ai envoyé mon livre, Copeau.

– Précisément, dit Kopp. C'est parce que je vous

ai lu que je suis ici. Je n'ai pas besoin d'une aide technique.

Il sourit.

– J'ai ce qu'il faut, ajouta-t-il, hommes, matériel, et même...

Mertens se souvenait-il du commissaire François Broué ? Le général répondit d'un signe de tête. À l'évidence, Broué était un allié.

Mertens écarta les bras. Tout allait bien, donc, pourquoi cette visite ?

– Comprendre, dit Kopp. Vous êtes le seul. Vous étiez...

Il s'interrompit. On attribuait à Mertens des actions d'éclat et des coups tordus, mais toujours une efficacité redoutable. Dans les services de renseignement, on l'avait surnommé «don Luis», peut-être à cause de sa silhouette et de ses manières d'hidalgo, de sa morgue souvent – et aussi de son esprit légèrement sentencieux.

– Vous étiez..., reprit Kopp.

Mertens leva la main.

– J'étais, dit-il en souriant. Je ne suis plus.

Kopp secoua la tête. Il montra la forêt sur laquelle un brouillard dense commençait à tomber, faisant du parc une sorte d'îlot que battaient des vagues silencieuses et grises.

– Vous êtes loin de tout, vous pouvez voir clair, dit Kopp. Ce que vous avez écrit, cette méditation, cette réflexion, c'est à cause de cela que je suis venu. Je vois un livre de Nietzsche sur le visage d'un cadavre profané, on m'assure qu'il y a des Enfants du Diable, des Fils de Satan. Je suis au milieu de tout ça : il me faut autre chose que les armes habituelles. Je pense que vous pouvez m'aider...

Kopp tendit le bras vers la forêt presque effacée.

– Parce que vous êtes ici, seul. J'ai besoin d'une

pensée, d'une morale pour m'orienter dans cette affaire.

Mertens prit le bras de Kopp, l'entraîna vers la maison. Le brouillard remontait maintenant, vite, poussé par le vent, et couvrait le parc.

– Peut-être, dit Mertens, faut-il seulement la foi. Et un peu d'intuition.

Il désigna à Kopp l'un des fauteuils placés devant la cheminée du salon et tisonna le feu.

– De l'intuition, vous en avez. Sinon, pourquoi seriez-vous là ?


# 14


Kopp s'arrêta de parler. Il leva la tête lentement. Depuis le début de son récit, il n'avait pas regardé Mertens, mais les flammes qui se tordaient dans la haute cheminée.

Mertens était assis de l'autre côté du foyer, les mains croisées devant les lèvres, les jambes allongées, les semelles face aux flammes. Son visage n'exprimait qu'une sorte de lassitude, et Kopp pensa qu'il avait sans doute parlé trop longtemps, avec trop de complaisance. Mais au fond, que pouvait-il attendre de Mertens ? Avait-il besoin d'un cours de philosophie sur Nietzsche ? D'une réflexion sur le Diable ? Derrière les mots et les idées, il y a toujours le corps d'un homme ou d'une femme. Il s'était une fois de plus laissé aller à son penchant, «mégalomane», aurait dit Alexander, qui lui faisait imaginer qu'une sordide affaire d'intérêt ou de mœurs prenait une signification mondiale et métaphysique.

– Voilà, dit Kopp, et, s'appuyant sur les accoudoirs du fauteuil, il commença à se redresser.

– Restez assis, fit Mertens d'une voix de commandement.

Mertens se leva et se mit à marcher dans la pièce. C'était en fait une salle immense qui occupait tout le rez-de-chaussée de cette ferme fortifiée, véritable château fort où, siècle après siècle, les Mertens avaient ajouté des murs, des tourelles, des corps de bâtiment. Les révolutions, les jacqueries, les invasions avaient incendié, détruit la construction sans réussir à la raser. Et d'autres Mertens avaient rebâti.

Les dalles sur lesquelles Mertens faisait sonner ses talons étaient de larges surfaces grises, inégales, à la surface mamelonnée.

– Vous regardez le sol, dit Mertens. Mes ancêtres se sont servis où ils ont pu. Une voie romaine passait non loin d'ici. Leurs serfs ont porté ces pierres sur lesquelles je marche encore.

Il frappa le sol du bord de son talon.

– Cela me donne le sens de la relativité historique.

Il s'approcha de Kopp.

– Vous êtes en plein dedans.

Il hésita, murmura :

– Comment vous appelle-t-on depuis des années ? Julius Kopp ? Vous êtes tombé dedans, Copeau, répéta-t-il.

Kopp, visiblement, ne comprenait pas.

– Dans l'histoire, et la plus ancienne, le Bien, le Mal, le Diable et Dieu. Je vous ai dit que vous avez de l'intuition.

Il traversa la salle d'un pas rapide, penché en avant, comme les silhouettes filiformes, étranges et angoissantes de Giacometti. Il souleva le couvercle d'un grand coffre en bois noir aux flancs sculptés, en sortit quatre grosses enveloppes qu'il vint déposer devant Kopp, et se rassit.

— Voilà quelques faits, mon cher...

Il sourit.

— ... Kopp.

Il poussa les enveloppes de la pointe du pied. Kopp, s'il le désirait, pouvait consulter ces informations que Mertens recueillait depuis deux ou trois ans, et qui n'ajouteraient rien à ce qu'il allait dire. Mais il avait frappé à la bonne porte.

— Le Diable est de retour, Kopp, continua Mertens. Et sans déguisement. Ou plutôt, il cherche un masque efficace et ne l'a pas encore trouvé. Stalinisme, nazisme, tout cela est en ruine, le Diable n'est plus incarné. Il est à l'état naturel, si je puis dire.

Kopp, en quelques phrases, expliqua qu'il avait déjoué ce qu'il avait appelé le «Complot des Anges», une sorte d'internationale des intégristes, qui tentaient d'imposer partout leur fanatisme.

Mertens secoua la tête. En effet, il était au courant. Mais l'intégrisme n'est qu'une perversion du Bien. On tue au nom de la vie. Tout mortel qu'il est, ce fanatisme se veut positif, exercé pour assurer le salut des vivants. Le cas actuel, c'est autre chose : la mort pour la mort, une sorte de rumination de la mort. Est-ce que Kopp comprenait ? Le Mal, ou, si l'on voulait, le Diable, ou, si l'on préférait, Satan, c'était le désir d'en finir avec toute vie humaine.

— Kopp, vous êtes en face de Satan, que cela vous plaise ou non.

— Je suis un sceptique et un réaliste, dit Kopp, sans pouvoir s'empêcher de sourire.

— Tenez toujours compte de la folie des autres, répondit Mertens.

Il s'assit en face de Kopp, prit les enveloppes, les posa sur ses genoux. La tête rejetée en arrière, il expliqua qu'il avait rassemblé un certain nombre de données, et ce qu'apportait Kopp était précieux.

– Peut-être pourrez-vous nous faire mieux comprendre ce qui se passe et, qui sait, museler pour un temps la Bête.

Mertens se releva et se mit à arpenter la pièce.

– Tous les jours, depuis quelques années – et je suis cela avec attention –, des cimetières sont profanés. Les tombes sont ouvertes, des cadavres – on ne le révèle pas toujours – sont exhumés, on les mutile ou on les utilise pour certaines mises en scène. Le plus souvent, on trouve des crucifix retournés, enfoncés dans les chairs, comme vous en avez vu. C'est le symbole satanique, la marque du Malin qui défie Dieu.

Mertens se pencha vers Kopp.

– Ne secouez pas la tête, ne prenez pas votre air incrédule, dit-il. Lisez les faits divers : cela se passe chaque jour, en France, en Allemagne, en Grèce, en Italie, aux États-Unis, en Afrique du Sud.

Il pointa le doigt en direction de Kopp.

– Si l'on en croit certaines enquêtes, ces dernières années, en Afrique du Sud, plusieurs nouveau-nés – plus d'une dizaine – auraient été égorgés en sacrifice au Diable. Une offrande sanglante. Ailleurs, ce sont des fœtus qu'on dépèce. Ne parlons pas des animaux qu'on soumet à toutes sortes de tortures. Savez-vous qu'on oblige certains jeunes gens, vierges bien sûr, à dévorer les entrailles d'un animal sacrifié ?

Mertens se rapprocha.

– Vous m'avez parlé des Enfants de Satan, à Bologne. Votre Mme Naldi en serait membre, n'est-ce pas ?

Kopp hocha la tête. Il ne pouvait pas l'affirmer. Mais Monika Van Loo, l'un de ses mannequins, avait bien participé à une messe noire.

– En tout cas, dit Mertens, les Enfants de Satan existent et se réunissent, en effet, en congrès à Bologne. Vous voyez, Kopp, vous ne rêvez pas. Le cauchemar est réalité. Il existe même une association internationale qui se dénomme, très ouvertement, l'Ordre international des Sorciers lucifériens, la WICA. Voilà, mon cher, dans quoi vous vous êtes précipité.

Il s'assit, croisa les jambes.

– Après tout, dit-il – et Kopp se demanda si Mertens parlait sérieusement –, vous avez peut-être été choisi – il insista, répéta le mot – pour ce combat-là.

– Choisi ? murmura Kopp.

Mertens haussa les épaules.

– Bah, dit-il, inutile de s'interroger. Vous êtes dedans, choisi ou pas. Ce qu'il faut découvrir, c'est si nous avons affaire à des mouvements spontanés et sporadiques, parce que les hommes sont ainsi, quelle que soit l'époque ou la culture, et que le sanglier, la Bête, perdure en nous. Ou bien, et on peut le supposer, quelqu'un suscite, favorise, excite, organise tout cela comme s'il était sinon le Diable lui-même, du moins son mercenaire et son serviteur.

Il se releva, fit quelques pas.

– Je ne crois pas que nous puissions déjà répondre à cette question, continua-t-il. Mais vous, Kopp, vous pourrez peut-être le faire, parce que, comme vous le dites, vous avez de nombreux fils en main. Tirez-les, voyez comment ils se nouent entre eux, quel dessin ils forment, qui les tisse et les relie. Les hommes qui se sont dévoilés n'ont pas l'envergure suffisante pour jouer le rôle de leader. J'ai repéré un Anglais, Aleister Crowley. Dangereux, parce qu'il contrôle des groupes musicaux, fait passer dans la musique des messages subliminaux. Les jeunes gens vont, comme ils disent, en boîte, écoutent du black ou du death metal, du hard rock, dans une lumière intense, rythmée par des flashes. Ils sont décervelés par le bruit et les drogues en tous genres. Mais le plus grave, c'est qu'on ne se limite pas à favoriser une violence qui pourrait être une forme d'expression de l'énergie vitale. En fait, on la détourne vers l'agression contre tout ce qui est considéré comme le «Bien». L'Église, naturellement, mais aussi le respect des morts. Voilà pourquoi les cimetières sont violés. En fait...

Il parcourut, en passant son doigt sur les couvertures, les volumes qui occupaient plusieurs rayonnages, prit l'un des livres, le brandit, revint.

– Nietzsche, votre livre, celui de votre cadavre, enfin celui que vous avez trouvé sur cette jeune femme. On en revient à Nietzsche – ou du moins à une certaine lecture de Nietzsche – au rejet de la compassion, de la bonté, de la pitié, et au culte de l'Antéchrist, c'est-à-dire du Mal, du Diable, de la bête fauve. Tenez, c'est ce que dit aussi...

Il se pencha, fouilla dans l'une des enveloppes.

– ... Le fondateur d'une religion qui s'affiche comme satanique, Anton La Vey. C'est un Américain de Los Angeles. Vous vous souvenez de l'assassinat horrible de Sharon Tate, dont le mari était Roman Polanski ? Eh bien, l'assassin, Charles Manson, appartenait à l'Église de La Vey. Les rituels sont effrayants. Mais vous les connaissez déjà, ce sont ces messes noires dont vous m'avez parlé. Et vos croix renversées, vos crucifix plantés dans le cœur d'un cadavre, nous les retrouvons partout. L'originalité de votre cas, poursuivit Mertens lentement – il agita le livre –, c'est Nietzsche, ce clin d'œil philosophique. Nous avons là quelqu'un qui sait ce qu'il fait, qui le proclame avec un goût de la provocation répandu chez tous les sataniques : ils veulent expliquer qui ils sont, ce qu'ils rejettent, et afficher leur foi dans le Diable – mais solliciter Nietzsche, *L'Antéchrist*, c'est singulier.

Jusqu'à présent, nous avions affaire à des manifestations uniquement barbares : zoophilie, cannibalisme, meurtres, pédophilie, infanticide…

– C'est tout ? fit Kopp avec une grimace de dégoût. J'ai combattu une secte, Ordo Mundi…

– Je sais, je sais, dit Mertens.

– Ils tuaient même des enfants, mais d'une certaine manière ils obéissaient à une logique compréhensible. Ils voulaient devenir les Maîtres de la Vie. Ceux-là…

– Eux aussi ont leur logique, Kopp, mais elle nous échappe parce que c'est la logique de la mort pour la mort, et si vous ne croyez pas au Diable, vous ne pouvez pas comprendre ces comportements qui, d'ailleurs, depuis quelque temps, deviennent plus sophistiqués, peut-être parce que quelqu'un s'impose peu à peu, fédère les différents groupes, les structure. Il y a des innovations. C'est plus dangereux, mais d'une certaine manière le combat sera plus clair.

– Quelles innovations ? demanda Kopp.

Il se voulait sceptique, mais Mertens ne tint pas compte de son ironie.

– D'abord, ces groupes sataniques disposent d'argent, de beaucoup d'argent. Peut-être celui de la drogue, mais pas seulement. Ils utilisent des techniques financières complexes, comme d'ailleurs le font souvent les sectes. Ensuite, depuis quelques mois, ces groupes ont envahi Internet. Il y a désormais des dizaines de sites sataniques sur le réseau. On donne, sur simple connexion, le rituel d'une messe noire, avec égorgement, baptême au sang et viol collectif d'une vierge sur l'autel d'une église. Vous obtenez le texte des proclamations sataniques que vous pouvez reproduire sur votre imprimante en quelques secondes. Tenez, voici la dernière, celle des quatre jeunes fous qui ont profané le cimetière de Toulon.

Mertens prit le feuillet, le lut.

– *Recherche, pour crime contre l'humanité, Jésus,* dit le Christ. *Il est accusé d'être l'initiateur de persécutions et de meurtres de millions de personnes. Il est le fondateur du christianisme, une religion de fanatiques qui promet la vie éternelle, mais a, comme finalité, l'esclavage.*

Il tapota l'épaule de Kopp.

– Vous voyez, vous êtes au centre de ce qui se joue de plus important aujourd'hui dans le monde.

Kopp fit une grimace.

– Je ne crois pas au Diable, répondit-il, tête baissée. On cache sous ce mot-là les mobiles habituels. Vous les connaissez : le sexe, le pouvoir, l'argent, et tout ce que l'on peut décliner à partir de là en mille nuances de couleurs. Mais les teintes fondamentales ne changent pas, jamais. On ne quitte pas *Richard III*. Shakespeare a tout exploré, tout dit.

Mertens secoua la tête.

– De la nature humaine des choses, oui, concédat-il. Mais il y a une autre dimension. Si la figure humaine et ses ambitions ne sont plus capables d'exprimer le souterrain, l'*inferno*, le Diable et le Mal apparaissent à vif. C'est vers eux que l'on va et non plus vers Richard III. Richard III, aujourd'hui, ferait assassiner ses frères, ses conseillers, ses neveux, sa femme, non pour conquérir le pouvoir mais pour les sacrifier à un culte satanique dont il serait le grand ordonnateur. Voilà la différence. Dans un cas, on tue pour s'asseoir sur un trône. On n'est peut-être que le masque de Satan, mais on a une autre apparence. On se dit ambitieux, scélérat. Quand le masque humain du Diable tombe, c'est Satan lui-même qu'on vénère. On exalte la mort et la décomposition.

Kopp s'était levé, et Mertens, tout en le reconduisant vers l'entrée du parc où Kopp avait garé sa voiture, continua de parler.

— Mais vous pouvez ignorer tout cela, Kopp, dit-il. Contentez-vous de mener votre enquête rigoureusement, de tirer sur vos fils. Un moment viendra où vous serez confronté à celui ou à ceux qui délibérément ont choisi Satan et la mort.

Il s'appuya contre la voiture.

— Je n'ai connu que quelques *Obersturmführer* SS à avoir fait ce choix. Ils commandaient les camps de la mort. Ceux-là étaient d'abord, avant d'être nazis, des créatures sataniques. Peut-être, Kopp, allez-vous rencontrer ces hommes-là, qui sait ?

# Deuxième partie

## 15

Dès qu'ils eurent franchi la frontière allemande, peu après Francfort-sur-l'Oder, Julius Kopp constata que la chaussée avait changé.

Il doubla une première fois un camion polonais qui suivait lui-même un car et, alors qu'il ne se méfiait pas, il fut déporté brutalement sur la gauche parce que la route était bombée, glissante, comme si le centre de la chaussée avait formé une crête d'où s'écoulaient des nappes d'eau vers les fossés des bas-côtés bordés d'arbres.

Viva, assise à l'arrière et qui somnolait depuis Berlin, poussa un cri. Un camion arrivait en face, et Kopp dut tendre les bras, braquer à fond vers la droite, freiner, accélérer pour passer devant le car qui klaxonna longuement, rageusement. Kopp aperçut durant quelques secondes les visages des voyageurs qui s'étaient dressés et rapprochés du chauffeur. Mais il n'eut guère le loisir de s'attarder. Il entrait dans la banlieue de Sublice et, d'après la carte, il devait tourner à droite, prendre la direction de Wroclaw. À une centaine de kilomètres de Sublice, la route traverserait Zielona Gora.

Il ralentit. La chaussée était embouteillée par des camions qui se frôlaient, dominait les voitures écrasées entre eux.

– Nous sommes en Pologne, dit Kopp sans se retourner, en jetant un coup d'œil à Viva dans le rétroviseur.

Elle s'étira, releva ses cheveux, les coudes écartés, les mains sous la nuque, faisant jaillir ses seins. Ils semblaient être toujours aussi fermes, aussi ronds et lourds. À Berlin déjà, dès le couloir de la passerelle, la porte de l'avion à peine franchie, Viva lui avait pris le bras, murmurant : « On dort à Berlin, Julius, on ne part que demain matin », mais Kopp avait refusé. Il voulait arriver à Zielona Gora dans la soirée afin d'être à pied d'œuvre le lendemain matin. Viva avait changé d'attitude, enfermée dans un mutisme boudeur. De mauvaise grâce, elle avait présenté son permis de conduire à l'employé du stand de location de voitures. Elle s'était installée à l'arrière de la Mercedes, puis, allongée sur la banquette, elle s'était endormie.

À la frontière germano-polonaise, Kopp avait dû la réveiller. Les policiers allemands s'étaient montrés tatillons ; ils avaient ouvert les portières, le coffre et même le capot, regardé longuement les papiers de Kopp et de Viva, de vrais faux passeports aux noms de Julien Guérin et Karine Barbaroux, domiciliés à Paris, importateurs.

Alexander leur avait remis tout un jeu de papiers au moment du départ : passeports, cartes de crédit, permis de conduire. Il éprouvait un véritable plaisir, Kopp le découvrait chaque fois, à réaliser ce petit exploit, créer des identités fictives, « indestructibles », disait-il. Il avait son réseau spécialisé dans la fabrication de documents, et ceux-ci défiaient toutes les vérifications.

Souvent, Kopp s'était demandé s'ils ne provenaient pas du service anglais, le MI 6, avec lequel Alexander était sans doute en relation. Mais lorsqu'il avait interrogé Graham Galley, celui-ci s'était dérobé en souriant malicieusement.

– Évidemment, avait-il dit, les meilleurs faux documents sont fabriqués par les vrais services officiels, qui disposent d'une technologie équivalente à celle des États eux-mêmes. Nous avons fait beaucoup de fausse monnaie pendant la guerre, n'est-ce pas, Kopp ? Alors, des passeports... l'enfance de l'art ! Quant à Alexander, on m'assure que c'est un de vos excellents collaborateurs, un ancien de Cambridge, n'est-ce pas ? Je ne sais pas s'il travaille pour le service mais, de toute manière, vous n'êtes pas en guerre contre le MI 6, au contraire, Kopp, nous avons toujours marché la main dans la main. Ce que je peux affirmer, mais vous le savez, c'est qu'un Anglais reste un Anglais. Alexander est vraiment l'un d'entre nous.

Cela signifiait-il, puisque Galley avait été l'un des membres les plus éminents du MI 6, qu'Alexander faisait partie de ce club – « l'un d'entre nous » ? Ou bien qu'il était, en tant qu'Anglais, susceptible de se transformer sur simple demande en « espion de la Couronne » ?

Au fond, quelle importance ? Kopp n'avait jamais voulu que l'Ampir entre en conflit avec les services de renseignement officiels. Seulement, parfois, c'étaient eux qui ne supportaient pas l'agence. Ainsi avec le défunt KGB, et encore aujourd'hui avec l'obèse CIA, qui avait l'élégance et la mobilité d'une adolescente nourrie aux hamburgers, aux ice-creams et au coca.

L'essentiel, c'était qu'Alexander remplisse ses fonctions. Or, les policiers allemands avaient rendu les passeports à Kopp et à Viva sans un commentaire. Quant aux policiers polonais, ils avaient d'un geste de la main invité Kopp à passer. Tout ce qui venait de l'Ouest, d'Allemagne, était sans doute considéré comme bon pour la Pologne.

– Camions, camions, camions! s'exclama Viva.

Elle avait profité d'un arrêt à l'une des rares stations-service, peu après l'embranchement vers Wroclaw et Zielona Gora, pour s'installer aux côtés de Julius Kopp. Depuis, elle pestait.

Il pleuvait, et les énormes roues des poids lourds projetaient une boue épaisse sur le pare-brise. Les camions remontaient vers Francfort-sur-l'Oder en file continue, et il était, dans ces conditions, presque impossible de doubler. La route était d'ailleurs étroite, rarement élargie en tronçons à trois et quatre voies.

– Pourquoi avoir tiré ce fil-là? marmonna Viva.

En rentrant de chez le général Mertens, Kopp avait réuni Roberto, Alexander et Viva dans la salle technique de la Ferme. Il s'était assis devant la table sur laquelle Alexander disposait les dossiers des affaires en cours de traitement. Il allait, avait-il expliqué, tête baissée comme s'il se parlait à lui-même – et n'était-ce pas le cas? – exposer les différentes possibilités qu'offrait la situation.

Il avait commencé à énumérer les noms des personnes qu'ils avaient identifiées. Chacune pouvait servir de point de départ à une enquête approfondie. Roberto l'avait interrompu:

– Pas question de renoncer, si je comprends bien?

Kopp n'avait même pas répondu, et Roberto s'était ostensiblement assis à l'écart, loin de la table.

– Vous décidez, Julius, avait-il repris. Comme d'habitude, en somme. Alors pourquoi ce simulacre de discussion à laquelle nous sommes invités à participer? Dites-nous ce que nous devons faire, nous gagnerons du temps.

Kopp, ignorant le reproche déguisé, avait rapidement résumé la thèse de Mertens. Alexander avait souri, Viva avait écouté avec une expression ébahie qui donnait à son regard une naïveté de petite fille, et

Roberto avait ricané. Il demandait, avait-il dit, une prime spéciale de risque, car si le Diable était de la partie, la tâche devenait plus périlleuse que celle de Highlander.

– Vous ne regardez jamais la télévision, Kopp. J'adore les séries, *Les Contes de la crypte* ou *Aux frontières du réel*. Il me semble qu'on va jouer dans ce scénario-là, ce qui, je le répète, mérite une augmentation.

Kopp s'était tourné vers Roberto.

– Je veux tout savoir sur M$^e$ Narrouz. Attention, je ne me contente pas de ça…, avait-il ajouté d'une voix dure.

Du doigt, il avait montré les ordinateurs et les imprimantes.

– Je veux du détail précis, quotidien. Vous le surveillez vingt-quatre heures sur vingt-quatre, vous le suivez partout. Alexander mettra en place un système d'écoute du cabinet Narrouz.

– Un avocat…, avait murmuré Alexander.

– Vous avez des scrupules, tout à coup ? avait lancé Kopp.

– Pas envie d'être pris, seulement. Ce serait lourd, très coûteux.

– On ne vous a jamais coincé, Alexander.

– Mais c'est un suppôt du Diable, Julius, avait marmonné Roberto.

Kopp s'était levé. Il avait annoncé, avant de quitter la pièce, qu'il partait le lendemain avec Viva pour la Pologne.

– Zielona Gora ? Je n'ai rien de plus, avait dit Alexander en posant sa main sur l'un des dossiers.

– Un nom, Martha Bronek, une date de naissance, 5 mai 1976, un lieu, Zielona Gora – avec cette pierre-là, on doit pouvoir reconstituer tout l'édifice. Il faut toujours commencer par le fil qui semble le plus long.

— Mariella Naldi, ce n'était pas si mal, avait murmuré Roberto.

— On effeuille tout autour, avait répondu Kopp ; de cette manière, on arrivera au cœur, j'en suis sûr. Mariella Naldi sera toute nue.

Roberto avait sifflé, dit qu'il voulait être là pour ça. Viva n'avait pu dissimuler sa joie. Elle allait, et c'était la première fois depuis des années, se retrouver seule pour plusieurs jours avec Julius Kopp.

À Berlin, elle avait déchanté. Et maintenant, dans la voiture qui roulait vers Zielona Gora, elle ronchonnait.

— Pourquoi cette Martha Bronek en priorité ? répétat-elle pour la énième fois.

— Le fil le plus long, dit Kopp, de la naissance à la mort, toute une vie. Je veux savoir comment on passe de Zielona Gora au lit de Mariella Naldi, avenue Charles-Floquet, à Paris. Comment on se débrouille pour sortir de là.

D'un mouvement de la tête, Kopp montra les fermes basses qu'on apercevait au milieu des champs, derrière le rideau de pluie.

— Comment, partant de là, on en arrive à présenter les créations de Mme Mariella Naldi, avenue Montaigne.

— Tu veux savoir, Julius ? Vraiment ? demanda Viva.

Kopp lui jeta un bref coup d'œil. Viva ne le regardait pas, occupée à se peindre les ongles, qu'elle avait longs. Elle avait coincé le petit flacon de laque rouge entre ses cuisses.

Kopp fit oui.

— Ce n'était pas la peine de venir jusqu'ici, dit Viva.

Elle leva les yeux vers Kopp.

– Le cul, dit-elle. Avec le cul. Le Diable, même le Diable, ou surtout le Diable, aime ça. On va très loin avec son cul, et très vite.

## 16

Ils n'échangèrent plus un mot jusqu'à la banlieue de Zielona Gora sombre comme un labyrinthe surplombé de grands murs noirs qu'éclairaient à peine de rares lampadaires.

Kopp ralentit. Alexander avait prévu qu'ils logeraient à l'hôtel Srodmiesjski, dans le centre de la vieille ville, au numéro 23 de la rue Zeromskiego. Mais dans ce dédale de voies, de chaussées crevassées, vides de tout passant, Kopp eut le sentiment de tourner en rond. Il s'orienta comme il put, s'enfonçant dans des rues étroites dont les pavés disjoints brillaient sous la pluie. Il avisa une grande enseigne qui clignotait en éclats verts et rouges, s'arrêta et, sans un mot d'explication pour Viva, descendit et entra dans ce qui devait être un bar.

Il fut aussitôt attaqué par une musique criarde, une odeur de bière et de sueur, par des flashes agressifs. Il hésita. Devant lui, dans la pénombre déchirée par ces flashes de lumières, une foule de jeunes gens et jeunes filles se pressaient dans le plus grand désordre, les uns enlacés, les autres agités de gesticulations violentes. Les filles, d'à peine une quinzaine d'années, étaient les plus nombreuses. Presque toutes avaient un corps lourd, des épaules larges, et Kopp pensa aussitôt à Martha Bronek. Les yeux mi-clos, à quoi rêvaient ces filles, sinon à quitter cette ville qui ressemblait si peu à la vie présentée dans les séries télévisées. Bien sûr qu'elles auraient suivi le Diable pour échapper à la grisaille des rues, à la tristesse des façades.

Kopp se fraya un chemin jusqu'au comptoir, expliqua qu'il cherchait la rue Zeromskiego. Une grande fille blonde, la seule peut-être à avoir un corps élancé, une élégance naturelle, vint s'accouder près de lui. Il lui donnait à peine dix-sept ans. Elle parlait allemand et lui demanda aussitôt s'il était de Berlin, s'il venait recruter des filles pour des emplois en Allemagne. Elle, elle était prête. Elle fixait Kopp avec des yeux avides qui disaient qu'elle était disposée à tout accepter. Elle indiqua à Kopp le chemin qu'il devait suivre jusqu'à l'hôtel, puis lui demanda quelle voiture il avait.

– Je peux vous accompagner, proposa-t-elle en le regardant dans les yeux, quand il eut parlé de Mercedes. Sinon, vous risquez de vous perdre.

Il accepta, et elle se précipita vers un angle du bar, fouilla sous un tas de vêtements, en extirpa un imperméable noir taillé dans une matière plastique brillante qui imitait la peau de serpent. Quand elle passa devant lui, il vit qu'elle portait des chaussures à hauts talons et que ses jambes étaient fines. Elle s'arrêta net en apercevant dans la voiture la silhouette de Viva.

Kopp lui mit la main sur l'épaule, et fit signe à Viva de s'installer à l'arrière.

– On va dîner tous les trois ensemble, dit-il dans son allemand précis mais un peu hésitant.

Bien qu'il ne le parlât plus depuis longtemps, la fille, qui elle-même s'exprimait de manière rudimentaire avec un fort accent polonais, paraissait le prendre pour un Allemand.

90

Elle sourit. Elle aurait suivi n'importe qui pour faire n'importe quoi.

L'hôtel, le plus confortable de la ville, était situé dans le vieux quartier de Zielona Gora, dominé par le haut beffroi. Alexander avait réservé deux chambres, si bien que Viva manifesta sa mauvaise humeur en se laissant tomber dans un vieux fauteuil de cuir. Avec un regard ironique, elle demanda à Kopp s'il ne préférait pas dîner seul avec la fille.

La jeune Polonaise arpentait le hall, défiant du regard le portier et le réceptionniste.

– Elle est avec nous, murmura Kopp.

Le portier, un homme maigre au visage livide, lui lança un regard obséquieux et complice, qui se chargea de hargne et de mépris quand il se tourna vers la fille, avant de s'éloigner.

Plus tard, au cours du dîner, dans la salle à manger de l'hôtel où ils étaient les seuls clients, Kopp entreprit d'interroger la fille. Elle s'appelait Anna Zamkowa et venait de terminer ses études au lycée technique de Zielona Gora. Kopp lui servit un quatrième verre de vin. Elle riait déjà dès le second, et commençait à parler plus vite, expliquant qu'elle apprenait l'allemand parce qu'elle allait partir pour Berlin dès qu'elle le pourrait. Elle rejeta la tête en arrière.

– Je ne veux pas crever ici, dit-elle. Personne ne me retiendra.

Quelques minutes passèrent. Elle but une autre gorgée de vin.

– J'attends l'occasion, dit-elle. Je sais que des Allemands cherchent des filles, des filles pas laides.

Elle se pencha vers Julius Kopp.

– J'ai cru que vous en cherchiez aussi, murmura-t-elle, c'est pour ça que je vous ai parlé.

– Vous ferez quoi, en Allemagne ? demanda Kopp.

Elle haussa les épaules, rit très fort.

– Tout ce qu'on me demandera.

Puis, tout à coup grave :

– Je veux de l'argent. Une autre vie.

## 17

Après avoir chargé un taxi de reconduire Anna Zamkowa chez elle, dans la banlieue est de Zielona Gora, Kopp sortit.

Il avait besoin de sentir cette ville avec son corps, de se confirmer ce qu'il avait déjà deviné.

Où était le Diable, ici ?

Dans son esprit, toutes les filles étaient des Anna Zamkowa, prêtes à tout, sachant ce qu'elles voulaient, ce qu'elles étaient prêtes à accepter. « Tout », avait dit Anna – sous-entendu, évidemment : la prostitution.

Au long du dîner, Viva, à chacune des réponses de la jeune Polonaise, avait ricané. Bien qu'elle comprît l'allemand et le parlât, elle avait refusé de se mêler à la conversation et elle était montée se coucher sans attendre le dessert. Avant de s'éclipser, elle avait glissé à Kopp, penchée sur lui, les deux mains appuyées sur ses épaules :

– Je ne savais pas que tu t'intéressais au recrutement de putains pour l'Allemagne. C'est ça, ton Diable ? Il y a cent mille prostituées en Europe, paraît-il. Tu cherches quoi ? La filière ? Lis les journaux, Julius, ils expliquent tout.

Il s'était retourné, imposant à Viva le silence.

Il marchait, les mains enfoncées dans les poches de son long imperméable, la casquette rabattue sur les yeux. À demi cachées sous les porches des maisons qui entouraient la place Wielkopolski, se devinaient les silhouettes de nombreuses prostituées. Il s'approcha. Plusieurs s'avancèrent vers lui. Elles étaient très jeunes, les jambes nues. À peine eut-il le temps d'échanger quelques mots avec elles, qu'elles s'égaillèrent en courant à travers la place, silencieuses.

Kopp se retourna. Deux hommes le menaçaient de leur revolver. Le plus grand avait les cheveux bouclés, un long manteau de cuir noir et une cicatrice qui lui barrait horizontalement le front. L'autre, râblé, portait une chapka à visière qui masquait une partie de son visage.

Kopp, à la façon dont les deux hommes tenaient leur arme, jugea qu'ils étaient aussi déterminés qu'expérimentés, et qu'il était impossible de les désarmer tous les deux. L'un aurait le temps de tirer. Kopp, jouant donc la surprise et la peur, fit mine de balbutier. Le plus grand le fouilla. Et Kopp se félicita de n'avoir pas d'arme sur lui. On le poussa vers une voiture garée sur le côté le plus obscur de la place, non loin de ce qui devait être une gare routière. Il se retrouva coincé sur la banquette arrière, la voiture démarra et Kopp reconnut bientôt la banlieue qu'il avait traversée en arrivant. On le conduisit vers une sorte d'entrepôt. Dans l'encombrement des caisses de bière, on avait ménagé la place d'une table et de quelques chaises. Un homme était assis, blond, les cheveux coupés ras, les yeux rapprochés, le visage maigre. Il examina le passeport et le contenu du portefeuille de Kopp, plaça à part la liasse de marks, puis repoussa le portefeuille sans même avoir regardé la carte de crédit.

– Qu'est-ce que tu veux, monsieur Guérin ? demanda-t-il dans un français laborieux. Tu cherches une fille pour toi ? Tu as ta femme à l'hôtel. Pourquoi tu as invité cette fille à dîner ? Qu'est-ce que tu cherches ?

Il se redressa en s'appuyant des deux mains à la table.

– Les filles, ici, c'est nous. Tu veux des filles, tu payes.

Il toucha les marks.

– On va garder ça, c'est notre commission, tu comprends ? Tu peux te payer toutes les putes que tu veux – il rit – si tu as encore des marks. Ta femme en a ? Peut-être qu'elle peut te prêter pour ça ?

Il répéta ses paroles en polonais, et les deux autres hommes s'esclaffèrent.

– Toi, tu paies pour la fille que tu es allé chercher, et que tu as emmenée à l'hôtel. Ça, Français, tu n'as pas le droit. Les filles, pour le commerce et l'exportation, c'est nous.

Il plia la liasse de billets, la glissa dans la poche arrière de son pantalon.

– On va te ramener.

Kopp bredouilla comme l'aurait fait un homme effrayé, mais soucieux de récupérer son argent. Après avoir repris son portefeuille et son passeport, il garda la main tendue.

L'homme blond, avec une moue de mépris, fit signe aux deux autres de l'emmener.

Le chauffeur de la voiture avait disparu et Kopp se retrouva assis à l'arrière, à côté du porteur de chapka, cependant que le grand conduisait.

L'homme à la chapka commença bientôt à somnoler. Il sentait la sueur. Kopp s'efforça de repérer la rue où il se trouvait, et brusquement donna un coup du tranchant de la main sur la gorge de son voisin, qui ne poussa même pas un cri et s'effondra. Kopp le désarma au moment où le conducteur se retournait. Mais Kopp lui avait déjà placé le canon du revolver sur la nuque. Il donna le nom de l'hôtel.

Comme l'homme sur la banquette arrière commençait à grogner en suffoquant, Kopp l'assomma d'un violent coup de crosse. L'autre ne fut plus qu'une boule coincée entre les sièges.

Devant l'hôtel, dont la façade était éteinte, Kopp ordonna au chauffeur de couper le moteur et, dès que la voiture fut arrêtée, il le frappa lui aussi à la nuque. Le front de l'homme alla heurter le volant, et la casquette tomba.

Kopp entreprit de ligoter les deux hommes et de les bâillonner avec des morceaux de la chemise qu'il leur avait arrachée, puis il les poussa l'un près de l'autre à l'arrière de la voiture, les fouilla, trouva plusieurs liasses de marks, puis gara la voiture.

– On s'en va, annonça-t-il à Viva qui, sans poser de questions, se rhabilla en quelques minutes et saisit l'arme que Kopp lui tendait, sans manifester ni surprise ni émotion. Elle devait prendre le volant de la Mercedes, suivre la voiture que Kopp conduirait.

Viva réveilla le portier, paya. Kopp replaça près de lui, dans la voiture, l'homme à la chapka et, en allemand, lui demanda de le guider jusqu'à l'entrepôt. L'autre commença par refuser, mais Kopp lui planta le canon de son arme profondément entre les côtes, et l'homme, d'une rotation de tête, indiqua la première rue à prendre, et Kopp suivit ses indications jusqu'au moment où il reconnut le grand mur noir de l'entrepôt. Sans hésiter, il donna un nouveau coup sur la gorge de l'homme, le bâillonna. Le grand, derrière, restait immobile, entravé, à demi étouffé. Viva avait garé la Mercedes à quelques mètres.

Kopp, d'un signe, lui demanda de le suivre afin de prévenir toute surprise. Il avait une confiance absolue dans les qualités professionnelles de Viva.

L'homme blond était attablé en compagnie du premier chauffeur, celui qui avait enlevé Kopp sur la place. Les deux hommes buvaient, à en juger par les canettes de bière accumulées au milieu de la table. Ils avaient l'air, pensa Kopp, de disputer une partie de poker.

Il s'approcha. Il vissa lentement son silencieux sur le canon du Beretta, s'appuya du coude sur le rebord d'une caisse. Il était dans l'ombre, les deux hommes en pleine lumière. Il en abattrait un et blesserait seulement l'autre afin de pouvoir l'interroger. C'était évidemment le blond qu'il fallait faire parler.

Kopp hésita. Il n'avait jamais tiré sur quiconque sans lui laisser une chance de se défendre.

Il n'était ni Richard III ni le Diable.

Tandis que son regard enregistrait chaque détail des lieux, son esprit revenait à Martha Bronek, née peut-être non loin de cet entrepôt et qui, comme Anna Zamkowa, avait suivi un homme jusqu'à un hôtel et, de là, avait dû gagner l'Allemagne.

C'était cette filière, comme avait dit Viva avec ironie, qu'il fallait reconstituer. Et qui sait? À un moment donné, le Diable surgirait.

— Debout, mains en l'air! cria Kopp en allemand.

Les deux hommes sursautèrent, l'air égaré, puis, au lieu de se lever se tassèrent sur leurs sièges. Kopp hurla.

— Debout, ou je vous descends!

Et, en deux coups précis, il fit exploser deux des canettes de bière.

Les deux hommes bondirent sur leurs pieds. Sans bouger, Kopp ordonna au chauffeur d'enlever sa veste, de la laisser tomber. L'homme s'exécuta lentement, puis, subitement, plongea la main sous son aisselle. Dans la même seconde Kopp tira, et l'homme s'effondra, l'épaule fracassée, le bras presque arraché. Ces balles faisaient un massacre.

L'homme blond, les mains levées très haut, tremblait. Kopp sortit de l'ombre et le blond eut une expression effarée et terrorisée en le reconnaissant. Il se mit à bafouiller. Il allait rendre l'argent. Il avait cru...

Kopp lui attacha les mains dans le dos, le fouilla, retrouva des liasses de marks – la sienne et d'autres – que l'homme avait dispersées dans ses poches. À terre, le blessé geignait. Kopp lui fit rapidement un garrot, puis il s'assit, le revolver dirigé vers la mâchoire du blond, il commença à l'interroger.

L'homme s'expliqua peu à peu.

Il contrôlait le marché des filles de Zielona Gora, pas seulement la prostitution mais, comme il disait, l'« exportation ». Il touchait de mille à trois mille marks par tête. Il répéta, la tête enfoncée dans les épaules, qu'il ne forçait jamais les filles, qu'il avait bien plus de filles qui s'offraient que de demandes. Il triait. Il choisissait les plus belles, les plus décidées à partir, les plus jeunes, jamais au-dessus de dix-neuf ans. Il tenta un sourire pour créer entre lui et Kopp une complicité.

– C'est presque fini, une fille, à dix-neuf ans. Elles sont bonnes avant. Moi, je les prends à seize.

Kopp lui donna un coup sur les lèvres avec le canon du revolver. Le type cracha, le sang se mit à couler. Il pleurnicha.

Comme toujours, pensa Kopp, les hommes qui exploitent les femmes et les brutalisent sont les pires, des lâches et des pervers.

– À qui tu vends ? Où tu livres ? demanda Kopp.

L'homme secoua la tête. Ça changeait d'un mois à

l'autre, il avait affaire à des types de Berlin ou d'Amsterdam. Après, il ne savait pas où partaient les filles, ce n'était plus son affaire. Il n'était qu'un intermédiaire, et il répéta, la bouche en sang : il n'avait jamais forcé une fille à partir, jamais.

– Combien de filles ? fit Kopp.

L'homme pencha la tête. Le sang gouttait sur le revers de sa veste.

– Une cinquantaine par mois, murmura-t-il.

Il secoua la tête. Elles n'étaient pas toutes originaires de Zielona Gora, mais aussi des campagnes voisines. Il ricana, et grimaça de douleur.

– Elles ne veulent pas rester ici. Elles se foutent de ce qu'on leur demandera, d'ailleurs elles le savent. Et quand je leur dis qu'elles seront hôtesses dans un bar ou un hôtel, elles comprennent qu'on ne leur demandera pas seulement de sourire aux clients, ou bien de faire leur lit et de leur apporter le petit déjeuner. Elles savent qu'elles devront s'allonger.

Kopp, lentement, remit un chargeur plein dans son revolver. Il regarda le blessé, puis tourna la tête vers le blond.

– Je vais te faire sauter les bras, puis les genoux, et te laisser là, dit-il. Tu participeras aux compétitions sportives des handicapés. Ça a beaucoup de succès. Ça passe à la télévision. Il y a même des jeux Olympiques pour les types qui sont comme tu seras. Tu trouveras une fille ou deux pour s'occuper de toi. Puisqu'elles sont prêtes à tout.

– Je sais rien de plus, gémit l'homme.

– Qui ? Où ? demanda Kopp, et il visa l'épaule droite.

L'homme haletait. Il expliqua qu'une fois, une des filles était revenue à Zielona Gora, elle avait été dans une boîte à Berlin.

– Qui ? Où ? C'est toi qui livres, j'en suis sûr.

Kopp appuya le canon sur l'épaule.

– Europa Sex Stars, dit l'homme en baissant la tête.

Le sang tachait sa chemise.

– Berlin ? fit Kopp.

– Amsterdam aussi, dit l'homme sans relever la tête.

– Le nom ? demanda Kopp bien qu'il eût parfaitement compris.

– Europa Sex Stars ! cria l'homme. Ces gens-là possèdent tout. Des types comme moi, et même comme vous, on n'est rien. Ils peuvent tout. Ils m'écraseront, et vous aussi.

*Europa Sex Stars.*

Kopp répéta machinalement, puis il sentit dans sa bouche cette saveur âcre, comme chaque fois qu'il avait ferré l'ennemi, qu'il s'était accroché à sa proie et qu'il serrait les dents sur elle. Et il savait que personne, à moins de le tuer, ne pourrait l'obliger à lâcher ce qu'il mordait. Personne, jamais – ni supérieur quand il n'était qu'un officier subalterne du renseignement, ni adversaire, si puissant fût-il, depuis qu'il était le patron de l'Ampir et qu'il menait ses propres enquêtes –, n'avait pu le contraindre à abandonner. Lorsqu'il tenait, il tenait.

Il venait de nouer deux fils. Europa Sex Stars, ce ne pouvait être que ces trois lettres, *ESS*, lues sous la photo de Martha Bronek, qu'il avait arrachée dans le classeur de Mariella Naldi, avenue Montaigne.

Il s'éloigna sans s'occuper de l'homme blond qui se débattait. Il rejoignit Viva.

– Inutile de s'attarder à Zielona Gora, dit-il en démarrant.

La voiture bondit sur la chaussée inégale, prit une route secondaire qui se dirigeait vers l'ouest. La frontière allemande était signalée par quelques panneaux de bois plantés au bord des champs. Chaque fois qu'ils surgissaient dans les phares, Kopp accélérait.

Il fallait quitter rapidement la Pologne. On se préoccuperait plus tard, dans la première ville allemande, de téléphoner à la police de Zielona Gora pour qu'elle se charge des hommes restés dans l'entrepôt.

– ESS, Europa Sex Stars, répéta Kopp en lançant un coup d'œil à Viva qui somnolait, emmitouflée dans sa veste dont elle avait relevé le col de fourrure.

Elle ne bougea pas, garda les yeux fermés, se contenta de marmonner que vraiment, à cette heure et dans ce froid, elle ne pensait pas au sexe.

Kopp, le buste penché en avant comme pour mieux voir la route, réfléchissait.

Europa Sex Stars : ces trois mots devaient suffire à Alexander pour explorer toutes les filières auxquelles il avait accès, police allemande ou Interpol.

ESS : c'était probablement la première destination de Martha Bronek. C'était le fil qu'il fallait tirer.

18

Julius Kopp s'arrêta devant l'homme en blouson qui se tenait, bras croisés, devant la porte métallique peinte en noir d'Europa Sex Stars. La boîte était située à quelques dizaines de mètres seulement de la Stuttgarterplatz, et il avait suffi à Kopp de consulter l'annuaire de Berlin pour en trouver l'adresse.

Il avait laissé Viva au Hilton, avec mission d'attendre qu'Alexander rassemble les informations concernant Europa Sex Stars.

Kopp avait caché ses armes dans la voiture, puis il s'était dirigé vers la Stuttgarterplatz et il avait aussitôt déduit que la boîte devait se trouver dans une de ces rues mal éclairées, à dessein semblait-il. Les éclats des enseignes des hôtels, des bars ou des Eros Centers les illuminaient à intervalles réguliers. Il prit la démarche faussement nonchalante d'un homme qui erre dans les rues à femmes. Et il arriva ainsi devant la façade d'Europa Sex Stars. En dehors de ces trois mots composés de lettres vertes et rouges alternées, et du portier – un grand type en blouson –, rien n'attirait le regard. Europa Sex Stars semblait jouer la discrétion, le secret même. La porte métallique, blindée sans doute, était étroite, surmontée de deux caméras dont les faisceaux pointaient vers le seuil.

L'homme ne s'écarta pas quand Kopp se plaça devant lui en indiquant d'un signe qu'il voulait entrer.

L'homme le dévisagea, se pencha même pour l'examiner avec soin, puis il expliqua, en allemand d'abord, et, alors que Kopp avait manifesté son incompréhension, en anglais ensuite, qu'Europa Sex Stars était un club privé, qu'il fallait posséder la carte des membres pour y pénétrer. Kopp fit mine de chercher de l'argent, mais l'homme avança d'un pas. Il était aussi grand que Kopp et il avait la musculature d'un lutteur ou d'un boxeur. Il secoua la tête. Kopp recula : il ne pourrait pas entrer de force. Il feignit la déception et le portier lui indiqua de la main d'autres enseignes.

Kopp s'éloigna et se glissa dans le renfoncement d'une façade.

Il soufflait un vent glacial. La foule dans la rue était pourtant assez dense, presque exclusivement masculine. Les hommes, souvent des étrangers au teint basané, peut-être des Turcs, allaient et venaient comme si d'errer là, à proximité de ces femmes qui attendaient, les faisait déjà jouir.

Kopp patienta plus de deux heures. Plusieurs hommes, jeunes pour la plupart, s'étaient présentés, une carte à la main, au portier d'Europa Sex Stars. C'était lui qui sonnait à la porte. Elle ne s'ouvrait qu'au bout de quelques minutes, automatiquement semblait-il, et une lumière rouge sombre éclairait fugitivement la rue.

Kopp s'accroupit pour lutter contre le froid, alluma un cigare, qu'il tint à deux mains comme si cela pouvait le réchauffer. Il venait de jeter son mégot quand enfin un homme sortit du club. Il était accompagné d'une jeune femme, que Kopp regarda d'abord. Elle était vêtue d'une minijupe et d'un blouson de cuir noir. Ses cheveux étaient teints en vert et deux cercles dorés pendaient à ses oreilles.

L'homme la tenait aux épaules. Leur emboîtant le pas, Kopp le détailla. Il était vêtu d'un manteau long en cuir noir, avec des épaulettes d'officier et une martingale. Kopp aperçut des bottes souples que battait le bord du manteau. L'homme portait une casquette, elle aussi en cuir.

Ils traversèrent la Stuttgarterplatz, déserte.

Kopp restait à une centaine de mètres derrière eux, qui avançaient lentement, se dirigeant sans doute vers le parking souterrain dont l'entrée était située à l'extrémité de la place.

Kopp se rapprocha. Il fallait agir.

Le type avait les épaules larges mais sa démarche n'était pas celle d'un homme entraîné, d'un combattant. Elle était alanguie, accordée à celle de la jeune femme qui oscillait sur des chaussures à hauts talons couleur d'argent. Peut-être un travesti. Non, les jambes étaient trop fines pour être celles d'un homme, fût-il un transsexuel.

Le couple disparut dans l'entrée du parking, par un escalier d'une lumière bleutée qui permettait d'accéder à l'ascenseur.

Kopp les vit, debout devant la porte de la cabine. L'homme avait toujours le bras posé sur l'épaule de la jeune femme.

Kopp se tendit. Maintenant, c'étaient les muscles et leurs automatismes qui commandaient.

Il bondit et des deux mains, comme des lames qui cisaillent à droite et à gauche, il frappa sur les gorges avec la même violence. Il y eut deux râles. Les deux corps s'effondrèrent en s'écartant l'un de l'autre. Kopp se baissa. L'homme, sous le manteau, portait une veste noire. Son visage était maigre et il avait une boucle passée dans l'oreille, une perle fixée à la narine.

Kopp trouva rapidement le portefeuille et un porte-cartes. La fille n'avait dans ses poches que des mini-flacons de laque. Kopp vit qu'elle portait elle aussi un petit diamant fiché dans sa narine et les ongles peints en noir brillant. Son visage blafard était lisse. Elle avait les sourcils rasés.

Kopp entendit des pas. Il descendit rapidement l'escalier, poussa la porte du premier niveau, traversa en courant le parking et sortit par un escalier opposé. Arrivé sur la place, il entendit crier. Un attroupement s'était déjà formé à l'entrée du parking.

Dans la chambre du Hilton, il fouilla le portefeuille et le porte-cartes. La carte d'adhérent du club Europa Sex Stars était un rectangle plastifié noir. Elle ne comportait ni nom d'adhérent ni numéro, mais les deux S de Sex Stars étaient stylisés en écriture runique, et rappelaient ainsi l'emblème SS, d'autant plus que dans le coin supérieur gauche se trouvait une tête de mort avec tibias croisés sous laquelle était gravé, comme s'il s'était agi d'un numéro de régiment : 666.

Le nombre satanique.

## 19

Julius Kopp ne sortit pas de l'hôtel Hilton pendant deux jours.

Il avait renoncé à se représenter au portier de l'Europa Sex Stars. Celui-ci l'aurait sans doute reconnu et la carte du club dérobée au couple « noir » – c'est ainsi que Kopp le surnommait – aurait été, pour des policiers sans doute aux aguets, une preuve de sa culpabilité. Il attendit donc, sans trop savoir quoi. Peut-être les informations qu'Alexander devait rassembler à partir du nom du club.

Il n'aimait pas cette situation.

De la fenêtre de sa chambre qu'il ne pouvait qu'entrebâiller, il apercevait les immenses grues des chantiers où se construisait le nouveau Berlin. Il se faisait monter les repas, et lorsque Viva s'était montrée, le premier soir, il l'avait renvoyée.

Le deuxième jour, bien qu'il lui demandât de le laisser seul parce qu'il attendait, disait-il, un appel d'Alexander, elle revint, s'assit sur le lit et commença à dénouer ses cheveux. Il l'ignora. Elle se redressa et, en le regardant fixement, elle déboutonna son chemisier puis le fit glisser, et resta ainsi, épaules nues.

Il eut brusquement envie de rire, se contint.

D'un air de défi, elle fit tomber son soutien-gorge. Elle avait des seins ronds, la peau blanche. Elle dit :

– Il faut que tu te calmes, Julius. Tu penses faux quand tu ne fais pas l'amour.

Elle retira son pantalon et il admira ses hanches, son bassin large sur ses jambes fines. Elle n'avait pas vieilli.

– Qu'est-ce que tu veux ? dit-il bêtement.

Elle éclata de rire. Il était vraiment stupide ! Elle voulait qu'il pense juste, voyons, et elle était la seule femme qu'il eût à portée de main. Elle prit les poignets de Julius et le força à poser les doigts sur ses seins.

– Tu les reconnais, dit-elle, grave tout à coup.

C'était tellement idiot de laisser passer ces jours, ces nuits, enfermés chacun dans sa chambre comme deux inconnus indifférents l'un à l'autre.

Elle l'enlaça, le fit basculer sur le lit et entreprit de le déshabiller. Il s'abandonna car chaque geste qu'elle faisait, chaque caresse, chassait une pensée de sa tête.

Il la désira tout à coup, avec une brutalité et une rage qu'il ne chercha pas à contrôler. Il la maintenait sous lui, les bras emprisonnés, les jambes bloquées, il l'écrasait de tout son poids, et il se sentait primitif, grognait, respirait bruyamment.

Elle haleta, elle se cambra, elle cria, puis tout à coup elle fut un corps sans force, qu'il serra contre lui. Et ce fut lui qui cria.

– Tu es un beau diable, dit-elle quand ils furent allongés côte à côte.

Peut-être, en effet, le Diable était-il en lui, comme en chaque homme, chaque femme, enfermé dans le corps, cadenassé par les conventions et les pensées, prêt à surgir avec furie dans certains actes : l'amour, le combat, le meurtre. Puis on le refoule, on le contient grâce à une cravate parfaitement nouée et on redevient un être civilisé. Mais quelques-uns, qui se soumettent à lui, organisent son culte. Quelqu'un utilisait-il cette énergie immense qui sommeillait en chaque personne ? Et si oui, dans quel but ?

Viva se leva, s'agenouilla, fouilla dans ses vêtements, en retira un magazine qu'elle agita.

Kopp avait croisé ses mains derrière la nuque. Il la trouva belle, jeune, avec quelque chose de joyeux, de spontané et d'indomptable dans le regard. Provocante aussi, et saine. Elle était dodue, pas morbide comme ces mannequins photographiés dans la galerie de la maison de couture Naldi, avenue Montaigne.

Elle s'assit sur le bord du lit.

– J'ai lu ça, dit-elle, j'ai pensé que cela pouvait t'intéresser.

Elle lui tendit le magazine ouvert sur une double page. Une grande photo montrait des cadavres de chevaux morts couchés sur l'herbe. Il se souvint de son propre cheval que des tueurs avaient abattu devant lui dans le champ qui entourait le siège de l'Ampir, quelques années plus tôt, quand l'agence était en guerre contre la secte du Maître de la Vie, Ordo Mundi.

Kopp rejeta ce souvenir et lut le titre qui courait sur les deux pages : « Le Diable massacre-t-il les chevaux ? » L'histoire que racontait le magazine était étrange. Dans plusieurs régions d'Allemagne, mais aussi en Suisse, en Italie, des étalons, des juments, des poulains qui paissaient dans les prés avaient été mutilés au couteau, sauvagement torturés. On avait, en Prusse, châtré les étalons, qu'on avait ensuite laissés agoniser. Des juments avaient été saignées, éventrées. On avait commis des actes semblables dans d'autres États allemands. En Suisse, dans l'Engadine, des bêtes avaient été tuées à coups de lance, après avoir été martyrisées, de même qu'en Vénétie. Chaque fois, les tortures avaient un aspect sexuel. Les parties génitales, le sang servaient-ils à des messes sataniques ? Certains enquêteurs le prétendaient, assurant que l'on notait simultanément une multiplication des rassemblements de disciples de Satan. On se livrait, au cours de ces réunions, à des cérémonies rituelles. On s'aspergeait de sang et on imaginait que l'énergie sexuelle arrachée aux animaux pouvait se transmettre par des actes de mutilation des parties génitales. Certains fidèles de Satan les embrassaient, les mordaient, les avalaient.

« Fou, ce monde », pensa Julius Kopp.

Il referma le magazine, le lança loin du lit. Viva se leva, le ramassa. Kopp n'avait pas lu jusqu'au bout, dit-elle. Julius, elle l'avait toujours pensé, reprit-elle en souriant, était une brute émotive, trop sensible pour oser regarder la réalité crue, sauvage.

Viva ouvrit le magazine, s'approcha de Julius Kopp, lui montra dans un encadré noir quelques phrases en caractères gras.

Il lut rapidement.


*On peut penser que ces massacres de chevaux sont le fait de groupes organisés. Ils veulent à la fois commettre un acte rituel et soumettre chacun de leurs membres à une épreuve difficile. L'attaque d'un cheval en liberté exige de la détermination et une forme de courage. Il faut maîtriser un animal souvent puissant et qui, quand on le torture, se débat violemment. La plupart de ces animaux ont été, avant d'être abattus, domptés, maintenus couchés, ce qui exige plusieurs participants. C'est à ce moment-là qu'ils ont été marqués au fer rouge. Les polices allemande, italienne ou suisse ont longtemps caché ce fait. La « marque » représente une tête de mort et des tibias croisés, ainsi que la lettre I qui sert d'appui au crâne. Interpol a décidé de lancer une vaste enquête dans les pays concernés afin de démasquer l'organisation ou la secte qui se livre à ces massacres particulièrement barbares.*

— Cette carte du club…, commença Viva.

Kopp se leva d'un bond. Il ne voulait pas croire à ce rapprochement auquel il avait déjà pensé, mais qu'il refusait.

— Et le I, lança-t-il rageusement, c'est quoi, c'est qui ?

Puis, parce qu'il venait de penser au I d'*Inferno*, la ligne de produits de Mariella Naldi, il entra dans la salle de bains sans attendre la réponse de Viva et claqua la porte.

## 20

— C'est énorme, dit Alexander.

Il était assis en face de Kopp dans le bar de l'hôtel, situé à droite du hall dans un renfoncement qui ménageait une zone de silence et presque d'obscurité. Les petites tables rondes étaient seules éclairées par des lampes suspendues à l'aplomb de leur centre, et ces cônes de lumière crue accusaient encore la pénombre dans laquelle le bar était plongé. Le barman, derrière le comptoir, était lui-même pris dans une lumière tamisée, bleutée, qui donnait l'impression qu'il se trouvait derrière un voile, séparé de la salle du bar.

C'était le début de la matinée du troisième jour ; Alexander venait d'arriver à Berlin par le premier vol de la Lufthansa qui décollait de Paris. Il n'y avait encore aucun client en dehors de Kopp et d'Alexander.

— Énorme et incroyable, reprit Alexander.

À cette manière de commencer par la fin de ce qu'il allait dire, Julius Kopp, par réaction, resta impassible, ne posa aucune question, parut même indifférent aux propos d'Alexander. Du reste, il avait des reproches à lui faire. Il n'avait pas donné l'ordre à Alexander de venir à Berlin. Il voulait que la surveillance de la maison de couture Naldi et surtout celle de M$^e$ Narrouz soit poursuivie.

— Roberto ne lâche pas Narrouz, murmura Alexander. Il n'a encore rien relevé de particulier.

— Vous n'aviez pas à venir ici, à Berlin, répéta Kopp.

La juvénilité, l'élégance discrète d'Alexander l'irritaient. Cet homme d'une quarantaine d'années réussissait encore à en paraître à peine vingt-cinq. Et rien ne semblait pouvoir altérer son calme. Combien de temps avait-il passé, avant de quitter la Ferme, à choisir son costume à petits chevrons, la chemise bleu pâle et la cravate plus foncée qui tranchaient sur le gris perle de la veste ?

— Ce sera peut-être la plus grosse affaire de l'Ampir depuis sa création, continua Alexander.

Kopp ne put s'empêcher d'avoir un mouvement instinctif d'irritation. Est-ce qu'Alexander avait fait le voyage Paris-Berlin pour ce genre de considérations historiques ? En tout cas, si Alexander voulait toucher ses honoraires, il pouvait souhaiter longue vie à l'agence.

— J'ai préféré ne rien écrire, dit Alexander sans prêter attention aux récriminations de Julius Kopp.

— En dehors de ceci, ajouta-t-il.

Il retira la pochette assortie à sa cravate et prit au fond de la petite poche de sa veste un rectangle de papier qu'il déplia et tendit à Kopp.

– Le numéro de téléphone, dit Alexander.

Kopp reconnut les trois premiers chiffres : 317, puis il lut les chiffres qui suivaient : 2 692 331. Il leva les yeux vers Alexander, qui souriait.

C'était bien un numéro de téléphone des Pays-Bas, expliqua-t-il. Il avait eu du mal à le recomposer, et peut-être, si Kopp lui laissait le temps d'expliquer ce qu'il avait découvert, Alexander pourrait-il raconter comment il était parvenu à ce numéro.

– C'est celui de la Société de finances Sandor Béliar.

Kopp se pencha vers Alexander.

– Béliar, répéta Alexander. Celui que nous avons déjà rencontré, si proche de Mariella Naldi durant quelques années que certains journaux les ont présentés comme des époux, un couple en tout cas. Béliar vit aujourd'hui avec Abigaïl Miller et circule entre Venise, Saint-Moritz et New York. Il ne recherche aucune publicité, il fait tout pour échapper aux médias. Il est donné pour l'une des plus grandes fortunes du monde, pas très loin de Bill Gates. Il s'agit, Julius, de milliards de dollars.

Alexander s'avança vers Kopp, si bien que leurs deux visages étaient maintenant entrés dans le cône de lumière qui éclairait la table.

– C'est énorme, Julius, répéta Alexander. La Société de finances Sandor Béliar n'est présente que dans un petit nombre de places, qui ne sont d'ailleurs pas les plus importantes sur le plan boursier. En Europe, elle n'a de bureaux qu'à Amsterdam et Venise. Mais c'est la façade ; en réalité, des agents de change et des courtiers travaillent pour elle partout, et ceux-là sont innombrables. C'est un réseau souple, presque clandestin. Béliar n'a pas besoin de bureaux tapissés de marbre. Il lui faut des collaborateurs, et il en a, peut-être plusieurs milliers. Il est insaisissable, et pourtant il est présent partout. C'est un homme qui s'est adapté aux nouvelles données mondiales. Il n'est entravé par rien. Il travaille en temps réel : il n'a qu'à envoyer des impulsions à ses représentants. Les bureaux d'Amsterdam et de Venise existent peut-être seulement pour le charme de ces deux villes, et parce qu'il faut bien une localisation.

– Béliar…, murmura Kopp.

Alexander l'interrompit : d'accord, Béliar n'était pas l'objet des recherches dont l'avait chargé Kopp. Mais Alexander voulait aller à l'essentiel, à ce qui justifiait tout le reste. Béliar, pour reprendre une image dont Kopp se servait souvent, c'était la bobine sur laquelle venaient s'enrouler tous les fils, qui ensuite divergeaient, brins de couleur apparemment différents mais qui, quand on les suivait, aboutissaient tous, maintenant Alexander en était sûr, à la même origine, à la même bobine : Sandor Béliar et sa Société de finances.

Kopp fit une moue sceptique.

– Derrière ce que j'avance, dit Alexander d'une voix posée, j'ai cent heures de recherches, qui ont mis en branle des dizaines et des dizaines de relais, des fonds d'archives, des dossiers classés secrets dans les ministères de plusieurs pays. J'ai fracturé tout ça.

Il se redressa, s'appuya au dossier de son fauteuil.

Mais, reprit-il, d'une certaine façon il avait travaillé pour rien. Il n'avait pu avoir accès au fichier d'Interpol qu'au terme de sa recherche, et il avait découvert là, parfaitement classées, la plupart des informations qu'il avait lui-même rassemblées. Les hommes d'Interpol disposaient donc de l'essentiel du dossier.

– Les policiers des différents pays affiliés à Interpol ont fait un excellent travail, Julius, mais ils ne sont jamais passés à l'action, ou si peu. Il y a dans leurs archives plusieurs projets d'intervention. Tous sont restés à l'état d'hypothèses de travail.

Kopp se leva, alla jusqu'au comptoir, dit quelques mots au garçon auquel, pendant qu'Alexander parlait, il avait plusieurs fois fait signe en vain.

Il revint s'asseoir, et Alexander attendit que le garçon apportât deux autres cafés.

– En fait, dit Kopp tout en buvant bruyamment, vous ne m'avez encore rien expliqué.

– Vous voulez qu'on suive les différents fils ? fit Alexander. C'est tout aussi intéressant. D'abord...

Il appuya ses coudes sur ses cuisses et, penché en avant vers Julius Kopp, il commença, s'arrêtant parfois pour attendre que d'un petit hochement de tête Kopp lui signifie qu'il pouvait continuer son récit, qu'il avait enregistré tous les éléments précédents.

D'abord, il y avait les Europa Sex Stars. C'étaient, si l'on en croyait les différents rapports de police, des clubs fermés, réservés, comme Kopp l'avait constaté lui-même, aux membres inscrits possédant une carte. Aucun service de police n'avait pu obtenir communication des listings d'inscription, informatisés, naturellement, et inaccessibles. Il y avait deux types de membres, semblait-il. Des jeunes gens, filles et garçons, qui avaient tout juste atteint leur majorité, et, par ailleurs, de solides quadragénaires, des notables qui venaient chasser le gibier juvénile. Mais au vrai, on ne savait pas qui était réellement la proie, et de qui. Ces Europa Sex Stars formaient un réseau en Europe. On en trouvait à Berlin, à Amsterdam, à Londres – mais pas à Paris –, à Venise, à Budapest et à Moscou depuis peu. Il en existait aux États-Unis, à New York et Los Angeles. Ils avaient tous une même caractéristique, si l'on en croyait les rapports de police : une décoration morbide, macabre, avec des murs peints en noir et, partout, des objets funéraires, des têtes de morts, une atmosphère funèbre, et certains rapports se demandaient si ces clubs n'étaient pas en fait les points de ralliement des adhérents d'une secte aux ramifications internationales.

— Une secte qui voue un culte au Mal, une sorte de franc-maçonnerie satanique, précisa Alexander en baissant la voix. Mais on n'a jamais rien pu prouver.

On avait soupçonné aussi les Europa Sex Stars d'être des repaires de drogués, mais plusieurs perquisitions, à Londres, à Berlin, n'avaient rien donné, aucune saisie de drogue, même si certains des jeunes membres du club étaient à l'évidence dans un état anormal. Rien d'exceptionnel par rapport à ce qu'on pouvait trouver dans des boîtes du même type.

Alexander s'arrêta, parut hésiter puis reprit :

— En fait, dit-il, il n'y a aucune boîte qui ressemble aux Europa Sex Stars. Ce ne sont pas des bordels comme les Eros Centers, ce ne sont pas des boîtes de danse et de musique. On ne comprend pas. Récemment, à Magdebourg, des jeunes gens ont été arrêtés pour profanation de sépulture, appartenance à des groupes néo-nazis. La police considère qu'il s'agit de jeunes fous. Eh bien, ces trois garçons et ces deux filles qui avaient exhumé des cadavres et probablement mutilé des animaux...

— Des chevaux, murmura Kopp.

— Des chevaux, oui, dit Alexander étonné. Ils auraient tranché les parties génitales d'un étalon dans son box. Horrible, du sang partout, la bête agonisante.

— Une marque sur l'animal, n'est-ce pas ? ajouta Kopp.

Alexander fit oui.

Kopp grimaça une sorte de sourire et dit :

— La presse, Alexander, il suffit souvent de lire la

presse avec attention. Tête de mort avec tibias croisés et un I majuscule pour soutenir le crâne, voilà le marquage.

Alexander approuva.

– Donc, sur les cinq jeunes arrêtés pour profanation et mutilations, continua-t-il, et soupçonnés d'ailleurs d'être des incendiaires de foyers d'immigrés turcs, trois dont les deux filles étaient membres du club Europa Sex Stars.

Kopp fouilla dans sa poche, en sortit la carte ESS qu'il avait volée au «couple noir» et la tendit à Alexander, qui l'examina, la retourna.

– Une carte à puce, dit-il. On doit en quelques secondes pouvoir identifier son détenteur, et donc, si la déclaration de vol ou de perte a été faite, la carte est inutilisable.

– Je vais m'en servir, dit Kopp. Il faut toujours tenter, n'est-ce pas?

– Tenter le diable? fit Alexander. Dangereux, Julius. Peut-être le plus périlleux, le plus risqué des défis que vous avez lancés.

Kopp, calmement, remit la carte dans sa poche. Il expliqua qu'il ne ferait pas cette tentative à Berlin, mais plutôt à Amsterdam ou à Londres.

Alexander secoua la tête, avec une moue d'enfant, les sourcils froncés.

– Je désapprouve, dit-il. Vous avez toutes les chances d'être repéré dès que vous montrerez votre carte et qu'on l'aura contrôlée. Il existe un fichier central, c'est évident. Sinon, pourquoi une carte à puce? C'est un réseau parfaitement connecté et impénétrable, comme celui de Sandor Béliar.

Alexander sourit:

– C'est le même, d'ailleurs.

Mais, poursuivit-il, il ne se faisait pas d'illusion. Kopp agirait à sa guise, comme d'habitude. Alors, mieux valait choisir l'Europa Sex Stars d'Amsterdam. La ville étant plus permissive, le club était sans doute le moins protégé.

– C'est par ce club-là que je suis remonté à la Société de finances Sandor Béliar. Je leur ai tendu un piège, et les types ne se sont pas méfiés. J'ai eu accès à leurs références bancaires. Après, ça n'a plus été qu'une question de manipulations informatiques pour parvenir jusqu'à la Société de finances Sandor Béliar. Le numéro de téléphone est le numéro personnel du directeur du club d'Amsterdam, un certain Paul Nabal.

Ils restèrent un moment silencieux, chacun enfoncé dans son fauteuil.

Le bar s'était peu à peu rempli. Kopp aperçut Viva qui parcourait le hall à leur recherche, puis, les découvrant, venait vers eux. Elle portait une large chemise d'homme d'un bleu délavé, à grosses poches plaquées à hauteur des seins, et un pantalon noir qui lui moulait les hanches et les jambes. Elle s'assit entre eux, les regarda alternativement.

– Viva vous accompagnera ? demanda Alexander.

Kopp croisa les mains sous sa nuque, les yeux en l'air.

Si c'était nécessaire. Mais il n'avait pas encore pris de décision. Fallait-il jouer avec Viva au «couple noir» ou bien devait-il se présenter à l'Europa Sex Stars comme un homme en quête de partenaires ? Il aviserait.

– Le mot *sex* ne correspond pas à l'activité principale de ces clubs, dit Alexander, j'en suis sûr. Il y a toujours du sexe partout, bien sûr.

Il se pencha vers Viva comme s'il quêtait une approbation.

– Mais ce n'est pas ce qu'on recherche dans ces clubs, j'en ai l'intuition.

Il pensait aux jeunes gens arrêtés à Magdebourg. Les filles prétendaient être des succubes, des démons femelles au service du Diable pour séduire et violer hommes ou femmes pendant leur sommeil, et les garçons assuraient qu'ils étaient des incubes, c'est-à-dire des démons mâles, eux aussi envoyés par Satan dans le même but.

– Le sexe, dit Viva. Diable ou pas, succubes ou incubes, il s'agit de séduction. Il n'y a pas de Diable, il y a des gens qui ne rêvent qu'à s'envoyer en l'air.

Elle regarda Julius Kopp, puis baissa les yeux.

Alexander eut une moue de mépris. On n'expliquait rien par la vulgarité, dit-il. Le sexe n'était pas un but pour ces disciples de Satan, ces illuminés qui se prenaient pour des démons, c'était le moyen de corrompre, d'entraîner dans le bal infernal des êtres crédules. Les pousser, aveuglés par leur désir, séduits par les envoyés du démon, à basculer du côté de Satan. Le sexe n'était qu'un piège.

– Et le désir, c'est le Diable, le serpent ? s'exclama Viva.

Alexander détourna la tête.

– Sandor Béliar n'est pas seul actionnaire des Europa Sex Stars, dit-il, il y a votre amie, Julius.

Il sourit ironiquement.

– Mme Mariella Naldi. Sa société fait officiellement partie des actionnaires du réseau Europa Sex Stars. Sa ligne de produits Inferno se sert des clubs comme tremplin promotionnel – Alexander fit pivoter sa main – et vice versa. C'est dans Europa Sex Stars qu'elle recrute certains de ses mannequins. C'est sa réserve. Elle y puise quand ça lui chante. Votre fille de Zielona Gora, Martha Bronek, est sûrement passée par là, de même que Monika Van Loo, l'un de ses anciens mannequins vedettes, compromise à Bologne avec les Enfants de Satan dans la célébration d'une messe noire.

Viva se leva brusquement.

Elle ne croyait à rien de ces élucubrations, dit-elle. C'était une manipulation, un paravent derrière lequel on dissimulait d'autres intentions : domination, spéculations financières, trafics. L'un, le financier, ce Béliar, si elle avait bien compris ce qu'en avait dit Alexander, contrôlait ces clubs, sans doute pour y blanchir des bénéfices frauduleux, peut-être l'argent de la drogue. Satan n'était qu'un masque, un mirage, une fausse piste. Quant à Mariella Naldi – Viva se tourna vivement vers Kopp –, elle avait simplement ciblé une clientèle pour ses produits. Les jeunes cons, ceux qui se prétendaient démons, succubes et incubes, n'étaient pour elle que des clients comme les autres. Ça ne l'empêchait sans doute pas d'être une femme séduisante.

– N'est-ce pas, Julius ? Le sexe, c'est le Diable, conclut-elle en ricanant.

Et elle se dirigea vers le comptoir du bar.

Alexander la suivit des yeux, puis il se pencha vers Julius Kopp.

– Au début, dit-il, quand j'ai commencé à rassembler ces informations, j'ai pensé moi aussi qu'il s'agissait là d'une supercherie, de structures et de décors servant à attirer des gens dans des buts classiques, tout à fait habituels. Nous les connaissons, Julius. Puis j'ai commencé à douter. L'organisation est parfaite. C'est celle d'une multinationale efficace. Mais il y a une dimension supplémentaire. Je ne vois pas à quoi tout cela aboutit si j'exclus la stratégie satanique, la constitution d'une religion du Mal, drainant les gens par l'intermédiaire des clubs Europa Sex Stars. La mode, celle de Mariella Naldi, est aussi un moyen d'accrocher, de créer un état d'esprit. J'hésite encore, mais… Savez-vous ce que j'ai découvert ? « Béliar », ce nom n'évoque rien pour vous ? Je n'y ai pas prêté attention au début, et puis mes souvenirs d'étudiant me sont revenus. J'ai suivi jadis, à Cambridge, un cours d'histoire ancienne où nous avions décortiqué la Bible. « Béliar » ? C'est un mot hébreu, qui exprime la méchanceté. On peut aussi dire « Bélial ». Coïncidence curieuse, n'est-ce pas ? Les « fils de Béliar », dit la Bible, sont des hommes mauvais, des canailles, des êtres lubriques, des traîtres. Mais ce n'est encore qu'anecdotique. J'ai consulté quelques dictionnaires de la Bible, sur Internet, et tous précisent que Béliar, c'est la puissance infernale, celle qui pousse les hommes vers la mort. Béliar, c'est l'esprit du Mal, qu'on opposera ensuite au Christ. Déjà dans le judaïsme, Béliar, c'est Satan, c'est le Diable. Étrange, n'est-ce pas ? Ce nom du financier qui est au cœur du réseau Europa Sex Stars, et qui est sûrement derrière Mariella Naldi, signifie « Satan ». Si je traduis, Sandor Béliar, devient Sandor Satan.

— Ne traduisez pas, dit Kopp en se levant.

— Quant à Nabal, Paul Nabal, le directeur de l'Europa Sex Stars d'Amsterdam, j'ai appris…

Alexander retint Kopp par le bras.

— Écoutez-moi, dit-il d'une voix tout à coup pressante, angoissée. J'ai appris que son nom signifie : « Dépourvu du sens de Dieu ». On le qualifie d'être dur et malfaisant – un homme au service de Satan, en somme.

Kopp se dégagea, se secoua plutôt, obligeant Alexander à le lâcher, mais celui-ci continua de parler.

— Marié à qui, Béliar ? Devinez, Julius. À une certaine Abigaïl, qui d'ailleurs, toujours selon la Bible, le trahira et deviendra l'épouse de David. Vous vous souvenez du nom du mannequin qui vit avec Béliar ?

118

Abigaïl Miller, Julius, Abigaïl. Si je traduis, si je dresse la liste de ces coïncidences…

Kopp, qui avait réussi à faire quelques pas, se tourna, avec un geste violent de la main.

– Ne dites plus rien, martela Kopp. Ne traduisez pas. Ne formulez même pas d'hypothèses. Laissez la Bible là où elle est, dans le tiroir de la table de nuit à votre hôtel.


# 21


Julius Kopp repoussa si brutalement le tiroir de la table de nuit que la lampe de chevet, haute et grêle, oscilla puis tomba contre le bord du lit où elle resta heureusement coincée. Kopp jura, la redressa, puis retourna à la fenêtre.

L'Amstel Hotel se dressait au bord du Binnen Amstel, l'un des principaux canaux du centre d'Amsterdam. De la fenêtre de la chambre située au troisième étage, en se penchant, Kopp apercevait la Sarphatistraat, puis le débouché de la rue Tulpplein, bordée des maisons traditionnelles aux façades de brique rouge, avec leurs pignons qui surplombaient la rue pavée. C'est derrière l'une de ces façades, au numéro 66, qu'habitait Paul Nabal, le directeur de l'Europa Sex Stars d'Amsterdam.


Kopp, après avoir retenu sa chambre, était allé aussitôt, en compagnie de Viva, repérer les lieux. La maison de Paul Nabal était plus étroite encore que les autres immeubles de la rue Tulpplein. Elle avait aussi une particularité. Le numéro 66, placé à droite de la porte, était prisonnier d'une bouche, une gueule béante plutôt, aux lèvres si épaisses que tout le reste du visage, sculpté dans du bronze, se réduisait à quelques boursouflures.

– Engageant, avait murmuré Viva en riant.

On était en pleine farce, non ? avait-elle poursuivi. Puis elle s'était exclamée en mimant l'effroi : le nombre 66 n'était-il pas un nombre satanique, une partie du fameux nombre 666 ? Pendue au bras de Kopp, elle jouait la femme affolée.

– Mon Dieu ! Le Diable, Kopp, le Diable !

Il s'était écarté d'elle pour constater que d'autres maisons de la rue Tulpplein portaient elles aussi, apposés à leur façade, englobant parfois le numéro, des motifs décoratifs sculptés, certains en cuivre, d'autres en bronze, et même quelques-uns en marbre.

En repassant devant le 66 pour retourner à l'Amstel Hotel, Kopp avait remarqué que la porte d'entrée avait dû être remplacée, et apparemment blindée. Contrairement à celle des autres maisons, elle était lisse et repeinte en vert foncé récemment. Les points de fermeture, à en juger d'un coup d'œil, étaient au nombre de quatre, sans doute des verrous. Le périmètre était cerclé par une cornière. En tout cas, Paul Nabal, disciple du Diable ou pas, savait prendre des précautions tout à fait traditionnelles.

– Ce démon-là…, avait commencé Viva, de son ton ironique.

Elle avait dû elle aussi remarquer les verrous.

Il faudrait donc contourner la porte, peut-être escalader la façade en utilisant les petites aspérités des briques, les tuyaux d'évacuation de la gouttière, les corniches et les pignons. Les fenêtres du premier étage n'étaient situées qu'à trois ou quatre mètres du sol. On pouvait grimper jusque-là si la rue, à un moment de la nuit, se trouvait déserte.

– Pas commode, avait repris Viva dans le hall de l'Amstel Hotel. Peu de prises, et il y a les passants, les maisons d'en face.

Kopp ne lui avait pas répondu et, tandis qu'elle attendait devant les ascenseurs, il avait grimpé par l'escalier au troisième étage, où Viva était parvenue avant lui.

– Tu t'entraînes ? avait-elle dit.

Il avait eu le temps d'entendre Viva chantonner, avant de claquer la porte de sa chambre.

Il avait ouvert la fenêtre, s'était penché au-dessus du canal, avait regardé les maisons de la rue Tulpplein.

Puis, machinalement, il s'était dirigé vers la table de nuit.

La Bible était là, bien sûr, dans le tiroir.

Et il s'était senti ridicule. Béliar, Nabal, 666, les succubes, les incubes, Satan – allait-il se laisser embobiner par des mises en scène ou des coïncidences ?

Il avait repoussé le tiroir, bousculant la lampe de chevet. Il n'avait plus qu'à la redresser.

## 22

Julius Kopp attendit pour ressortir le milieu de la nuit.

Viva l'avait appelé plusieurs fois, à l'heure du dîner puis au milieu de la soirée. Il l'avait laissée parler, répétant d'abord qu'il préférait agir seul, puis se contentant, lorsqu'il avait reconnu sa voix, de raccrocher sans dire un mot.

Elle était difficile à décourager et son entêtement ne déplaisait pas à Kopp.

Lorsque, peu avant minuit, elle était venue en personne frapper à la porte de la chambre, il avait ouvert, l'avait saisie brutalement par les poignets, attirée à l'intérieur, et avant même qu'elle ait pu prononcer un mot, il l'avait couchée sur le lit. Elle ne s'était pas débattue, se laissant prendre, comme s'il la violait. Puis, en la renvoyant, il lui avait dit, insistant sur le vouvoiement :

– Je vous appellerai si nécessaire.

Elle s'était éloignée et il avait suivi des yeux sa silhouette dans le long et large couloir éclairé par une lumière rougeâtre. À un moment, elle s'était retournée. Il n'avait pas eu un geste.

Ces relations, c'était leur manière de jouer, de se surprendre, de ne pas en finir avec ce qui avait été, pour elle, et peut-être aussi pour Julius Kopp, une brutale et brève passion.

Il savait aussi qu'avant d'agir, il avait besoin d'être calme. L'amour avec Viva, dans sa brièveté brutale, l'avait apaisé.

Il avait commencé à nettoyer méticuleusement ses armes, deux Beretta munis de leur silencieux que Viva avait transportés de Berlin à Amsterdam dans la Mercedes de location. Kopp avait fait le voyage par avion et ils s'étaient retrouvés à l'Amstel Hotel comme convenu.

Tout à coup, il avait sursauté. La chaîne CNN diffusait un reportage sur les profanations de cimetières en Europe, puisque, avait expliqué le présentateur avant de lancer les images, le phénomène prenait une importance inquiétante, comme s'il s'agissait d'une consigne systématiquement appliquée – mais dans quel but ? – ou d'une épidémie qui se répandait spontanément et que chaque nouvelle manifestation, parce qu'elle était reprise par les médias, amplifiait. Malgré ce risque, avait conclu le journaliste, CNN ne pouvait ignorer le phénomène. C'était étonnant, ces cimetières du nord de l'Allemagne où plusieurs rangées de croix avaient été abattues. Mais il y avait aussi, à l'autre extrémité de l'Europe, dans l'ouest de la France, des crucifix plantés à l'envers. Et dans la Somme, près de la frontière belge, des croix brisées, des tombes souillées dans les cimetières militaires de la Première Guerre mondiale. Aux États-Unis, plusieurs États avaient connu des événements semblables.

Kopp avait éteint le téléviseur et était resté plusieurs dizaines de minutes allongé sur son lit dans l'obscurité la plus complète.

Il avait tout à coup la certitude, et pas seulement à cause de ce reportage, qu'il était vraiment, comme avait dit le général Mertens, plongé au cœur de quelque chose de fondamental. Quelqu'un et des groupes d'hommes ici et là s'attaquaient – au nom de quoi, sinon du Mal ? – aux sépultures. C'est-à-dire à ce qu'il y a, depuis des millénaires, de plus respecté, même par les envahisseurs les plus barbares. La preuve, c'est qu'on trouve encore, des milliers d'années plus tard, des sépultures préhistoriques. Du reste, la légende était née d'une malédiction s'abattant sur les égyptologues ou les pillards qui avaient fouillé ou violé celles des pharaons. Déranger le repos d'un mort avait toujours été considéré comme un sacrilège. Les hommes étaient devenus des humains le jour où, contrairement aux animaux, ils avaient appris à enfouir leurs morts afin de préserver leur mémoire et de les honorer, d'établir ainsi la continuité entre les générations.

Les profanateurs d'aujourd'hui ne s'intéressaient pas, contrairement aux pillards des sépultures d'hier, aux trésors enfouis dans les tombes. Ils voulaient saccager un lieu de repos, rompre le fil des vivants et des morts, profaner la mémoire.

Kopp avait glissé l'un de ses Beretta sous son aisselle gauche et accroché le second à hauteur de la taille, dans son dos.

L'homme, sans le culte des morts, retourne à l'animalité. Or n'était-ce pas exactement le projet du Diable ?

N'était-ce pas là l'enjeu de cette enquête, de cette bataille que Kopp avait commencé de livrer ?


# 23


Au-dessus des rues balayées par un vent glacé qui avait décapé le ciel, la nuit était étonnamment claire. Il longea les façades de la rue Tulpplein, qui semblaient réfléchir la lumière de la nuit. Une tentative d'escalade dans une telle clarté était difficile, voire impossible. Kopp aurait été à la merci du premier passant. Et ils étaient encore nombreux à marcher lentement, à s'enfoncer dans de petites rues où des vitrines éclairées d'une lumière rouge les attiraient. Ils s'y collaient comme des insectes, les yeux écarquillés, regardant une femme assise qui, jambes croisées, fumait, ou bien laquait les ongles de ses pieds dans une position qui laissait deviner l'intérieur et le fond de ses cuisses. Parfois un homme entrait et la femme tirait le rideau. L'obscurité gagnait ce coin de rez-de-chaussée, mais les passants demeuraient sur place, attendant que la lumière rouge éclaire de nouveau la vitrine et les visages avides, les bouches comme des groins.

Kopp gagna directement la Lange Hout Straat, à quelques centaines de mètres.

Il n'avait pas encore situé les lieux, ayant décidé d'agir d'abord au domicile de Paul Nabal, Tulpplein Straat, mais, puisque, pour le moment, cette action était impossible, autant se rendre au numéro 6 de la Lange Hout Straat, où, selon Alexander, se trouvait l'Europa Sex Stars d'Amsterdam.

Il distingua aussitôt la porte du club. C'était un étroit rectangle flamboyant, couleur or, dans une façade toute noire. Trois lettres brunes se détachaient au centre de la porte : ESS, mais les deux S étaient à peine stylisés, si bien que l'on pouvait, à partir de leur graphie, reconnaître les runes hitlériens ou bien simplement noter, peut-être, une vague ressemblance.

Il n'y avait pas, comme à Berlin dans la rue proche de la Stuttgarterplatz, de gardien. La Lange Hout Straat était même à peu près déserte, comme si les créateurs du club avaient voulu le situer à l'écart des rues «rouges» d'Amsterdam, où il eût attiré tous les regards et tous les intérêts.

C'était une preuve qu'il s'agissait bien d'hommes qui ne cherchaient pas à toucher le plus grand nombre, mais des individus sélectionnés et déterminés.

Julius se plaça devant la porte. Elle était, comme celle de Berlin, surmontée de deux caméras, dont les faisceaux convergeaient à hauteur de visage face à une petite lucarne ronde, grillagée, d'une dizaine de centimètres de diamètre. Au-dessous se trouvait, comme à certains péages d'autoroute, un bouton d'appel carré, de couleur noire, tranchant sur le doré de la porte. Sur ce bouton était représentée une main blanche aux doigts osseux comme ceux d'un corps décharné, invitant à pousser le bouton.

Une inscription en anglais indiquait que l'entrée était réservée aux membres du club.

Kopp distingua sous la lucarne ronde une fente qui devait, comme dans un distributeur de billets, recevoir la carte du club et l'identifier. Peut-être l'ouverture était-elle automatique et la surveillance seulement électronique et vidéo. Si c'était le cas, Kopp avait peut-être une chance de pouvoir entrer.

Il sortit sa carte et, en glissant la main vers la poche de sa veste, il vérifia que la petite lanière à pression qui fermait l'étui de son arme était bien décrochée et qu'il pouvait atteindre la crosse du Beretta.

Il hésita encore, recula d'un pas, inspectant la façade noire. C'était un pari, Alexander l'avait prévenu. Le vol de la carte pouvait avoir été signalé, et ses caractéristiques intégrées dans le circuit informatique central du réseau Europa Sex Stars. Dans ce cas, ou bien l'ouverture de la porte ne se déclencherait pas, ou bien on ne le laisserait entrer que pour l'arrêter.

Il sortit sa carte, la glissa dans la fente. Il attendit quelques secondes, peut-être vingt ou trente, puis la carte reparut et la main décharnée s'illumina, une lumière fluorescente parcourut les doigts, incitant, par son mouvement le long des phalanges, à presser le bouton.

Kopp essaya de rester suffisamment éloigné de la porte pour que son visage demeurât en dehors des faisceaux des deux caméras. Il tendit le bras gauche, appuya sur le bouton. La porte s'ouvrit. Et il eut devant lui un trou noir, un escalier dont de petits points lumineux placés sur le côté des marches signalaient la présence.

Derrière lui, la porte se referma.

Il commença à descendre. Ses yeux, peu à peu, s'habituèrent à la pénombre. La surface des murs, le long de l'escalier, semblait inégale. Il l'effleura de la main, reconnut, en même temps que ses yeux réussissaient à distinguer les formes, des crânes et des tibias entassés, comme dans les catacombes de Naples. Mais il s'agissait évidemment d'imitations, comme il peut s'en trouver parfois dans certaines attractions de foire ou bien au musée de l'Horreur, à Londres.

Kopp ricana, marmonna des injures. Mais qui pouvait être dupe de cette mise en scène ? Des adolescents à peine sortis de l'enfance !

Il dut descendre une trentaine de marches.

Il atteignit une sorte de petit vestibule éclairé par une sphère lumineuse qui, en tournant, alternait des éclats rouges et verts. En face de l'escalier, se trouvait une porte noire sur laquelle étaient peints une tête de mort et des tibias croisés. Comme sur la carte de membre du club, les lettres ESS apparaissaient, et les deux S, cette fois-ci, reproduisaient exactement le symbole nazi. Au-dessous de la tête de mort, Kopp put lire le nombre 666.

La farce continuait, pensa-t-il. Il était tendu, sur ses gardes. Les murs du vestibule devaient représenter l'intérieur d'un tombeau, des dalles funéraires les décoraient. Il lut aussi, écrit à la bombe noire, maculant ces différentes plaques : *INFERNO*.

Kopp fut pris d'un accès de rage contre lui-même. Pourquoi s'était-il laissé engluer dans cette affaire où le sordide se mêlait au ridicule ? Et, en même temps, il avait envie d'enfoncer cette porte, de sortir à coups de poing et de pied ceux qui se trouvaient derrière. Il aurait voulu les asperger d'eau glacée pour leur laver le corps et le cerveau.

Il aperçut, dans cette porte, une lucarne identique

à celle de la porte d'entrée. Elle se trouvait dans la bouche de la tête de mort. Mais il n'existait aucune fente pour introduire la carte. En revanche, le même bouton carré sur lequel était figurée la main se trouvait placé entre la tête de mort et l'inscription 666.

La porte devait être matelassée, car Kopp ne percevait que quelques sons étouffés en quoi il devina une musique rock violente mais dont ne lui parvenaient que quelques aigus métalliques, et parfois les rumeurs étouffées de voix qui hurlaient.

Kopp appuya sur le bouton carré.

Dans les yeux de la tête de mort, deux points rouges se mirent à clignoter, indiquant sans doute qu'il fallait attendre. Il y eut un déclic. Un visage apparut derrière la lucarne, dans la bouche de la tête. Des hurlements, des sons tranchants s'échappèrent durant quelques secondes de la salle, en même temps qu'une odeur douceâtre, celle de la fumée de hasch.

– Qu'est-ce que c'est cette ville, ce pays? grommela Kopp.

Il était tendu, sur ses gardes, les yeux fixés sur la porte qui ne s'ouvrait pas. Il jura, eut envie de donner un coup de pied ou d'épaule dans le battant – qui n'aurait pas cédé, mais l'acte et le choc l'auraient calmé.

Tout à coup, il eut l'impression qu'on descendait l'escalier, mais il n'eut pas le temps de se retourner, à peine celui de se baisser un peu, en souplesse.

Il reçut un coup entre les épaules, à la base de la nuque, et pensa aussitôt au coup que lui avait donné Branko, rue Montaigne, et à Martha Bronek, morte d'une rupture des vertèbres cervicales.

Le choc résonna dans tout son corps. Ses jambes se mirent à trembler et, à la fois sous l'effet de ce coup donné sans doute à deux mains nouées et parce que c'était la seule manière d'esquiver un second choc, il se laissa tomber sur le côté, comme il l'avait fait après l'agression de Branko dans le bureau de Mariella Naldi.

Mais s'il s'agissait encore de Branko, celui-ci ne se laisserait sûrement pas surprendre une seconde fois par une détente du pied.

En roulant sur le flanc droit, Kopp chercha à atteindre la crosse de son Beretta, sous l'aisselle gauche.

Ce type l'avait frappé avec l'intention non de le terrasser, mais de le tuer. Il s'agissait donc de lui rendre la pareille.

Seulement, l'homme ne laissa pas à Kopp le temps de s'emparer de son arme. De la pointe du pied il frappa Kopp au coude gauche. Kopp ne put retenir un cri si intense fut la douleur. Kopp eut pourtant le réflexe, tout en criant, de saisir la cheville de l'homme et, avec la main droite, de la tirer brutalement à lui en la soulevant. En même temps il se redressa, achevant de faire basculer son adversaire déséquilibré.

Kopp n'avait pas encore vu le visage de l'attaquant. Il sortit rapidement son arme et, dans la pénombre, sans distinguer ses traits, il frappa sur le crâne, deux coups. L'homme grogna, puis son corps eut un soubresaut. Kopp n'attendit pas, le tira dans un coin du vestibule, le dressa. Dans la succession des rayons verts et rouges, il reconnut Branko.

Il y eut des bruits de pas dans l'escalier. Kopp se recroquevilla, se servant du corps de Branko comme bouclier. Il distingua nettement les reflets de la lumière sur le métal du pistolet de l'homme qui descendait les marches. Il paraissait massif et tenait son arme à deux mains. Il dut apercevoir Kopp, car il recula de plusieurs marches en criant :

– Branko! Branko!

Kopp ne répondit pas mais avança, traînant le corps inerte de Branko par les épaules. Il aperçut l'homme qui continuait de remonter l'escalier.

« Lui ou moi », pensa Kopp, et au même moment il fit feu.

L'homme cria, et un bruit d'objet tombant et rebondissant sur les marches résonna dans l'escalier.

Kopp avait visé la main et réussi à faire sauter l'arme. Il se précipita comme il put vers le haut des marches, toujours chargé de Branko.

Dans l'entrée, l'homme de l'escalier geignait et levait vers Kopp un visage large, des cheveux frisés. Le cou était énorme et court.

Kopp, d'un geste, lui intima l'ordre d'ouvrir la porte qui donnait sur la rue. Comme il hésitait, Kopp lui donna un coup de pied dans les côtes en le menaçant de l'arme. L'homme alors montra ses mains en sang, puis, du menton, indiqua contre le bord de la porte un digicode, et prononça : « SS ».

Kopp lâcha un instant Branko toujours inanimé, appuya sur les deux S, la porte s'ouvrit. Il se glissa dehors, portant Branko.

Un homme, ça parle toujours.


## 24


Julius Kopp soutint Branko comme on le fait d'un ivrogne qu'on reconduit chez lui. Personne, d'ailleurs, dans ces rues glaciales, ne semblait prêter attention à lui, qui avançait difficilement, le corps endolori par la lutte et les coups reçus.

Au bout de la Lange Hout Straat, il déboucha sur des quais vastes et déserts qui bordaient le Zwanenburgwall, un large canal dont l'eau, dans cette nuit qui demeurait dense malgré l'heure avancée, proche du jour, n'était qu'une surface noire sur laquelle les rares lueurs des lampadaires traçaient des zébrures jaunes.

Kopp, descendit par un escalier de pierre d'une dizaine de marches jusqu'au bord de l'eau, dont il entendit le clapotis régulier. Il appuya Branko contre un mur et, dans la pénombre un peu moins dense, il vit que tout le côté droit du visage était couvert de sang séché. L'œil était tuméfié, la tempe gonflée par un hématome, et les lèvres étaient violacées.

Il avait frappé fort. Mais Branko vivait.

De son œil gauche il fixa Kopp, regarda autour de lui, remuant difficilement la tête. Kopp lui enleva la ceinture de son pantalon avec laquelle il lui lia les poignets dans le dos. Branko n'opposa aucune résistance. Il se laissa glisser le long du mur et resta assis sur les talons.

Julius Kopp le fouilla. Il portait à la taille une arme de fort calibre, un magnum 357. Kopp prit son mouchoir, nettoya avec soin la crosse, sur laquelle il essuya d'éventuelles empreintes. Il savait que Branko ne perdait rien de ses gestes. Puis il appuya le canon du revolver, en le tenant avec son mouchoir, sur la tempe blessée de Branko. Celui-ci ne tressaillit pas, fixant Kopp de son seul œil ouvert.

Cet homme serait coriace.

Kopp trouva sur lui des papiers au nom de Branko Zalitch, né à Zagreb le 5 mars 1966. Il disposait d'un permis de séjour en France et de papiers attestant qu'il était employé en qualité de secrétaire particulier de Mariella Naldi, P-DG de la maison de couture Naldi, 28, avenue Montaigne, à Paris. Kopp découvrit aussi dans son portefeuille, glissée entre ses deux cartes de crédit (l'une de l'American Express, l'autre une carte Visa), une fiche comportant deux numéros de téléphone. Il reconnut aussitôt le premier, qu'Alexander avait identifié comme celui de Paul Nabal, 317 2692 331, à Amsterdam. Le second, 398 2743 549, si les deux premiers chiffres indiquaient le pays, était affecté à un poste situé en Italie. Kopp, ostensiblement, garda le passeport, le permis de séjour, cette fiche, et jeta le portefeuille dans le canal.

Il s'accroupit face à Branko. L'homme ne baissa pas la tête.

Kopp reprit le magnum 357, toujours protégé par le mouchoir.

– Je te tue là, dit-il, maintenant. D'une balle dans la tempe droite. Après, je place ton arme dans ta main. Et je te repasse la ceinture dans le pantalon. Tu comprends ?

Kopp avait parlé lentement. Branko, dont le visage s'était contracté, avait saisi chaque mot.

– Ou alors tu me racontes tout. Sur toi, sur Mme Naldi. Tu me parles de Paul Nabal, d'Europa Sex Stars. Tout m'intéresse. Tu me diras aussi ce que tu sais de Martha Bronek, de Monika Van Loo. Et de Me Narrouz.

Branko était resté inerte, sans cesser de regarder Kopp de son œil gauche, impassible. À peine avait-il un peu avancé la lèvre inférieure, ce qui donnait à son visage ensanglanté une expression méprisante. Julius Kopp, durant quelques secondes, se sentit mal à l'aise dans le rôle de celui qui interroge et menace un homme sans défense.

Il recula un peu, tout en restant accroupi.

– Commençons par Paul Nabal. C'est lui qui t'emploie ici, puisqu'il est le patron de l'Europa Sex Stars.

Il appuya tout à coup brutalement le canon du revolver sur la gorge de Branko.

– Tu as piégé ma voiture à Paris. Pourquoi ? Qui t'en a donné l'ordre ? Mme Naldi ou bien quelqu'un d'autre ? Tu as tué Martha Bronek d'un coup sur la nuque. Tu es fort à assommer un bœuf, Branko Zalitch. C'est toi qui as monté la mise en scène chez Mariella Naldi ? Dans quel but ? On voulait la menacer, la faire chanter ? Elle voulait quitter votre organisation, votre réseau ? Combien de filles as-tu tuées ? Ce doit être ta spécialité, tuer, non ? Monika Van Loo, tu connais ?

Kopp enfonça le canon jusqu'à ce que Branko commence à tousser puis à s'étouffer.

– Et Satan, Lucifer, Belzébuth, les démons, le Diable ? Tu en penses quoi, de ce théâtre que vous jouez ? Et de ça ?

Kopp sortit la carte de membre d'Europa Sex Stars, montra les deux S stylisés.

– Tu me parles de ça aussi. C'est quoi, votre réseau ? Drogue, prostitution, anciens et néo-nazis ? Tu dois savoir des tas de choses. Un garde du corps, un secrétaire, un chauffeur, c'est un homme de confiance, non ?

Il enfonça le canon.

– Sandor Béliar, tu connais aussi ? Tu es directement en rapport avec lui ? On me dit que c'est le Diable, tu sais ça, toi ?

Il sembla à Julius Kopp que Branko avait tressailli.

– Tu me parles de lui, de lui d'abord, dit Kopp, et je te laisse en paix pour le reste. Tu fous le camp, tu disparais, je m'en tape. On ne passe jamais de marché avec un tueur, moi j'en fais un avec toi.

Kopp recula.

– De toute façon, ajouta-t-il, tu n'as pas d'autre solution.

Kopp leva la tête. L'aube commençait à pointer. Il ne faisait pas beaucoup plus clair mais la nuit perdait de son opacité, commençant à devenir grise. La ville allait s'animer, Kopp sut qu'il ne pourrait pas rester là longtemps.

Il chercha des yeux un abri, sur le rebord du quai, où il pourrait cacher Branko. Deux ponts enjambaient le Zwanenburgwall. L'un, au sud, était large. L'autre, au nord, étroit. Kopp pensa qu'il devait pouvoir se dissimuler sous les piles du premier jusqu'au jour. À ce moment-là, ou bien Branko aurait parlé, ou bien... Kopp refusa d'envisager l'autre terme de l'alternative. Il fallait que Branko parle, c'était la seule issue.

Il se rapprocha de Branko. À la vivacité de son œil gauche, Kopp comprit que l'homme avait récupéré ses forces.

— Qu'est-ce que tu sais ? demanda Kopp.

— Abandonnez, dit Branko.

Il avait parlé avec difficulté, remuant lentement ses lèvres sans doute douloureuses. Sa voix était sourde, venait de la gorge. Il avait un fort accent.

— Ça vous dépasse, c'est pas une affaire pour vous. Si vous abandonnez, on vous oubliera, on vous laissera vivre en paix, dans votre job. Pourquoi vous mêler de ça ?

Branko parlait avec conviction et une sincérité brutale qui laissa Kopp surpris et muet.

— Si vous voulez de l'argent pour sortir de là, parce que quelqu'un vous a fait y entrer, on vous en donnera, j'en suis sûr. On vous paiera pour la fatigue aussi.

Branko esquissa même un sourire, qu'il ne put achever.

— L'argent, c'est pas un problème pour nous, jamais, dit-il.

134

Kopp brandit l'arme devant le visage de Branko. Ce type paraissait oublier qu'il était impuissant, mains liées, à la merci de Kopp.

Branko haussa l'épaule gauche.

– Qu'est-ce que vous pouvez ? dit-il. Rien. Vous n'allez pas me tuer comme ça ? Alors que je ne peux ni m'enfuir ni me défendre ? Vous êtes croyant ? Un peu, sûrement. Vous l'êtes tous. Ça ne se fait pas de tuer un type sans défense, non ? Vous avez été officier français. Vous n'abattiez pas vos prisonniers. Ou alors, vous le faisiez en cachette et vous vous empressiez d'oublier, à moins que vous ayez délégué ça à d'autres, des légionnaires allemands ou yougoslaves.

Il hocha la tête.

– Je suis croate, dit-il. Nous, on est vraiment méchants.

Il eut une moue de mépris.

– C'est pas pour vous, cette affaire. C'est pour personne, en fait, ricana-t-il. Alors déliez-moi les poignets, et chacun file de son côté. Moi, je dirai que vous êtes d'accord pour laisser tomber.

Kopp se pencha.

– Tu vas cesser de débiter tes conneries, dit-il. Je te tue, si tu ne parles pas.

Branko Zalitch le regarda avec étonnement.

– Comme vous allez être surpris, comme vous allez regretter, murmura-t-il.

Il y avait tant de certitude dans ses propos que Kopp, de surprise, relâcha son attention.

Avant qu'il ait pu réagir, Branko s'était précipité sur lui et le renversait d'un coup d'épaule. Kopp roula sur le côté. Il pensa : « Il va me tirer dessus. » Mais il vit avec étonnement que Branko avait toujours les mains liées dans le dos, ce qui ne l'empêchait pas de courir vers le Zwanenburgwall. Il ne s'arrêta pas : il sauta.

Kopp s'élança. Branko avait déjà disparu sous la surface noire.

Les mains liées, un type se noie. L'eau devait être glacée.

Kopp se sentit accablé. Branko n'avait guère le profil d'un homme qui se suicide.

Kopp fit quelques pas, la tête dans les épaules, puis il jeta le 357 dans le canal.


# 25


Julius Kopp remonta les quelques marches qui permettaient d'accéder au quai. Il marcha lentement le long du Zwanenburgwall.

Le jour se levait et, de la brume glacée, surgissaient des péniches dont les feux de position irisaient l'air humide, formant une sorte de halo.

Il traversa le pont, s'accouda.

L'acte de Branko Zalitch lui parut incompréhensible. L'homme, dans les minutes qui avaient précédé, n'avait manifesté ni peur ni abattement. Au contraire, il avait parlé avec une assurance exaspérante, avec arrogance même, apparemment persuadé que Julius Kopp n'oserait jamais l'abattre. Que risquait-il? Il n'avait qu'à demeurer ferme dans son refus de parler pour rendre Kopp impuissant.

Et il aurait eu raison, car Kopp, regardant filer l'eau noire sous les arches du pont, pensa qu'il n'aurait jamais pu tirer. Branko le savait, et pourtant il avait bondi dans le canal comme s'il avait tout à coup perdu la raison, ou craint, puisque Kopp ne voulait pas lâcher l'affaire, une menace bien plus terrible que celle que Kopp s'évertuait à brandir en agitant ce magnum 357 dont finalement il ne se serait pas servi.

Kopp se pencha. Peut-être, après tout, n'était-ce qu'une tentative de fuite. Peut-être Branko Zalitch avait-il réussi à défaire ses liens, et avait-il nagé rapidement sous la surface pour échapper au tir de Julius Kopp.

Kopp se persuada qu'il n'avait pas vu distinctement les mains de Branko, que celui-ci, tout en parlant, avait peut-être réussi à dénouer la ceinture avec laquelle Kopp lui avait attaché les poignets, et une fois cela fait, il avait bondi.

Oui. Il n'y avait pas d'autre explication.

Un type comme Branko Zalitch ne se suicidait pas, surtout quand sa vie n'était pas menacée, et il ne décidait pas de mourir par crainte d'un danger à venir.

Les tueurs ne sont pas des imaginatifs, mais des gens qui réagissent aux circonstances avec rapidité et efficacité.

Donc, Branko avait réussi à s'enfuir.


Kopp resta longtemps au-dessus de l'eau qui, avec le jour, devenait grise puis bleutée. Enfin il se dirigea vers l'Amstel Hotel.

Julius Kopp était à la fois humilié d'avoir été joué par Branko Zalitch, et en même temps rassuré par cet épisode, conforme au déroulement «classique», «rationnel», «normal» d'une affaire. Un homme qu'on a pris tente de s'enfuir et y réussit. C'était si banal. Branko Zalitch avait gagné cette manche-là, mais il avait perdu la précédente, et Kopp gagnerait la prochaine.

Sinon, que penser ? Que Branko était « possédé » par une force qui lui dictait de mourir ? Et qu'il s'y soumettait comme un être qui a perdu toute volonté, qui s'est remis à quelqu'un d'autre ?

À qui ? Au Diable ?

Julius Kopp entra dans le hall de l'hôtel.

Il aperçut aussitôt Viva, assise entre deux hommes, dont l'un portait une casquette enfoncée jusqu'aux yeux et l'autre un chapeau en feutre mou, au bord cassé. Le premier avait ouvert son anorak bleu, et on voyait son pull-over à grosses torsades de laine blanche. Le second avait posé sur le bras du fauteuil un imperméable noir. Il avait un costume en tissu à chevrons. Kopp aperçut son gilet.

Viva ne fit pas un geste, et cette immobilité, cette indifférence apparente étaient un signal.

Kopp pensa qu'il ne pourrait pas ressortir du hall sans attirer l'attention ni demander sa clé à la réception. Le portier lui tournait le dos et n'avait donc pas encore pu le reconnaître ni faire signe aux deux hommes, dont Kopp avait pensé dès qu'il les avait vus qu'ils appartenaient à la police.

Puis un soupçon le traversa. Il pouvait aussi s'agir d'hommes de main de Paul Nabal. Dans tous les cas, ils constituaient une menace.

Il se dirigea donc vers le salon où l'on servait le petit déjeuner. Seules quelques tables étaient occupées par un groupe de Français. Un serveur remplissait les tasses de café ou de thé, puis, ses pots vides, quittait le salon, poussant du pied une double porte battante, à droite du buffet.

Kopp jeta un coup d'œil dans le hall. L'homme à la casquette était maintenant accoudé à la réception et parlait avec le portier. Tous deux regardaient l'entrée. Le serveur revint et s'approcha des tables, ses pots à la main. Kopp, rapidement, poussa la double porte et se trouva dans un couloir sombre où flottait une odeur de pain grillé, de café et d'œufs frits. Il parcourut une vingtaine de mètres. Une nouvelle porte battante, dont le haut était vitré, fermait le couloir. Malgré la buée qui couvrait les vitres, Kopp distingua une cuisine où s'affairaient un homme et deux femmes en tabliers blancs. Cette cuisine ne pouvait être un cul-de-sac. Il devait y avoir une autre porte, conduisant soit à un second salon, soit directement sur la rue pour recevoir les livraisons.

Kopp entra d'un pas décidé. Les deux femmes, affairées, ne levèrent même pas la tête. L'homme le regarda avec étonnement puis s'adressa à lui en hollandais.

Julius Kopp se contenta de sourire, faisant le tour de la cuisine, découvrant enfin la porte qu'il cherchait. Il lança un «Hello!» joyeux, ouvrit, et après quelques marches qu'il sauta d'un coup, il se trouva dans une cour, à l'arrière de l'hôtel, qui servait de parking. Il se faufila entre les voitures et des camions où l'on embarquait des paquets de linge. Personne ne prêta attention à lui.

Il marcha vite, traversa Binnen Amstel et, d'une cabine située en face du Rijks Arsenal, il téléphona à l'Amstel Hotel, expliquant au portier qu'il fallait avertir Mlle Viva Berglin que Julius Kopp avait dû quitter Amsterdam pour rentrer à Paris, qu'elle veuille donc bien régler sa note. Avant que le portier ait pu répondre, Kopp raccrocha. Cette feinte pouvait lui laisser le temps de rendre visite à Paul Nabal.

Tout en marchant vers la rue Tulpplein, il vérifia la position de ses armes et esquissa le geste de saisir l'une puis l'autre. Le coup reçu dans le coude avait laissé une douleur qui, heureusement, ne gênait pas le mouvement du bras. D'ailleurs, peut-être n'aurait-il pas à se servir d'armes. Kopp avait l'intention de se présenter comme officiellement chargé d'enquêter sur la mort de Martha Bronek, décédée en France dans des conditions suspectes. Il prétendrait que de nombreux témoins affirmaient qu'elle avait été vue à l'Europa Sex Stars d'Amsterdam. C'était un début. Après, il aviserait en fonction des réactions de Paul Nabal, s'il réussissait à le rencontrer.

Peut-être Branko Zalitch s'était-il réfugié chez lui. C'était un risque, mais l'occasion aussi de prendre sa revanche sur Branko.

Kopp, en approchant de la rue Tulpplein, remarqua que les voitures étaient immobilisées car le trafic était entièrement paralysé. Il repéra, au bout de la rue, un barrage de police, et une petite foule de badauds. Des véhicules de pompiers stationnaient au milieu de la rue. Des volutes de fumée s'élevaient, couvrant les façades.

Il se mêla à la foule, s'avança jusqu'au premier rang. Il reconnut vite la façade étroite de la maison qu'habitait Paul Nabal. Elle était entièrement noircie et les pompiers continuaient de l'asperger de longs jets d'eau et de mousse blanche.

L'intérieur de la maison semblait réduit en cendres. Kopp distingua des pans de murs effondrés, des portes et des poutres à demi consumées.

En anglais il questionna les gens qui l'entouraient. C'était terrible, expliquèrent-ils. L'incendie s'était déclaré à peine deux heures plus tôt mais la maison, l'une des plus anciennes du quartier, avait brûlé d'un seul coup. Les pompiers avaient eu les plus grandes peines à contenir le foyer, à éviter que tout le quartier ne prenne feu.

– Des victimes ? demanda Kopp.

Personne ne put lui répondre avec exactitude.

Quelqu'un expliqua que la maison était inoccupée. Un autre assura que le propriétaire avait involontairement déclenché le sinistre parce qu'il avait voulu s'immoler par le feu. Une personne assura que c'était un incendie criminel, car le propriétaire de la maison était aussi le directeur d'une boîte de drogués à Lange Hout Straat, l'Europa Sex Stars.

Julius Kopp resta au premier rang de la foule, fasciné par les dernières flammes qui renaissaient malgré les efforts des pompiers. Il y eut des bousculades derrière lui. Quelqu'un lança qu'il y avait eu un autre incendie non loin d'ici, qu'une boîte avait flambé aussi.

– Europa Sex Stars ! cria la personne qui avait assuré qu'il s'agissait d'un incendie criminel.

Elle se rengorgea. Elle avait vu juste.

Kopp ne bougea pas, paralysé. Qu'est-ce que cela signifiait ? Son enquête débutait. Il n'avait presque pas de résultats. Et ses adversaires agissaient comme s'ils étaient acculés, détruisant tout par le feu.

– Le feu, murmura-t-il.

Il sursauta sans se retourner. Il était pris en sandwich par deux hommes.

– Il faut nous suivre, monsieur Kopp, dit l'un.

Kopp le regarda.

– Je m'appelle Julien Guérin, affirma-t-il.

C'était l'homme à la casquette qui attendait dans l'hôtel.

– Vous évaluez les conséquences de votre travail, monsieur Kopp, dit l'autre.

C'était l'homme au chapeau de feutre.

Les deux hommes l'entraînèrent vers une voiture stationnée à plusieurs rues de distance. Kopp ne dit mot. On le poussa dans la voiture.

Assise sur la banquette arrière, Viva hocha la tête.

## 26

Ils roulèrent une vingtaine de minutes. Les voitures étaient rares mais les cyclistes encombraient les rues, et leurs haleines, dans le matin glacé, formaient comme une brume au-dessus de leur cohorte colorée.

L'homme à la casquette s'était assis près de Kopp, qui se mit à protester, répéta qu'il s'appelait Julien Guérin, qu'il arrivait de Berlin en compagnie de Karine Barbaroux, qu'ils représentaient une société commerciale européenne dont le siège était à Paris.

L'homme au chapeau de feutre, assis à l'avant, dit sans se retourner :

– L'Ampir, monsieur Kopp, c'est le nom de votre société ?

Il avait un accent très prononcé, qui roulait les « r » et modulait les phrases à contretemps, ce qui donnait à ses questions un rythme cocasse.

Kopp s'insurgea. Ils étaient dans l'erreur. Il avertirait l'ambassade de France. Il déposerait une plainte.

L'homme à la casquette lui donna brusquement un coup de coude violent, dans le flanc.

– Vous nous emmerdez, monsieur Kopp, dit-il d'une voix irritée. On connaît tout, alors laissez-nous tranquilles avec vos histoires. Comme tous les Français, vous êtes un prétentieux qui s'imagine que tous les autres sont des cons.

Celui-là parlait parfaitement le français. Et Kopp se rassura en l'écoutant, car il avait craint quelques instants qu'il ne s'agisse pas de policiers mais d'hommes de Paul Nabal. Cette pointe antifrançaise prononcée par l'homme à la casquette ne trompait pas. C'était bien l'état d'esprit d'un fonctionnaire néerlandais, nationaliste et gallophobe comme il se doit.

— Au lieu de perdre votre temps avec nous, dit Kopp, arrêtez donc les trafiquants de drogue.

Les deux hommes ne réagirent pas.

— Il est vrai que vous cultivez légalement le haschisch et que vous l'exportez tout aussi légalement, dit Kopp.

— Merde ! hurla l'homme à la casquette.

Et il donna un nouveau coup dans les côtes de Julius Kopp.

C'étaient bien des policiers. Kopp se tut, se demandant s'il pouvait saisir son arme, menacer le chauffeur et les deux hommes. Viva interviendrait aussi. Puis il se calma. Il ne désirait pas avoir la police hollandaise sur le dos. Branko Zalitch lui avait suffi pour ces dernières heures.

Quand la voiture s'arrêta, non loin d'un parc, Kopp résista, refusant de descendre. Il voulait avoir le temps de situer les lieux. Il reconnut l'Ooster Park, lut le nom des rues. On le tira dehors, puis on le fit entrer, avec Viva, dans un petit immeuble situé à l'angle de la Linnaeus Straat et de la Von Zesen Straat. La façade ne comportait aucune indication permettant de l'identifier comme un bâtiment officiel. Et Kopp, de nouveau, se demanda s'il s'agissait bien de policiers. Il hurla en anglais, gesticula, cependant que, de l'immeuble, sortaient trois hommes qui l'encadrèrent, le saisirent par les bras, le poussèrent au haut des cinq marches qui conduisaient à une porte faite de barres de métal croisées. Kopp réussit à se retourner. Il aperçut quelques passants qui s'étaient immobilisés dans les allées de l'Ooster Park. Il cria de nouveau, mais d'une poussée on le fit entrer dans l'immeuble.

Il eut l'étrange impression de pénétrer à l'intérieur d'un cube. Le hall était entièrement blanc et lisse. Des portes s'ouvraient sur chacune des faces de cette boîte. Viva n'était plus là. Sans doute avait-elle déjà été enfermée dans ce qui devait être des cellules ou des pièces d'attente.

Il se débattit pour le principe et parce qu'il voulait montrer d'emblée qu'il refuserait de collaborer avec ce qui devait être, l'aspect du bâtiment le lui confirmait, un service de police particulier opérant aux marges de la loi, comme il en existe dans tous les pays.

L'homme à la casquette lui donna un coup de genou dans le bas-ventre et Kopp se plia, cisaillé par la douleur. Il jura. Cet homme-là paierait avec intérêts. Il dut se laisser fouiller et désarmer, soulever, porter jusqu'à l'une des portes, blanches comme les murs. La pièce dans laquelle on le laissa était aussi un cube lisse sans fenêtre, avec pour tout mobilier une table et une chaise, dont Kopp, en essayant de déplacer le siège, découvrit qu'ils étaient fixés au sol. Dans deux angles opposés du plafond, il remarqua des caméras qui devaient embrasser dans leur champ toute la pièce. La bouche d'aération était située au centre du plafond, et l'air en s'échappant sifflait légèrement. Deux spots occupaient les autres angles et répandaient une lumière intense, aveuglante.

Kopp fit le tour de la pièce en laissant sa main glisser le long des murs. Ils étaient sans aspérités. Il eut un sentiment de colère et presque de désespoir. Il avait eu tort de ne pas agir dans la voiture, alors qu'il était encore armé. Il avait été prudent et respectueux, donc inefficace. Il jura, incapable de réfléchir. La douleur dans le bas-ventre n'avait pas disparu. Il se jeta sur la porte et commença à la marteler à coups de pied et de poing.

Quelques minutes plus tard, la porte s'ouvrit et les trois hommes qui étaient venus en renfort tout à l'heure entrèrent dans la pièce, se saisirent de lui et le menottèrent dans le dos, puis l'entraînèrent. L'une des portes donnait sur un escalier gris et silencieux : l'immeuble semblait vide.

On fit entrer Kopp dans une pièce dont la vaste fenêtre ouvrait sur les arbres de l'Ooster Park. Un homme corpulent et chauve, portant des lunettes rondes à monture d'écaille, était assis derrière un bureau chargé de papiers. Il sourit à Kopp. D'un geste, il demanda qu'on lui retire les menottes, puis d'un signe de tête exigea qu'on le laisse seul avec lui.

Il prit dans le tiroir de son bureau une boîte de cigares qu'il présenta à Kopp. Kopp se pencha : il s'agissait de cigares hollandais. Il fit une grimace de dégoût. L'homme rit en se carrant dans son fauteuil.

— Vous êtes tout à fait conforme à la description qu'on m'a donnée de vous, dit-il.

Il parlait un français à peine coloré d'un accent flamand.

— Têtu, combatif, indépendant, anarchiste même.

Il leva les deux mains.

— Pour moi, ce dernier mot, anarchiste, n'est pas le pire. Il y a une tradition d'anarchie en Hollande. Nous n'avons, dans ce pays, jamais cru aux grands systèmes idéologiques. Vous, oui, monsieur Kopp ou Copeau.

— Guérin, Julien Guérin, marmonna Kopp sans conviction.

L'homme eut un geste bienveillant et compréhensif.

— Si vous voulez, dit-il. Je suis le contrôleur de police Vanzuiderman, chargé des affaires internationales.

Il prit l'un des dossiers posés sur le bureau, le feuilleta.

— Cela fait longtemps que vous n'êtes plus venu à Amsterdam, reprit-il. Vous préférez les États-Unis, la Suisse, l'Italie, Malte.

Il faisait glisser les feuillets rapidement.

– L'Ampir ne manque pas de clients, dit-il en replaçant la chemise devant lui.

Kopp ne répondit pas. Le bureau était situé au premier étage, pensa-t-il. Il pouvait bondir sur le contrôleur, le frapper à la gorge, puis ouvrir la fenêtre et sauter.

Avec un peu de chance, il atteindrait le parc avant qu'on ait pu le rejoindre. Les Hollandais n'étaient pas du genre à ouvrir le feu en pleine ville.

– Savez-vous pourquoi vous êtes ici, monsieur Kopp ?

Vanzuiderman se leva, se dirigea vers la fenêtre et s'y adossa. Puis, en souriant, il montra une caméra qui se trouvait dans l'angle opposé à Kopp.

– Vous ne pouvez pas vous échapper d'ici, Kopp, murmura le policier.

Puis il reprit son ton habituel.

– Nous sommes depuis des mois, des années même, sur une affaire de traite des Blanches. Les filles sont achetées en Pologne, en Russie, en Roumanie, et livrées en Allemagne, surtout à Berlin. Un certain nombre d'entre elles arrivent ici. Nous attendions d'avoir en main toutes les preuves, des témoignages, et vous, vous apparaissez dans le jeu, à Zielona Gora, et vous grippez la machine. Interpol nous a avertis.

Il reprit le dossier.

– Vous avez laissé deux types morts à Zielona Gora. Vous avez commis une agression contre un couple à Berlin, sur la Stuttgarterplatz.

L'homme s'approcha de Julius Kopp. Il respirait bruyamment, comme les gros qui ont de la peine à bouger.

– Tout ça, monsieur Kopp, je m'en fous. Ce n'est pas chez moi. Les Polonais et les Allemands vont sûrement vous demander des comptes. Seulement...

Il s'appuya au dossier de la chaise sur laquelle Kopp était assis, puis revint vers son bureau.

– On m'a averti de votre arrivée. Vous n'avez pas que des amis, Julius.

Il ricana.

– Vous avez même surtout des ennemis. Mais vous m'avez pris de vitesse. J'ai fait surveiller l'Amstel Hotel, mes hommes ont cru que vous passiez la nuit avec votre...

Il hésita.

– ... collaboratrice. Or, pendant ce temps, ici, à Amsterdam, chez moi, vous avez tué un homme.

Il chercha dans le dossier, en retira un feuillet manuscrit.

– Branko Zalitch. Vous avez mis le feu à deux reprises, d'abord chez M. Paul Nabal, au 66, rue Tulpplein, puis au club Europa Sex Stars. Probablement deux morts supplémentaires, Nabal et un certain Luciano, l'un des videurs du club. Nous avons eu de la chance. Nous avons réussi à faire évacuer les derniers clients de l'Europa Sex Stars.

Il ferma le dossier, l'écrasa de la main.

– Trois morts, deux incendies – aucune police ne peut tolérer ça, même d'un homme comme vous, qui a sûrement d'excellentes intentions, que vous allez m'expliquer, n'est-ce pas ?

– Qui vous a raconté ça ? demanda Kopp.

Vanzuiderman fit une grimace.

– Communication anonyme. Mais on fait la police même avec de la merde, vous le savez bien, Kopp.

Kopp se tut. Non seulement son enquête sur Nabal et les Europa Sex Stars n'avait pas avancé, mais en se dérobant à lui, ses adversaires lui avaient tendu un piège, et il se trouvait empêtré dans cette accusation de meurtre et d'incendie. Quelqu'un l'avait suivi, puis s'était employé à le devancer, mettant le feu au domicile de Nabal et à l'Europa Sex Stars. Enfin, on l'avait livré à la police.

« Le feu », pensa-t-il.

Cela faisait plusieurs fois déjà que l'idée surgissait en lui. Il la rejetait mais elle revenait plus forte et plus absurde : le feu, l'arme et le symbole du Diable. Pouvait-il croire à ça ?

– Vous enquêtiez aussi sur cette affaire de traite des Blanches, n'est-ce pas ? demanda Vanzuiderman. Et vous avez eu la main un peu lourde. Mais peut-être vos clients avaient-ils exigé l'emploi de la manière forte. Qui sait ? Il s'agissait sans doute de concurrents ?

Vanzuiderman se leva, retourna s'appuyer à la fenêtre.

– Quand on m'a parlé de vos exploits, chaque fois je me suis dit que, si vous nettoyiez le terrain, ce n'était pas par souci de justice, mais pour liquider les concurrents d'un de vos clients. Vous êtes un mercenaire, Kopp, et vous vous vendez au plus offrant.

Kopp se dressa sur sa chaise.

Vanzuiderman l'arrêta d'un geste.

– Nous parlons, nous parlons. N'employez la violence, cher Kopp, qu'en dehors des locaux de la police, vous voulez bien ?

Vanzuiderman se laissa tomber sur son siège, appuya son menton sur ses mains ouvertes. Il avait les paumes et les doigts larges et gras.

– Cette fois-ci, Kopp, vous êtes allé trop loin. Trois morts, deux incendies en pleine ville, menaçant tout un quartier. Nous ne pouvons le tolérer. Il n'y a pas d'excuses, Kopp. C'est quoi, c'est qui, vos clients, dans cette affaire ? La mafia italienne qui veut s'emparer du marché des femmes d'Europe de l'Est que contrôlent les Russes, les Polonais, les Allemands ou même les Caucasiens ? Expliquez-moi ça, Kopp. De toute manière, je vous livre à la justice. Vous, et naturellement votre collaboratrice, Karine Barbaroux, non ? Et vous, vous êtes Julien Guérin ? Vous maintenez cette fiction, Kopp ?

Kopp regarda fixement Vanzuiderman. Le contrôleur de police souriait. On eût dit un gros animal rusé qui attend patiemment que sa proie vienne vers lui.

— Vous savez bien..., commença Kopp.

— Je ne sais rien, coupa Vanzuiderman. Une dénonciation met la police sur une piste. Nous vérifions, c'est la routine. Vous savez ça. Or, tout concorde. Le dénonciateur vous a suivi à chaque pas. Zielona Gora, Berlin, Europa Sex Stars, domicile de Paul Nabal. Vous êtes entré chez nous sous une fausse identité. On vous recherche en Pologne et en Allemagne.

— Trois meurtres ? dit Kopp. Montrez-moi les cadavres de Paul Nabal, de Branko Zalitch, de...

— Luciano, interrompit Vanzuiderman.

Il hocha la tête.

— Nous avons suffisamment d'éléments, Kopp, pour vous faire attendre en prison la fin de l'enquête et le procès.

Un voyant rouge clignota sur le combiné téléphonique de Vanzuiderman.

Le contrôleur décrocha. Il ne dit pas un mot durant plusieurs minutes mais, au fur et à mesure qu'il écoutait, son visage se transformait. La bonhomie cédait peu à peu la place à une expression de violence. Il ferma à demi les yeux, qui disparurent dans les plis de graisse du visage. Puis il raccrocha brutalement et posa ses deux poings serrés sur la table.

— Vous êtes malin, monsieur Kopp, dit-il. Comment avez-vous pu avertir votre avocat ? Il a déjà créé un petit scandale.

Kopp s'efforça de ne rien laisser paraître de sa surprise.

– M<sup>e</sup> Narrouz demande naturellement votre libération immédiate.

Vanzuiderman se leva, frappa violemment des deux poings sur son bureau.

– Je ne vous lâche plus, Kopp. Dedans ou dehors, vous m'aurez sur le dos. Et M<sup>e</sup> Narrouz, je l'emmerde.

M<sup>e</sup> Narrouz, l'avocat de Mariella Naldi et de Sandor Béliar !

Le piège était plus complexe que Kopp ne l'avait imaginé.

Ces joueurs-là avaient plusieurs coups d'avance.


## 27


Le contrôleur de police Vanzuiderman se leva en s'appuyant des deux poings à son bureau, traversa la pièce d'un pas lent sans jeter un coup d'œil à Julius Kopp, ouvrit la porte.

Kopp ne se retourna pas. Vanzuiderman parlait en hollandais. À plusieurs reprises, cependant, il reconnut le nom de Narrouz, que Vanzuiderman prononçait en roulant les « r » et en appuyant sur la dernière syllabe, ce qui donnait au nom une tonalité exotique.

Puis trois policiers entrèrent dans la pièce. L'un d'eux était l'homme à la casquette qui avait frappé Kopp d'un coup de pied. Il s'approcha de Kopp dans l'intention de lui passer les menottes. Celui-ci le laissa s'avancer et soudain se jeta en avant, le renversa d'un coup de tête, puis, alors que l'homme roulait sur le sol, il lui envoya un coup de talon dans l'entrejambe. L'homme se mit à hurler en se tenant le bas-ventre.

Vanzuiderman rentra dans la pièce cependant que les deux autres policiers saisissaient Julius Kopp et lui tordaient les bras.

Vanzuiderman se plaça en face de Kopp. Il secouait la tête avec une expression à la fois haineuse et étonnée.

– Vous êtes fou, Kopp, dit-il. Vous ne savez plus ce que vous faites. Vous êtes devenu une bête furieuse, sauvage, nuisible, vous êtes pire qu'un tueur de la mafia, pire que tout, vous, un ancien officier.

Il approcha son visage à quelques centimètres de celui de Julius Kopp.

– Seulement, pour cet acte, je vais vous faire condamner, Kopp. Ici, on ne plaisante pas avec les gens comme vous. Il n'y a pas de passe-droit. Vous allez payer, et durement.

Julius Kopp ricana. Il remboursait toujours, murmura-t-il. Mais Vanzuiderman ne paraissait pas avoir compris. Alors, sur un ton calme, de plus en plus ironique, Kopp dit :

– Monsieur le contrôleur, j'exige, puisque nous sommes ici dans un État de droit, de rencontrer immédiatement mon avocat.

Il hésita.

– Qui, par ailleurs, reprit-il, s'est déjà présenté auprès des services de police. Je lui demanderai de déposer en mon nom une plainte pour séquestration arbitraire, menaces, sévices. Car, monsieur le contrôleur, votre policier...

D'un mouvement du menton il désigna l'homme à la casquette qui, à demi soulevé sur les coudes, reprenait son souffle.

– ... m'a, durant le trajet, et encore dans vos locaux, ici même, frappé sans raison. Il y a des témoins. J'ai hurlé en entrant dans le bâtiment. Des citoyens hollandais m'ont vu. Je ne doute pas que mon avocat retrouvera certains d'entre eux et que, parce qu'ils sont sensibles au respect des droits de l'homme, ils témoigneront de ce qu'ils ont vu : un homme sans défense entraîné contre sa volonté et brutalisé.

Vanzuiderman serra les dents et son gros visage se contracta, les yeux réduits à des fentes derrière ses lunettes rondes. Il souffla, prononça quelques mots en hollandais, des jurons, sans doute, à en juger par leur brièveté et le ton sur lequel il les lança, puis il grommela :

– Vous allez voir votre avocat, monsieur Julius Kopp, mais je vais saisir le juge, et c'est lui qui décidera – pas vous, monsieur Kopp, pas Mᵉ Narrouz. On est en Hollande ici, et vous n'êtes plus, vous, un Français, de l'époque de Napoléon ou même de De Gaulle.

Il fit une grimace comme s'il allait cracher au visage de Julius Kopp.

Celui-ci sourit.

– Dites à vos hommes de ne pas me casser les bras, dit-il, on pourrait croire que je suis passé entre les mains de la Gestapo.

Vanzuiderman leva le poing devant le visage de Kopp puis donna d'un signe l'ordre aux policiers de l'emmener.


Kopp reconnut l'escalier gris. Les policiers qui le tenaient par les bras étaient deux hommes blonds et corpulents. Ils le soulevaient, si bien qu'il n'effleurait les marches que de la pointe des pieds. Ils ne le laissèrent toucher le sol qu'une fois dans le hall d'entrée.

En traversant en diagonale cette grande salle cubique et blanche, Kopp aperçut, allant et venant les mains derrière le dos, chargé d'une sacoche de cuir fauve, un petit homme qui devait à peine atteindre un mètre cinquante.

Il était vêtu d'un pardessus noir légèrement cintré à la taille, qui lui battait les mollets. Il portait un chapeau de feutre noir à bord retroussé. Kopp, cependant que les policiers l'entraînaient vers l'une des portes qui donnaient sur le hall, se retourna, intrigué par ce personnage qui faisait penser à un nain déguisé.

L'homme, à ce moment-là, vit Kopp. Il s'arrêta, s'approcha. Son visage était très pâle, blafard même, anguleux. Ses yeux étaient enfoncés, cachés sous des sourcils épais et très noirs.

Il leva la sacoche au-dessus de sa tête, parut vouloir sauter, et lança, d'une voix très aiguë :

– Courage, cher ami, je vais vous sortir de là !

La dernière vision qu'eut Kopp fut celle de Vanzuiderman se penchant de toute sa masse adipeuse sur Me Narrouz.

## 28

Julius Kopp regarda autour de lui. La pièce où les deux policiers l'avaient poussé était sans fenêtre, blanche, aux murs nus. Contre l'un des murs, se trouvait un canapé de cuir noir devant lequel était placée une table basse entourée de trois sièges, eux aussi en cuir noir. Les meubles avaient tous des armatures en métal nickelé.

Kopp essaya de déplacer l'un des sièges : il était fixé au sol.

Il n'y avait pas de caméra apparente, mais le lustre qui éclairait la pièce était une grosse vasque comportant plusieurs tubulures, et Kopp, en faisant le tour de la pièce, se persuada que des caméras et des micros se dissimulaient dans ce lustre, bien trop gros pour la pièce.

Il s'installa dans le canapé, essayant de réfléchir à la situation dans laquelle il se trouvait.

Il n'avait pas de nouvelles de Viva, qui avait dû, comme lui, s'obstiner à prétendre que ses papiers étaient authentiques et qu'elle voyageait en compagnie du directeur commercial de sa société, Julien Guérin. Peut-être, n'avait-elle même pas été interrogée. C'était à Kopp qu'ils en avaient. D'ailleurs, ils connaissaient leur véritable identité, à Viva comme à lui. L'essentiel n'était pas là, mais bien dans l'intervention de Me Narrouz, qui prouvait la machination dont Kopp était victime.

On dénonçait Kopp à la police hollandaise, on fournissait les indices permettant de l'arrêter et peut-être de l'inculper, puis on lui proposait un défenseur.

Un coup à plusieurs ricochets, et Kopp était déjà entré dans le jeu puisqu'il avait réclamé à Vanzuiderman la présence de l'avocat. Une manière d'accepter le marché dont Kopp ne connaissait pas encore les termes, mais qu'on lui avait mis en main. Car il aurait pu, lorsque Vanzuiderman avait parlé de Me Narrouz, rejeter ce défenseur, expliquer au policier le rôle de l'avocat dans le réseau dont Kopp soupçonnait l'existence.

Il posa ses jambes sur la table basse, croisa les mains derrière sa nuque, regarda dans la direction du lustre. Qu'au moins les policiers hollandais soient persuadés de son calme.

Kopp resta ainsi plusieurs minutes.

Après tout, pensa-t-il, la présence de Narrouz dans les locaux de la police d'Amsterdam prouvait que Kopp avait frappé au centre de la cible. On ne tendait de pièges, on n'offrait un marché qu'à ceux qui dérangeaient et dont on voulait s'assurer. Peut-être Kopp tenait-il là le moyen d'avancer plus avant dans le labyrinthe.

Si on ne le tuait pas.

Il envisagea tout à coup cette hypothèse. On pouvait lui envoyer Narrouz, ou quelqu'un qui empruntait son identité, pour l'abattre.

Kopp se souvint que Me Narrouz était accrédité au barreau d'Amsterdam. Son nom était donc connu de la police locale et ne susciterait aucune méfiance. On prêterait à Kopp l'habileté d'avoir réussi à prévenir son avocat. Vanzuiderman l'avait déjà dit. Et Narrouz – le vrai ou le tueur qui aurait pris sa place – pourrait liquider Kopp.

Il leva la tête. Les caméras et les micros n'empêcheraient rien. Il fallait, comme d'habitude, rester sur ses gardes.

Il se leva. C'est plus facile d'empêcher un tueur d'agir lorsqu'on est debout. Il se plaça à droite de la porte. Il faudrait que l'homme qui entrerait dans la pièce se tournât. Cela laissait à Julius Kopp quelques dixièmes de seconde.

Il attendit, appuyé au mur, puis la porte s'ouvrit et Julius Kopp vit Me Narrouz entrer.

– Laissez-moi, dit-il au policier qui se tenait sur le seuil.

Il se retourna, aperçut Kopp et lui sourit. Il avait de petites dents jaunes et Kopp découvrit pour la première fois, sous les sourcils broussailleux, les yeux de

Narrouz, si mobiles qu'il ne put saisir leur regard. Mais il eut l'impression qu'ils brillaient avec une intensité anormale, comme ceux de certains drogués dans les premiers instants qui suivent leur absorption d'héroïne ou de cocaïne.

— C'est la loi ! hurla Narrouz d'une voix perçante, presque féminine.

Il se précipita sur la porte et la repoussa.

Puis, tout en balançant sa sacoche au bout de son bras gauche, il s'approcha de Kopp.

— Cher ami…, commença-t-il.

Sa voix, toujours aiguë, s'était faite mielleuse.

Kopp envisagea l'hypothèse qu'il cache une arme dans sa sacoche et lui saisit brutalement le poignet, lui arracha la sacoche et la lança sur le canapé.

— Je n'aime pas ce mouvement de votre bras, dit-il en se dirigeant vers le canapé et en s'y asseyant.

M^e Narrouz avait ri.

— Que vous êtes bizarre, cher ami, dit-il en prenant place sur l'une des chaises de l'autre côté de la table basse. L'un de vos compagnons très proches, l'Italien, vous savez, me faisait remarquer que vous aviez des réactions souvent imprévisibles mais que vous étiez un homme fort sympathique et d'une grande fidélité dans vos amitiés.

Kopp pensa aussitôt à Roberto, chargé de surveiller et de suivre M^e Narrouz.

— Il a tellement besoin de vous en ce moment, reprit M^e Narrouz après quelques secondes de silence. Il compte beaucoup sur vous et sur votre amitié fidèle.

Ils avaient donc pris Roberto, pensa Kopp, et M^e Narrouz le faisait savoir d'emblée.

L'avocat tendit la main, indiquant d'un mouvement de tête qu'il voulait sa sacoche. Kopp la palpa avant de la lui présenter. Narrouz en sortit une liasse de papiers qu'il agita.

– J'ai ici, dit-il, tous les éléments qui doivent me permettre dans les heures qui viennent d'obtenir votre mise en liberté. Provisoire, provisoire, ajouta-t-il en levant la tête vers le lustre. Mais il ne faut pas trop demander, n'est-ce pas ? Ces Hollandais ne réussissent pas à comprendre que souvent, pour intervenir dans les anciens pays communistes, il vaut mieux se présenter sous une fausse identité. Question de sécurité, n'est-ce pas ? Je plaide donc les obligations professionnelles. Et vraiment, j'ai le témoignage de votre cliente, Mariella Naldi, qui assure qu'elle vous a demandé d'obtenir à tout prix d'empêcher la fabrication de contrefaçons en Pologne tout aussi officiellement que s'il s'agissait de productions originales. Mme Naldi, ma cliente, vous a chargé d'enquêter à la fois en Pologne, en Allemagne et aux Pays-Bas, où ces produits de luxe qui font la réputation de sa marque sont exportés. Je tiens là…

Il présenta un feuillet.

– La preuve que des vêtements, des sacs, des bijoux contrefaits, mais tous marqués comme étant fabriqués dans les ateliers de la maison Naldi, sont vendus à Berlin et à Amsterdam. Voilà…

Il rangea les feuillets dans sa sacoche.

– Vous étiez donc d'une certaine manière contraint de chercher à opérer sous le nom de Julien Guérin. Cette entrée sous une fausse identité aux Pays-Bas ne mérite pas plus d'une amende. Il y a aussi le port d'armes, car vous étiez lourdement armé, cher ami ! Mais de là à vous brutaliser, à vous arrêter, à vous conduire sans mandat dans ces locaux, il y a un pas inacceptable, et bien sûr, nous déposerons plainte.

Kopp l'écoutait sans manifester la moindre réaction. À plusieurs reprises, Narrouz avait levé la tête vers le lustre comme pour indiquer qu'il avait tout à fait compris qu'ils étaient observés et écoutés.

– Cela vaut aussi pour…, commença Kopp.

– Bien sûr, dit Narrouz en se levant, votre collaboratrice est dans le même cas que vous, et son arrestation est d'autant plus scandaleuse qu'elle est votre employée, que vous avez donc exigé qu'elle utilise cette fausse identité.

Il rit tout en marchant dans la pièce.

– Tous ces fonctionnaires ne connaissent pas les contraintes qu'impose votre métier.

Kopp, en écoutant Narrouz, l'avait observé. L'avocat était vraiment petit, un véritable nain, mais d'une telle vivacité que Kopp se rendit compte qu'on oubliait la taille de l'homme pour suivre l'agilité de son esprit et la mobilité de ses yeux. C'était un personnage presque anormal. Son teint, son regard, sa taille, sa voix même, ses gestes rapides comme ceux d'un danseur emporté par le rythme, le plaçaient hors du commun. Ce qui intrigua particulièrement Kopp, c'est que Narrouz répondait avant même que Kopp ait pu formuler une question, comme si l'avocat avait la faculté de lire dans ses pensées. C'était déroutant et insupportable.

– Je ne suis pas…, dit Kopp.

– Bien sûr, coupa Narrouz, Vanzuiderman vous accuse de crimes, trois ici, deux à Zielona Gora, une agression à Berlin, deux incendies en plein cœur d'Amsterdam.

Kopp ouvrit la bouche.

– Oui, je sais tout cela, continua Narrouz, le feu au club Europa Sex Stars et chez M. Paul Nabal. Mais c'est ridicule, martela-t-il d'une voix très haute. Il n'y a aucune preuve, ce sont des allégations que j'ai déjà réfutées. D'ailleurs…

Il se pencha vers Julius Kopp.

– Croyez-vous que je vous défendrais si vous aviez perpétré ces actes, alors que mon cabinet d'Amster-

dam a dans sa clientèle M. Paul Nabal et qu'il est
chargé des intérêts d'Europa Sex Stars ? Je sais, je
suis sûr que vous n'êtes pas coupable, cher ami.

Il se dirigea vers la porte.

– Et peut-être même ne s'agit-il que d'illusion, de
mise en scène, peut-être n'y a-t-il pas mort d'homme ?
Quant au feu…

Son rire fut aigu.

– Le feu purifie, et il naît si facilement, c'est si
naturel, le feu…

Il hésita, s'interrompit.

– Soyez patient, monsieur Kopp, puisque nous
sommes d'accord sur tout, vous sortirez dans quelques
heures.

## 29

Quand le policier hollandais eut refermé la porte
derrière Narrouz, Kopp éprouva un sentiment d'impuissance. S'il l'avait pu, il eût arraché l'un de ces
fauteuils pour le jeter contre le lustre ou la porte, ou
bien il eût fracassé la tête du premier arrivant. Mais
il était seul dans cette pièce aux murs lisses, sous le
regard des caméras.

Il se mit à marcher d'une cloison à l'autre.

Me Narrouz avait fourni certains éléments du marché : la vie de Roberto, la liberté pour Viva et pour
Kopp, et, en contrepartie, l'acceptation par Kopp de
cet alibi : il avait agi pour empêcher la fabrication de
contrefaçons qui lésaient les marques de Mariella
Naldi, dont Narrouz était l'avocat.

C'était habilement monté, l'argument pouvait se

plaider. Kopp pensait que Narrouz obtiendrait en effet sa libération. Mais il devait exister une autre face à ce marché, que Kopp ne connaîtrait qu'une fois sorti des locaux de la police. Cet aspect obscur de l'accord était sûrement le plus dangereux. Derrière se cachait la vérité du réseau des Europa Sex Stars, ou celui qui organisait ces manifestations et cette mise en scène satanique qu'on voyait se répandre un peu partout en Europe et aux États-Unis.

Il fallait donc suivre Narrouz.

Kopp sursauta. Il n'avait pas entendu la porte s'ouvrir et pourtant le contrôleur Vanzuiderman était là, dans la pièce. Il salua Kopp d'un hochement de tête puis se laissa tomber lourdement sur le canapé.

Kopp s'immobilisa en face de lui. Vanzuiderman souriait ironiquement, les bras croisés.

Sous sa veste verte déboutonnée, le torse et la taille formaient une série de replis de chair qui gonflaient la chemise rose au col blanc. La cravate, mal nouée, avait la même couleur que la veste.

– Vous êtes satisfait, monsieur Kopp ? dit Vanzuiderman.

Il écarta les bras.

– Me Narrouz nous dit que vous ne vous accrochez plus à votre fausse identité, que vous la revendiquez, même, comme un indispensable instrument de travail. J'imagine que vous justifiez de la même manière votre armement ? Un arsenal. Nous le conservons, bien sûr, même si...

Il secoua plusieurs fois la tête.

– Même si, reprit-il, nous vous libérons.

Il souffla, se rejeta en arrière.

– Voyez-vous, monsieur Kopp, j'ai changé d'avis. Je ne cherche plus à vous retenir, ni vous ni votre collaboratrice. J'ai réfléchi. Nous avons réfléchi. Cela fait longtemps que nous nous intéressons aux activités de Mᵉ Narrouz. Un grand avocat, un cabinet international, Paris, Amsterdam, Milan, Berlin, etc. Naturellement, les droits de la défense sont sacrés, mais il est des avocats qui sont un peu comme des médecins marrons. Leurs clients...

Il rit exagérément, pour montrer à Kopp qu'il feignait la gaieté.

– Leurs clients, ce sont les mafias, les réseaux criminels, le crime organisé. Ils sont les conseillers juridiques des tueurs. Et parmi eux peut-être Mᵉ Narrouz – votre avocat, n'est-ce pas, monsieur Kopp?

Il se leva avec peine, se mit à marcher lentement dans la pièce.

– Donc, nous allons vous laisser filer avec Mᵉ Narrouz, sans vos armes. Imaginons que ce que veulent les clients de Mᵉ Narrouz, c'est vous tenir entre leurs mains parce que vous êtes au service de leurs rivaux. Nous sommes curieux de savoir ce qu'ils vont faire de vous.

Il s'approcha de Julius Kopp.

– Avec nous, qu'est-ce que vous risquiez, Kopp? Une enquête serrée. Vous aviez trois meurtres et deux incendies sur le dos, mais il aurait fallu que je prouve votre culpabilité. Comme vous le savez, nous sommes un État de droit.

Il haussa les épaules.

– Parfois, l'un d'entre nous s'énerve, donne un coup de pied à un suspect, ou une claque, ce n'est pas bien méchant. Le bonhomme a le souffle coupé pendant quelques minutes, mais il reste en vie.

Il rit à encore.

– Quand vous sortirez d'ici en compagnie de Mᵉ Narrouz, je ne crois pas que les clients de votre avocat... – votre avocat, n'est-ce pas, Kopp? – se contenteront de vous bousculer. Ces gens-là, mais je suis sûr que vous n'en doutez pas, Kopp, sont brutaux, cruels, vindicatifs. Vous avez été curieux, vous avez traîné vos pattes à l'Europa Sex Stars, à Berlin, ici...

Il se pencha.

– Vous savez, chuchota-t-il, que M$^e$ Narrouz est le défenseur attitré de Paul Nabal, qu'il représente dans tous les procès l'Europa Sex Stars, et pas seulement à Amsterdam. Donc...

Il respira bruyamment, reprit en se redressant :

– Donc, cher Julius Kopp, les clients de M$^e$ Narrouz auront sûrement beaucoup de questions à vous poser, et peut-être ont-ils quelques petites choses à vous reprocher.

Il frappa dans ses mains, ce qui fit un bruit sourd.

– Nous voulons assister à ce spectacle, applaudir peut-être. Au fond, Kopp, malgré vous – et malgré nous, car nous n'avions pas envisagé ça –, vous allez nous servir d'appât.

Il changea d'expression, le visage tout à coup fermé, la voix dure, hostile.

– On vous lâche avec une corde à la patte. On espère que les hyènes et les vautours vont se précipiter sur vous et que, grâce à vous, on en prendra quelques-uns, peut-être même cette pourriture de Narrouz, M$^e$ Narrouz – votre avocat, monsieur Kopp.

Il se dirigea vers la porte. Il traînait les pieds comme s'il avait de la peine à soulever son poids. Il se retourna lentement. Il avait imperceptiblement changé d'intonation.

– J'ai eu une conversation intéressante avec l'un de mes collègues de Paris, le commissaire François Broué. Il m'a affirmé que vous êtes un personnage digne de confiance.

Vanzuiderman inclina la tête, fit la moue.

– J'aime beaucoup Broué, reprit-il, mais sur ce point je réserve mon jugement. D'ailleurs, entre

Français, vous vous soutenez toujours et vous vous pardonnez tout. Quant à votre police, on ne compte plus les cas où elle fait appel à de vrais criminels pour l'aider dans des tâches un peu spéciales. Mais enfin…

Il fit un pas vers Kopp.

– Broué, lui, est un vrai policier, et il m'assure que vous êtes sur une enquête difficile, cadavre de femme profané, signes sataniques, le tout enveloppé dans du tissu haute couture, avec en prime des défilés de mannequins. Il paraîtrait, ajouta Vanzuiderman, que nous pourrions collaborer, vous et moi.

Vanzuiderman s'attrapa le ventre à deux mains comme s'il voulait contenir les plis de sa chair qui tressautaient sous son rire gras et sonore.

– Satan ! Vous êtes de grands imaginatifs, vous autres les Français. Ça m'étonne de Broué, mais les mannequins de Mariella Naldi lui ont sans doute tourné la tête, c'est si facile pour une femme de séduire un Français et de lui faire croire n'importe quoi. Satan… Kopp, vous croyez à ça, vous aussi, et vous êtes ici pour ça ?

Kopp eut envie de repousser à deux mains Vanzuiderman, de le faire basculer et rouler comme un tonneau jusqu'au canapé.

Il se contenta de regarder Vanzuiderman continuer de rire, les deux mains croisées sur son ventre.

Puis, d'un seul coup, Kopp pointa son doigt vers la poitrine de Vanzuiderman, et l'autre recula précipitamment, rire coupé.

– Collaborer ? fit Kopp. Avec vous ?

Il fit une grimace puis montra ses dents dans un sourire affecté.

– Pourquoi pas ? On prend ce qu'on trouve, n'est-ce pas ? Alors écoutez-moi.

Il s'avança vers Vanzuiderman, qui s'appuya au mur avec une expression effrayée.

— Je vais partir avec Narrouz, continua Kopp. Vous avez bien évalué la situation. Il y a quand même un tout petit disque dur dans votre masse de graisse, c'est bien. Mais je veux que vous gardiez Viva, ma collaboratrice, sous un prétexte quelconque. De toute façon, c'est moi qui intéresse Narrouz et ses clients. Vous ne la laisserez sortir qu'après mon départ, et vous lui donnerez l'autorisation de regagner la France. Je veux la voir avant, en votre présence si vous le désirez. De toute façon, vous avez ça…

Kopp montra le lustre, de son pouce dressé, sans lever la tête.

— J'ai quelques informations et directives à lui donner.

Kopp, tout en marchant dans la pièce, expliqua qu'il ne voulait pas que Viva tombe dans les mains des clients et des commanditaires de Narrouz.

— Je vous demande une mesure de protection, ajouta-t-il.

— Qu'est-ce que vous donnez ? dit Vanzuiderman.

— Un nom, un début de piste.

— Lequel ?

— Vous acceptez ?

Vanzuiderman grommela puis finit par acquiescer de la tête.

— Monika Van Loo, dit Kopp, un mannequin de Mariella Naldi impliqué dans une célébration de messe noire, à Bologne. Elle appartenait sans doute aux Enfants de Satan. Depuis, elle a disparu. Mais elle est hollandaise, Vanzuiderman — ça vous touche, non ?

— Les Enfants de Satan, répéta Vanzuiderman en haussant les épaules.

– C'est ça, notre fin de siècle, mon vieux, dit Kopp. Il faut s'y faire ou changer de métier.

## 30

Kopp attendit plusieurs heures dans cette pièce blanche, insonorisée, où chaque pas qu'il faisait résonnait et où il lui semblait même entendre le bruit de ses pensées.

Avait-il convaincu Vanzuiderman ? Le policier hollandais avait paru moins hostile, influencé, bien qu'il s'en défendît, par les conversations qu'il avait eues avec François Broué, et sans doute intrigué par le personnage de Monika Van Loo, dont Kopp lui avait en quelques mots tracé le destin. Elle n'était que l'une des pistes mais elle croisait toutes les autres, et que l'on s'engageât derrière Branko Zalitch, Martha Bronek ou Mᵉ Narrouz, on aboutissait toujours à Mariella Naldi et, au-delà, à ce personnage dont même le nom, si l'on en croyait Alexander, avait une signification satanique, Sandor Béliar.

Kopp s'empêcha de se laisser aller aux dérives de l'imagination.

Il essaya, tout le temps qu'il attendit, de reconstruire rationnellement les faits qu'il connaissait.

Il avait repéré – et Vanzuiderman l'avait confirmé – un trafic de jeunes femmes entre la Pologne et Berlin ou Amsterdam. Les clubs Europa Sex Stars étaient l'une des couvertures de ce réseau de traite des Blanches, finalement classique, qui conduisait les femmes à la prostitution. Certaines d'entre elles réussissaient à s'échapper de cet esclavage primitif. Martha Bronek avait dû être l'une d'entre elles.

Les activités de Mariella Naldi dans la haute couture ou le prêt-à-porter, dans la fabrication de produits de luxe divers – des bijoux aux sacs ou aux parfums – servaient aussi à couvrir ce trafic. En même temps, certaines femmes, et ce fut le cas de Martha Bronek, pouvaient trouver, si elles avaient pour elles la beauté et l'intelligence, une issue comme mannequins dans la maison de couture Naldi.

Mais la griffe Mariella Naldi devait sûrement servir de paravent à d'autres trafics, sans doute plus fructueux et plus classiques : probablement le commerce et la drogue.

Et pourquoi pas, avec cette griffe on ne peut plus prestigieuse la fabrication de produits divers, la mode permettant sans doute de «blanchir» de la fausse monnaie, produite non seulement par le commerce de la drogue mais aussi par toutes les activités criminelles – y compris la traite des Blanches et la prostitution devenues une véritable économie dans les pays ex-communistes.

Grâce au réseau Europa Sex Stars et aux boutiques Mariella Naldi, grâce à sa marque, cette gangrène s'étendait en même temps que l'argent se fondait dans des activités licites.

Mariella Naldi avait peut-être voulu échapper à ce système, effrayée par le développement d'activités criminelles qu'elle ne maîtrisait plus, qui peu à peu devenaient l'essentiel de ses entreprises.

Elle avait tenté de rompre : de là l'intimidation, le saccage de son appartement, puis la mise en scène macabre, le corps de Martha Bronek, avec qui Mariella Naldi vivait, déposé dans le lit de l'appartement de l'avenue Charles-Floquet.

Après quelques velléités d'aller jusqu'au bout de sa

démarche de rupture – de là l'appel à Julius Kopp –, Mariella Naldi s'était rendue. Branko Zalitch était intervenu et Mariella Naldi était partie pour l'Italie, sans doute chez ce Sandor Béliar, qui devait être le maître, ou l'un des chefs, de ce réseau.

Et le Diable, dans tout cela ?

Était-ce le signe de reconnaissance de cette mafia-là, une couverture de plus pour détourner l'attention de l'essentiel, les trafics, les mouvements de capitaux ? On attirait les policiers dans les labyrinthes de la symbolique satanique. On les invitait à mobiliser des psychologues ou des exorcistes, et pendant ce temps-là, de manière tout à fait banale, on contraignait des jeunes femmes à la prostitution, on écoulait de la drogue venue du sud de l'ancienne Union soviétique, on investissait l'argent sale dans des activités de luxe. Les enquêteurs s'attardaient à comprendre ce que signifiait ce choix d'*Inferno* comme label d'une ligne de produits fabriqués par Mariella Naldi, ou se focalisaient sur le fait que la maison de Paul Nabal, à Amsterdam, soit située au numéro 66, et pendant ce temps-là on exploitait les filles, on rackettait, on trafiquait.

Julius Kopp, les pieds posés sur la table qui se trouvait devant le canapé, s'interrogeait.

Il raisonnait comme un Vanzuiderman, alors qu'il s'était moqué de ce dernier qui, à propos de Monika Van Loo, avait manifesté son scepticisme quand Kopp avait évoqué les Enfants de Satan et leur messe noire à Bologne.

Kopp replia ses jambes, les emprisonna entre ses bras, comprimant ainsi ses muscles.

« Et s'il fallait, pour une fois, tout renverser ? » pensa-t-il. Si, au contraire, le « décor », si la « couverture » étaient la drogue, la prostitution, le blanchiment d'argent ? Autrement dit, si c'était le satanisme et son cortège de cérémonies qui étaient au cœur du réseau d'Europa Sex Stars, des entreprises de Mariella Naldi, du projet de Sandor Béliar ?

Hypothèse folle, absurde. Mais serait-ce la première fois dans l'histoire des hommes que la démence l'emportait sur la raison ?

Kopp se souvint de cet épisode, connu mais le plus souvent oublié, de la fin de la Seconde Guerre mondiale. Dans les derniers mois de 1944 et au début de 1945, l'armée nazie était engagée dans les batailles décisives sur le front russe. Là se jouait pour le nazisme le sort de la guerre, et le destin du régime et de ses chefs. Les combattants avaient besoin de matériel, de munitions, d'hommes. Les transports ferroviaires auraient dû être, quand ils n'étaient pas détruits par les bombardements, mobilisés à cet effet.

Or des centaines de trains étaient réquisitionnés pour transporter en priorité des millions de Juifs raflés dans tous les pays d'Europe vers les camps d'extermination, situés en Pologne pour la plupart.

Ces trains-là, ceux des déportés, ces wagons plombés, passaient avant tous les autres, chargés de ce qui était indispensable à la guerre !

La logique folle du racisme l'avait emporté sur la logique de la guerre.

Le but profond du nazisme n'était donc pas de vaincre la guerre, mais de détruire les Juifs ! Et pour cela il était prêt à compromettre ses chances de survie ou de résistance !

La tête de mort n'était pas qu'un insigne sur l'uniforme noir des SS, mais bien le sens de leur guerre. La destruction, la mort, plus que la rapine ou la victoire, étaient le ressort de leur projet.

Kopp pouvait-il affirmer qu'il n'en était pas ainsi avec ceux qu'il combattait maintenant ?

Il détendit ses jambes, reprit sa posture, les pieds posés sur la table.

C'est ainsi qu'il reçut Viva lorsqu'elle entra dans la pièce.

Vanzuiderman avait donc accepté le marché.

Viva avait dénoué ses cheveux. Elle s'assit en face de Kopp. Il leva les yeux vers le lustre et accompagna ce regard d'un léger mouvement de tête. Il sut au battement des paupières de Viva qu'elle avait compris qu'il lui signalait la présence de micros.

– Je vais être défendu et tiré de là par M<sup>e</sup> Narrouz, dit-il et en se levant.

– Narrouz ? fit Viva.

L'étonnement la tassa sur sa chaise, comme si brusquement elle était accablée.

– J'ai l'impression qu'il s'est occupé très particulièrement de Roberto, continua Kopp. Je vais essayer de rencontrer Roberto grâce à Narrouz, mais de votre côté, ne perdez pas de temps. Voyez Alexander. Il faut qu'il utilise ses talents dans toutes les directions. Nous allons en avoir besoin.

Kopp vint se placer derrière Viva.

Elle renversa la tête. Son visage, ainsi, s'affinait et laissait apparaître, comme dégagés d'une gangue, les traits de la jeune fille. Les rides s'effaçaient sous l'effet de la pesanteur, la peau redevenait lisse et tendue. Kopp eut envie de se pencher, d'embrasser ces lèvres entrouvertes. Il se retint, il n'allait pas donner aussi ce plaisir aux policiers hollandais qui visionneraient les images des caméras.

Il s'écarta de Viva.

– Je crois que je vais être absent pour quelque temps, dit-il. Narrouz souhaitera sûrement me faire faire un long voyage.

– Je vais rester avec vous, dit Viva.

Elle vint vers Kopp.

– Vous êtes utile ailleurs, fit-il brutalement. Il faut que vous voyiez notre ami de Senlis, don Luis.

Il scruta le visage de Viva : comprendrait-elle qu'il s'agissait du général Mertens ? Lui seul pouvait orienter Alexander vers tel ou tel fichier d'archives des services de renseignement, lui seul pouvait l'aider à remonter loin dans le passé d'hommes comme Sandor Béliar. Lui seul aussi semblait avoir compris que le Diable, la mort, pouvaient être un but ultime, plus fort que le triomphe.

– Faites-le parler de Nietzsche et de la Bible, dit Kopp quand, d'un signe de tête, Viva eut montré qu'elle avait identifié don Luis.

Il retourna s'asseoir.

– Quand vous sortirez d'ici, reprit-il, regardez derrière vous et filez directement à Paris. Je serai impatient d'avoir de vos nouvelles.

– Et si j'étais tentée par le Diable ? murmura Viva.

Julius Kopp ne sourit même pas.


# 31


Julius Kopp ne serra pas la main que M<sup>e</sup> Narrouz, dans le hall cubique et blanc des locaux de la police, lui tendait.

L'avocat resta quelques secondes la main droite ouverte, offerte, puis il éclata d'un rire silencieux, irrépressible semblait-il, qui dégageait ses petites dents jaunes. Son visage parut secoué de tics, creusé de rides autour de la bouche, au coin des yeux, sur le front, et les sourcils broussailleux se rejoignirent pour former une barre noire, mobile, cachant le regard.

Ce n'était plus un visage mais un masque blafard.

– À votre aise, monsieur Kopp, cher monsieur Kopp, dit Narrouz. Mais...

Il montra la porte de sortie aux barres de métal entrecroisées formant autant de croix.

– Vous restez bien sûr d'accord sur les termes de notre marché ? Ce serait une souffrance infinie pour votre ami Roberto s'il apprenait que nous avons rompu nos accords.

Il sembla à Kopp que, lorsque Narrouz passa devant les battants de la porte aux armatures en croix, il eut une expression de dégoût et frissonna.

Kopp s'en voulut de céder à de telles interprétations. Il soufflait un vent glacial, la nuit était tombée et n'importe qui, passant de l'atmosphère surchauffée du hall à la nuit hostile et glacée, aurait eu ce mouvement de recul et presque d'inquiétude. Fallait-il chercher une explication « satanique » à ce qui était sans doute réaction naturelle ?

Narrouz était sorti le premier. Kopp le suivit et ils restèrent côte à côte sur le perron.

« Je fais une belle cible », pensa Kopp. Mais il ne bougea pas. On ne l'abattrait pas là, sur le perron de l'hôtel de police au côté de Me Narrouz.

– Je suis sûr que ces Hollandais ne vous ont pas offert un sandwich ni une bière, dit Narrouz.

Son visage se plissa.

– Ils sont d'une avarice proverbiale. Un peuple qui fait commerce de tout. Vous avez vu leurs boutiques à femmes, ces vitrines obscènes, quel goût, n'est-ce pas ?! C'est pour cela que le club Europa Sex Stars connaissait tant de succès. La discrétion, un climat qui favorise les imaginations. Dommage que l'incendie...

– Qu'est-ce que nous faisons ? coupa Kopp. Une étude sociopsychologique du peuple hollandais ?

Narrouz regarda Kopp. Son visage, quand il ne se plissait pas, exprimait une dureté impitoyable. Il commença à descendre les quelques marches du perron. Kopp l'imita. Le trottoir était balayé par un souffle glacial que le bâtiment de police n'arrêtait plus.

Kopp vit s'avancer lentement une Mercedes noire aux vitres fumées.

En un coup d'œil, il jugea qu'il pouvait se précipiter de l'autre côté de la chaussée avant que la voiture ne soit à sa hauteur. Si on le visait de l'intérieur du véhicule, il faudrait le temps d'abaisser les glaces et il serait déjà, à ce moment-là, dissimulé derrière les haies et les buissons de l'Ooster Park.

Il eut cette tentation. Narrouz se tourna vers lui. Il souriait. Kopp aperçut les dents jaunes aux coins de la bouche.

– Vous n'allez pas me laisser là tout seul, Kopp ? dit Me Narrouz. Je compte dîner avec vous, parler de tout ce que nous avons en commun déjà : Roberto, notre amie Mariella Naldi. Comment la trouvez-vous ? C'est le genre de femme qui devrait vous attirer, non ? Qui vous a attiré – sinon, pourquoi seriez-vous ici, mêlé à ces histoires, interpellé par un Vanzuiderman, vous, Julius Kopp, vous, commandant Julien Copeau ? Quelle chute ! Heureusement, je suis là.

Il s'inclina.

– Je ne vous lâche pas.

Courbé, obséquieux et menaçant à la fois, c'était une sorte de nain, qui suscita chez Kopp une irrépressible répulsion.

– Voilà, voilà, dit Me Narrouz.

La Mercedes s'était arrêtée devant eux.

– Nous dînons d'abord, dit Narrouz en ouvrant la

portière, nous bavardons, je suis votre avocat et l'avocat de personnes qui vous intéressent et s'intéressent à vous, nous avons donc bien des choses à nous dire.

Il s'effaça pour laisser Kopp monter dans la voiture.

Kopp hésita. Il se pencha, craignant de découvrir un homme sur la banquette arrière qui l'eût menacé et contraint d'entrer dans la voiture. Mais la voiture, à l'exception du chauffeur dont Kopp ne vit que la nuque, était vide.

– Il fait froid, dit M<sup>e</sup> Narrouz.

Kopp le vit faire le tour de la voiture. Narrouz ouvrit la portière opposée, s'installa.

– Voyons, monsieur Kopp, nous n'allons pas vous tuer ici, dit-il.

Il rit, sans qu'un son sortît de sa bouche.

Kopp monta et la voiture démarra aussitôt.

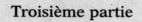

# Troisième partie

## 32

Julius Kopp reconnut les quais du Binnen Amstel puis ceux du Buiten Amstel. Déserts, ils ressemblaient à un décor abandonné. Le chauffeur roulait vite. Il doubla des tramways qui paraissaient immobiles, petits segments lumineux interrompant les longues lignes droites et sombres.

Kopp se tut. Il jeta un coup d'œil à Mᵉ Narrouz et celui-ci lui répondit par un de ses sourires qui dévoilaient des dents jaunes et inégales.

– Ce ne sera pas long, dit Narrouz.

Il fut secoué par un rire qui soulevait ses épaules sans qu'il y ait un seul éclat sonore, la bouche pourtant s'ouvrait comme pour exhaler un souffle.

– Parfois, reprit Narrouz en se penchant un peu vers Kopp, on regrette que le voyage se termine.

Kopp pensa qu'il pouvait d'un coup du tranchant de la main briser la carotide de ce presque nain qui avait gardé son chapeau, l'ayant à peine repoussé, et dont le manteau noir boutonné contraignait un corps qui devait être squelettique.

– J'ai craint un instant, dit Narrouz, que vous ne deveniez violent, par réflexe plus que de manière délibérée et raisonnée.

Il rit encore.

– Les hommes comme vous sont des instinctifs.

J'en ai rencontré quelques-uns, j'en ai défendu un peu partout. Vous êtes, monsieur Kopp, de l'espèce sauvage, c'est ce qui me plaît en vous, vous n'avez pas été complètement perverti, détruit, corrompu par l'esprit de soumission et l'esprit de charité. Nous avons cela en commun, vous et moi.

Il secoua la tête.

— Moi ? Je devrais dire « nous », car vous l'avez compris, monsieur Kopp, nous formons un petit groupe, une association...

Il ricana.

— Une bande, si vous voulez, à laquelle il n'est pas conseillé de s'attaquer.

Il leva la main.

— Et vous l'avez fait ! Oh, vous avez des circonstances atténuantes. On est venu vous chercher.

Il soupira.

— On ne peut jamais tout à fait faire confiance aux femmes. Parfois elles sont prises de panique, elles cèdent. Mais rassurez-vous, elles se reprennent, ou bien on les reprend.

Il enleva son chapeau, le posa entre Kopp et lui.

— Ou alors, reprit-il, elles n'ont fait qu'obéir. Une femme tente toujours un homme comme vous, n'est-ce pas ?

Il avait les cheveux coupés ras. Le crâne était curieusement pointu, anormalement anguleux, comme si les os, en se rencontrant, formaient des crêtes qui apparaissaient sous le mince duvet noir. D'un coup de poing violemment assené, c'était une tête que Kopp se sentait capable de défoncer. Et une fois encore il en eut le désir. Il fallait frapper là, au creux de la tempe, estima-t-il.

— Comme je ne pouvais pas être tout à fait sûr de vous, dit Narrouz, j'ai pris quelques précautions, naturellement.

Sa main gauche était posée contre la portière, à demi dissimulée par le manteau. Il la souleva. Kopp distingua un revolver qui, dans la main petite et décharnée, semblait énorme.

– Je tire vite, bien.

Narrouz, tout en parlant, inclina la tête.

– Je suis ambidextre.

Avant même que Kopp ait pu réaliser le mouvement, il vit que Narrouz avait fait passer le revolver de sa main gauche à sa main droite et vice versa.

– Vous avez donc eu le comportement tout à fait adapté, cher ami, reprit Narrouz. J'aurais été désolé de vous blesser.

Il cacha à nouveau le pistolet contre son flanc gauche.

– Car, bien entendu, je ne vous aurais pas tué. Vous avez compris, j'espère, que nous ne cherchons pas à vous éliminer ? C'est si facile de faire disparaître un homme. Il y a des tueurs qui traînent dans toutes les rues des grandes villes. Vous valez mieux qu'une mort stupide, celle d'un mari ou d'un amant dont une femme veut se débarrasser. Ça ne lui coûte pas plus de mille dollars.

Kopp ne répondit pas. Le silence et le calme étaient ses armes, les seules dont il disposât, avec, enracinée en lui, la conviction qu'il devait survivre, qu'il valait mieux que cette larve assise près de lui et qui pérorait. Peut-être Me Narrouz allait-il prétendre qu'il était un incube, un démon, un envoyé de Satan ? Ce n'était qu'un avocat corrompu qui trouvait dans sa clientèle une compensation à sa difformité et sans doute à son impuissance.

– Qu'est-ce que vous savez des femmes ? dit Kopp sur un ton ironique.

Il eut un mouvement de tout le corps pour bien

montrer à Narrouz qu'il le jaugeait, parcourant du regard le corps malingre.

Le visage de Narrouz se contracta. Il sembla même à Kopp que la peau en devenait grise. L'avocat grimaça, les deux rides qui entouraient sa bouche se creusèrent. Tout à coup il se mit à rire bruyamment, et cette voix aiguë fit frissonner Kopp comme si elle exprimait à la fois la démence et l'inhumanité.

– Vous en êtes là, Kopp, encore là, fit Narrouz.

Il appuya sa tête au dossier du siège. Sa nuque arrivait à peine à la moitié de la banquette. Il rit encore quelques secondes puis s'arrêta. Son revolver était pointé en direction de Kopp.

– Qu'est-ce que vous pensez, Kopp ? Que je ne peux pas avoir de femmes ? Mais où vivez-vous, Kopp ? Est-ce que nous nous sommes trompés sur vous ? Est-ce que vous aussi, vous êtes de ceux qui croient à l'amour ? Ne me dites pas ça, ou je vous tue tout de suite ! Les femmes, Kopp, j'en ai une différente chaque soir, et depuis des années ! Et vous ne pouvez pas imaginer comme elles sont amoureuses, expertes. Elles font ce que je veux, Kopp ! Tout ce que je veux ! Et je vais vous faire un aveu, j'ai fait d'elles tout ce que j'ai voulu. Ce n'est pas tout à fait la même chose. J'ai exploré leurs corps, mon désir, leur désir. Je suis allé très loin, le plus loin où l'on peut parvenir, Kopp. Vous n'avez même pas idée.

Kopp eut un frisson de dégoût. Ce nain était fou. Il donnait à Kopp une sensation identique à celle qu'il avait éprouvée en se trouvant autrefois en face d'un assassin, un tueur en série, une sorte de fanatique qui avait pris la décision de tuer la première femme blonde qu'il croiserait au début de chaque nuit. Il avait fallu des mois à Kopp pour comprendre la logique du fou, l'identifier, et Viva avait servi d'appât. Kopp avait surgi au moment où le tueur s'apprêtait à étrangler Viva. L'homme avait lâché la jeune femme pour faire face à Julius Kopp. Durant une fraction de seconde, leurs regards s'étaient croisés, et Kopp avait ressenti une sensation d'angoisse, comme s'il était penché au-dessus d'un immense gouffre. Il n'y avait rien à dire à cet homme-là. Il appartenait à un univers souterrain auquel lui seul avait accès. Il fallait l'abattre.

Lorsque l'homme avait essayé de s'élancer, Kopp avait tiré. L'homme s'était contorsionné longtemps sur le sol avant de mourir. Un serpent qui essayait de se dégager de sa vieille peau. Puis il s'était raidi et enfin son visage, lisse et calme, avait paru à Kopp presque beau, humain.

Dans le réfrigérateur de l'homme, ils avaient trouvé des parties de corps de femme, une tête enveloppée dans un chiffon.

Dans sa chambre, l'homme avait élevé une sorte d'autel surmonté d'un crucifix renversé. Quatre crânes étaient posés sur un tapis rouge, de part et d'autre de cette croix.

– Vous n'avez même pas idée, répéta Narrouz. Votre imagination est trop pauvre, Kopp, trop traditionnelle. Finalement, je me demande si vous ne faites pas illusion. Vous êtes banal, Kopp. Si c'est le cas, tant pis pour vous.

Kopp le dévisagea. C'était bien le regard du tueur. Narrouz aussi appartenait à ce monde souterrain.

– Je peux tout à fait imaginer, dit Kopp qui se détourna.

– Non, non, répondit Narrouz en criant et en riant d'une manière hystérique, vous ne pouvez pas !

Kopp lui fit à nouveau face, si brusquement que Narrouz recula dans l'angle de la voiture en brandissant son arme.

– Attention, Kopp, attention, dit-il.

– Avec les femmes, dit Kopp, vous avez fait quoi ?
Vous avez fait l'amour avec elles après les avoir
tuées ? Vous les avez dépecées ? Vous avez mangé des
parties de leurs corps, c'est ça ? Je peux imaginer,
maître, j'ai déjà vu ça, une tête de femme bouillie
qu'un type conservait dans le réfrigérateur de sa cuisine. Vous êtes allé jusque-là, Narrouz ?

Narrouz se mit à trembler de tout son corps et à
pousser de petits cris qui devaient être aussi une
manière de rire.

– Hé, hé, monsieur Kopp, dit-il. Vous en avez vu
des choses. Pourquoi pas ? Je suis heureux, fier que
vous m'en croyiez capable. Peut-être l'ai-je fait. Mais
vous n'êtes pas mon confesseur, pas encore. C'est
vous qui allez devoir vous confesser, Kopp.

La Mercedes se mit à tressauter. Kopp regarda. La
voiture roulait au milieu d'un champ. Les phares
éclairèrent un petit avion blanc, un Falcon, dont les
réacteurs sifflaient.

La voiture s'arrêta près de la passerelle.

Deux hommes jusque-là masqués par la nuit appa-
rurent, et ouvrirent la portière. Kopp descendit. Il
n'y avait aucune chance de fuite sur ce terrain découvert. D'ailleurs, il voulait continuer le voyage. Et
c'était comme au poker : il devait payer pour voir.


# 33


Julius Kopp ne put faire que quelques pas dans
l'herbe, que le vent froid couchait dans la lumière
des phares de la Mercedes. Les deux hommes bondi-

rent sur lui, lui saisirent les bras, les lui tordirent dans le dos.

Kopp pensa qu'on voulait lui passer des menottes. Il fit une rotation, réussit, dans une défense classique, à faire basculer ses deux agresseurs. Mais il ne put, comme il en eut un moment l'intention, s'élancer dans l'avion et s'en rendre maître. Il n'avait pas réfléchi par quels moyens, mais l'idée l'avait fait bondir en avant.

L'un des deux hommes réussit à le retenir par la jambe, l'autre l'agrippa par le cou et le serra à l'étouffer. Une nouvelle fois, Kopp parvint à le faire tomber, mais l'autre lui bloquait toujours la jambe.

Kopp commençait à se dégager quand il vit venir vers lui Me Narrouz, qui tenait son arme à bout de bras. Kopp eut le temps de s'étonner. Me Narrouz ne visait ni la tête, ni la poitrine, mais la jambe. «Il ne va quand même pas me briser un genou, ce salaud», pensa-t-il. Au même instant il ressentit une violente piqûre à mi-cuisse dans la jambe gauche, et immédiatement il sentit que cette jambe fléchissait et qu'une chaleur douloureuse gagnait tout son bas-ventre, puis la poitrine.

Il eut l'impression qu'il se noyait. La respiration lui manqua. Il revit en un instant une scène qu'il avait vécue lors de son entraînement au centre des commandos de marine, en Corse. Il était en plongée, et tout à coup la bouteille d'oxygène s'était bloquée. Il s'était étouffé jusqu'à ce qu'on le sortît de l'eau.

Il se sentit sans force. Un voile noir couvrit ses yeux. La douleur de la piqûre irradiait encore à partir de la cuisse gauche. Il voulut murmurer: «Cette ordure de Narrouz m'a paralysé», mais il sut au moment où il s'effondrait que ces mots resteraient dans sa gorge, et la sensation d'étouffement fut la plus forte.

Les mêmes sensations lui revinrent quand il vit des rais de lumière sur un mur blanc. Il était attaché sur un grand lit. Ses chevilles et ses poignets étaient liés à la base et à la tête du lit, si bien qu'il était écartelé. Les cordes étaient serrées autour de ses membres mais délibérément trop longues, si bien qu'il put se tourner un peu sur le côté et se soulever.

La chambre était petite, assez claire malgré les volets fermés au travers desquels passait la lumière.

Il était dans le Sud, il s'en persuada. Cette lumière-là, ce soleil-là étaient méditerranéens.

Il essaya, en se faisant rebondir sur le matelas, de faire glisser la corde nouée aux montants du lit. Mais il ne parvint qu'à faire grincer les ressorts du sommier et à se meurtrir le dos. Il cessa.

Il ferma les yeux. On ne l'avait pas tué. On l'avait transporté jusqu'ici, donc on voulait se servir de lui et on ne le tuerait pas immédiatement.

Il voulut crier mais il mesura alors à quel point il avait la bouche sèche, la langue gonflée, sans doute sous l'effet de la drogue contenue dans la flèche que Narrouz avait tirée sur lui. Il tenta cependant d'appeler, mais sa voix était enrouée, sourde.

On n'allait pas le laisser crever de soif ! On ne l'avait pas conduit jusqu'à cette chambre pour ça ! Il essaya, en tendant les cordes puis en se cambrant sur le lit, de soulever les montants, de manière à les faire retomber bruyamment sur le sol. Il faillit réussir, puis cessa, épuisé. Il avait soif et faim.

Il écouta.

L'unique fenêtre était fermée derrière les volets clos, et cependant il perçut une rumeur. C'était comme le ronflement sourd et régulier d'un moteur, peut-être celui d'un gros navire. Parfois, le grondement était couvert par des bruits plus aigus, comme ceux d'embarcations légères.

Kopp resta aux aguets durant plusieurs minutes. Le ronflement sourd s'éloigna, disparut, mais les bruits plus aigus persistèrent, irréguliers.

« C'est un port de la Méditerranée, pensa Kopp. Un navire vient de passer. Il a dû quitter le port. Des canots vont d'un quai à l'autre. La maison doit donner sur l'un d'eux. »

Il lui sembla percevoir des chocs légers derrière la porte. Quelqu'un montait un escalier, marchait sans doute sur le palier, vers la porte.

Kopp se raidit, les yeux ouverts.

## 34

La porte s'entrebâilla et Julius Kopp fut déçu. Qu'avait-il espéré ? Ce n'était que Me Narrouz qui se tenait sur le seuil. Il était tête nue, le torse pris dans un blazer noir qui faisait ressortir sa chemise blanche. Il portait un nœud papillon, noir aussi. À deux ou trois reprises, tout en regardant Kopp, Narrouz, le visage déformé par ce qu'on pouvait appeler un sourire, toucha du bout de ses doigts maigres le nœud papillon pour s'assurer qu'il était parfaitement à sa place, puis il croisa les bras, sans avancer vers le lit. Il demeurait à deux ou trois mètres de Julius Kopp.

Kopp se redressa en s'appuyant sur les coudes. Il fixa Narrouz. Il dut faire un effort pour réussir à dire qu'il avait soif.

Narrouz s'esclaffa. Bien sûr, on allait porter à boire à M. Julius Kopp qui avait été si sage tout au long du voyage.

Kopp se laissa retomber. Il n'allait pas faire plus longtemps plaisir à ce nain sadique.

– On vous détachera, Kopp, soyez-en sûr, dit Narrouz. Mais est-ce qu'on peut se fier au bon sens de quelqu'un comme vous ?

Narrouz s'approcha du lit, s'appuya au montant. Kopp suivait chacun de ses gestes.

– Vous allez encore nous contraindre, si vous vous agitez, reprit Narrouz, à vous endormir. C'est désagréable pour vous, pour nous. Ne pouvons-nous traiter en gens raisonnables qui discutent d'un contrat, passent un accord ? Imaginez, Kopp...

Narrouz s'assit au bord du lit. Il se pencha vers Kopp.

Les cordes avaient peut-être assez de ballant pour permettre de donner à Narrouz un coup de genou. Peut-être Kopp réussirait-il alors à maintenir Narrouz sous sa jambe.

Kopp envisagea cette hypothèse. Narrouz se recula de quelques centimètres, se mettant ainsi hors de portée.

– Il faut toujours être sur ses gardes avec vous, Kopp, dit-il. C'est désolant. Je viens pour me rendre compte de votre état, je commence à parler affaires, et vous, je le lis dans vos yeux, mon cher ami, vous ne pensez qu'à vous détacher et si possible m'envoyer au diable.

Il se mit à rire bruyamment, avec cette voix aiguë qui irritait Kopp. Le corps de Narrouz était secoué de tremblements et son rire semblait venir du plus profond de lui-même.

– Le Diable, voilà qui vous pose un problème, n'est-ce pas, Kopp ? continua Narrouz. Votre ami Roberto, chaque fois qu'il me voit et qu'il a les mains libres, ce qui n'arrive plus depuis longtemps, il est vrai, se signe comme si j'étais le démon, le représentant de Satan. Vous n'êtes pas comme ça, Kopp ? Superstitieux, crédule ? J'espère que si vous croyez à quelque chose, c'est au Diable !

Il se remit à rire, mais silencieusement, le visage parcouru de tics.

– Comment un homme qui connaît le dessous des cartes pourrait-il se prosterner devant une autre force ? dit-il en ricanant.

Puis, d'une voix dure, il ajouta en se levant :

– Il n'y a que les puissances du Mal, Kopp, il n'existe qu'elles. J'ai cherché, mais je n'ai rien trouvé d'autre. Rien.

Il fit quelques pas dans la chambre, puis revint vers le lit. Il paraissait calmé. Il s'appuya de nouveau des deux mains aux montants du lit.

– Imaginez, Kopp, que les gens que je représente – que je défends, c'est mon métier – aient le désir de s'entretenir avec vous, sérieusement. D'abord, bien sûr, pour mettre un terme à cette petite guerre qui s'est ouverte entre eux et vous, peut-être par hasard, sur un malentendu. Mais, cela fait, et ça ne devrait pas poser de problèmes, mes clients pourraient vouloir aller au-delà de cette paix, et devenir...

Il se pencha.

Kopp saisit le regard de Narrouz. C'était celui du tueur. Un abîme d'insensibilité et de folie, un regard qui venait d'un univers différent, inaccessible.

– Devenir, répéta Narrouz, vos clients. Et je peux vous dire d'emblée qu'il s'agirait, si vous aviez l'intelligence d'accepter ce marché, de vos plus gros clients.

Narrouz se redressa.

– Vous n'auriez d'ailleurs plus besoin d'en chercher d'autres. Notre groupe a des activités multiples, vous vous en êtes rendu compte. J'en suis le juriste. Vous...

Narrouz s'interrompit.

– Je ne veux pas aller au-delà. Je vous laisse réfléchir.

Narrouz alla vers la porte puis se retourna.

– Mais est-ce que vous avez le choix, Kopp ? En somme…

Il se passa le tranchant de la main sur la gorge.

– Il y a ça, vous êtes libre de choisir cette solution radicale, stupide mais pourquoi pas ? Les hommes sont fous, nous le savons, n'est-ce pas, Kopp ? Votre ami Roberto n'apprécierait peut-être pas, d'autant plus, je peux vous l'assurer, que nous commencerions par lui, c'est normal.

Il rit.

– C'est votre collaborateur.

Il retourna vers le lit. Il avait le visage ravagé par des tics.

– J'aimerais, Kopp, que vous choisissiez cette solution. Je n'ai pas confiance en vous. Je crois que vous êtes un individu quelconque, Kopp, que vous ne saisirez jamais la loi de ce monde, que vous resterez à la surface et que vous aurez toujours dans la tête de bonnes petites règles morales. Mais je vous l'ai dit, je ne suis que le juriste, ce n'est pas moi qui décide.

Il soupira.

– Mais je peux rêver à la solution parfaite.

Il se passa de nouveau le tranchant de la main sur la gorge.

– Roberto, vous, peut-être Viva, votre amie.

Kopp ne put s'empêcher de sursauter. L'avaient-ils prise aussi ? Vanzuiderman avait promis de ne pas la libérer jusqu'à ce qu'on fût sûr qu'elle pût regagner Paris sans danger.

– Vous êtes attaché à elle, Kopp ? Nous aussi.

Il revint vers le lit.

– Vous n'imaginiez pas, Kopp, que nous allions

être dupes de votre petit accord avec Vanzuiderman ? Nous savons tout ce qui se passe dans les locaux de la police. Tout, Kopp. C'est un marché entre eux et nous. Certains d'entre eux. Vous savez bien que les hommes, tous les hommes, ne demandent qu'à se vendre ! Mais ils sont si nombreux, tous ! Vous comprenez le problème ! Il y a finalement si peu d'acheteurs solvables !

Kopp contracta ses muscles jusqu'à la douleur. Il ne pouvait accepter l'idée que Viva soit entre les mains de ces fous, de ce fou-là.

– Notre négociation, Kopp, doit tenir compte de toutes ces données. Nous sommes des acheteurs solvables et nous avons déjà entre les mains ce que nous voulons acquérir – vous, Roberto, Viva. Nous souhaitons simplement que cela se passe en bonne harmonie, dans le cadre d'un accord général. C'est...

Il rit, se retourna vers la porte, se tint sur le seuil.

– J'allais dire «honnête», vous vous rendez compte, ce mot, le plus hypocrite, dégoulinant de morale, de bons sentiments : «honnête». Êtes-vous honnête, Kopp ? Vanzuiderman est-il honnête ? Disons plutôt un accord «clair». Je préfère ce mot.

Il sortit et referma la porte.

Kopp entendit les pas qui s'éloignaient sur le palier puis qui descendaient l'escalier. La chambre paraissait située à un étage élevé, peut-être le dernier.

Il pensa à Viva. Vanzuiderman l'avait-il livrée ? Kopp ne put le croire. Mais quelqu'un de l'entourage du contrôleur de police devait travailler pour Narrouz. Viva avait dû refuser la protection des policiers hollandais, peut-être même avant de regagner Paris avait-elle tenté de retrouver la trace de Kopp. Elle avait dû retourner à l'Amstel Hotel pour récupérer la voiture. C'est là qu'ils avaient dû s'emparer d'elle.

L'avaient-ils transportée elle aussi jusqu'ici? Se trouvait-elle avec Roberto?

Ils étaient capables de la torturer. Kopp essaya de ne pas imaginer ce qu'un Narrouz ou un quelconque Branko Zalitch, s'il avait survécu, ou un tueur du même genre, pouvait faire à Viva.

Il revit le corps de Martha Bronek sur le lit de Mariella Naldi. Ceux qui étaient capables d'agir ainsi avec un cadavre pouvaient franchir toutes les barrières.

Kopp pensa qu'il devait accepter le marché, si on le lui proposait. «Pour Roberto et Viva», se dit-il. Puis il s'avoua que c'était aussi parce qu'il voulait savoir et parce qu'il ne s'arrêtait jamais à mi-chemin.

Il ferma les yeux. Il avait la bouche en feu. Sa langue était comme une boule d'étoupe qui l'empêchait de respirer.


## 35


La soif réveilla Kopp.

Les rais de lumière zébraient le plafond. C'était un soleil rougeoyant, celui du crépuscule. La journée avait donc passé.

Kopp baissa les yeux. Mariella Naldi était appuyée à la porte refermée. Il la reconnut aussitôt. Elle avait relevé ses cheveux noirs sur sa nuque, ce qui affinait son visage, accusait la longueur et la fragilité du cou. Mais elle avait le menton prononcé, les lèvres fines, de la sécheresse et même de la dureté dans l'expression. Elle était, comme la première fois qu'il l'avait vue avenue Charles-Floquet, très largement décolletée.

Kopp se souvint de l'impression de fragilité qu'il avait eue en découvrant les clavicules et les salières. Il éprouva le même sentiment. La chemise blanche de Mariella Naldi, aux formes masculines, aux épaules larges, était déboutonnée jusqu'aux seins. Il les imagina, petits et ronds, fermes. Elle avait la taille serrée dans une large ceinture de cuir, et un pantalon noir moulait ses hanches et ses cuisses.

Elle s'approcha. Il avait oublié l'intensité de ses yeux verts sur la peau brune de son visage. Elle le fixa sans qu'il pût noter le moindre changement d'expression. Elle était impassible, si différente de la femme qu'il avait vue chez elle, angoissée, donnant une impression de fragilité puis effondrée quand elle avait découvert le corps de Martha Bronek profané, couché sur le lit. Dans son bureau, avenue Montaigne, il avait vu, les premiers moments, une femme tourmentée, décidée à agir, livrant l'identité de Martha Bronek, puis se reprenant.

Kopp ne se souvint pas d'un tel visage de pierre.

Il eut du mal, tant il était ankylosé, à se soulever un peu.

– J'ai soif, dit-il d'une voix rauque. Il avait prononcé ces deux mots avec peine.

Elle ne bougea pas, silencieuse.

Kopp se contorsionna, tira sur ses liens, il ne voulait pas exprimer son malaise, mais sa rage d'être ainsi impuissant.

Elle le regarda, immobile. Il eut même l'impression que sa lèvre inférieure s'était un peu pincée, comme pour marquer une moue de dégoût.

Kopp se laissa retomber et ferma les yeux.

Il ne l'entendit pas sortir de la chambre ni revenir, mais il sentit sa présence. Elle était penchée au-dessus de lui. Il vit le haut de ses seins. Ils n'étaient pas petits comme il l'avait cru, mais lourds au contraire, rehaussés par le soutien-gorge, leur rondeur masquée par l'ample chemise. Il la respira. Son parfum était âcre, entêtant.

Kopp eût pu, en se cambrant, toucher les seins de Mariella avec la bouche, avec tout le visage. Et il en eut tant le désir que sa bouche lui parut encore plus sèche, comme si le feu gagnait sa gorge, gagnait en lui.

Elle recula un peu. Elle était impassible, un peu boudeuse et méprisante cependant. Elle tenait une carafe d'eau dans la main droite et, dans la gauche, un verre conique au long pied fin.

Au bruit de l'eau qui coulait dans le verre, Kopp ferma les yeux. Il attendit, espérant qu'enfin elle approcherait le verre de ses lèvres. Il rouvrit les yeux. Mariella Naldi avait reculé. Elle tenait le verre à la hauteur de sa bouche. Elle avait attendu que Kopp la regardât pour commencer à boire lentement. Il voyait l'eau glisser entre ses lèvres.

Elle vida le verre, le remplit et s'avança vers le lit.

– Tout est échange, dit-elle. La vie est une suite de trocs. Vous voulez de l'eau? Qu'est-ce que vous donnez?

Il jura d'une voix sourde, se tourna autant qu'il put sur le côté opposé à celui où elle se trouvait.

– Vous avez soif, ajouta-t-elle.

Il ne croyait pas se souvenir aussi précisément de sa voix, un peu essoufflée et voilée, marquée par un accent italien prononcé qui lui donnait des inflexions graves.

– Tenez.

Il se tourna. Elle était penchée au-dessus de lui, pourtant il ne regarda pas ses seins mais le verre et la carafe et le niveau de l'eau qui oscillait.

Il eut un mouvement brusque, instinctif, et il heurta le verre avec son front.

L'eau dégoulina sur son visage et il lécha les gouttes qui ruisselaient de part et d'autre de sa bouche.

Elle s'était à peine redressée.

Lentement, elle versa le contenu de la carafe sur le visage de Kopp.

## 36

Julius Kopp ouvrit la bouche en fermant les yeux. Il sentit les filets d'eau couvrir son front, ses paupières, glisser le long des joues. Il grimaça pour les retenir, les attirer vers sa gorge. Quelques gouttes effleurèrent ses lèvres, humectèrent le bout de sa langue. Il eut même l'impression que l'eau étaient entrée dans sa bouche. Il déglutit plusieurs fois, mais c'était comme s'il avait avalé de la poussière sèche et brûlante. Il fut si déçu qu'il se mordit les lèvres pour en faire jaillir l'eau qui avait coulé sur elles. Il eut mal. Il sentit la saveur douceâtre du sang.

Brusquement, l'eau déferla dans sa bouche, une eau glacée qui l'étouffa et parut trancher sa langue, ses joues, écorcher sa gorge. Il essaya de ne pas tousser, de ne pas s'étrangler, mais il était couché et ce trop-plein d'eau tout à coup était aussi douloureux, après quelques secondes d'euphorie et d'ivresse, que la brûlure de la soif.

Il sentit la main, le creux du bras se placer sous la nuque, lui soulever la tête. Et aussitôt il put respirer. L'eau glissa en un filet régulier.

Il ouvrit les yeux. Mariella Naldi, le visage inexpressif, le fixait. De la main gauche elle tenait la carafe, dont elle appuyait le bord aux lèvres de Julius Kopp, et son bras droit était passé sous sa tête, qu'elle gardait aussi redressée que les liens le permettaient.

Kopp, tout en buvant goulûment, la dévisagea. Il n'avait jamais été aussi près d'elle. Il vit l'iris vert de ses yeux. Elle ne les baissa pas, affrontant le regard de Julius Kopp sans même ciller.

Elle avait une peau brune, marquée ici et là, aux coins des lèvres et des yeux, de légers signes de rides.

Kopp inclina insensiblement la tête. L'eau resta plus longtemps dans sa bouche, mais surtout, sans même bouger les yeux, il aperçut les seins de Mariella Naldi, si près de lui qu'il distingua le grain de la peau et put imaginer sa douceur.

Il sut qu'elle avait deviné ce qu'il voyait, ce qu'il pensait, à la chaleur qui, tout à coup, lui sembla-t-il, se transmit de sa main et de son bras à sa nuque.

Il se cambra.

Elle retira lentement le bout de la carafe des lèvres de Kopp et, baissant son bras et sa main, laissa la tête de Kopp reposer sur le matelas. Elle se mit debout.

Les rais de lumière ne striaient plus que la partie du plafond la plus proche de la fenêtre. Le soleil devait être au plus bas sur l'horizon, commençant sans doute à disparaître.

Mariella Naldi leva les bras et s'étira. Le mouvement était étrange, parce que lascif, alors que le visage demeurait impassible, exprimant même une indifférence ennuyée.

Puis Mariella dégrafa la large ceinture de cuir qui serrait sa taille et la laissa tomber sur le sol. Elle sortit en se déhanchant un peu la chemise de son pantalon et commença à la déboutonner.

Kopp vit le soutien-gorge noir, les seins ronds et

194

lourds, étonnants sur le torse maigre aux épaules larges mais osseuses.

De la main gauche, le bras replié, Mariella déboutonna le soutien-gorge, et les seins jaillirent cependant qu'elle faisait glisser ses vêtements le long de son bras droit.

Elle n'avait pas cessé de fixer Julius Kopp sans jamais baisser les yeux, sans qu'un seul mouvement du visage exprimât de l'émotion ou même une intention. Ses gestes paraissaient extérieurs à elle, comme s'il y avait d'un côté les yeux, le regard, le visage, et de l'autre ce corps qu'elle acheva de dénuder en demeurant presque immobile.

Le pantalon glissa, dévoilant une culotte noire ajourée qu'elle repoussa sur ses cuisses, laissant apparaître le triangle noir de son pubis.

Puis, d'un mouvement des jambes, elle dut, mais Kopp ne le vit pas, retirer chaque pied du pantalon.

Elle était nue, debout près du lit.

Elle s'approcha et commença à déboutonner la chemise de Kopp, à défaire sa ceinture, et tout à coup elle s'allongea sur lui, les seins à la hauteur de son visage, et elle se balança de droite à gauche.

Ses seins étaient frais comme une soie.

Elle s'assit sur sa poitrine, et ses genoux s'appuyèrent sur les bras de Kopp tendus par les liens.

Il se cambra davantage comme s'il avait pu se détacher, la pénétrer.

Mais il était retenu.

Seule sa langue était libre.

## 37

Julius Kopp sentit que le corps de Mariella Naldi se raidissait. Il vit qu'elle se cambrait, la tête rejetée en arrière. Ses seins gonflés l'attiraient. Il tirait sur ses liens pour tenter de toucher Mariella avec son visage, mais il ne réussit qu'à se meurtrir les poignets.

La respiration de Mariella Naldi devint haletante. Mais elle ne dit pas un mot, ne poussa pas un cri, et quand elle descendit du lit, elle ignora Kopp, ne lui jeta même pas un regard, s'habilla lentement comme si elle avait été seule. Et il resta avec son désir inassouvi, si fort qu'il eut l'impression que tous ses muscles étaient noués dans une crampe douloureuse qui cambrait son dos, arquait ses jambes.

Il eut envie de hurler, de l'insulter, et dans sa tête, les mots de «putain», de «salope» résonnèrent, mais il ne les prononça pas, parce qu'il éprouvait le désir de la voir revenir, de pouvoir enfin la tenir sous lui.

Lorsqu'elle eut fini de s'habiller, qu'elle fut de nouveau cette femme à l'apparence stricte, ses cheveux ramenés en chignon haut sur sa nuque, la chemise blanche boutonnée, enfoncée dans la taille du pantalon sous la ceinture de cuir noir, elle s'approcha.

Pour la première fois, il lui sembla que son expression avait changé. Mais elle ne souriait pas. Ses lèvres restaient fermées. Cependant, dans le regard, il crut voir de l'ironie, une vivacité presque joyeuse et espiègle, et cela suffit à Kopp pour qu'il se sente moins hargneux.

Elle prit la carafe d'eau, l'inclina de manière à ce que le niveau du liquide affleure le bord, puis, lentement, elle enfonça son majeur dans le goulot jusqu'à ce que les premières phalanges disparaissent dans l'eau. Elle retira son doigt et, lentement, elle le passa sur les lèvres de Julius Kopp. Il ouvrit la bouche. Mariella le laissa saisir le doigt. Elle l'enfonça. Il eut la tentation de le mordre, mais il se contenta de le retenir, à peine serré. Et elle le lui abandonna cependant qu'il le léchait.

Puis elle le retira et il resta les lèvres entrouvertes, pris d'un désir si fort que tout son corps en fut douloureux.

Il ferma les yeux.

Il y eut un bruit de pas, de voix sur le palier, puis il sut qu'on s'approchait du lit.

Il se souleva sur ses coudes. M$^e$ Narrouz se tenait appuyé aux montants du lit.

— Relâchez-moi, dit Kopp en desserrant à peine les lèvres. Vous entendez ? Détachez-moi.

Narrouz leva les deux mains en signe d'exclamation.

— Comme vous y allez, dit-il. Vous exigez, maintenant ! Mais, Kopp, ce n'est plus à vous d'exiger, c'est à nous d'ordonner, et à vous d'obéir, de vous soumettre.

Il se mit à rire de sa voix aiguë, avec, sembla-t-il à Kopp, une nuance de colère.

— Vous vous êtes soumis, hein ? Je vois ça. Elle n'a même pas reboutonné votre chemise. Dans quel état vous êtes, Kopp ! Je crois que ça ne lui a pas déplu ! Et à vous ? Jouer le rôle d'un godemichet, ce n'est pas désagréable, n'est-ce pas ?

Il se pencha.

— Vous savez qu'autrefois on appelait en Italie...

Il s'interrompit.

— Je suis sûr que vous savez tout cela – comment s'appelle votre tête savante ? Alexander, je crois ?

Kopp ne bougea pas. Ces gens-là n'ignoraient rien de l'Ampir. Pour la première fois depuis qu'il avait créé son agence, il craignit d'être vaincu.

– Mais nous parlerons d'Alexander une autre fois, reprit Narrouz en venant s'asseoir au bord du lit. Donc, Mariella Naldi s'est servie de vous. Autrefois, à Bologne, Alexander a dû découvrir ça, on l'appelait la Strega nera. Amusant, non ? La Sorcière noire. Elle a des dons extraordinaires. Une esthète dans tous les registres de la vie, la mode, bien sûr. Mais vous connaissez le 28, avenue Montaigne, une réussite tout à fait exceptionnelle. Elle a envahi les États-Unis après l'Europe avec ses produits, Inferno, quel sens de l'époque, n'est-ce pas ? L'Enfer, la Strega nera, quelle continuité, non ?

Narrouz se pencha et Kopp ressentit aussitôt un sentiment de répulsion si fort qu'il tira sur les liens qui serraient son poignet et sa cheville droits pour s'éloigner le plus possible de Narrouz.

– Vous préférez la Strega nera, dit Narrouz en riant silencieusement et en effleurant du bout des doigts la poitrine de Julius Kopp.

Kopp rugit, ne put s'empêcher de lancer :

– Ne me touchez pas !

– Sinon quoi ? dit Narrouz. Vous voulez mordre ? Je vous ferai mettre une muselière, Kopp. Ce serait...

Il posa la main sur la poitrine de Kopp, qui frémit de dégoût.

– ... amusant de jouer avec vous. Je ne suis pas différent de Mariella Naldi, j'aime tout explorer, femmes, hommes, enfants.

Il rit.

– Je ne suis pas allé au-delà, mais je lis des textes anciens, d'auteurs romains, il faudra que je m'aventure jusqu'aux limites qu'ils ont atteintes et franchies. Vous ne sentez pas, Kopp, combien notre civilisation s'est appauvrie ? Que valent nos jeux télévisés, comparés aux spectacles donnés dans l'arène ? Du vrai sang rouge, de vrais gladiateurs, de vraies bêtes féroces ! Nous voulons le retour de cela, de cet aspect, de cette vérité de l'homme. Vous n'en avez pas assez de tourner en cage, vous qui possédez une autre énergie que celle d'un de ces esclaves qui peuplent les bureaux, les transports en commun ? Vous n'êtes pas fait pour cela, Kopp. La preuve, vous avez créé l'Ampir, et vous êtes ici.

Narrouz tint la main à l'horizontale au-dessus de la poitrine de Julius Kopp.

– Vous avez aimé la Strega nera, reprit-il. Je le devine. Elle est experte.

Narrouz se pencha. Sa main ne bougea pas mais Kopp eut le sentiment que la paume et les doigts rayonnaient et que sa poitrine était irritée par la chaleur qui émanait de la main de Narrouz.

– Elle fait partie du marché, ajouta Narrouz, du contrat, si vous préférez ce mot. Et je sais qu'elle est prête, tout à fait prête, à en exécuter toutes les clauses. Dans ce domaine, Kopp, c'est vous qui décidez.

Le visage de Narrouz frôlait celui de Kopp, qui se retint pour ne pas donner à l'avocat un coup de tête sur les lèvres.

# 38

Julius Kopp ne resta seul que quelques dizaines de minutes. Narrouz, en quittant la chambre, lui avait lancé ironiquement :

– Décidez-vous, cher Kopp, vous savez bien que les bonnes affaires ne restent jamais longtemps sur le marché et qu'il faut toujours saisir vite sa chance, vous êtes un homme à comprendre ça. Et...

Narrouz, immobile sur le seuil, paraissait hésiter à poursuivre.

– Au fond, est-ce que vous nous seriez réellement utile, Kopp? Certains d'entre nous pensent que nous pourrions tout aussi bien en finir avec vous, que ce serait plus simple...

Il rit.

– Et sans surprise.

Il avait fait quelques pas dans la pièce, vers le lit.

– Personne, cher Kopp, n'a vraiment confiance en vous. Et même si vous acceptiez le marché qu'on vous propose, vous seriez surveillé. Alors, vous liquider maintenant, pourquoi pas? Sauf exception – encore un éclat de rire – on ne revient pas de l'enfer!

Il s'était retourné vers la porte.

– Donc, cher Kopp, si vous n'acceptez pas, à mon sens, ce sera très bien ainsi. Le problème sera résolu. Mais Sandor Béliar – vous l'avez identifié, nous le savons – souhaite votre collaboration, et c'est lui notre inspirateur. Cependant, Kopp, si vous ne vous décidez pas vite, même Mariella Naldi pensera que vous êtes meilleur mort que vivant. On peut faire tant de choses avec les morts. Tout ce qu'on fait avec les vivants, et le reste, n'est-ce pas?

Il était sorti, refermant la porte sans bruit.

Kopp eut la tentation de crier, de le rappeler. Il faut toujours choisir la solution qui permet de rester en vie, de reculer l'échéance fatidique. Une minute de gagnée, c'étaient des chances offertes. La mort ne propose que la mort.

Kopp venait d'apprendre par les propos de Narrouz que Mariella Naldi et Sandor Béliar étaient à l'origine des propositions d'accord qu'on lui avait faites. Et qu'autour d'eux, on était d'un avis contraire. C'était un point de départ favorable. Kopp pensa qu'il pourrait jouer des uns contre des autres, exciter les rivalités, peut-être les jalousies.

Il ferma les yeux. Il revit le corps de Mariella Naldi. Sorcière noire ? Il avait le désir de la serrer entre ses jambes, de la ployer. Elle avait, en faisant appel à lui au début de l'affaire, quand elle voulait savoir qui avait saccagé son appartement, montré qu'elle était capable d'autonomie, sensible aussi à l'angoisse et même à la panique. Narrouz l'avait d'ailleurs confirmé.

Kopp s'attarda avec complaisance à imaginer qu'il pourrait l'attirer de son côté, faire d'elle une alliée contre tous les autres.

Et rendre à son visage la sensibilité qu'il y avait lue lors des premières heures, avenue Charles-Floquet et avenue Montaigne.

Après, les autres l'avaient reprise en main. Menacée de mort en exposant chez elle le corps de Martha Bronek.

Mais il pouvait la convaincre. Il avait toujours réussi à désarmer l'hostilité d'une femme.

Il resta longuement songeur, les yeux clos.

Toujours ? Presque toujours.

Il fallait qu'il comprenne Mariella Naldi.

Il réfléchit encore. Mais il n'hésitait plus. Il se donnait le change, jouait avec l'idée qu'il pouvait refuser le marché que proposait Narrouz. Et dont il ne connaissait que quelques termes, ceux qui concernaient Roberto, Viva et sa propre vie.

Mariella Naldi faisait aussi partie du contrat.

N'en savait-il pas assez ?

Kopp cria, tirant sur les quatre liens, le corps arqué.

## 39

Kopp ne sut plus ce qu'il criait. Il avait d'abord lancé le nom de Narrouz, plusieurs fois. Puis il avait appelé Mariella Naldi.

Chaque fois, il avait eu l'impression que sa voix se perdait dans une maison vide. Il s'était mis à hurler des sons et des injures, de plus en plus fort, dans toutes les langues qu'il connaissait, et peu à peu la fatigue l'avait gagné. Il s'était détendu, confiant son corps au matelas.

Il avait faim et envie d'uriner.

Il avait hurlé pour qu'on le détache, pour ne pas être humilié au point de faire sous lui comme un infirme ou un grabataire, un vieillard.

À la fin pourtant, en mordant ses lèvres de honte et de rage, il s'était laissé aller, n'en pouvant plus, et le liquide chaud mouilla son pantalon, glissa le long de ses cuisses.

Il avait hurlé encore. Et il s'était juré de leur faire payer ça, à Narrouz, à cette femme, à eux tous. Il s'était demandé comment ils avaient dû traiter Roberto et Viva.

Il s'en était voulu de ne pas avoir accepté tout de suite le marché que Narrouz lui avait proposé. Une fois de plus, comme aurait dit Alexander, il s'était pris pour le cheval de Cambronne. Aucun Français n'échappait à ce syndrome, aurait ajouté le même Alexander. La garde meurt et ne se rend pas. Et à la fin, pourtant, elle avait perdu la bataille. Waterloo était le nom de la plus grande gare de Londres. Ainsi parlait Alexander.

C'était sur Alexander maintenant, s'il était encore

libre, que reposait l'Ampir, et c'était lui qui pouvait, seul, agir, les libérer.

Kopp essaya de se persuader que ce serait un jeu d'enfant pour Alexander de retrouver leur trace. Il pouvait partir d'Amsterdam, puisque c'était lui qui avait découvert Paul Nabal et l'Europa Sex Stars. Il fallait qu'il ait l'intelligence et la modestie de s'adresser au commissaire François Broué. S'il le faisait, alors il remonterait facilement jusqu'au contrôleur Vanzuiderman, et de là à Narrouz.

Alexander était perspicace et obstiné. Il réussirait. Mais il fallait lui laisser le temps. Et pour la même raison, accepter le marché de Narrouz.

Julius Kopp cria encore. Mais sa voix était voilée et éraillée. Il eut le sentiment qu'elle ne passait plus ses lèvres et retombait sans force ni élan.

Il sentit le dégoût et le désespoir le gagner. Il était sale, couvert de transpiration. Il les injuria, sans qu'aucun son sortît de sa bouche.

Il avait lu des témoignages d'otages. Le plus difficile était d'accepter, sans rien céder sur l'essentiel, cette apparente déchéance que les ravisseurs, les gardiens provoquaient, parce qu'elle humiliait, affaiblissait et forçait à capituler.

C'était cela que cherchaient Narrouz et Mariella Naldi.

Il fallait leur faire croire qu'ils l'avaient obtenu.

Kopp enfonça autant qu'il put sa tête dans ses épaules, essaya malgré les liens de se recroqueviller, puis il ferma les yeux et s'efforça de dormir.

Ils ouvrirent la porte si brutalement que Kopp se réveilla en sursaut. Ce devait être le milieu de la nuit. Ils avaient allumé une lampe qui éclairait la tête du lit et aveuglait Julius Kopp.

Il tenta de sortir du cône de lumière, tirant sur ses

liens, mais il était au centre d'une toile d'araignée, insecte s'agitant en vain.

Il réussit cependant, en gardant les yeux mi-clos et parce que les silhouettes peu à peu se rapprochaient du lit, entraient dans le grisé qui débordait du cône de la violente lumière blanche, à reconnaître Narrouz.

À ses côtés se tenait Mariella Naldi. Elle le dominait de toute la poitrine et de la tête, ce qui plongea Kopp, durant une fraction de seconde, dans une gaieté irrépressible.

Il eut envie de rire aux éclats, de hurler : « Alors, le nain, comment tu te débrouilles avec elle ? » Mais la prudence s'empara de lui et il se tut.

À droite de Narrouz se tenait un homme beaucoup plus grand que Mariella Naldi. Pour autant que Kopp pût en juger malgré la lumière, l'homme était maigre, vêtu de noir.

Il avait les bras démesurément longs, qui semblaient le tirer vers l'avant, si bien qu'il se tenait un peu penché. Il fit un pas, entra dans le cône, masquant un instant une partie de la source lumineuse, et Kopp put voir son visage.

L'homme avait des pommettes saillantes, un menton prononcé, un front bosselé, des sourcils à peine marqués, comme s'il les épilait. Les yeux, très noirs et lumineux, étaient profondément enfoncés dans les orbites.

En le dévisageant, Kopp pensa à ces figures de prisonniers aux traits creusés, au regard fixe, aux yeux immenses et vides.

Dans quelle prison cet homme était-il retenu ?

Il avança encore vers le lit et mit les deux mains dans les poches de sa veste, qui paraissait trop ample pour lui. Puis il se pencha vers Julius Kopp, de plus en plus près.

Kopp, instinctivement, essaya de reculer, de s'enfoncer dans ses oreillers pour éviter tout contact avec cet homme qui lui inspirait de la répulsion et en même temps – le sentiment était très désagréable – de la peur.

L'homme sourit, dévoilant ses dents déchaussées, longues. Il se tourna vers Narrouz, montrant son profil. Il avait le nez légèrement busqué, une pomme d'Adam très saillante. Il déglutit à plusieurs reprises en toussant. À chaque quinte de toux, sa poitrine se creusait.

– Il avait des besoins urgents, dit-il en secouant la tête. Il va falloir changer sa couche, le langer.

Il regarda Mariella Naldi comme s'il s'adressait à elle.

Il parlait en français avec un fort accent étranger, sans doute russe, estima Kopp. Un jour, pensa-t-il, il ferait rentrer dans la gorge de cet homme chacun des mots qu'il venait de prononcer.

– Dans quel état est-il, à part ça ? demanda Narrouz en s'appuyant des deux mains au montant du lit, dans une attitude qui sembla à Kopp presque familière.

– Il faut voir, murmura l'homme.

Il se pencha davantage sur Kopp qui rugit, tenta de se redresser, mais fut retenu par ses liens.

– Vous voyez, dit Narrouz, il faut le calmer, c'est un enragé. Nous le voulons soumis, paisible, mais lucide et efficace. Est-ce possible, docteur ?

L'homme inclina la tête.

– Presque tout est possible aujourd'hui, dit-il.

– Alors faites-le, dit Narrouz.

Il posa ses avant-bras sur le montant du lit.

– Mais pas d'erreur, n'est-ce pas, docteur ? ajouta-t-il.

L'homme hocha de nouveau la tête, sortit du cône lumineux, se dirigea vers le fond de la chambre.

Il ouvrit une porte que Kopp ne réussit pas à voir, mais imagina, puis il revint vers le lit et posa sur le matelas une mallette en cuir dont chaque pan se rabattait. Julius Kopp aperçut des instruments médicaux, des seringues, des scalpels, des flacons.

Il se raidit. En face de lui, comme un spectateur, Narrouz l'observait en souriant.

— Vous êtes un sauvage, Kopp, dit Narrouz. Il n'y a que Mariella Naldi...

Narrouz se tourna vers elle.

— ... qui ait réussi à vous dompter, et encore je n'en suis pas sûr. Disons...

Il rit silencieusement.

— ... qu'elle vous a monté, comme on le fait d'un cheval rétif dans un rodéo. Mais moi, je dois vous atteler, Julius Kopp, et je ne peux pas courir le risque de vous voir prendre le mors aux dents.

Mariella Naldi s'avança.

Elle ne portait plus sa large chemise blanche et son pantalon noir, mais une sorte de tunique aux mailles larges, tressées en fil d'or. Sous ce vêtement ajouré, elle était nue, à l'exception d'une culotte faite d'un tissu lamé d'or lui aussi.

Elle se tenait droite, les hanches appuyées au montant du lit.

— Que vouliez-vous ? demanda-t-elle à Kopp.

La voix était monocorde, le visage impassible. Et cependant, dans le regard de Mariella Naldi, Kopp crut déceler de l'anxiété et de l'émotion.

— Oui, dit Narrouz, vous avez beaucoup crié, mais nous dînions. Votre voix nous arrivait assourdie, si lointaine que nous n'y avons guère prêté attention plus de quelques secondes. Que vouliez-vous, Kopp ?

Narrouz éclata de rire.

— Mais voyons, Mariella, dit-il en lui enlaçant la taille, il voulait nous dire qu'il ressentait un besoin

violent, et comme un enfant sage il aurait voulu attirer l'attention, lever le doigt, demander à la maîtresse le droit de sortir.

Kopp vit la main droite de Mariella Naldi desserrer
l'étreinte autour du bras de Narrouz. Sans qu'un
trait de son visage bougeât, Narrouz écarta son bras
et cessa de rire.

— Allez-y, docteur, rendez-le compréhensif, dit-il.

L'homme à la mallette commença à adapter à un flacon une seringue prolongée par une longue aiguille.

— Vous êtes d'accord, n'est-ce pas, pour travailler
avec nous ? interrogea Mariella.

Elle fixa Kopp.

— D'accord ou pas, dit Narrouz d'une voix aiguë et
violente, il faut le calmer.

Mariella Naldi parut ne pas entendre.

— C'est avec moi que vous collaborerez, reprit-elle.

Narrouz siffla ironiquement en se redressant.

— Vous l'avez apprécié à ce point ? dit-il. Pourtant il
n'était guère libre de ses mouvements ! Mais vous aimez
peut-être ça, chère Mariella, les hommes presque
morts, immobiles comme des cadavres et que vous
ressuscitez. C'est très excitant, n'est-ce pas ? Il faudra
que j'assiste à ça.

D'une inclinaison de la tête, Narrouz demanda au
docteur de commencer. Le docteur s'approcha de
Kopp, qui se recula autant qu'il put, tenta de dégager
son bras.

— Ça suffit ! cria tout à coup Mariella Naldi.

La voix était si impérieuse que le docteur se redressa
aussitôt sans même avoir touché Julius Kopp.

— Ou Julius Kopp, continua-t-elle sur le même ton
implacable, travaille avec nous tel qu'il est, parce
qu'il ne peut décider autre chose, parce que c'est le
seul choix qui lui reste, ou bien nous le liquidons
maintenant, tout de suite. Et c'est moi qui vous en

donnerai l'ordre, docteur. Je ne veux pas d'un homme amoindri, Narrouz, vous entendez ? Nous n'avons pas besoin d'une larve, mais d'un homme à notre service.

Narrouz s'était reculé tout en restant dans le cône lumineux.

– Vous avez tort, ma chère, dit-il. Kopp ne se laissera jamais vraiment convertir. Il nous trahira dès qu'il le pourra. Le docteur est tout à fait capable de conserver son intégrité d'homme et d'en faire notre collaborateur fidèle, soumis, une sorte…

Il montra ses dents jaunes en souriant.

– De mort-vivant.

– Je n'en veux pas, dit Mariella Naldi. Il me le faut tel qu'il est, c'est comme cela qu'il nous rendra service.

Narrouz haussa les épaules.

– Vous êtes plus proche de Sandor Béliar que je le serai probablement jamais, chère Mariella, c'est donc une affaire entre vous et lui, si vous décidez en ce sens… Vous vous débrouillerez avec Julius Kopp. Après tout…

Narrouz disparut dans l'ombre.

– C'est vous, chère Mariella, qui nous l'avez mis dans les pattes en faisant appel à lui. Si j'avais été à la place de Sandor Béliar…

– Vous n'êtes pas à la place de Béliar, maître, dit Mariella.

– Vous non plus, chère Mariella, répliqua Narrouz.

Le docteur avait dévissé le flacon de la seringue et refermé sa mallette.

– Je suis à votre service, murmura-t-il. Il existe de nouvelles molécules, tout à fait inoffensives mais très efficaces, elles sont…

– Miraculeuses, coupa Narrouz d'une voix sardonique. Mais Mariella Naldi n'aime pas les miracles.

Narrouz ouvrit la porte. Sans le voir, Kopp l'imagina immobile sur le seuil, hésitant à sortir. Le docteur, tenant sa mallette à bout de bras, restait à la lisière de la lumière et de la pénombre.

— Maître Narrouz, dit Mariella, c'est moi qui m'occupe de Kopp. Nous l'avons décidé ainsi. Vous gardez ses deux collaborateurs, l'homme et la femme.

Narrouz fit quelques pas dans la pièce et revint dans la demi-clarté.

— C'est très raisonnable, cela, dit-il.

— Au moindre écart de Julius Kopp, vous les liquidez, reprit Mariella Naldi. Il tient leurs vies entre ses mains. Ne les laissez pas échapper, Narrouz.

Elle cessa de regarder l'avocat.

— Vous entendez, Kopp ? Vous obéissez et ils survivent, comme vous. Essayez de nous trahir et ils meurent, avant vous. Puis vous, peu après.

Elle s'approcha du lit, regarda en faisant la moue la tache sombre qui couvrait le bas-ventre de Julius Kopp et s'étalait aussi sur le matelas.

— Il faudra vous en souvenir, Kopp, dit-elle. Leur vie et la vôtre dépendent de vous.

Kopp ne la quittait pas des yeux. Mais elle avait le regard vide.

— Ils ne sont pas ici, dit-elle. Mais dans un lieu que vous ne connaîtrez qu'au moment où nous serons sûrs de vous. Alors, nous les libérerons.

Elle se pencha.

— Vous êtes d'accord, Kopp ?

Il ferma les yeux, fit oui de la tête.

— Je voudrais entendre votre voix, dit Mariella Naldi.

Kopp, dans une grimace, prononça ce mot qui lui arrachait la bouche, il dit enfin :

— Oui.

— Parfait, dit Mariella Naldi.

Elle s'éloigna de la lumière.

– Il faudra vous laver, Kopp, lança-t-elle.

Il hurla :

– Je suis attaché !

Elle ne répondit pas.

## 40

Kopp tenta d'abord de repérer, grâce à la variation de la lumière sur le plafond et les cloisons de la chambre, la succession des jours. Mais – était-ce le troisième jour ? – il perdit conscience pendant plusieurs heures et, quand il se réveilla, il ne sut plus depuis combien de temps on le maintenait attaché sur ce lit.

On lui avait retiré sa montre.

Il tenta de se rappeler à quel moment Mariella Naldi était entrée dans la chambre en compagnie de M<sup>e</sup> Narrouz et du docteur, mais il lui fut impossible de dater le dialogue qu'il avait eu avec l'Italienne.

Il craignit qu'on ne l'ait drogué, puisqu'il n'avait pas réussi à rester éveillé, conscient.

Il connut ce qu'il n'avait jamais éprouvé durant toutes ses années passées dans les services de renseignement ou à l'Ampir – un sentiment de désespoir.

Il se répéta que, par la faim et l'humiliation, on voulait le réduire et briser sa volonté. Et qu'il n'y avait pas d'autre cause à sa perte de confiance en lui-même.

Il était devenu un otage. Il devait appliquer à sa situation ce qu'il avait lui-même autrefois appris du comportement d'un prisonnier laissé dans l'isolement.

Mais il n'eut bientôt plus la force de garder les yeux ouverts. Il sut qu'on venait le faire boire, quelques gorgées d'eau, une ou deux fois par jour. Peut-être était-ce Mariella Naldi. Il voulut le croire. Mais il n'en était pas sûr.

Il s'accrocha pourtant à cette idée : il avait une alliée en elle. Elle l'avait protégé de Narrouz et du docteur.

Puis, après plusieurs jours de plus – combien ? trois, quatre, cinq ? il était incapable de répondre à cette question –, il ne s'interrogea plus. Il ne s'inquiéta plutôt de la saleté qui envahissait peu à peu son corps. Il sut simplement que, pour la première fois, quelqu'un l'avait vaincu.

Brusquement, il s'aperçut qu'il pouvait bouger les bras, et il osa, timidement d'abord, les replier. Puis il fit de même avec ses jambes, qu'il ramena sur sa poitrine avant de les étirer à fond.

Il osa à peine penser qu'on l'avait détaché. Il se tourna sur le côté pour s'en assurer. Il entendit un bruit régulier et tout à coup il fut ébloui, bien qu'il gardât les yeux fermés. On devait soulever un store. Il reconnut le gargouillis de l'eau qui coulait d'un robinet au fond de la vasque d'un lavabo ou d'une baignoire. Il ouvrit les yeux, dut les refermer aussitôt, les rouvrit.

Une grosse femme en tablier blanc était devant la fenêtre ouverte. Elle achevait de relever un store.

Kopp aperçut des toits de tuile et, au-delà de cet enchevêtrement de plans inclinés d'un rouge pâle et des surfaces blanches des terrasses, il découvrit la mer, et le bord de ce qui devait être une île.

Il se redressa. On l'avait changé de chambre. Celle-ci était plus vaste. Le bruit d'eau provenait d'une pièce voisine, la salle de bains ?

La femme se retourna en entendant Kopp bouger.

Elle avait un visage rond, les traits d'une Asiatique, ou d'une Philippine. Elle sourit et montra la salle de bains. Elle expliqua avec de grands gestes qu'elle ne parlait pas, que Kopp devait aller se laver.

Il eût voulu le faire, mais rien que rester assis sur le bord du lit lui donna le vertige. Il appela la femme d'un signe de la main. Il ne se sentait pas la force de parler, et d'ailleurs cette femme le comprendrait-elle ?

Elle semblait muette. L'aurait-on placée là au service de Kopp si elle avait pu communiquer avec lui ? À un mètre du lit, la femme s'arrêta en regardant Kopp avec des yeux effrayés.

Kopp essaya en vain de se lever et lui ordonna de s'approcher davantage. À l'évidence, cette femme ne parlait pas. Il dut insister pour qu'elle vienne près de lui et elle eut alors une grimace de dégoût.

Kopp prit conscience qu'on lui avait enlevé ses vêtements – il portait une robe de chambre en soie bleue – et qu'il était sale.

Il se passa la paume sur le visage. Il avait une barbe drue. Il pensa qu'il devait puer.

Mais il avait besoin de l'aide de cette femme. Il hurla, gesticula. Elle recula d'un bond mais enfin, après avoir hésité, elle parut comprendre ce qu'il attendait d'elle, et elle vint près de lui. Il s'agrippa à son bras et son épaule et se mit ainsi debout, s'appuyant à elle pour avancer.

Kopp dirigea la femme vers la fenêtre alors qu'elle voulait le conduire à la salle de bains et que, ostensiblement, pour lui montrer ce qu'elle ressentait, elle se bouchait le nez.

Kopp se laissa porter tant il était épuisé. Et lorsqu'il fut appuyé au cadre de la fenêtre, il reconnut l'île de San Giorgio Maggiore. Il était à Venise. Il aperçut le campanile de la basilique qui pointait au-dessus des toits. La maison où il se trouvait devait se situer non loin de la Riva degli Schiavoni, pourtant il ne pouvait pas voir le Canal Grande ni les autres canaux.

Kopp resta un long moment figé, retenant la femme près de lui tant il avait peur de tomber. Était-il dans la demeure de Sandor Béliar ? La femme lui montra une feuille manuscrite posée sur l'une des deux tables basses qui meublaient, avec une grande armoire et le lit, la chambre.

Kopp prit la feuille. Il constata que ses mains tremblaient et qu'il ne réussissait pas à lire. Les lignes dansaient devant lui.

Il resta plusieurs minutes immobile, les yeux fermés. Il se concentra pour les rouvrir au prix d'un effort considérable. Il lut enfin :

*Kopp, lavez-vous et habillez-vous – vêtements dans l'armoire. Descendez au premier étage. Je vous attends.*
*Mariella Naldi.*

### 41

Kopp resta longtemps courbé, appuyé à la table basse, incapable de détacher ses yeux des quelques mots qu'il venait de lire.

Il n'éprouva ni joie, ni remords, ni honte. Il allait vivre. Il pouvait bouger.

Il s'efforça de traverser la chambre seul, en longeant les murs, et souvent il fut contraint de faire halte, de se reposer en prenant appui avec son épaule contre la cloison.

La Philippine se tenait près de lui. Elle lui tendit à plusieurs reprises la main, qu'il refusa.

Lorsqu'il fut sur le seuil de la salle de bains, la femme se précipita, fit couler l'eau dans la baignoire.

Elle avait dû recevoir des ordres.

Elle l'aida à retirer sa robe de chambre et il n'éprouva aucun sentiment de pudeur.

Il émanait de cette femme une indifférence bienveillante et efficace.

Elle le soutint pour qu'il entre dans la baignoire.

L'eau très chaude fut comme une caresse brutale et inattendue. Il ferma les yeux, se laissant frictionner. La femme ne parla pas mais elle le frotta avec application et douceur, le forçant à se retourner ou, d'une pression de la main, à lever un bras ou la tête. Elle l'aspergea puis elle commença à le raser, dans le bain même, et il en fut surpris, mais c'est à ce moment-là seulement qu'il eut l'impression de s'arracher enfin à la gangue de crasse et d'épuisement qui l'étouffait depuis...

... Il chercha à se souvenir.

En vain.

Il pensa à Roberto et à Viva. Puis à Alexander. Mais ce ne furent que des images fugitives qu'il ne voulut pas retenir. Plus tard, plus tard.

Pour l'instant il fallait vivre, reprendre force.

Les vêtements étaient à sa taille. Rien ne manquait. Le costume était à chevrons gris, la chemise bleue, la cravate d'une nuance un peu plus foncée et zébrée de fines diagonales blanches. Ces vêtements étaient neufs, coupés pour lui. On se préoccupait donc de lui donner une nouvelle apparence, comme après une mue.

« J'accepte », se dit-il.

Dans l'une des poches intérieures de la veste, il découvrit un étui à cigares en cuir rigide contenant quatre longs Cohibas, qu'il huma, les yeux mi-clos. Mais il suffit de ce parfum de tabac pour l'amener au bord de l'évanouissement. Il trouva dans les poches intérieures son portefeuille et son porte-cartes. Il s'assit sur le bord du lit. On avait retiré ses papiers au nom de Julien Guérin et laissé tout ce qui concernait Julien Copeau, dit Julius Kopp.

Il resta longuement dans cette position, les coudes sur les cuisses, la tête penchée. Il était épuisé.

La femme le toucha à l'épaule, lui sourit en lui tendant la main. Il la saisit.

C'est la Philippine qui ouvrit la porte. Kopp s'avança et se trouva sur une galerie soutenue par des colonnes de marbre rose. Le plafond et les murs étaient décorés de fresques représentant des scènes de l'enfer. Des démons armés de fourches poursuivaient des groupes d'hommes et de femmes nus et affolés, et les poussaient dans d'immenses brasiers dont les flammes rouges s'étendaient jusqu'à la voûte en arceaux de la galerie. Celle-ci entourait une grande cour, ouverte comme dans un palais romain. Kopp se pencha. Au centre de la cour, une immense vasque destinée sans doute à recevoir les eaux de pluie était décorée de statues d'animaux fabuleux, griffons et licornes en marbre. Le centre de la vasque était occupé par une statue représentant un couple enlacé.

Kopp fut fasciné par cette figure en marbre noir et blanc.

La femme, les bras levés, comme étirée, paraissait vouloir s'enfuir, les jambes tendues ne reposant que sur la pointe des pieds. L'être qui l'enlaçait était sculpté dans un bloc de marbre noir. Il avait les muscles saillants, ses mains posées sur le dos et la taille de la femme étaient prolongées de longues griffes. Deux cornes s'échappaient de sa chevelure bouclée, et à la place des pieds il avait des sabots comme ceux d'un centaure.

Kopp découvrit qu'il se trouvait au quatrième et dernier étage de ce palais silencieux où l'on n'entendait que le bruit de l'eau. Car le couple, blanc et noir, était couvert par le jaillissement d'une fontaine qui donnait l'impression de surgir de la vasque. Les trois autres étages comportaient eux aussi des galeries, ornées des mêmes colonnes fines et roses.

La Philippine toucha Kopp au poignet et il se retourna vivement. Il la regarda comme s'il la voyait pour la première fois. Il émanait de ce palais, de cette architecture et de cette décoration une atmosphère singulière, comme hors du temps. Tout s'effaçait ici.

Kopp suivit la Philippine le long de la galerie tout en détaillant les fresques. C'était comme s'il tentait lui aussi de fuir les démons qui le poussaient vers les brasiers.

L'escalier, vaste, aux marches en ardoise grise, était décoré de fresques. Mais il était peu éclairé, et Kopp crut seulement reconnaître au troisième étage le passage du fleuve des morts, avec sur la rive des démons qui attendaient le débarquement des défunts entassés sur une gondole immense.

Kopp l'avait oublié. Il était à Venise, une ville où il avait séjourné souvent, logeant dans les hôtels les plus connus, le Danieli, le Gritti ou le Cipriani. Il s'y trouvait en compagnie d'une femme, presque toujours pour rompre avec elle, parce que la ville lui avait semblé se prêter davantage aux conclusions qu'aux commencements.

Il l'aimait, malgré les cohortes de touristes, l'invasion japonaise, l'impression de parc d'attractions qu'on avait lorsqu'on voulait traverser le pont des Soupirs ou la place Saint-Marc.

Mais il suffisait d'une dizaine de minutes de marche dans les ruelles, le long des canaux étroits, pour se trouver presque seul du côté des Fondamente Nuove ou bien de l'autre côté du Canal Grande, sur les Fondamente delle Zattere. Souvent, Kopp était allé déjeuner sur l'île de la Giudecca, à la terrasse du Harry's Bar, Fondamenta Santa Eufemia. Il s'en souvint avec émotion.

Il était donc à Venise.

Sandor Béliar, se rappela-t-il, avait l'une de ses résidences dans cette ville. Était-ce ce palais ? Ou bien, plus probablement, Béliar possédait-il à Venise plusieurs demeures, celle-ci dévolue peut-être à Mariella Naldi dont la maison de couture avait elle aussi un siège à Venise ?

Kopp descendit l'escalier dans la demi-pénombre, puis la Philippine repassa sur la galerie au premier étage.

Le jet de la fontaine arrivait jusque-là. Kopp eut froid. L'humidité était envahissante. Kopp eut la sensation d'avoir atteint le fond d'un puits. La Philippine s'arrêta, lui montra une porte en bois noir sculpté aux ferrures en métal doré. La femme s'inclina devant lui, l'incita d'un mouvement de tête à ouvrir, puis s'éloigna, disparaissant au bout de la galerie.

Kopp hésita.

Il regarda les galeries des étages supérieurs. Elles étaient désertes, comme la cour, comme la galerie du premier étage. Il n'entendit aucun bruit à l'exception de la rumeur de l'eau.

Il devina, au bout de la cour, une poterne que personne ne paraissait garder. Peut-être donnait-elle directement accès à l'un de ces canaux qui ne comportaient aucun passage pour les piétons.

On ne lui avait pas remis sa montre, nota-t-il. Il s'accrocha à cette idée : il la réclamerait.

Il se détourna de la cour pour ne pas imaginer ce qu'il aurait été capable de faire « avant » : bondir par-dessus la balustrade, se recevoir, jambes ployées, sur les pavés de la cour, courir jusqu'à une poterne, peut-être en zigzaguant, et forcer le passage. Il lui aurait suffi de moins d'une minute pour se retrouver hors de ce palais.

Mais il ne le pouvait pas. La tête lui tournait. Il s'appuya du bras gauche à l'une des colonnes de marbre.

Tout à coup, la porte en face de lui s'ouvrit.

Un serviteur en veste et chemise blanches, col cassé, nœud papillon noir, pantalon noir, s'effaça, l'invitant à entrer.

La pièce immense était divisée en deux par une colonnade.

Les fenêtres étroites étaient fermées par des losanges en vitraux bleus, jaunes, verts et rouges, sertis de plomb.

Kopp vit d'abord les statues en marbre qui peuplaient la pièce. Elles représentaient toutes des corps tourmentés, nus, aux visages couverts de masques.

Dans la pièce qui prolongeait la colonnade, une longue table en bois noir était préparée pour un dîner. Kopp ne put se retenir. Il avança, traversant la première pièce, un salon meublé de canapés et de fauteuils de cuir blanc entourant une table basse en marbre.

Kopp vit des assiettes remplies de tranches de viande. Il avait si faim qu'il n'en avait plus conscience. Mais il eut envie de saisir la viande à pleines mains et d'en remplir sa bouche à en étouffer.

– D'abord quelques formalités, monsieur Kopp, entendit-il.

218

Kopp se tourna lentement.

Mariella Naldi était debout dans le salon. Elle était vêtue d'une robe noire. Elle portait, autour du cou, un large collier d'or. Elle montra à Kopp deux feuilles de papier qu'elle avait posées sur la table.

– Il faut signer, Kopp, dit-elle.

Il s'approcha.

– Après, tout sera possible, ajouta-t-elle en lui tendant un stylo.

## 42

Julius Kopp regarda les mains de Mariella Naldi. La jeune femme avait saisi les deux feuillets et les présentait à Julius Kopp.

Ses doigts étaient longs, maigres, la peau très brune. Kopp distingua de fines rides, puis les nervures qui se dessinaient sous la peau. Mariella Naldi fit glisser les feuillets entre ses doigts. Kopp vit les ongles recourbés, laqués, noirs et brillants, qui paraissaient agripper les feuillets comme des serres d'oiseau.

Il eut envie de fuir. Il ferma les yeux, eut l'impression qu'il chancelait, et il se laissa aller sur le canapé de cuir blanc en face de celui sur lequel Mariella Naldi était assise.

Lorsqu'il ouvrit les yeux, elle était penchée sur lui. Elle desserrait le nœud de sa cravate, et ses ongles effleuraient le cou de Kopp. Il se redressa. Il soutint son regard.

– Il faut signer, Kopp, répéta-t-elle en retournant s'asseoir sur le canapé situé de l'autre côté de la table. Après...

Elle désigna d'un léger mouvement de la tête la salle à manger.

– Nous déjeunerons. Après, vous serez...

Elle s'interrompit.

– Lisez et signez, Kopp, conclut-elle en s'appuyant au dossier du canapé, jambes allongées.

Il prit les deux feuillets sans les regarder. Il ne pouvait détacher ses yeux du corps de Mariella Naldi, de ses seins dont il devinait la rondeur, de ses cuisses que la jupe légèrement soulevée au-dessus du genou laissait apercevoir.

Il se souvint du plus intime de ce corps. Et il se sentit écrasé par lui, par sa présence proche, par cette femme qui, dans une pose alanguie, paraissait attendre.

Il se rendit compte qu'il tenait le stylo qu'elle lui avait offert. Il l'avait pris sans se rendre compte de son geste.

– Il faut parapher les deux feuillets au début de chaque paragraphe, dit-elle d'une voix indifférente, et signer le second.

Il lut son nom, *Julien Copeau, dit Julius Kopp, président-directeur général de l'Agence Mondiale Pour l'Information et le Renseignement – Ampir.*

Il fit un effort pour dire :

– Il n'y a pas de date.

Elle ne bougea pas, continuant de le fixer.

Il réussit à parcourir les deux feuillets.

Il s'agissait d'un accord d'association entre l'Ampir et les sociétés Mariella Naldi (MNCY), rédigé de manière précise et comportant douze points. L'Ampir assurait, en échange d'un versement annuel de... Kopp leva la tête – la somme n'était pas précisée –, la protection du personnel et des produits des Sociétés Mariella Naldi. L'Ampir prenait toutes les mesures nécessaires à cet effet, assumait seule les décisions et les risques qui pouvaient découler de ce contrat. Le dernier point précisait que cette prestation de service avait une durée illimitée, qu'elle ne pouvait être dénoncée que par l'accord des deux parties. Julius Kopp, comme président de l'Ampir, était civilement, pénalement responsable de toute initiative relevant des domaines concernés. Kopp mesura qu'il se liait et s'engageait les yeux fermés, dans l'impossibilité de dénouer les liens, et qu'en échange on ne lui accordait rien. Il ne savait même pas combien on l'achetait.

Il posa les feuillets sans les avoir signés. Mariella Naldi se pencha, les repoussa vers Kopp du bout de ses longs ongles noirs.

— Je n'ai aucune garantie, dit-il. J'abandonne tout.

Il se sentit défaillir. Il était épuisé. Il ajouta :

— Je suis entre vos mains.

— Signez, murmura-t-elle.

Il fit non.

Elle sourit.

— Vous n'êtes plus que ce que nous voulons, Kopp. Vous êtes déjà mort, Kopp.

Elle se pencha et il sentit ses seins sur sa nuque.

Elle murmura :

— Vous vous souvenez du docteur, Kopp ? Il attend un ordre. Si vous ne signez pas, je laisse agir Narrouz. Me Narrouz. C'est lui qui a rédigé le contrat. Mais...

Elle posa les mains sur les épaules de Kopp.

— Ce n'est pas ce qu'il souhaitait, Kopp. Moi...

Elle lui passa les doigts sur les lèvres.

— Je désire vous voir renaître. C'est ainsi que vous me serez utile. À vous de choisir.

Elle se recula. Kopp se tourna. Mariella Naldi allait et venait devant les fenêtres étroites aux vitraux de couleur.

« La mort ou la vie », pensa Kopp.

Il signa.

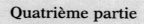

# Quatrième partie

## 43

Julius Kopp ouvrit la fenêtre. La nuit était claire. Les lumières de l'île de la Giudecca se reflétaient en longues traînées jaunes sur les eaux noires du Canal Grande. Les feux de position des vedettes et des bateaux qui assuraient les transports en commun traçaient des lignes sinueuses, vertes et rouges.

Kopp s'accouda à la balustrade du petit balcon qui dominait la Riva degli Schiavoni.

Deux hommes l'avaient conduit, après qu'il eut signé et déjeuné avec Mariella Naldi, dans ce petit immeuble qui s'élevait au coin du quai et du Rio Cà di Dio, au bout de la Riva degli Schiavoni.

Entre le palais où il avait été retenu et où semblaient vivre Mariella Naldi et Mᵉ Narrouz, peut-être aussi Sandor Béliar ; Kopp n'avait eu à franchir qu'une centaine de mètres. Il avait pu marcher sans trop de difficultés.

Le déjeuner, composé de poissons grillés et accompagné d'un vin blanc savoureux, sans doute de l'orvieto ou du frascati, l'avait revigoré plus vite et mieux qu'il ne l'aurait cru. Durant tout le repas, Mariella Naldi, qui avait chipoté, n'avait cessé d'observer Kopp en silence.

Il avait dit :

– En somme, vous voulez me compromettre, m'associer à vous, me faire porter la responsabilité de ce que vous avez déjà accompli et de ce que vous vous apprêtez à perpétrer.

Il l'avait fixée, s'efforçant de faire passer dans son regard le désir mêlé de colère et de mépris qui revenait l'habiter maintenant que chaque bouchée, chaque gorgée lui redonnaient de l'énergie.

– Quel est votre but ? Que voulez-vous, vous, et Me Narrouz, et Sandor Béliar ? avait-il demandé.

Il avait rempli son verre de vin mais Mariella avait refusé qu'il remplisse le sien.

– Si je dois être votre complice, avait ajouté Kopp – et vous m'y avez contraint –, il faut que je connaisse votre projet.

Mariella avait l'impassibilité figée d'une statue.

– Vous comptez m'attacher encore sur un lit ? avait-il lancé.

Il avait hésité puis s'était penché au-dessus de la table, vers Mariella Naldi.

– On peut faire l'amour autrement, avait-il murmuré.

Elle avait paru de pas l'entendre.

– Je me souviens de peu de chose durant tout ce séjour que vous avez organisé pour moi, mais de ce moment-là, je n'ai rien oublié, avait-il insisté.

Peu à peu Kopp avait la sensation de retrouver le sens du jeu, du rapport de forces. La saveur du vin se mariait à la perfection avec la chair un peu fade du poisson.

Il vivait, avait-il pensé. Il avait eu raison de signer ce contrat. La partie pouvait continuer.

– Mais ce ne sont pas vos seuls buts. Pas ceux de Me Narrouz, en tout cas, avait-il repris, ni sans doute ceux de Sandor Béliar.

Elle avait quitté la table d'une manière un peu trop brusque, vu le calme qu'elle affectait.

– Kopp, avait-elle dit d'une voix sèche, il n'est pas encore temps de vous dévoiler ce que nous voulons.

Elle était retournée s'asseoir au salon, et Kopp l'avait suivie.

– Mais vous le saurez. D'ailleurs, peut-être avez-vous déjà compris que nous ne sommes pas une organisation comme vous avez l'habitude d'en rencontrer.

Il avait emporté son verre et la bouteille de vin qu'il avait placée sur la table basse, entre les deux canapés.

– «Nous, nous», dites-vous, répéta Kopp. Votre organisation? Quand vous avez fait appel à moi, quand vous avez découvert le cadavre de Martha Bronek sur votre lit avec ce crucifix planté dans le cœur, ou ce qui restait de son cœur, vous étiez moins sûre de vous. J'avais l'impression que vous étiez une femme seule cherchant un appui, une porte de sortie. Mais on vous a reprise en main, n'est-ce pas? Est-ce que Sandor Béliar vous a attachée sur un lit, vous aussi, Mariella Naldi? Je vous assure que je ne procéderai jamais ainsi.

Kopp avait guetté chaque expression dans les yeux de Mariella mais elle n'avait laissé paraître aucun trouble; au contraire, une sorte d'ironie avait illuminé son regard.

– Pourquoi, Kopp? avait-elle répondu. Vous avez des limites en ce domaine, des préjugés? Je ne vous croyais pas si conformiste. Mais peut-être n'avez-vous jamais lu le divin marquis? Sade, vous connaissez?

Ses propos, son ton l'avaient surpris.

Pendant ces minutes, Mariella avait sans doute appelé grâce à une sonnette dissimulée quelque part, car deux hommes étaient entrés, vigoureux.

– Conduisez M. Kopp à l'annexe, avait-elle dit.

Puis, tournée vers lui, elle avait ajouté:

– Vous avez encore besoin de réfléchir, Kopp. Je crois que vous n'avez pas bien compris votre situation ni celle de vos collaborateurs.

Les deux hommes avaient entraîné Kopp.

– Cette femme, avait lancé Mariella alors que Kopp était déjà dans la galerie, Viva, n'est-ce pas ? Croyez-vous qu'elle ait lu Sade ? Nous pouvons lui faire découvrir le marquis, si vous vous obstinez.

Kopp n'avait pu répondre à Mariella Naldi, mais durant les quelques centaines de mètres qu'il avait parcourues, encadré par les deux hommes, dans une ruelle obscure, il s'en était voulu d'avoir imprudemment révélé qu'il avait déjà repris des forces et qu'il ne se considérait pas lié, malgré le contrat. C'étaient Viva et Roberto qui allaient risquer de payer avant lui ses réticences, son refus.

S'il voulait vivre, lui, s'il désirait protéger et sauver Roberto et Viva, il devait donner le change.

Les deux hommes l'avaient poussé dans une entrée basse. Kopp avait à peine distingué les murs d'une courette qu'on lui avait fait traverser avant de le contraindre à monter un escalier étroit, à pénétrer dans une pièce dont on avait refermé la porte derrière lui.

Kopp, à tâtons, avait découvert un interrupteur. Il avait découvert les deux petites pièces à peine plus vastes qu'un réduit dans lesquelles il était enfermé. Mais il y avait un lavabo. Il était libre de ses mouvements, et il avait pu ouvrir la fenêtre qui donnait sur un petit balcon d'où il dominait la Riva degli Schiavoni.

Un instant, Kopp avait pensé qu'il pourrait se laisser glisser le long de la façade, alerter la police. Il avait commencé à examiner, en se penchant, les aspérités de ce petit immeuble d'angle. Puis il avait renoncé. Trop tôt. Trop risqué pour Roberto et Viva, pour lui. Car la maison devait être surveillée.

Accoudé à la balustrade, il avait commencé à fumer l'un des cigares qu'on avait eu l'attention – ou l'intelligence – de placer dans son étui.


## 44


Kopp resta seul pendant cinq jours. Tôt le matin, un homme, toujours le même, déposait sur la table de la première pièce un plateau comportant du pain, du jambon cru et quelques fruits.

L'homme était trapu, en pull-over noir à col montant. Dès le premier matin, quand Kopp s'approcha à sa rencontre, il sortit aussitôt de sous son aisselle gauche une arme munie d'un silencieux qu'il braqua sur Kopp, en lui intimant l'ordre, d'un mouvement impérieux de la main, de rester dans la deuxième pièce.

L'homme avait un visage maigre, des cheveux très noirs. Kopp dit qu'il voulait du vin, des cigares, et qu'il n'acceptait pas d'être enfermé. Qu'il était prêt à agir, puisqu'on l'avait engagé.

L'homme avait-il compris ?

Il n'avait pas répondu, mais le lendemain matin, sur le plateau, il y avait une carafe de vin rouge et une boîte de vingt-cinq cigares, des Cohibas. Kopp ne put retenir, en les apercevant, une exclamation joyeuse. Il fit un mouvement vers le plateau et l'homme, aussitôt, le menaça de son revolver.

– Je suis prêt, répéta Kopp. Dis-leur, je suis prêt.
Par gestes, il fit comprendre qu'il étouffait entre

ces murs et sous ce plafond bas. À plusieurs reprises, il lança le nom de Sandor Béliar. Il voulait voir Sandor Béliar. Sandor Béliar, l'homme connaissait, n'est-ce pas ?

L'homme avait reculé vers la porte sans cesser de tenir Kopp en joue.

C'était le troisième jour. Le lendemain, l'homme entra, l'arme à la main, tenant difficilement le plateau qu'il posa sur le sol près de la porte. Il ressortit aussitôt.

Le cinquième jour, il ne vint pas. Et Kopp dévora ce qu'il avait conservé des jours précédents, pendant lesquels il avait prudemment accumulé sur sa ration des morceaux de pain et des tranches de jambon, craignant qu'un jour, en effet, on ne recommence à l'affamer pour l'affaiblir.

Ce soir-là, il fumait. Il ne se retourna pas assez vite pour faire face aux hommes qu'il avait entendus entrer. Trois, constata-t-il aussitôt.

L'un d'eux le ceintura. Il devait être très grand, il avait des bras très longs. Il maintint Kopp soulevé, cependant qu'un autre lui entravait les chevilles et qu'un troisième lui enveloppait la tête après l'avoir bâillonné.

Kopp n'avait pas cherché à se débattre.

Ils le portèrent dans l'escalier, sans ménagement, et à plusieurs reprises il heurta les murs de sa tête. On lui fit de nouveau traverser la courette.

Peut-être avait-on décidé de l'abattre. Peut-être Me Narrouz avait-il convaincu Sandor Béliar, et Mariella Naldi ne s'y était pas opposée.

Kopp n'éprouva aucune peur, quelques regrets seulement.

Il avait, par forfanterie et par défi, provoqué Mariella Naldi lors de leur déjeuner. Il avait sans doute à ce moment-là perdu la partie, pour lui, pour Roberto et Viva.

Il entendit le clapotis de l'eau qui battait les quais.

Un moteur ronronnait. On allait le noyer au large après l'avoir lesté...

Il souhaita qu'on l'abattît d'abord. Il craignait l'asphyxie, cette mort lente qui peut durer plusieurs minutes. Mais ils étaient bien capables de le laisser mourir ainsi. On le lança, plus qu'on le déposa, au fond de la vedette, dont il sentit le plancher vibrer.

Elle avança d'abord lentement. Puis, tout à coup, elle accéléra. Elle avait dû s'engager dans l'un des canaux de circulation et gagner le large. L'air devint vif, la coque trembla, le moteur tourna à plein régime, et plusieurs fois il sentit la vedette s'élever et retomber avec un bruit sourd. La proue se dressait au-dessus des vagues avant de frapper la mer dans les creux.

Kopp tenta d'apprécier le temps du trajet. Il pensa qu'il n'était pas nécessaire, si l'on voulait le noyer, d'aller si loin, peut-être déjà au-delà du Lido. Un corps lesté pouvait parfaitement disparaître dans la lagune. D'ailleurs, il avait beau imaginer les détails de son assassinat, il ne réussissait pas à se convaincre que sa vie allait finir ainsi, cette nuit-là, au large de Venise.

Le moteur ralentit, puis la vedette glissa sur des eaux calmes. L'air était de nouveau plus doux.

On redressa Kopp. Il y eut le choc de la coque contre un quai.

Kopp entendit, sans les comprendre, des chuchotements.

On le chargea dans un véhicule, sans doute une camionnette, qui démarra aussitôt. Allongé sur le plancher du véhicule, Kopp heurtait à chaque cahot les jambes de ses ravisseurs. Deux s'étaient placés d'un même côté, et le troisième en face.

Ils ne parlaient pas.

Lorsque le véhicule s'arrêta, l'un d'eux descendit. Il y eut le grincement de grilles qu'on ouvrait, puis la voiture roula lentement sur du gravier.

Le moteur stoppa. On porta Kopp puis on le déposa à même un sol froid, comme du marbre. On lui enleva ses liens et sa cagoule.

## 45

Julius Kopp vit d'abord les larges dalles de marbre noir. Il leva la tête. Des colonnes doriques, taillées dans le même marbre, soutenaient un plafond noir lui aussi, si bien qu'il eut l'impression de se trouver dans un immense tombeau ou une salle funéraire.

Il se leva avec peine. Il était seul. La salle devait avoir une cinquantaine de mètres de côté et au moins une quinzaine de mètres de haut.

Un étrange autel se trouvait dressé au fond, dans un espace qui ressemblait à un chœur. À cet endroit, le plafond s'abaissait, soutenu par des colonnes aux fûts lisses et blancs.

Kopp s'approcha. Sur l'autel, un squelette était allongé, les bras repliés sur la poitrine, tenant, comme un gisant, un glaive dont le métal brillait. L'effet était impressionnant de voir cette large lame à la poignée dorée, en forme de croix, appuyée sur les os du corps, visiblement celui d'un homme de haute taille, parfaitement reconstitué. Le crâne reposait sur un coussin et la mâchoire pourvue de dents était entrouverte.

Devant l'autel, construit en une pierre blanche veinée de noir, deux sièges se faisaient face.

– Vous êtes intrigué, Kopp.

Kopp se retourna d'un coup.

La voix provenait du bout de la salle qui avait résonné sous le plafond noir.

Kopp ne vit pas l'homme qui avait parlé.

– Mais vous n'êtes pas impressionné, n'est-ce pas ? Ce n'est pas le premier squelette que vous voyez ?

Kopp essaya d'identifier cet accent guttural, peut-être celui d'un Allemand ou d'un Hongrois.

Il entendit un bruit de pas. L'homme, tout en restant dans l'ombre des bas-côtés de la colonnade, avançait vers l'autel.

– Il faut vivre avec la mort, reprit la voix. Elle est en nous, autour de nous. Nous la portons, nous la croisons. C'est la pensée de la mort qui doit orienter nos choix, Kopp.

L'homme s'arrêta de marcher. Il était maintenant proche de Kopp, car les derniers mots qu'il avait prononcés provenaient de la droite de l'autel, à la hauteur de la dernière colonne dorique.

– D'ailleurs, Kopp, seriez-vous ici, auriez-vous accepté notre contrat si vous n'aviez pas pensé à la mort ? Vous avez voulu l'éviter.

Il rit. C'était un rire grave, qui se prolongea longtemps. Kopp, mal à l'aise, s'avança vers la zone d'ombre à droite de l'autel.

– Restez où vous êtes, dit sèchement la voix. Si vous faites un pas de plus, je vous fais abattre.

L'homme lança d'une voix coupante quelques mots en allemand. Et Kopp n'eut pas besoin de traduction pour comprendre : « S'il bouge, tuez-le. »

– Voilà, je n'aime pas qu'on s'approche de moi, dit l'homme de nouveau calmement, en français. Vous avez donc voulu éviter la mort, Kopp, c'est un bon choix, une décision raisonnable qui sauve aussi vos collaborateurs.

Il s'interrompit.

— Nous en tenons deux. Le dernier, l'Anglais, est sans doute le plus malin. Il nous évite, Kopp. Mais c'est l'affaire de quelques jours.

Kopp conclut qu'Alexander avait réussi à échapper aux hommes de Sandor Béliar. Car Kopp ne doutait pas que l'homme qui lui parlait était Sandor Béliar.

— La mort, reprit l'homme, vous l'avez donc fuie. Vous avez choisi de rester en vie. Avez-vous compris, Kopp, que vous alliez à tout instant vous trouver en face d'elle ? Que la mort ne vous laisserait plus de répit ?

— Vous êtes Sandor Béliar, dit Kopp.

Il faillit bouger, se jeter en avant dans l'ombre, se saisir de l'être qui lui parlait. Peut-être pourrait-il échapper au tireur en se cachant derrière les colonnes ? S'il tenait Béliar, il avait le meilleur bouclier possible.

— Je ne me trompe pas, répéta Kopp. Je voulais vous rencontrer. Mais vous vous cachez. Vous avez peur, monsieur Béliar ?

L'homme rit, d'un rire plus gai, plus aigu et plus sonore.

— Peur ? dit-il. Mais de qui ? De vous, Kopp ? Qui êtes un quasi-mort ? Pour avoir peur, il faudrait que je craigne la mort. Qui vous dit que je ne m'en nourris pas ? Je suis peut-être le compagnon fidèle de la mort.

Il rit plus longuement.

— Vous êtes avec moi, Kopp. On ne se débarrasse pas de moi, parce qu'on ne se sépare jamais de sa mort.

Tout à coup, au moment où Kopp ne s'y attendait plus, l'homme sortit de l'ombre.

234

Kopp recula. L'autre avait la tête rasée. Une sorte de large entaille partant au-dessus du sourcil droit se prolongeait sur le sommet du crâne, formant un sillon boursouflé qui donnait l'impression que les chairs, de chaque côté de la blessure, profonde peut-être de deux centimètres, étaient à vif.

Sa peau était, à l'exception de cette zébrure claire, presque rose, d'un brun mat. Ses yeux ne restaient jamais immobiles. Petits, enfoncés, ils balayaient sans cesse l'espace.

Au fur et à mesure qu'il avançait vers Kopp, il paraissait grandir. Il devait approcher les deux mètres, à moins que sa maigreur ne donnât l'illusion d'une telle taille. Ses joues étaient creuses et son cou décharné. Il émanait pourtant de lui une énergie que révélait son attitude, tandis qu'il marchait vers l'un des sièges situés devant l'autel.

– Asseyez-vous, dit-il à Kopp en prenant place sur le fauteuil de droite.

Il montra le squelette étendu.

– Il faut toujours rappeler aux hommes ce qu'ils sont et ce qu'ils deviennent quand tombent les apparences. Même les plus valeureux, ceux qui manient le glaive – comme vous, Kopp –, ne sont qu'un tas d'os. Vous ne l'oubliez pas ?

Il se pencha en avant. Il portait une cape noire sur un vêtement noir, une sorte d'habit de clergyman, avec sous la veste un pull-over à col montant en laine noire. Il mit les coudes sur ses genoux et soutint son visage dans ses mains.

Kopp, fasciné par les longs doigts, pensa à ceux de Mariella Naldi. C'étaient des mains presque identiques. Les ongles de Sandor Béliar étaient recourbés. Ils n'étaient pas laqués de noir mais ils ressemblaient aussi à des serres.

– Cela fait plusieurs années que je vous observe,

Kopp, reprit Sandor Béliar. Mais oui, on ne se doute pas parfois qu'on suscite dans l'ombre des admirateurs, des êtres qui vous jugent et vous jaugent, estiment qu'après tout, un tel talent devrait être mieux employé qu'il ne l'est. Je vous ai vu conduire cette guerre contre les Maîtres de la Vie. Une secte intéressante, n'est-ce pas ? Le corps humain considéré comme une matière première, un produit comme un autre, payé comptant, chair contre or – admirable, ce que font les hommes... J'ai été tenté de m'associer à eux. Ou de les prendre sous mon contrôle.

Il rit en rejetant la tête en arrière, dégageant sa dentition très blanche.

– Mais vous les avez vaincus. C'était bien, Kopp. Cependant il s'agissait d'un combat classique, jamais terminé, en fait, comme celui que vous avez engagé plus tard pour mettre fin au Complot des Anges. Là encore j'ai salué votre victoire, passagère aussi. Mais vous n'aviez pas d'adversaire à votre taille. Alors j'ai voulu vous provoquer pour savoir si je ne me trompais pas à votre sujet, si vous étiez digne d'entrer à mon service.

Béliar se rejeta en arrière, renvoya sur ses épaules les bords de sa cape. Ses bras zébrèrent l'air d'un mouvement rapide, nerveux.

Kopp ne le quittait pas des yeux. Cet homme devait être en effet un adversaire de taille. Un adepte des arts martiaux, capable de frapper si violemment, si vite, les bras comme des faux, qu'on devait mourir sans même avoir vu venir le coup.

Et pourtant il n'était plus jeune. Mais était-il vieux ? Kopp essaya d'évaluer son âge, et y renonça. La peau mate était parcheminée, parcourue de fines rides, mais Kopp devina la musculature ferme sous l'épiderme.

– Vous avez avalé l'hameçon, Kopp. J'ai été un

peu déçu de voir comment vous accouriez parce qu'une voix de femme – belle, chaude, grave et roucoulante, j'en conviens – s'adressait à vous. Je sais, Mariella Naldi n'est pas n'importe quelle femme, mais enfin vous auriez pu ne pas gober si vite tout ce qu'elle vous disait.

Kopp écoutait, face à Sandor Béliar. Était-il possible que Mariella Naldi n'ait été qu'un appât ? À moins que Sandor Béliar ne dissimulât sous cette version la défaillance, presque la trahison, de Mariella Naldi.

– Vous croyez ? fit Kopp d'un ton ironique.

Sandor Béliar parut ne pas avoir entendu.

– Par la suite, vous vous êtes montré efficace, reprit-il, et cela m'a plu. Votre enquête, votre voyage à Zielona Gora, votre découverte des Europa Sex Stars, votre identification de Martha Bronek étaient remarquables, même si Mariella Naldi vous a, à dessein, facilité la tâche.

– Vous avez essayé de me tuer dès le début, ma voiture a explosé…

– Mais non, mais non, coupa Béliar. Je ne veux pas qu'on vous tue, monsieur Kopp, pas encore. Vous avez affronté les épreuves d'un parcours initiatique. Vous avez confirmé vos qualités. Je veux que vous travailliez pour moi. Et c'est pourquoi vous êtes là, en face de moi.

Il se leva, commença à marcher dans cette salle qui faisait penser à une nef.

– Je vais vous expliquer qui nous sommes et ce que j'attends de vous, mon cher Kopp.

Sandor Béliar s'arrêta, croisa les bras et commença à parler.

## 46

– Qu'est-ce qui vous fait vivre, Kopp? demanda Sandor Béliar.

Immobile au milieu de la grande salle noire, il regardait droit devant lui.

– Il faut commencer par là. J'ai étudié votre biographie. Officier courageux, bien noté, des missions réussies... vous quittez tout cela pour créer l'Ampir. Pourquoi? L'argent?

Béliar rit longuement en secouant la tête.

– Il n'y a que les imbéciles, les impuissants, ceux que j'appelle les larves, qui agissent pour l'argent. Qu'est-ce que l'argent? Vous savez sûrement que je suis à la tête d'une compagnie financière, mais je n'ai jamais cherché à posséder de l'argent. Ce n'est qu'un jeu primitif. Des dés qui roulent et qu'on ne contrôle pas. Par contre, on peut truquer la partie, et cela devient plus intéressant. Savez-vous...

Il s'avança vers Kopp, resté assis près de l'autel.

– Savez-vous, Kopp, qu'au lieu de gagner de l'argent, on peut en fabriquer? J'en fabrique, comme la banque centrale des États-Unis. J'ai des dollars, autant que je veux. Les services secrets américains – vos amis de la CIA ou du FBI – appellent mes billets des «superdollars». J'en fournis à des États, oh...

Il rit.

– Des États qui n'ont pas bonne réputation, l'Irak et la Libye jadis, l'Iran parfois. J'ai à mon service quelques imprimeurs qui ont été formés aux États-Unis et que je paie très cher.

Il s'enfonça dans l'ombre des bas-côtés de la nef noire.

– J'ai l'habitude d'utiliser les meilleurs, toujours, dans tous les domaines. J'aime le génie, Kopp. Or il y a toutes sortes de génies. Le génie de la beauté est peut-être celui que j'apprécie le plus. C'est pour cela que j'ai acquis les services de Mariella Naldi. Elle est encore très belle, n'est-ce pas ? Experte.

Il revint dans la partie centrale de la nef, vers l'autel.

– J'ai assisté à la petite séance qu'elle vous a offerte quand vous étiez ligoté sur le lit. J'aime ce genre de spectacle.

Kopp se dressa en s'appuyant sur les accoudoirs.

– Ne bougez pas, Kopp. Je vous le répète, je déteste qu'on m'approche. On vous tuerait. J'ai des tireurs exceptionnels, et ils vous tiennent en joue à la lunette infrarouge, en ce moment même. Ils ne perdent pas un seul de vos gestes.

Kopp se rassit.

– Mariella Naldi...

Béliar haussa les épaules.

– ... Elle a vieilli. J'aime les très jeunes femmes. Les plus belles. C'est aussi à cela que me sert Europa Sex Stars, c'est une sorte de pompe aspirante. J'absorbe tout ce qui est beau, simple, naïf dans ces pays encore barbares, primitifs, à Zielona Gora ou ailleurs. Il faudra que je vous présente Abigaïl Miller, la perfection. Un mannequin de Mariella Naldi comme l'avait été Martha Bronek – et bien d'autres. Je vous l'ai dit, Kopp, je veux les meilleurs, mais...

Il se rapprocha de Kopp.

– Revenons à nous. L'argent ? Ce n'est pas votre mobile. L'argent ? S'épuiser pour en acquérir, quelle illusion, quelle bêtise ! Savez-vous combien il y a de dollars en circulation dans le monde ? Trois cent quatre-vingts milliards de dollars. Mes « superdollars » se fondent dans cette masse. Je les recycle dans les Europa Sex Stars, qui servent aussi à ça, dans les productions de Mariella Naldi, ses lignes de produits, sa maison de mode, ses succursales aux États-Unis.

Il entrecroisa ses doigts.

— Tout se tient : les femmes, l'argent, Europa Sex Stars. Et vous, Kopp, est-ce que tout est lié dans votre vie ? L'argent ? Vous en voulez ? Il vous suffira de donner un chiffre et il vous sera aussitôt versé là où vous voudrez, au nom de qui vous voudrez. Je peux vous transformer en l'un des hommes les plus riches du moment.

Il rit.

— Pas le plus riche, Kopp. Mais vous serez parmi les quelques milliers qui comptent, ceux qui ont échappé à la médiocrité et compris que l'argent n'est rien mais qu'il faut pouvoir en produire, comme ça...

Il écarta les bras, les mains, dans un geste de prestidigitateur.

— Ce que permet l'argent, c'est d'avoir autour de soi, je vous l'ai dit, les meilleurs. Avec l'argent, on transforme les hommes, puisque la plupart sont des imbéciles. Je vais vous faire une autre confidence. En 1990, une plaque permettant d'imprimer simultanément trente-deux billets de cent dollars a disparu du très officiel bureau de gravure et d'impression situé à Washington.

Il claqua dans ses mains.

— C'était une opération montée par un homme de génie à mon service, Kopp. Et avec cette plaque, avec des presses que j'ai importées des États-Unis, je produis «mon» argent, mes superdollars – oh, quelques centaines de millions chaque année, une goutte d'eau, je vous l'ai dit. Je suis un fournisseur très apprécié.

Il se pencha vers Kopp.

— Je vois que vos yeux brillent, Kopp. Toutes ces révélations vous surprennent. C'est que, voyez-vous,

vous serez aussi silencieux qu'une tombe. Et plus silencieux encore, car il arrive...

Il hocha la tête.

– ... que les morts soient très bavards. D'ailleurs, qu'est-ce que la mort, Kopp ?

Il ricana.

– J'ai toujours employé les meilleurs, Kopp. Vous avez rencontré Me Narrouz, n'est-ce pas ? Vous ne l'aimez pas, et lui vous hait assez pour souhaiter votre mort. Il a plaidé – le mot lui convient – pour que je vous fasse disparaître. Si ça n'avait tenu qu'à lui, vous seriez en ce moment un excellent engrais dans un polder hollandais. D'ailleurs, autour de moi, personne ne vous apprécie, Kopp. Mais cela ne me déplaît pas. J'aime qu'on se haïsse, cela stimule. Je me demande seulement si Mariella Naldi n'a pas un petit penchant pour vous...

Il sourit avec une grimace qui voulait marquer sa bienveillance.

– Vous l'avez séduite, Kopp. Même les quatre membres liés, comme un papillon épinglé, vous avez encore d'excellentes qualités, m'a-t-il semblé.

Kopp, de nouveau, esquissa un mouvement. Sandor Béliar tendit le bras.

– Allons, Kopp, pas d'imprudence. Je ne veux pas vous faire tuer ici, maintenant. Je vous veux, Kopp, vous êtes le meilleur dans votre secteur. Vous connaissez les services de renseignement de la plupart des pays, vous avez des dossiers sur un grand nombre d'agents, votre réputation, sauf peut-être à la CIA, est excellente. Vos amis anglais du MI 5 et du MI 6 se fient à vous et Dieu sait qu'ils ne font confiance à personne. Vos relations avec les meilleurs enquêteurs français sont excellentes. Narrouz me dit que le commissaire François Broué ne jure que par vous. Et maintenant, les Hollandais : voilà ce bon Vanzuiderman qui exécute vos directives, qui libère votre collaboratrice et l'autorise à regagner Paris. Heureusement, Narrouz veillait. Ce n'est pas que le meilleur juriste européen, c'est un chien hargneux, un excellent chasseur.

Il reprit sa place dans le fauteuil en face de Kopp.

— Comme Narrouz et Mariella Naldi vous l'ont dit, de toute façon vous n'avez pas le choix, Kopp. Ou vous mourez, ou vous vivez avec moi, c'est le marché le plus simple et le plus classique qui soit. Vous troquez votre mort contre un pacte avec le Diable.

Il rit aux éclats.

— Je suis le Diable, Kopp, dit-il.

Puis, tout à coup, son visage se crispa.

— Je n'aime pas les hommes, Kopp. Ce sont des poux. On disait cela autrefois de certains d'entre eux, on osait le proclamer. On exterminait ces poux, scientifiquement, de manière industrielle et par millions.

Kopp fut frappé par l'expression qui avait envahi le visage de Sandor Béliar. On eût dit que le peu de chair qui s'accrochait aux os de son visage avait disparu, aspirée. Kopp eut l'impression d'avoir devant lui une tête de mort. La cicatrice elle-même s'était creusée.

Kopp se souvint à cet instant de ce que le général Mertens lui avait dit lors de sa visite dans sa propriété de Senlis. Il avait évoqué ces nazis qui, au temps des camps d'extermination, avaient conclu un pacte avec la mort. Ces SS s'étaient fait sciemment les soldats du Diable, combattants de la mort pour la mort, avant d'être les hommes de Hitler.

Mais Hitler lui-même n'était-il pas l'incarnation du Mal en notre siècle ?

— Les hommes sont pires que les insectes, Kopp, reprit Sandor Béliar. Pire que des poux ou des larves, parce que les insectes ne pleurnichent pas, ne prient pas, n'implorent pas la protection d'un Dieu bienveillant. Les insectes se battent et meurent. Ils savent que la vie est impitoyable. Ils ne demandent ni pitié ni compassion. Ils sont libres parce qu'ils acceptent la loi de la force, la loi de la mort. Les hommes sont esclaves parce que la peur les habite. Ils ne veulent pas être libres.

Sandor Béliar se leva, marcha à grands pas autour du fauteuil de Kopp.

– Savez-vous pourquoi vous avez créé l'Ampir, Kopp ? Pourquoi vous avez abandonné l'armée et la gloire officielle ? Parce que vous vouliez être libre d'agir à votre guise, de vivre dans la vérité impitoyable de la mort. Vous n'êtes pas un pleurnicheur, Kopp, c'est pourquoi vous m'intéressez, c'est pourquoi je veux vous faire entrer dans l'action que je mène. Vous ne pouvez pas faire partie de ceux qui protègent ces poux toujours à prier, à invoquer Dieu.

Il s'éloigna de quelques pas.

– Vous êtes un homme, de bonne race, donc vous appartenez au Diable.

Il rit, et son rire résonna sous le plafond noir.

## 47

Sandor Béliar avait fermé les yeux et croisé les doigts devant sa bouche, la tête légèrement penchée en avant.

Kopp ne bougea pas.

Maintenant qu'il s'était habitué à l'obscurité de la salle, il distinguait derrière les colonnes les plus proches des hommes embusqués, il en avait compté trois, peut-être ceux qui l'avaient transporté jusqu'ici. Si jamais Kopp bougeait, il serait touché par l'un ou l'autre de ces tireurs avant qu'il eût atteint Sandor Béliar. Inutile d'espérer se servir de lui comme d'une protection ou d'une monnaie d'échange.

Kopp se contenta donc d'observer Sandor Béliar, de graver en lui chacun de ses traits, de se remémorer tout ce qu'il venait de dire avec cette emphase et cette démesure que Kopp avait souvent rencontrées chez les grands criminels, presque tous des monstres de vanité, des égocentriques pathologiques qui s'imaginaient, qui voulaient être le centre du monde et, pourquoi pas, l'aboutissement et le recours de l'histoire humaine. Certains chefs d'État, certains hommes politiques qui aspiraient à occuper la première place dans leur pays avaient donné à Kopp la même impression de mégalomanie verbeuse.

Kopp les avait côtoyés dans leur intimité puisqu'ils faisaient appel à lui pour les protéger ou les délivrer de leurs ennemis, réels ou supposés, et déjouer les complots dont, à tort ou à raison, ils se croyaient menacés.

Ils se confiaient à lui, parce que Kopp était leur protecteur pour quelques jours ou quelques mois, et qu'ils étaient bien contraints de lui avouer leurs peurs, leurs haines et leurs phobies.

Kopp savait qu'en les écoutant, il s'exposait, car, une fois rassurés, ces êtres qui s'étaient montrés amicaux, presque complices, regrettaient ce qu'ils avaient dit. Il leur faudrait s'assurer du silence de Julius Kopp. Et ils savaient tous d'expérience qu'on n'est sûr que d'un homme mort.

Kopp avait pu, chaque fois, l'emporter en révélant que les confidences reçues avaient été mémorisées en plusieurs copies, automatiquement diffusées en différents points du monde si un accident, de quelque nature qu'il fût, le frappait.

C'était de bonne guerre. Ses clients comprenaient vite, lui serraient vigoureusement la main, lui versaient ses honoraires, en général supérieurs à ceux prévus, et assuraient Kopp de leur amitié, envisageant, si besoin était, de faire de nouveau appel à lui.

Sandor Béliar était-il de la même espèce d'homme ?

Il gardait une immobilité minérale. Sous sa cape noire qui retombait en larges pans de part et d'autre du fauteuil, ses épaules se relevaient légèrement, comme pour protéger sa tête.

Kopp pensa en le voyant ainsi, avec son crâne chauve marqué par la cicatrice claire, à une sorte de rapace, l'un de ces vautours qu'on aperçoit, immobiles, noirs, sur les branches des arbres nus, prêts à s'abattre, ailes déployées, sur une proie.

Kopp en eut la certitude : à cet instant, Sandor Béliar était le pire des individus pourtant puissants qu'il avait rencontrés et combattus. Il émanait de Sandor Béliar, même figé dans une attitude qui pouvait sembler méditative, une force extrême.

Lorsqu'il redressa la tête, posa ses mains sur ses genoux et ouvrit les yeux, fixant Julius Kopp, celui-ci sursauta comme si Béliar avait surpris ses pensées. D'ailleurs, il était persuadé que c'était le cas, que Béliar, comme Narrouz, lisait en lui.

Kopp ne put s'empêcher de frissonner quand Béliar se pencha en avant :

– Vous vous demandez qui je suis, Kopp ? Vous êtes inquiet. Je ne dirais pas que vous avez peur – peur est un mot trop fort pour vous –, mais vous êtes désorienté. Et vous avez raison, car vous n'avez jamais rencontré un homme comme moi, Kopp. Mes mobiles vous échappent encore. Avec l'expérience que vous avez accumulée auprès des grands hommes, des «grands», comme on dit, que vous avez servis, ou combattus, ou protégés, ou observés – un peu tout à la fois n'est-ce pas ? –, vous vous dites que j'aspire au pouvoir suprême. Vous avez écarté la recherche de la richesse parce que je l'ai déjà, je la fabrique, je vous l'ai expliqué. Mais quel pouvoir ? Celui d'un État, d'un continent ? Vous cherchez, Kopp, et vous ne trouvez pas, alors vous vous dites que je suis fou, saisi par le délire de la puissance absolue, que j'aspire à devenir le maître du monde.

Après avoir prononcé ces mots, Béliar ferma quelques secondes les yeux, comme s'il se délectait des chances qu'il avait de parvenir à cet objectif.

Lorsqu'il les rouvrit, il ricana.

– C'est si facile, au fond, de prendre le pouvoir.

Il secoua la tête.

– Je ne parle pas du pouvoir politique, Kopp. À quoi sert-il ? Quelques pantins qui s'exposent sur les estrades, prononcent des discours, accrochent des décorations sur la poitrine d'autres insectes, racontent des sornettes auxquelles ils finissent par croire. Tout cela est comique, Kopp, ennuyeux surtout. Je recherche le *vrai* pouvoir, celui qui touche à l'essentiel. Je veux...

Sa voix se fit plus grave.

– Arracher toutes les apparences, conduire ce monde à découvrir ce qu'il est, ce qu'est la vie, sans faux-fuyants, sans hypocrisie. Vous savez qui je suis, Kopp, qui je veux être ? L'ennemi de Dieu, son contraire.

Il éclata d'un rire clair et joyeux.

– Je vois dans votre regard à la fois l'inquiétude et l'incrédulité. Et pourtant...

Son visage se figea.

– Je suis l'ennemi de Dieu, Kopp, l'ennemi de la pitié, de la compassion, de la fraternité. À mes yeux, tout cela est plaisanterie, duperie, et pour tout dire, décadence. Partout, la volonté est corrompue, attaquée par les religions de la pitié. Il n'y a plus de vraies passions toniques, de vitalité, d'énergie, car ces vertus supposent le rejet de la pitié. Je suis un zélateur de la tragédie, comme Aristote, mais je crois au seul ressort de la terreur.

Béliar se leva, se mit à marcher à grands pas, rejetant les pans de sa cape en arrière. On eût dit qu'il déployait ses ailes.

– Je veux être l'organisateur de la tragédie de ce temps, le grand prêtre de l'instinct de mort, donc de l'instinct de vie. Le Diable, ce nom me convient. Je rassemble les êtres que je crois dignes du Diable, et...

Il tendit le bras vers Julius Kopp.

– Je crois que vous en faites partie, Kopp. Je veux que vous en fassiez partie, donc vous n'avez pas d'autre issue que de vous soumettre, d'entrer dans mon armée, de me suivre.

Il s'arrêta, regarda Kopp.

– C'est une armée qu'on ne déserte pas. Lorsqu'on est élu, Kopp, cela vaut pour toute la vie. Et même...

Il s'avança vers le squelette posé sur l'autel, toucha la poignée du glaive.

– Cela vaut pour après la mort.

Il se remit en mouvement.

– Je veux, Kopp, que ce monde rejette les religions de la décadence. Je veux trier les hommes, dégager l'élite qui mènera le troupeau, vers l'abattoir, si nécessaire, pour les faibles. Ceux qui s'élèveront seront épargnés. Nous distinguerons les hommes qui n'auront pas peur de ma vision lucide de la vie et de la mort. Pas de pitié, plus de pitié. Je veux, Kopp...

Il s'approcha, effleura l'épaule de Kopp, et celui-ci s'efforça de ne pas bouger, de repérer un instinctif mouvement de recul.

– Je veux, Kopp, que vous soyez l'un des miens, comme Narrouz ou Mariella Naldi. Une élite, Kopp. Il faut toujours un groupe d'hommes qui savent ce qu'ils veulent, des hommes et des femmes insensibles à la pitié, conscients d'être d'une espèce, d'une race supérieure. Il faut...

Il fit voleter sa cape noire autour de lui, battant l'air.

– ... que nous fassions retomber la poussière, cette multitude larvaire, qui s'agenouille, prie, réclame compréhension, pitié, assistance.

Tout à coup il cria.

– Assez ! Assez de cette décadence ! J'ai l'argent ! Je le crée à ma guise ! Je tiens le réseau du plaisir avec Europa Sex Stars ! Je tiens le monde des sens par les images que j'impose, la mode que je crée ! Je diffuse ma pensée, ma vision, par tous les moyens, les boutiques de Mariella Naldi, les groupes de musique, les magazines ! Et même, vous n'y pensez pas, Kopp, personne n'y pense, par ces jeux qui semblent innocents, constructions de maquettes, CD-Rom dont les adolescents se nourrissent ! Je suis partout, Kopp, sur le réseau Internet et dans les bandes dessinées ! Je suis entré dans les têtes ! On mutile et on égorge les chevaux, on brise les pierres tombales, on profane les cadavres ! Ma pensée se répand, Kopp ! Elle sera bientôt un raz de marée ! Elle submergera le siècle qui vient ! Ce sera la fin de cette civilisation décadente qui adore un Dieu unique, crucifié, et qui croit que les hommes sont des fils et des frères !

Il hurlait.

– Je suis l'esprit de Caïn, Kopp ! Et l'esprit de Caïn triomphe !

Béliar s'appuya un instant des deux mains à l'autel, puis il se tourna vers Kopp.

– Mariella Naldi va vous initier, Kopp. Elle va vous dire quelles seront vos tâches.

# 48

Kopp resta assis quelques minutes après que Sandor Béliar eut disparu dans l'ombre des bas-côtés.

Kopp avait entendu, plus qu'il n'avait vu, une porte s'ouvrir. Il y avait eu cependant un rai de lumière qui lui laissa supposer que cette grande salle noire donnait sur d'autres pièces.

Mais où se trouvait cette construction ?

Il avait estimé à plus de trois quarts d'heure le trajet en vedette, mais le temps lui avait sans doute paru long parce qu'il était à demi étouffé, le visage aplati contre le plancher de l'embarcation. On avait sûrement abordé dans l'une des multiples îles de la lagune, au-delà de Burano, Murano et Torcello.

Sandor Béliar l'avait peut-être achetée en totalité, comme Kervorian, l'un des adversaires de Kopp dans les années précédentes, s'était rendu maître de l'île de Naximos pour y diriger son Complot des Anges.

Tous ces mégalomanes avaient le même désir de dominer un espace où régner de manière absolue. Quoi qu'ait prétendu Sandor Béliar, il n'était pas différent de ces psychopathes qui se prenaient pour des empereurs.

Cette réflexion rassura Julius Kopp. Il prit conscience, alors seulement, que les propos de Sandor Béliar l'avaient malgré lui presque impressionné. Il se souvint du sens de ce nom, Béliar – «démon»,

«Diable», selon la Bible –, de tous les signes qui s'étaient accumulés, de ces têtes de morts qui décoraient les Europa Sex Stars, de ces lettres, SS, qui marquaient la filiation, de ces profanations accomplies ici et là, dans toute l'Europe et aux États-Unis, sur les pierres tombales.

Sandor Béliar avait dévoilé dans ses longues déclamations emphatiques bien des pistes qu'il faudrait explorer... mais quand?

Kopp se sentit accablé d'impuissance. Roberto et Viva étaient sans doute encore vivants, mais prisonniers, et Kopp n'osa imaginer dans quelles conditions. Alexander était suivi, surveillé, objet de pièges et d'embuscades auxquels pour l'instant, au dire de Sandor Béliar lui-même, il avait échappé. Combien de temps pourrait-il tenir? Avait-il, depuis Amsterdam, remonté les filières de Béliar jusqu'à Venise?

Kopp espéra, sans aucune raison, qu'Alexander allait surgir, le délivrer, et qu'à eux deux ils démasqueraient ces entreprises dont les propos de Béliar confirmaient qu'il s'agissait bien d'une nébuleuse.

Dans la pénombre de la salle, immobile, guettant le moindre bruit, il s'efforça de trouver une logique et une cohérence à ce que Béliar, à la fois délibérément et par l'entraînement de la parole, avait révélé.

Sandor Béliar développait une philosophie simple et brutale: celle qu'avaient avant lui exprimée tous les adeptes d'un ordre impitoyable fondé sur l'idée qu'une élite dégagée de tous principes moraux pouvait imposer sa loi à l'ensemble des hommes.

Il y avait, dans les propos de Béliar, comme une réminiscence d'une lecture superficielle de Nietzsche, et notamment de *L'Antéchrist*... C'était ce livre-là qu'on avait trouvé ouvert sur le visage du cadavre de Martha Bronek. Le mépris que Béliar affectait à l'égard des hommes sensibles à la pitié et à la compassion n'était aussi qu'un moyen commode de justifier sans scrupule ses pulsions, de laisser libre cours à ses instincts les plus barbares, à son égoïsme.

Béliar ne faisait que répéter les discours de ceux qui au nom de l'énergie méprisent les sentiments humains. Béliar était de l'espèce de ceux qui exaltent les loups, parce qu'il rêvait de vivre en loup dans une basse-cour. Mais qu'on lui lance des chiens et des chasseurs aux trousses, et le même invoquerait peut-être bientôt le droit au pardon et à la pitié !

À moins, au contraire, qu'il persiste dans sa conviction de créer l'Apocalypse ! C'était aussi ce qui se profilait derrière les propos et les entreprises de Béliar.

Une fois encore, Julius Kopp pensa aux propos du général Mertens, à ces soldats de la mort, des camps d'extermination, qu'il avait évoqués. Certains d'entre eux, Hitler lui-même, et les Goebbels assassinant de leurs mains leurs enfants dans ce grand souterrain funèbre qu'avait été le Bunker, avaient choisi la mort plutôt que la capitulation.

Béliar, si l'heure venait de sa défaite, préférerait-il mourir ou au contraire s'agenouiller pour implorer grâce ?

Kopp se tassa.

Trois hommes s'avançaient à pas lents dans le milieu de la nef.

L'heure n'était pas à la défaite de Sandor Béliar.


Tout en regardant les trois individus s'approcher, Kopp cherchait la faille du système que Béliar lui avait exposé.

Béliar disposait d'une puissance financière presque illimitée. Les «superdollars» avaient dû servir à amorcer la pompe, de temps à autre un paquet s'injectait et se transformait en bonne monnaie, mais sans doute la compagnie financière créée par Béliar suffisait-elle à produire d'immenses plus-values monétaires qui lui donnaient des moyens d'action puissants.

Il avait parlé de groupes de musique, de magazines, de bandes dessinées, de jeux vidéo, de constructions de maquettes. Il avait évoqué Internet. Et naturellement, il avait mentionné la mode, les lignes de produits de Mariella Naldi.

Kopp n'ignorait pas que, dans toutes ces activités, on avait noté depuis plusieurs années la multiplication des références, des allusions, des images, des textes exaltant le nazisme, le racisme, la violence. On détruisait la morale dite traditionnelle, le respect humain, la pitié, la tolérance, la compassion.

C'étaient la torture, le meurtre, les emblèmes nazis – la svastika –, les exploits des SS qui étaient exaltés.

Les jeunes profanateurs de cimetière qu'on avait arrêtés possédaient chez eux une panoplie d'insignes nazis, de textes dénonçant les grandes religions, considérées comme des instruments de décadence parce qu'elles professaient la fraternité. Ces profanateurs étaient partisans de la mode Inferno, qui se prétendaient des succubes ou des incubes ! D'autres encore ne se contentaient pas de briser des tombes, d'exhumer les cadavres, ils tuaient à coups de pied ceux qu'ils considéraient comme des «larves», des «poux», des êtres inférieurs. Ou bien ils mettaient le feu à des foyers collectifs habités par de pauvres bougres rejetés sur les rivages de l'Europe par les tempêtes de la misère et de la faim, et attirés par les lumières de la civilisation la plus riche du monde et qui se prétendait tolérante. C'étaient les mêmes qui martyrisaient les chevaux.

Sandor Béliar créait les conditions favorables à l'exacerbation de telles idées. Il donnait en pâture les vêtements, les images, les phrases, les sons, les références, des insignes aux figurines des maquettes, auxquels les plus violents des jeunes gens, les plus déracinés d'entre eux se raccrochaient, trouvant enfin un sens à ce qui n'était que fuite et angoisse, frustration, sentiment d'impuissance et d'infériorité.

Béliar les attirait dans les Europa Sex Stars. Il leur offrait là le décor qui les fascinait en les effrayant. Il les pourvoyait en musique hard qui chassait toute pensée de leur esprit. Sans doute aussi leur fournissait-il ces drogues qui apportent l'illusion de la puissance, de l'énergie sexuelles.

Ces jeunes gens constituaient pour Béliar un cheptel dans lequel il choisissait les filles qu'il désirait, et qu'ensuite il confiait à Mariella Naldi ou bien qu'il prostituait.

Mais il y trouvait aussi ses hommes de main, avec lesquels il jouait, qu'il endoctrinait sans même que ces manipulés s'en rendent compte. C'est avec eux que Béliar gangrenait peu à peu la société. Il créait l'angoisse et la peur. Il excitait les haines ethniques. Et grâce à ce climat, il espérait peut-être un jour accéder à un pouvoir visible, suprême. Le règne de Caïn commencerait le règne de Sandor Béliar.

Car Kopp n'avait jamais connu d'homme puissant qui échappât vraiment à ce désir de paraître, de se proclamer le maître.

Il se jura d'empêcher Sandor Béliar d'arriver jusquelà. Il fallait endiguer la diffusion de cette pensée qui se réclamait du Diable au nom de la vérité de la vie et de la mort. Il fallait étouffer ce retour à la barbarie qui se prétendait une manière de lutter contre la décadence.

Il fallait – mais comment ?

D'abord en s'interdisant de succomber soi-même à cette philosophie de la force, à cette fascination du cynisme et du désir sans limite, à cette tentation de pouvoir dominer tout ce que l'imagination et l'instinct avaient la tentation de réaliser.

Les trois hommes étaient maintenant immobiles, à moins d'un mètre du fauteuil où Julius Kopp se tenait toujours, les avant-bras appuyés sur les accoudoirs.

– Il faut nous suivre, dit l'un d'eux.

Kopp ne bougea pas.

– Calmement, tranquillement, reprit l'homme en regardant Kopp sans que son visage manifestât la moindre expression.

– Vous suivre où ? demanda Kopp.

– Allons, debout, dit l'homme.

Kopp resta immobile.

L'homme sortit un revolver et fit un geste. Ses deux compagnons avancèrent d'un pas.

Le moment n'était pas encore venu. Kopp se leva.

Les hommes l'encadrèrent ; celui qui avait parlé marcha derrière Kopp, son arme à la main.

Ils traversèrent la pièce, vers un portail en bois sculpté.

L'un des hommes l'ouvrit.

Le jour commençait à se lever et, au loin, Kopp aperçut une guirlande de lumières, qui devait être Venise.

## 49

Julius Kopp marchait le plus lentement qu'il pouvait. L'homme qui le suivait le poussa à plusieurs reprises en lui appuyant le canon de son arme sur les reins, en répétant d'une voix irritée :

– Avancez, avancez, dépêchez-vous.

Il avait le même accent guttural que celui de Sandor Béliar.

Kopp ne répondit pas mais, au lieu de presser le pas, insensiblement il freina sa marche. Il voulait repérer les lieux, tandis qu'on cherchait au contraire à l'empêcher de voir, profitant de la nuit qui durait encore.

Ils traversèrent une sorte de grand parc où Kopp crut apercevoir des statues, des pergolas, des allées qui s'enfonçaient vers d'autres bâtiments dont il ne distingua que l'ombre massive, plus noire que la nuit.

Il décela, à l'horizon que l'aube allégeait à peine, un clocher, dont la forme l'étonna. Il n'était pas élancé comme les campaniles italiens, mais massif, surmonté sembla-t-il à Kopp, d'une coupole.

Il eut le tort de garder trop longuement la tête tournée vers cette forme singulière, car brutalement et sans prévenir, l'homme qui fermait la marche lui recouvrit la tête d'une cagoule.

Kopp se débattit, donna des coups de pied, les bras comme des moulinets. Mais les deux autres le ceinturèrent et lui passèrent autour de la gorge un lacet qui l'étrangla.

Kopp fut réduit à obéir.

On le bouscula, le contraignant à courir alors qu'il étouffait sous cette cagoule qui ne comportait aucune ouverture. Il trébucha exprès, tomba et, les mains à plat, tâta le sol de ses doigts : il reconnut de larges dalles au contact froid, du marbre sans doute, ou peut-être du granit, puisqu'il sentit le grain de la pierre. Il se trouvait sur une allée dallée.

On le prit par les aisselles, on le souleva, et le groupe avança à grandes enjambées.

Kopp évalua quelques dizaines de mètres avant de percevoir le battement des vaguelettes contre un quai ou une jetée. La propriété de Sandor Béliar devait avoir son port privé. Kopp compta les marches qu'il descendait : sept. On lui fit franchir un espace qui devait séparer la jetée de l'embarcation, et on le plaqua au fond, où on l'attacha. Il n'en douta pas, on allait le reconduire à Venise. Au bout de quelques secondes, le moteur démarra et la vedette s'élança.

Kopp sentit l'air frais, et au fur et à mesure que la vitesse augmentait, les chocs de la proue sur la crête des vagues se firent plus brutaux. Kopp essaya d'évaluer la durée du parcours, pour pouvoir plus tard resituer l'île.

Au-dessus de lui, les trois hommes chuchotaient, et sans pouvoir comprendre ce qu'ils disaient, Kopp eut la certitude qu'ils parlaient allemand.

Un hululement de sirènes indiqua la présence de vedettes de la police, et la vitesse du canot faiblit. Il devait entrer dans les zones surveillées des abords de Venise où la navigation est réglementée. Le vrombissement des réacteurs d'un avion qui passait à basse altitude suggéra à Kopp que l'aéroport Marco Polo était proche. La vedette devait se trouver dans le chenal balisé qu'empruntent les taxis entre l'aéroport et Venise. L'île de Sandor Béliar était donc bien située au nord-est de la ville, mais très au-delà de l'aéroport et de Torcello.

La vedette ralentit encore. Les chocs de la proue cessèrent. Elle glissa lentement, sans à-coups. Le moteur ronronnait. On devait avancer dans l'un des canaux, non pas le Canal Grande, animé par le bruit des multiples embarcations, mais dans l'une de ces ramifications étroites qui conduisent au cœur de Venise.

On dénoua les liens de Kopp. On lui retira sa cagoule.

Le brouillard masquait les façades des demeures et l'eau du canal.

L'un des hommes sauta sur un petit appontement en bois et amarra la vedette à un pieu. Kopp se redressa. Celui qui l'avait menacé d'une arme lui fit aimablement signe de sauter et d'entrer dans le bâtiment.

Le porche passé, Kopp reconnut la cour du palais où on l'avait détenu, puis la fontaine et la statue blanche et noire, ainsi que les galeries, dont les colonnades étaient à peine visibles dans le brouillard qui avait envahi la cour. Celle-ci ressemblait à une boîte ouvragée pleine de coton gris.

L'homme, toujours le même, désigna l'escalier et, comme Kopp hésitait, il le poussa, mais sans agressivité, d'un geste presque amical, dans la direction imposée.

Kopp reconnut les fresques de l'escalier. Arrivé au premier étage, l'homme s'arrêta et Kopp pensa qu'on allait le conduire dans les deux grandes pièces où Mariella Naldi avait déjeuné avec lui. Mais l'homme continua jusqu'au bout de la galerie et frappa à une grande porte à double battant.

Kopp entendit la voix de Mariella Naldi qui, en italien, disait d'entrer.

L'homme ouvrit et s'effaça, indiquant d'un signe de la main à Kopp qu'il devait s'avancer.

## 50

Julius Kopp entra dans la pièce, presque entièrement plongée dans l'obscurité, à l'exception d'un point lumineux rouge sombre qui éclairait l'un des angles, dessinant un cône sous lequel Kopp reconnut un fauteuil, les bords d'un tapis et une table.

La lampe était placée sur le coin d'une console au plateau de marbre.

Dans la zone incertaine entre lumière et pénombre, Kopp distingua une statue de bronze. Une femme couchée, nue, serrait contre elle un serpent qui paraissait surgir de son sexe, enlaçait sa taille et ses seins avant de venir poser sa tête triangulaire sur ses lèvres entrouvertes.

Kopp fit un pas, persuadé que quelqu'un le guettait dans l'ombre. Ce n'était pas une présence hostile comme il en avait tant décelé dans sa vie, mais plutôt une attention curieuse, comme celle qu'ont les chats qui ne se démasquent pas avant de savoir ce que veut l'intrus qui pénètre dans leur domaine.

Kopp entendit le claquement sec de la porte qu'on refermait derrière lui, puis un chuintement. Il se tourna, ne distingua rien, mais comprit qu'on actionnait des verrous, peut-être de l'intérieur de la pièce, par une commande électrique.

Il se déplaça latéralement, vers une partie de la pièce un peu moins obscure. Il toucha un rideau de velours, le souleva. Derrière, il y avait une fenêtre fermée par des volets. Il essaya de l'ouvrir : elle était bloquée.

Il revint sur ses pas, tandis que ses yeux s'habituaient à l'obscurité.

Le plafond de la pièce était haut. La lampe y découpait un cercle où s'exposait une partie de la fresque peinte sur le plafond. Kopp supposa qu'elle représentait une scène de baignade, car il y avait des joncs, des mains et des bras qui se mêlaient parmi les herbes.

Il baissa les yeux. On avait bougé.

La pièce paraissait très vaste, toute en profondeur. Il crut reconnaître dans la partie opposée à la porte, derrière ce qui pouvait être une sorte de paravent, les éléments d'un lit à baldaquin aux montants torsadés, aux larges tentures drapées.

Il avança, heurta des chaises, le coin d'une table basse, s'arrêta et tout à coup la colère l'envahit. Quelle était cette comédie? Que voulait-on de lui dans ce décor baroque? Croyait-on qu'il allait se laisser impressionner par cette mise en scène guignolesque?

– Je vous emmerde! lança-t-il.

Il tâtonna, trouva le fauteuil à peine éclairé par la lumière rouge et s'y laissa tomber.

Il verrait bien. Si on l'avait enfermé, on le libérerait. Il était persuadé, après avoir écouté Sandor Béliar, que pour l'instant il ne risquait pas sa vie.

Si quelqu'un, tapi dans la pénombre, l'observait, qu'il prenne l'initiative de se montrer! Kopp ne bougerait plus.

Il se cala dans le fauteuil du mieux qu'il put, allongea les jambes, se tourna sur le côté droit et chercha le sommeil.

La nuit avait été agitée. Lui-même n'avait pas encore récupéré toutes ses forces. Il avait soif et faim. Voulait-on lui infliger une nouvelle période de jeûne? Le jugeait-on encore trop coriace?

Depuis sa rencontre avec Béliar, Kopp pensait au contraire qu'il en avait fini avec les examens de passage et qu'il était admis au rang de «membre associé» de ce club de dangereux psychopathes. Mais peut-être devait-il subir encore d'autres épreuves.

Il jura. Il grommela. Impossible de s'endormir. Il avait chaud. Il s'agita dans son fauteuil en lâchant une nouvelle série de jurons.

– Venez ici, dit la voix grave de Mariella Naldi.

Au même instant, une lumière éclaira le fond de la pièce.

Kopp ne s'était pas trompé. Derrière un paravent noir décoré de flammes d'or issues du bas des panneaux représentant la terre, il vit le haut d'un lit à baldaquin. La fresque du plafond s'étendait jusqu'au au-dessus du ciel de lit. Kopp, en marchant vers le lit, reconnut des baigneuses nues poursuivies par des faunes sur les bords d'une rivière. Au fond, sur l'autre berge, menaçants, leurs yeux rouges pointant dans la masse noire de leur pelage, des loups guettaient entre les joncs.

– Quel théâtre ! dit Kopp sur un ton ironique, en passant de l'autre côté du paravent.

Il s'immobilisa.

Mariella Naldi était couchée, nue, au milieu du lit, jambes écartées, bras ouverts au-dessus de la tête. Des liens accrochés aux montants du lit sinuaient comme des serpents sur le drap blanc jusqu'aux poignets et aux chevilles. Mais les membres de Mariella Naldi n'étaient pas attachés.

De saisissement, Kopp s'immobilisa quelques secondes.

Cette femme était d'une beauté et d'une sensualité fulgurantes. Ainsi allongée, elle incarnait la féminité inaltérable.

Le désir s'imposait de la serrer contre soi, de s'emparer de ce corps, de le pénétrer, de hurler de désir.

Kopp s'approcha jusqu'au pied du lit.

Son regard glissa sur le corps offert, détaillant chaque centimètre de peau. Et sans la toucher, il eut l'impression de caresser Mariella Naldi, de la lécher.

Le visage de Mariella était impassible, ses traits lisses, sa tête légèrement soulevée par un oreiller de soie bleutée, ses cheveux noirs répandus autour de sa tête comme des rayons.

– Attachez-moi, dit-elle.

Elle avait à peine remué les lèvres, sa voix venait du fond de la gorge.

Kopp eut envie de bondir sur elle, de la mordre. Sa bouche eut besoin de la toucher. Il mesura à cet instant à quel point elle l'avait marqué, comme si l'empreinte de son corps, de son sexe, était restée gravée en lui, tatouage du désir.

– Attachez-moi, répéta-t-elle.

Il ne bougea pas. Il ne devait pas céder. C'était une capitulation qu'on lui demandait, une capitulation totale. S'il l'acceptait, il perdrait toute force entre les bras de Mariella Naldi. L'homme qui voulait sauver sa vie et celle de ses amis, prisonniers comme lui, allait franchir la ligne, trahir, collaborer, se faire complice.

– C'est ce que vous vouliez, ajouta-t-elle.

Rien ne tressaillit dans son visage. Elle ne cillait même pas, mais fixait Julius Kopp et retenait son regard.

Kopp ne répondit pas. Ses yeux parcouraient le corps de Mariella Naldi. Il sentit en lui la respiration de la poitrine qui se souleva, comme si Mariella Naldi haletait. Il ferma les yeux pour résister à ce qu'il l'attirait trop, dans la moiteur des cuisses.

– Si vous ne voulez pas…, dit-elle.

Il ouvrit les yeux parce qu'il avait perçu le glissement des jambes sur la soie du drap. Mariella avait refermé les cuisses, et tandis que Kopp la regardait, elle baissa les bras, les allongea le long de son corps.

Elle était comme une momie, encore plus belle, plus lisse. Elle ferma les yeux.

– Je suis morte, dit-elle.

Ses lèvres n'avaient même pas bougé.

– Assez, dit Kopp sourdement.

– Que voulez-vous ? murmura-t-elle. Je vous obéis.

Il sut qu'il ne lui échapperait pas : il ne voulait pas la fuir, il voulait tomber dans le piège qu'elle lui tendait.

Prendre, la prendre – voilà ce qu'il désirait.

Il s'approcha du lit, se pencha sur elle. Il lui saisit les poignets, lui ramena les bras au-dessus de la tête et, dans le mouvement qu'il fit en s'allongeant sur elle, il lui écarta les jambes.

Il était encore habillé, engoncé dans les vêtements qu'elle avait sans doute choisis elle-même. Mais il avait tant envie d'elle qu'il ne pouvait pas la quitter, fût-ce les quelques secondes suffisantes pour se mettre nu, comme s'il avait peur qu'elle ne disparaisse.

– Attachez-moi, dit-elle encore.

Saisi d'une sorte de rage il se redressa, lui lia les poignets aux cordelettes dont les extrémités se perdaient dans les plis des draps. Il serra pour tendre les liens. Puis il noua avec brutalité ses chevilles. Elle avait les jambes largement ouvertes, le sexe comme une fente, rose.

À cet instant, Kopp pensa à la cicatrice de Sandor Béliar, à cette blessure qui lui fendait le front et le crâne.

Peut-être Béliar les observait-il, puisqu'il avait déjà assisté à leur première rencontre, il l'avait avoué à Kopp.

– Il nous voit ! lança-t-il. Il nous regarde, cet impuissant !

Mariella Naldi ne bougea pas. Kopp commença à se dévêtir. La fureur qui l'habitait n'était peut-être qu'une comédie pour masquer qu'il succombait, pour transformer sa capitulation en une agression.

Puis il ne pensa plus ni à ce qui se passait en lui, ni à Sandor Béliar.

Il lécha, il mordit, il pénétra. Il eut le cri de victoire de celui qui possède et qui dompte.

Mariella Naldi s'était cambrée, soulevée.

Elle retomba, les yeux fermés, la bouche entrouverte, haletante.

Kopp s'allongea près d'elle, l'esprit et le corps vides.

## 51

La lumière le réveilla. Les volets avaient été ouverts, les rideaux tirés, et derrière les voilages, Kopp devina une façade ornée de statues. Ce palais devait se trouver de l'autre côté du canal. Le jour était brillant, le soleil déjà haut.

Kopp pensa tout à coup au brouillard qui, à son arrivée, noyait en masses grises toute la cour.

Il prit conscience du temps écoulé, de ce qu'il avait fait durant ces heures. Il se redressa. Il était nu dans un lit vide. Les cordelettes avaient disparu. Quelqu'un était venu détacher Mariella Naldi.

Il en eut honte.

Comment avait-elle pu actionner l'ouverture des verrous alors qu'elle était écartelée sur le lit ? À moins qu'on les commande aussi de l'extérieur de la chambre ? D'ailleurs, Béliar, s'il avait suivi leurs ébats, avait dû, dès que Kopp s'était endormi, ordonner qu'on aille dans la chambre libérer Mariella Naldi.

Kopp s'habilla rapidement, puis se dirigea vers l'une des fenêtres dont il écarta le voilage. Le palais se trouvait bien en bordure d'un canal, sans doute le Rio Cà di Dio. Kopp reconnut l'appontement. À l'extrémité du canal, qui débouchait dans le Canal

Grande, à l'angle de la Riva degli Schiavoni, se trouvait l'annexe du palais, où Kopp avait été enfermé pendant cinq jours.

Il aperçut, amarrée à l'appontement, une vedette, sans doute celle avec laquelle on l'avait transporté dans l'île de Sandor Béliar et ramené ici.

Kopp resta longtemps devant la fenêtre, essayant de chasser les images de ce qu'il avait vu et fait depuis qu'il s'était approché du lit. Bien plus obsédants que ceux de sa visite à Sandor Béliar et que les propos que celui-ci avait tenus, c'étaient ces souvenirs-là qui occupaient son esprit.

Il songea qu'il était vaincu, que le plan pour le soumettre était dès l'origine d'une efficacité redoutable. Si tout au moins ce que prétendait Sandor Béliar était vrai.

Mariella Naldi l'avait attiré, sous le prétexte du saccage de son appartement de l'avenue Charles-Floquet, sur les pistes qu'elle lui avait elle-même suggérées en livrant l'identité de Martha Bronek.

À ce stade, Kopp pouvait encore mettre en doute la préméditation et le calcul. Mais la suite montrait que Mariella Naldi se prêtait avec talent – il ricana, plein d'amertume – aux manipulations que Sandor Béliar souhaitait.

Kopp était tombé dans la souricière à Amsterdam, au moment où il croyait maîtriser la partie. Au contraire, on l'avait terrassé, affaibli, affamé, humilié. Puis Mariella Naldi était apparue, impérieuse, jouissant de lui ; il en était devenu dépendant sans le savoir.

Maintenant, après cette dernière nuit, il ne pouvait plus ignorer le pouvoir qu'elle avait sur lui.

Elle le tenait. On le tenait.

Il y eut un grincement. La porte s'ouvrit. La domestique philippine qu'il avait déjà vue à l'annexe entra, portant un plateau chargé d'un petit déjeuner copieux : un grand pot de café, des fruits, des confitures, deux œufs et du jambon. Le pain et les croissants étaient chauds.

Kopp dévora. Il avait laissé la fenêtre ouverte et les bruits des vedettes montaient jusqu'à lui avec l'odeur un peu douceâtre de la lagune. Le soleil était chaud. Ses rayons venaient éclairer la statue de la femme au serpent.

Kopp eut l'illusion que le corps de la sculpture reproduisait celui de Mariella Naldi. C'était bien la Strega nera, la sorcière noire, puisque c'était ainsi qu'on la nommait. Elle l'avait joué, pris, et le piège s'était refermé sur Kopp au moment où il avait cru la posséder.

Il avait cru l'attacher ? C'était lui qu'il avait lié. À elle. À eux.

Ils avaient dû...

Son estomac se serra brusquement.

Il se souvint de ce médiocre et sordide ministre, de ce jouisseur chargé des Affaires africaines et qui ne songeait, lors de ses déplacements, qu'aux femmes qu'on mettrait dans son lit, Noires superbes qui le dépassaient de la tête et dont les formes l'enivraient. Il en demandait toujours davantage, deux, trois, cinq. Il voulait épuiser ses désirs. Imaginait-il qu'on le filmait ? Les chefs d'État africains ou leurs policiers se délectaient de ses ébats. Voilà comment on le tenait.

Kopp avait eu les plus grandes peines du monde à récupérer, parfois avec violence, ces cassettes vidéo et ces photos. Il les avait remises au général Mertens, et celui-ci à l'autorité politique – comme il aimait à dire –, mais Kopp était persuadé que personne n'avait jamais pris l'initiative de détruire ces documents.

D'ailleurs Kopp lui-même avait fait faire par

Alexander des copies de certaines cassettes. Cela à toutes fins utiles, bien que le ministre de quelques mois ait vite sombré dans l'oubli. Des amis s'étaient chargés de l'écarter pour prendre sa place. Les cassettes lui avaient fait entendre raison.

Combien de bandes avaient-ils enregistrées ? Combien de temps avait duré sa nuit avec Mariella Naldi ?

Kopp était arrivé juste avant l'aube. Une seule bande d'une heure trente suffirait à le déconsidérer. Lorsqu'elle parviendrait au commissaire François Broué ou même au général Mertens, ceux-ci, bien disposés à son égard pourtant, en concluraient que Kopp faisait partie de ces agents qui méritent l'indulgence, mais dont on doit se méfier.

Et que diraient les «amis» du MI 6 ou du MI 5, ceux de la CIA ? Franche rigolade. «Sacré Français, sacré Kopp !» Comment pourraient-ils le prendre au sérieux quand il parlerait de Sandor Béliar, de sa nébuleuse d'activités, au centre de laquelle se trouvait la Mariella Naldi Company, sa maison de couture, ses succursales, sa ligne de produits, son style Inferno ?

Et quand il évoquerait les clubs Europa Sex Stars, Kopp lirait dans les yeux de ses interlocuteurs la curiosité gouailleuse. Le commissaire Ferrandi, ou même le commissaire Broué, lancerait : «Vous êtes expert en ces matières, Kopp. Doué, c'est sûr. On a vu ça.»

Béliar et ses acolytes n'agissaient pas en amateurs. Mariella Naldi était une rouée. Ou pour mieux dire...

Kopp porta la tasse de café à ses lèvres. Il était froid. Il fit une grimace.

Une pute, une salope, une experte.

Dès cet instant il ne douta plus que, dès le premier appel téléphonique, au cours duquel elle s'était recommandée de John Leiser, elle n'ait joué un rôle.

Kopp but, en grimaçant, le café froid.

Ces gens-là étaient fous, puissants, dangereux, sinistres et habiles manipulateurs qu'il fallait écraser.

Comment ?

D'abord, en ne cédant pas aux menaces ni au chantage. Ensuite, en jouant le jeu qu'ils attendaient, du moins en faisant semblant de le jouer. À la manipulation, il fallait répondre par une autre manipulation. Schéma classique dans le renseignement. Utiliser le piège de l'adversaire pour monter un autre piège. Kopp avait appris et pratiqué le système. C'était le moment de s'en souvenir.

Il repoussa le fauteuil loin de la table, se plaça au soleil, étendit ses jambes et alluma un cigare.


## 52


Kopp n'attendit pas longtemps.

Il avait à peine fumé le tiers de son cigare, qu'il reconnut le chuintement entendu dans la nuit. On actionnait les verrous.

Il avait donc été enfermé. On n'avait pas tout à fait confiance en lui. On n'était pas tout à fait sûr de l'efficacité du piège. Julius Kopp se sentit rassuré.

Tel qu'il était assis, il ne pouvait pas voir la porte. Il ne tourna pas la tête non plus.

– Kopp, mon cher Kopp.

La voix aiguë de Me Narrouz.

L'avocat contourna le fauteuil, se plaça en face de Kopp. Il était vêtu d'un costume beige clair et portait une pochette noire, comme sa chemise, avec une cravate assortie à la teinte du costume croisé, ce qui lui donnait l'allure d'un gangster des années trente.

Ces gens-là aiment le théâtre, pensa Kopp.

— Vous avez vu cette nuit Sandor Béliar, donc? enchaîna Narrouz.

Il s'interrompit, souleva le pot de café.

— Vide, dit-il. Je vais en demander.

Il se leva, tendit à Kopp une enveloppe.

— Pendant ce temps, admirez ça, Kopp, c'est édifiant – quel talent, quelle énergie, quel collaborateur vous allez faire.

L'avocat sortit et Kopp ouvrit l'enveloppe.

Il ne s'étonna pas des clichés, une vingtaine, sans doute extraits de plusieurs bandes vidéo.

Kopp estima qu'il existait au moins quatre caméras, disposées dans les montants du lit à baldaquin, justement parce qu'il permettait de dissimuler aisément les objectifs.

Kopp se leva, marcha jusqu'au lit. Il distingua parfaitement, dans les angles du ciel du lit, les caméras miniaturisées, masquées par les plis du tissu et le bois des montants. La nuit, elles étaient invisibles. Mais il y en avait d'autres d'ailleurs, puisque sur les clichés on voyait parfaitement le visage de Kopp. «Expressif», pensa-t-il.

Kopp n'eut qu'à soulever la tenture de la tête du lit pour découvrir deux nouveaux objectifs. Peut-être même y avait-il une cinquième caméra, placée sur le côté.

Kopp retourna s'asseoir. Son cigare s'était éteint. L'examen des clichés provoquait en lui un sentiment de curiosité, alors qu'il s'attendait à éprouver colère et dégoût.

Il les remit en place dans l'enveloppe, et quand Narrouz rentra, suivi par la domestique philippine, Kopp lui tendit le tout.

– Intéressant, n'est-ce pas? fit l'avocat. Des postures curieuses, pas inédites mais assez rares. L'intimité de vos relations avec une cliente de l'Ampir ne laisse pas de doute sur le genre de contrat que vous avez signé, mon cher Kopp.

Narrouz se pencha, se servit une tasse de café, en proposa à Kopp, qui accepta.

– Vous avez d'ailleurs des méthodes avec les femmes...

Il rit, et Kopp s'agaça de cette voix aiguë, presque féminine.

– ... que je qualifierais d'«attachantes». En tout cas, au vu de ces clichés, personne ne pourra dire qu'on vous a contraint. Je serais même capable, et je pense qu'on me croirait, de plaider que vous avez, disons... abusé de votre force et de votre cliente, la malheureuse. Imaginez que, sans crainte du scandale possible, elle porte plainte pour viol et bien sûr violation de domicile? Vous connaissez, mon cher Kopp, le poids de l'opinion. Les femmes ont le vent en poupe. Du reste, il y a tant de femmes parmi les juges! On jugera vos méthodes exécrables. Ça vaut dix ou vingt ans de prison.

Narrouz buvait à petites gorgées.

– Bref, Kopp...

Sa voix avait changé.

– Vous êtes à nous. Complètement à nous. Pensez à la vie de vos collaborateurs, cet homme et cette femme, charmante je dois dire... Quand j'ai vu ces clichés, cela – il avait de nouveau sa voix aiguë – m'a donné des idées, Kopp.

Kopp se leva lentement.

– Je plaisantais, je plaisantais, s'écria Narrouz. Votre Viva n'est pas du tout mon type de femme. Je n'y peux rien, j'ai une préférence marquée pour les très jeunes filles brunes. Votre Viva et même – d'un doigt négligent il tapota l'enveloppe – Mariella sont pour moi, passez-moi l'expression, Kopp, un peu rances. Mais il y a des amateurs, et vous semblez en être un.

Il croisa ses mains sur son genou droit. Sa tête n'atteignait pas le haut du siège du fauteuil.

– Je parie, dit Kopp en parlant lentement comme s'il réfléchissait au fur et à mesure, que vous avez autant de mal à trouver des vêtements à votre taille qu'une femme à vos mesures, non ? Jamais trop petit, j'imagine, toujours trop grand, n'est-ce pas ?

Le visage de Narrouz se contracta. Il respira profondément, sans répondre.

– Personne, jamais, commença Narrouz d'une voix posée, ne s'est impunément moqué de ma taille. Je fais payer très cher, Kopp. Mais ce n'est pas encore le moment des comptes.

Il rit silencieusement.

– Vous savez que j'étais pour votre – il fit un geste de sa main ouverte, cisaillant l'air comme une faux – disparition. Mais je ne suis qu'un juriste, un expert. Je ne décide pas, j'exécute. Dans tous les sens du mot, il est vrai. Sandor Béliar est persuadé que vous constituerez parmi nous un excellent élément, compétent, actif, efficace, lié à des milieux que nous touchons peu. Votre réputation ne souffre d'aucune tache. Vous avez conseillé des gouvernements, des banquiers. On dit même que vous avez mis sur pied la garde personnelle de plusieurs chefs d'État, qui n'ont guère confiance qu'en vous quand il s'agit de leur sécurité. Vous avez déjoué et monté des complots, réglé des affaires délicates. Tout cela nous intéresse beaucoup. Vous avez plu à Sandor Béliar. Votre fougue l'a rajeuni.

Narrouz prit l'enveloppe contenant les clichés, l'agita devant Julius Kopp.

270

– Il aime ce genre de spectacle, *life show*, et tous les invités de Mariella Naldi n'ont pas vos talents. Nous avons pu réunir une collection précieuse, utile. Vous êtes entré dans nos archives, Kopp.

Narrouz se leva et, les mains derrière le dos, arpenta la pièce d'une fenêtre à l'autre.

– Vous allez accomplir votre première mission, Kopp. Elle est tout à fait dans vos compétences.

Narrouz s'adossa à l'une des fenêtres.

– Vous vous souvenez du contrôleur Vanzuiderman ? Il devient gênant. À cause de vous, Kopp, car nous savons par les amis que nous avons là-bas que vous lui avez signalé notre piste. Vanzuiderman s'est mis en tête de découvrir ce qu'est devenue Monika Van Loo. Vous vous souvenez, Kopp, cette jeune femme que la police italienne a accusée de participer à des messes noires, à Bologne ? Une superbe femme, un mannequin comme on en voit un par décennie, une gazelle blonde, élancée, pulpeuse aussi.

Narrouz sourit puis chuchota :

– Parfaitement à mon goût, permettez-moi cette confidence.

L'avocat s'assit en face de Kopp.

– Sandor Béliar veut que vous retrouviez cette Monika Van Loo qui a disparu. Nous pensons qu'elle est en Hollande, mais où ? Elle s'est toujours montrée craintive, même quand elle était au service du Diable.

Il rit.

– Nous ne voulons pas que Vanzuiderman la retrouve. Vous comprenez, Kopp ? Il ne faut pas qu'elle parle à Vanzuiderman. Si par malheur vous arrivez trop tard, Vanzuiderman doit oublier ce qu'il a entendu. Vous comprenez, n'est-ce pas ?

Narrouz marcha vers la porte.

– Nous partons, vous et moi, tout de suite pour Amsterdam, dit-il. Pas d'objections ?

– On n'agit bien que seul, dit Kopp.

– Ne vous inquiétez pas. Je ne suis qu'un juriste, je vous l'ai dit. Je vous aiderai de loin.

– Il me faut..., commença Kopp.

– Argent, armes ? Tout ce que vous voulez. Ce n'est jamais un problème pour nous. Nous avons des solutions pour tout.

Il ouvrit la porte.

– Et même, ajouta-t-il, pour ceux qui ne respectent pas leur contrat.

Il agita une dernière fois l'enveloppe.

– Mariella Naldi souhaite vous voir, dit-il en montrant du doigt une porte à l'autre extrémité de la galerie. Mais vous n'avez plus le temps de recommencer, Kopp ! lança-t-il en riant. Je vous attends dans la cour.

Kopp pensa que jamais il n'avait eu autant envie de tuer un homme.

# Cinquième partie

# 53

Julius Kopp eut un moment de joie intense en regardant la voiture de Mᵉ Narrouz s'éloigner. Il était seul dans cette rue d'Amsterdam où il avait exigé que l'avocat le déposât.

Celui-ci avait hésité, puis il avait ri, la tête un peu rejetée en arrière ; ses dents formaient une ligne jaune dans son visage grimaçant. Il portait un chapeau de feutre à large bord et un manteau noir cintré.

Il avait dit :

– J'exécute, Kopp. Sandor Béliar m'a donné l'ordre de vous laisser agir à votre guise. J'exécute.

Il lui avait donné l'adresse et le numéro de téléphone de son cabinet d'Amsterdam. Kopp avait tendu la main et Narrouz avait aussitôt compris.

– Bien sûr, avait-il dit.

Il avait ouvert une pochette en cuir qui se trouvait sur la banquette arrière de la Mercedes et que Kopp avait remarquée quand il était monté dans la voiture, à l'aéroport. Narrouz avait enfoncé lentement sa main dans la pochette, puis, avec une vivacité surprenante, avait sorti un Beretta muni d'un silencieux, qu'il avait pointé sur Julius Kopp sans cesser de rire silencieusement.

– Sandor Béliar juge toujours les hommes à leurs résultats. À eux de choisir leur méthode pour réussir.

Le jugement dernier est sans appel, bien sûr. Moi je suis, devant le tribunal, l'accusateur.

Kopp n'avait pas bougé.

– C'est bien cette arme que vous vouliez, n'est-ce pas, Kopp?

Narrouz avait retourné le revolver, l'avait tendu en le tenant par le canon.

Kopp s'en était emparé, sans réussir tout à fait à cacher son impatience.

– Vous vous sentez mieux, Kopp? avait ricané Narrouz. Moi...

Il avait glissé les mains dans les poches de son pardessus.

– Je ne porte jamais d'arme. À quoi bon?

Il avait une moue de mépris.

– Ce sont des choses pour vous, Kopp.

Kopp avait soupesé le revolver, sorti le chargeur dont il avait éjecté les balles pour les examiner l'une après l'autre, puis il les avait replacées.

Dans la pochette de cuir, il avait trouvé quatre autres chargeurs et un étui d'épaule. Il avait enlevé sa veste, placé l'étui sous son aisselle gauche.

Pour la première fois depuis des jours, Kopp s'était senti plein d'une énergie nouvelle.

– Sandor Béliar joue toujours cartes sur table, Kopp, avait précisé Narrouz en l'observant. C'est sa force. J'espère que vous aurez compris les règles du jeu.

– Arrêtez-moi ici, avait simplement dit Kopp.

Narrouz avait tapé sur l'épaule du chauffeur qui avait rangé la voiture au bord du trottoir.

Au moment où Kopp ouvrait la portière, prêt à descendre, M$^e$ Narrouz l'avait retenu par la manche de sa veste.

– Respectez le contrat, Kopp, avait-il dit. C'est un

conseil d'avocat. Trouvez Monika Van Loo, débarrassez-vous d'elle et, s'il le faut, de Vanzuiderman.

Kopp avait sauté sur le trottoir.

– Je transmettrai vos amitiés à Roberto et à Viva, avait lancé l'avocat en se penchant par la vitre ouverte. Et je ne manquerai pas de me repasser vos cassettes vidéo. De beaux souvenirs.

Kopp fit quelques pas. La Mercedes était déjà loin.

Kopp repensait aux dernières phrases de l'avocat. En effet, Béliar avait tous les atouts en main, même si, pour l'instant, Kopp marchait librement dans cette rue d'Amsterdam que balayait le vent froid. Malgré tout, il était joyeux comme il ne l'avait plus été depuis longtemps.

Il sentait contre son aisselle le poids du revolver accroché à la sangle sous la veste, preuve qu'il avait repris l'initiative.

C'était peut-être ridicule de mesurer ses forces à ce volume de métal, mais l'arme en tout cas attestait que Kopp ne rêvait pas.

Il aurait pu abattre Narrouz. Il avait les moyens de se défendre.

Il allait jouer leur partie, mais à sa manière.

Kopp déboucha quelques centaines de mètres plus loin sur un quai en face d'un jardin, qu'il identifia comme étant le Watering Plantsoen. Après avoir traversé le canal, il découvrit sur le quai étroit qui le bordait une taverne aux vitres opaques, où il entra.

Narrouz lui avait donné trois liasses de billets de cent dollars.

– « Superdollars » ? avait interrogé Kopp en les prenant.

Narrouz avait paru surpris.

– Il vous a raconté ça ? avait-il murmuré. Non, ce sont de vrais dollars.

– Vrais faux billets, avait répondu Kopp qui avait empoché les liasses en sifflotant.

Il commanda une bière et une assiette de moules, mangea et but avec plaisir et avidité.

Mais il dut se contenter de l'un de ces gros cigares hollandais, âcres, à l'image de ce peuple vigoureux et têtu.

Il demanda à payer en dollars, et le patron n'hésita pas, après avoir fait craquer la coupure entre ses doigts, à l'accepter et à lui rendre la monnaie en monnaie hollandaise.

Que la banque refuse le billet, et ce serait le premier indice qui permettrait au bout de la piste de retrouver sa trace. Mais Kopp était sûr que ces vrais faux billets étaient indécelables, et peut-être d'ailleurs ceux-là étaient-ils tout à fait authentiques : Sandor Béliar ayant, avec ses entreprises, sa société de finances, et tous les moyens qu'il voulait pour changer les billets de sa fabrication en se débarrassant de sa production soit dans les clubs Europa Sex Stars, soit par l'intermédiaire de Mariella Naldi Company.

Kopp sortit de la taverne, changea, dans une banque située sur la Galckstraat, plusieurs billets de cent dollars que le caissier examina avec soin, puis il acheta une boîte de vingt-cinq cigares de Havane.

En aspirant la première bouffée de tabac, il se sentit mieux.

Il fit quelques emplettes dans la Kerkstraat pour se donner l'apparence d'un véritable voyageur, et une fois muni d'un sac de cuir, d'un nécessaire de toilette, d'un imperméable, ample comme il les aimait, de quelques sous-vêtements et d'un pyjama, il prit une chambre à l'hôtel de l'Europe, qui s'avançait comme une proue entre le Binnen Amstel et le canal Rokin.

Kopp prit un long bain, puis, devant sa fenêtre,

regarda le lacis de canaux qui s'enfonçait dans la brume glacée du soir.

Il s'installa près du téléphone. Le jeu allait commencer.

## 54

Lorsque Julius Kopp sortit de l'hôtel, la nuit était tombée.

À cause de la brume, on ne distinguait plus les canaux des rues et des quais. Amsterdam était bien cette Venise du Nord qu'on avait souvent décrite comme le reflet froid de la Sérénissime.

Kopp s'orienta difficilement dans le dédale des rues mal éclairées par la lumière irisée des lampadaires.

Vanzuiderman lui avait fixé un rendez-vous à 20 heures dans une brasserie, située, avait dit le contrôleur de police, à quelques centaines de mètres seulement de l'hôtel de l'Europe, place du Nieuwe Market. Il suffisait, d'après lui, de remonter le quai le long du Kloveniersburgwald, un canal qui prenait dans le Binnen Amstel, presque au pied de l'hôtel, pour trouver la place.

Kopp marcha lentement, se trompa, revint sur ses pas.

Les rues étaient désertes à l'exception de quelques cyclistes qui filaient, emmitouflés.

Kopp s'arrêta, entra dans une librairie vieillotte où le patron lui expliqua en anglais le chemin à suivre.

À cet instant précis, Kopp aperçut dans un miroir de la boutique la silhouette d'un homme qui se tenait en face de la librairie, sur l'autre côté de la rue, dans l'ombre. Deux cyclistes qui roulaient de front l'avaient effleuré avec les faisceaux de leurs phares au moment où Kopp levait la tête.

On le guettait.

Un homme de Sandor Béliar ? Kopp se reprocha de ne pas avoir vérifié si la voiture dans laquelle il était monté avec Narrouz à l'aéroport était suivie. L'hypothèse était probable.

Quand Kopp avait quitté Narrouz, on avait pu descendre du véhicule suiveur et prendre Kopp en filature, en profitant de l'euphorie de ses premiers instants de liberté.

Maintenant, Kopp conduisait cet homme droit à Vanzuiderman.

Il feuilleta quelques livres distraitement.

Cet inconnu pouvait aussi être un policier, parmi ceux qui, au service de Narrouz, lui fournissaient des informations. Il avait peut-être surpris la conversation téléphonique au cours de laquelle Kopp avait expliqué à Vanzuiderman qu'il souhaitait le voir le soir même. Et Vanzuiderman avait à plusieurs reprises, dans la conversation, cité le nom de l'hôtel de l'Europe.

Il ne restait plus au policier, si c'en était un, qu'à surveiller l'hôtel. Peut-être avait-il déjà alerté Narrouz.

Dans les deux cas, Kopp décida qu'il fallait s'en débarrasser et donc changer d'hôtel.

Il sortit de la librairie et se mit à marcher lentement, avec une apparente insouciance, sans chercher à se dissimuler, feignant d'hésiter, de regarder les plaques des rues.

L'homme ne le lâchait pas, le doute n'était plus permis. Kopp découvrit enfin ce qu'il cherchait, une impasse sans autre éclairage que la lumière qui tombait des fenêtres.

Il se plaqua contre le mur et, quand il vit l'homme s'avancer d'un pas rapide, à la recherche de Kopp qui avait disparu, il bondit, donna un violent coup de tête dans le menton de l'autre, qui s'écroula mais se redressa presque aussitôt, une arme à la main.

Kopp lui décocha un coup de pied dans les côtes, puis un second dans le bas-ventre.

L'homme se recroquevilla en geignant. Kopp le fouilla. Il trouva un Beretta du même modèle que celui que Narrouz lui avait donné. À la faible lumière d'une fenêtre, Kopp découvrit dans le portefeuille de l'homme des papiers au nom de Mikael Thorn, habitant Berlin, et une carte de membre du club Europa Sex Stars de Berlin.

Il était bien au service de Narrouz.

Kopp le tira au fond de l'impasse, lui lia les poignets et les chevilles en se servant de ses vêtements. Puis il lui enfonça un morceau de sa chemise dans la bouche pour le bâillonner.

Kopp s'éloigna en courant, après avoir vérifié qu'on ne pouvait pas voir l'homme depuis l'entrée de l'impasse.

Sitôt qu'il repéra Vanzuiderman dans la brasserie de Nieuwe Market, Kopp lui fit signe de le rejoindre. On parlerait après, lui expliqua-t-il. Il y avait quelqu'un à capturer, et il s'agissait de garder son emprisonnement secret. Vanzuiderman pouvait-il faire ça rapidement?

Sur la grosse figure ronde du policier hollandais, Kopp lut l'étonnement. Il le conduisit jusqu'à l'impasse où il le laissa en lui fixant rendez-vous une heure plus tard, dans la même brasserie.

– Le temps de changer d'hôtel, dit-il.

Lorsqu'il se retourna, il vit Vanzuiderman téléphoner avec son appareil portable.

## 55

Dans la brasserie bruyante et enfumée, Vanzuiderman se sentait à l'étroit sur la banquette. Son estomac, son torse, son ventre débordaient de sa chemise à grosses rayures et de la veste jaune canari, semblant vouloir la repousser. Il occupait deux places à lui seul.

Kopp s'installa en face de lui, dans le coin de la brasserie le plus éloigné de la porte d'entrée, mais d'où il pouvait suivre toutes les allées et venues.

– C'est fait ? demanda Kopp.

– Pas armé, pas de papiers, dit Vanzuiderman en s'épongeant le front avant de commander un deuxième grand pichet de bière brune.

Kopp effleura sa bière du bord des lèvres, sans quitter des yeux le Hollandais.

Il avait dissimulé les papiers de Mikael Thorn dans la chambre où il venait de s'installer, à l'hôtel Brack's Doelen, à quelques pas de l'hôtel de l'Europe et près du canal Kloveniersburgwal. Quant au Beretta de son suiveur, Kopp en sentait le volume anguleux dans son dos. Il avait passé l'arme à sa ceinture. Il avait l'impression, après avoir boité, de pouvoir enfin marcher normalement sur ses deux jambes.

– L'homme est blessé, reprit Vanzuiderman. Durement touché. Il a des côtes et un bras cassés, plus le nez défoncé.

Kopp reposa son pichet de bière cependant que Vanzuiderman commençait à engloutir celui qu'on venait de lui apporter.

– N'expliquez rien, ne racontez rien autour de vous, dit Kopp.

Ses deux mains reposaient sur ses genoux. C'était la position qui lui permettait de prendre le plus rapidement l'une de ses armes. Or il devait se méfier de Vanzuiderman. Peut-être le contrôleur était-il l'homme de Narrouz dans la police. Il fallait jouer serré.

– Qu'est-ce que vous dites ? fit Vanzuiderman à qui sa corpulence interdisait de se pencher vers Kopp.

– Quelqu'un parle dans votre entourage. Il informe...

– Qui ? coupa Vanzuiderman.

– Me Narrouz. Lequel se charge d'organiser la riposte.

Vanzuiderman prit son air de gros animal surpris, la peau luisante de sueur, les yeux ronds, écarquillés.

– Je suis sûr de tous mes hommes, protesta-t-il.

Kopp haussa les épaules.

– On ne peut jamais être sûr de personne, même pas de soi, observa-t-il.

Son meilleur collaborateur de l'Ampir, Paul Sarde, avec qui il avait fondé l'agence, son vieux compagnon d'armes – tous deux étaient officiers dans les services de renseignement –, l'avait trahi quand les maîtres de la secte Ordo Mundi lui avaient proposé les quelques millions de francs qui lui permettaient d'acheter le château provençal dont il rêvait.

L'argent et la rivalité suffisent à corrompre n'importe qui. Alors, si Sarde avait trahi, après tant de coups montés ensemble, sur qui pouvait compter un Vanzuiderman, dont les lèvres étaient maquillées d'écume de la bière comme celles d'un enfant glouton ?

Vanzuiderman secoua la tête.

– Me Narrouz vous a manipulé, dit-il. Il a peut-être essayé d'acheter un policier, mais...

Il ricana, et tout son ventre en fut secoué.

– On n'est pas en France, Kopp, ni en Italie. Ici, on a une morale.

– Bien sûr, admit Kopp.

Il eut tout à coup envie de pousser la table contre la panse de ce crétin, de l'écraser jusqu'à le faire gémir et demander grâce. Ce ne serait sûrement pas long. Mais il était des satisfactions que Kopp ne pouvait pas encore se permettre.

Il fit un geste de la main pour marquer qu'il souhaitait en finir avec cette question, qu'elle n'avait pas d'importance. Mais Vanzuiderman continua. Naturellement, dit-il, il garderait secrète l'arrestation de ce type ramassé dans l'impasse, mais ça ne pouvait tenir que trois jours, soixante-douze heures. Après, il faudrait ou bien le relâcher, ou le présenter au juge. Et d'ici là, il fallait le faire soigner. Les médecins, les infirmiers seraient au courant. Ça faisait beaucoup de monde. Et pas seulement les hommes de Vanzuiderman.

Kopp hocha la tête d'un air compréhensif. Il sortit un billet de sa poche, l'agita pour appeler le garçon, faire servir un autre pichet à Vanzuiderman, qui vida aussitôt son deuxième pichet et sourit en constatant que Kopp payait.

Kopp remit ses mains à plat sur ses genoux. L'avidité instinctive de Vanzuiderman le rassurait. Ce type était enfoui dans sa graisse et y pataugeait comme dans une auge. C'était l'homme d'un seul rôle. Il fallait savoir pirouetter pour trahir, et Vanzuiderman n'avait vraiment rien d'une ballerine.

Kopp sourit malgré lui à cette image. Si Vanzuiderman livrait des informations, c'était par fatuité, pour un pichet de bière et sans même s'en rendre compte.

Mais du même coup il appartenait à la plus dangereuse espèce de traître : celle des cons.

— Vous savez…, dit Vanzuiderman le visage hilare. Je peux vous arrêter maintenant, si je veux. Il y a toujours les deux incendies, les deux assassinats, et en plus un juge enquête sur vous. Pas sur Julien Guérin – ça, c'est fini. Mais sur le commandant Julien Copeau et sur Julius Kopp. Il paraît, m'a-t-on laissé entendre, que vous avez joué de sales tours à des entreprises hollandaises, en Afrique, pour vos clients français. Ici, nous pardonnons beaucoup de choses, nous sommes très tolérants, vous le savez, on nous le reproche assez, notamment votre président ; mais pour ce qui est des affaires, on n'oublie rien. Nous sommes les très vieux commerçants d'un tout petit pays, alors il faut qu'on soit très bons, vous comprenez ça, Kopp ? On vend des tomates dans les pays du Sud, vous vous rendez compte ? On fait pousser des tomates, ici !

Il se tourna vers la rue. Derrière la couche de buée de la vitre, on devinait la pluie qui avait commencé à tomber.

– Vous êtes très fort, dit Kopp en baissant la tête.

Vanzuiderman lui toucha l'épaule.

– Mais je ne vous arrêterai pas, Kopp. D'abord, je n'ai pas reçu de plainte. C'est drôle, non ? Personne n'a engagé de procédure contre vous ou contre quiconque. Me Narrouz, qui représente les intérêts d'Europa Sex Stars et ceux de M. Paul Nabal, le directeur du club – Nabal dont l'appartement a été détruit –, ne s'est pas manifesté, sinon pour vous faire libérer. Curieux, incroyable, non ?

Vanzuiderman buvait plus lentement. C'était son troisième pichet.

– De plus, je n'ai pas retrouvé de corps, et le témoin que j'avais ne se souvient de rien. Vous voyez, Kopp, il ne me reste contre vous que des peccadilles, port d'armes prohibées, faux papiers – autant dire rien. Restent les affaires africaines, mais ça, je ne connais pas, ça ne me concerne pas.

– Merci, dit Kopp avec humilité.

Il devait conserver son calme. Il se demanda, cependant que Vanzuiderman continuait à se pavaner, combien de coups suffiraient pour abattre cette masse de chair, lui couper le souffle et la parole. Peut-être un seul atemi le mettrait par terre.

Vanzuiderman respira bruyamment, s'épongea le front avec la paume et s'essuya les lèvres du revers de la main.

— Je vous avais communiqué, commença Kopp, le nom de Monika Van Loo.

Vanzuiderman approuva de la tête.

— Si…, reprit Kopp.

Vanzuiderman fit non.

— Rien, dit-il.

Il avait fait fouiller, expliqua-t-il, toutes les archives, sortir les adresses de tous les Van Loo des Pays-Bas, et ça faisait une longue liste. On l'avait réduite aux personnes susceptibles de correspondre au portrait du jeune mannequin, et finalement on avait trouvé.

Vanzuiderman secoua la tête avec satisfaction.

— Oui, Kopp, on a trouvé, mais c'était sa sœur, une Bea Van Loo, qui vit seule à Bergen et qui nous a expliqué que Monika est morte, enterrée. Elle nous a conduits au cimetière, la tombe est là : Monika Van Loo. Elle est morte il y a deux ans en Italie. Les parents et la sœur ont fait rapatrier le corps. On a vu tous les papiers.

Vanzuiderman frappa des deux mains à plat sur la table.

— Elle est morte et enterrée, votre Monika Van Loo, voilà quelque chose de sûr.

— Vous avez touché le corps ? fit Kopp d'une voix calme.

Vanzuiderman écarquilla les yeux.

— On n'est certain de la mort de quelqu'un que

lorsqu'on a mordu son orteil, reprit Kopp en souriant. Croque-mort, ajouta-t-il.

Vanzuiderman s'esclaffa. Les Français, dit-il, étaient des gens bizarres, comme ça – il dessina dans l'air avec la main droite une sinuosité –, tordu, oui, voilà. Mordre un mort pour savoir s'il est mort !

– Vous ne vouliez pas, continua Vanzuiderman, que je fasse exhumer ce cadavre ? Qui m'y aurait autorisé ? Au nom de quoi ? La sœur, dès que j'ai parlé de Monika Van Loo, est entrée en transe : « Ma pauvre sœur, ma pauvre petite sœur, morte, morte, morte ! » C'étaient des larmes et des cris. Elle s'est mise à prier. On a vite filé. On avait vu les papiers du transport du corps, qu'est-ce qu'on allait chercher de plus ?

– Bergen, murmura Kopp.

Vanzuiderman approuva.

– Vous voulez foutre votre nez là-dedans vous-même ? dit-il en haussant les épaules. J'aurais dû m'en douter.

Vanzuiderman avait sorti un carnet, qu'il feuilleta en soufflant comme si le geste de tourner les pages l'épuisait.

– Van Loo, Van Loo...

Il posa son doigt sur une page et fit glisser son ongle d'un bord à l'autre.

Kopp fut fasciné par ce doigt boudiné, rose, qui avait quelque chose de monstrueux, d'obscène presque.

– Ereprijsweg, dit Vanzuiderman, rue Ereprijsweg.

Il répéta encore d'un ton impatient :

– Ereprijsweg. Pourquoi les Français se contentent-ils de ne connaître que leur langue ?

Kopp nota l'adresse.

– Vous irez, dit Vanzuiderman. Vous irez, bien sûr.

Kopp fit une moue d'incertitude.

Il avait, expliqua-t-il, surtout envie de rentrer en France, de se reposer de tout ça, peut-être d'abandonner et de se retirer.

– Dans le Midi ? dit Vanzuiderman en se levant péniblement.

Kopp approuva, tout en suivant Vanzuiderman qui se frayait un passage entre les tables.

Lorsqu'il arriva près du comptoir, à gauche de l'entrée, il s'arrêta, cherchant un appui, comme s'il était pris de malaise. C'est ce qui permit à Kopp d'apercevoir l'homme qui s'éloignait. Il avait la tête rasée, portait un pantalon, des grosses bottes et un gilet en cuir sur un pull-over, le tout noir.

Kopp n'eut pas le temps de le détailler davantage. Il nota seulement que l'homme avait une carrure d'athlète, les épaules très larges, la taille bien marquée et des jambes musclées sous son pantalon collant.

L'homme s'élança dès qu'il eut passé la porte et Kopp vit qu'il courait.

Kopp se tourna vers Vanzuiderman. Le policier avait glissé le long du comptoir, les deux mains à hauteur de sa poitrine. Sur la veste jaune canari, une tache rouge sombre s'élargissait.

Kopp remarqua la déchirure du tissu. On avait abattu Vanzuiderman à bout portant et, dans le brouhaha, la détonation sourde du silencieux était passée inaperçue.

Kopp se précipita : Vanzuiderman était mort. Il fouilla dans la poche de la veste, prit le carnet, se redressa.

Un cercle commençait à se former autour du corps.

Kopp croisa le regard du garçon qui les avait servis.

L'homme, à l'évidence, le reconnaîtrait. D'ailleurs, Vanzuiderman avait dû noter le rendez-vous sur son agenda de bureau.

Le piège qu'avaient monté Narrouz et Béliar se refermait peu à peu. Kopp était désormais mêlé à l'assassinat du contrôleur de police Vanzuiderman. Il serait au moins interrogé comme témoin. On ferait état des soupçons de Vanzuiderman à propos des deux incendies, celui de la maison de Paul Nabal et celui du club Europa Sex Stars. On rappellerait les deux disparitions, celle de Branko Zalitch et celle de Nabal. Et il y avait encore ce que Vanzuiderman avait évoqué, un contentieux africain retrouvé par un juge. De quoi pourrir dans les prisons hollandaises, confortables, humaines sans aucun doute, mais avec des barreaux aux fenêtres ou des bracelets électroniques aux chevilles des détenus.

Julius Kopp fendit la foule pour se diriger vers la sortie de la brasserie, glissant dans sa poche le carnet qu'il avait pris sur Vanzuiderman.

On l'interpella. Le garçon de café gesticulait avec le patron, le bras tendu vers Kopp. Le patron cria à son tour.

Kopp, de l'épaule, bouscula un homme qui tentait de lui barrer la route. Les autres clients s'écartèrent avec une expression d'effroi. Ceux-là témoigneraient qu'il avait tiré sur Vanzuiderman. Il ne serait pas seulement le témoin, mais le meurtrier.

Il fallait fuir. Il n'avait pas d'autre choix.

Il pleuvait à verse. Le vent poussait des rafales glaciales qui en quelques minutes trempèrent son imperméable.

Il vérifia qu'il n'était pas suivi. Mais il estima qu'il ne pouvait pas prendre le risque de retourner à l'hôtel. Il s'était montré, depuis son arrivée, d'une imprudence injustifiable, au point qu'il se demanda s'il n'avait pas perdu la main, comme on dit dans les jeux de cartes. En même temps il eut le sentiment qu'il venait de recevoir quelques atouts dans la nouvelle donne.

Il connaissait l'adresse de la sœur de Monika Van Loo. Il répéta : « Ereprijsweg, à Bergen ». Il fallait s'y rendre illico.

Il marcha vite, avec pour seule préoccupation de garder la direction opposée à l'hôtel et de s'assurer que personne ne l'avait repéré. Aussi s'arrêta-t-il plusieurs fois, entra dans des bars, en ressortit aussitôt, la main sur la crosse de son arme qu'il avait glissée dans la poche de son imperméable. Il parvint jusqu'à l'Open Haven, sûr désormais de n'être pas filé. Il entra dans une cabine téléphonique où il composa le numéro de l'agence de voyage parisienne qui servait de relais et de couverture pour le cas où l'on aurait besoin de joindre le siège de l'Ampir discrètement. Il dit seulement :

– Alexander, Bergen, Ereprijsweg, le plus tôt possible.

Si Alexander était libre de ses mouvements, Kopp ne douta pas un instant qu'il ne serait dès le lendemain à Bergen.

Encore fallait-il que Kopp lui-même pût s'y rendre.

Il marcha le long du Damrak. De rares tramways passèrent, disparaissant vite dans l'averse qui rayait la nuit.

Kopp se plaça contre la façade d'un immeuble à la hauteur d'un feu rouge au bout du Damrak. Ce n'était plus qu'une question de patience et de chance. Il attendit dans l'ombre de l'immeuble plus d'une demi-heure, vit nombre de voitures s'arrêter, repartir. Il les laissa passer.

Tout à coup, une Mercedes gris métallisé ralentit, s'arrêta avec prudence et lenteur.

Kopp, en trois bonds, fut à la hauteur de la portière. Il l'ouvrit et, d'un geste brutal, saisissant le conducteur par le bras, le tira hors de la voiture, le poussa loin sur la chaussée, se glissa à sa place dans le véhicule et démarra aussitôt alors que le feu était encore au rouge.

Il accéléra à fond.

Il aperçut dans le rétroviseur le type encore assis au milieu de la chaussée sous l'averse, au milieu du flot de voitures qui passaient sans s'arrêter, cependant qu'il levait les bras comme un noyé.

## 56

Kopp arrêta la voiture à l'entrée de Bergen.

Il avait roulé sur les autoroutes étroites mais désertes, à près de 160 kilomètres à l'heure de moyenne. En fait, il avait surestimé les distances, oubliant que les Pays-Bas ne sont qu'un pays minuscule où les villes sont chacune pour l'autre des banlieues. Il éteignit les phares, descendit, repéra un chemin qui paraissait se diriger vers les dunes et s'enfonçait sous de grands arbres, une futaie épaisse, composée de pins. Il revint vers la voiture et roula lentement sur ce chemin, qu'il quitta pour cacher le véhicule derrière les premiers buissons. Il fouilla la boîte à gants et le coffre, trouva une lampe-torche et retourna sur la route.

Il longea le bas-côté jusqu'au centre de Bergen.

C'était un ensemble de constructions basses donnant une impression de calme et de confort. Les bois entouraient la petite ville, une station touristique à en juger par les boutiques, les restaurants et les bars.

L'un d'eux ouvrait.

Kopp, le premier client, se présenta comme un Allemand, un Berlinois bavard. Il savait imiter à la perfection l'accent de la capitale, vieux souvenir de son passé d'agent de renseignement au temps de la guerre froide.

Il cherchait, expliqua-t-il au patron, des maisons à louer, pour lui et sa famille. Ils s'installaient en Hollande puisque leur entreprise y avait créé une succursale. Il précisa qu'on lui avait parlé de maisons dans la rue Ereprijsweg.

Le patron lui indiqua la direction. C'était dans le secteur sud de Bergen, aux lisières des dunes et des bois. On trouvait là-bas, en effet, de très belles demeures.

– Ça vous conviendra sûrement, dit-il. Avec le mark, tout est possible...

Kopp se souvint à cet instant que les Hollandais entretenaient des relations ambiguës avec les Allemands. Mais du coup le patron du bar n'oublierait pas ce Berlinois hâbleur, les poches bourrées de marks et qui rêvait de s'emparer de la terre néerlandaise.

La rue Ereprijsweg était éloignée du centre. La pluie qui avait cessé quelques instants reprenait et le vent venu de la mer courbait les cimes des arbres. Kopp marcha sous les branches pour se protéger du plus gros de la pluie. Il était impossible de dire si le jour était levé, tant le ciel était bas.

Durant tout le trajet, Kopp ne croisa que trois voitures, qu'il vit venir de loin. Il était de nouveau sur ses gardes, et bien qu'il n'eût aucune raison de prendre de telles précautions, il se dissimulait dès qu'il apercevait, de très loin, sur la route droite, les phares qui approchaient.

Il ne remarqua ni passants ni cyclistes. Sans doute était-il trop tôt, le centre de la ville n'attirant probablement la foule qu'au milieu de la matinée. Enfin, après près de trois quarts d'heure de parcours, il atteignit la rue Ereprijsweg. Elle n'était pas éclairée et, si Kopp n'avait pas disposé d'une torche, il l'aurait manquée. Des maisons entourées de jardins inégaux, quelques-uns vastes mais la plupart réduits à quelques mètres carrés, s'alignaient des deux côtés de la rue.

Kopp avança lentement, veillant à se dissimuler. Quelqu'un pouvait être en train de guetter. Mais aucune voiture n'était garée sur le bord de la rue. Les véhicules qu'on apercevait étaient abrités dans les garages que chaque maison possédait sur le côté.

La voie semblait libre.

Kopp sauta sans difficulté par-dessus la porte de la maison de Bea Van Loo, puis il se tapit derrière la haie. Rien ne bougea. Il s'était convaincu, en avançant, qu'il n'y avait pas de chien dans la rue car il n'avait déclenché aucun aboiement. Il approcha de la façade.

La maison était un rectangle d'une quinzaine de mètres de long et d'un peu moins en largeur. Elle comportait un étage sous un toit constitué de lattes noires à peine inclinées. Des fleurs décoraient chacune des fenêtres, qui n'étaient protégées ni par des volets ni par des barreaux.

Kopp fit le tour de la maison. Autant le jardin était exigu du côté de la route, autant il s'étendait vers la forêt. Il pourrait, « après », repartir par là, à l'abri des regards. Kopp s'arrêta. Il entendait le roulement de la houle qui déferlait sur les dunes qu'il devinait derrière les arbres.

Apparemment, aucun obstacle n'empêchait d'accéder à la forêt – ni mur, ni grillage.

Il retourna vers la maison, choisit l'une des fenêtres, se servit du canon de son arme comme d'un levier pour déboîter l'un des battants et, au bout de quelques minutes d'effort, la croisée céda.

Il sauta à l'intérieur de la maison.

Kopp promena rapidement le faisceau de sa torche dans la pièce. Sur une table à tréteaux, était posé un chevalet qui supportait une toile d'environ vingt centimètres de haut sur dix de large. Au fusain, on avait esquissé la silhouette d'un Christ en croix dont la tête penchée sur l'épaule droite était déjà dessinée. L'expression douloureuse était parfaitement rendue. Les mains elles aussi étaient détaillées, et Kopp resta quelques secondes fasciné par le travail de l'artiste. Était-ce Bea Van Loo ?

Il éclaira les murs : des toiles de tailles différentes, accrochées tout près les unes des autres, formaient presque une tapisserie étrange, puisque les sujets de ces tableaux étaient tous religieux. Les uns montraient le Christ écrasé par le poids de la croix, ou bien la crucifixion. Moïse tenait les tables de la Loi. Les nativités étaient nombreuses, ainsi que les pietà. Ces peintures naïves étaient touchantes comme des ex-voto.

Dans un angle de la pièce, Kopp découvrit un crucifix d'un mètre de haut, appuyé contre le mur. Les bras de la croix et son montant étaient constitués de grosses poutres noires, et le Christ polychrome était en bois sculpté.

Kopp se sentit mal à l'aise. Ces visages, ces images, ces objets de piété qu'il faisait sortir de l'ombre créaient l'oppression.

Ou bien Bea Van Loo les réalisait – et certains d'entre eux, comme le crucifix, servaient à son inspiration – pour en faire commerce, ou bien elle était la proie d'une foi obsessionnelle et maniaque.

Ou bien encore, mais c'était l'autre aspect de cette foi, elle peignait pour se protéger, et chacune de ses œuvres lui servait de bouclier.

Contre qui, sinon le Diable et les démons ? Elle se défendait, elle exorcisait ce qui la menaçait, ce qui avait habité, emporté sa sœur Monika Van Loo.

Si celle-ci était vraiment morte.

Kopp éteignit sa torche, ouvrit la porte.

La maison était silencieuse. Il alluma, aperçut au bout d'un couloir un escalier étroit. Il s'y engagea, marchant sur le côté des marches de bois pour ne pas les faire craquer. Il aperçut trois portes au premier étage, sûrement les chambres.

Il redescendit et, évitant de diriger le faisceau lumineux vers les fenêtres, avança avec précaution, s'arrêtant à chaque pas afin de ne pas heurter les meubles. Mais ils étaient peu nombreux.

Kopp était frappé par l'austérité des deux petites pièces communicantes qui formaient l'essentiel du rez-de-chaussée, avec l'atelier par lequel il était entré. À l'exception de deux crucifix qui se faisaient face et d'un petit tableau représentant la Vierge Marie, les murs étaient nus, blancs. Une table et quatre chaises en bois noir composaient le mobilier de l'une des pièces. L'autre ne comptait que deux coffres, trois chaises et une table basse, et, devant le crucifix, un prie-Dieu sur l'accoudoir duquel était posé un livre de prières.

Kopp l'ouvrit. Des signets multiples marquaient les pages, à l'évidence souvent feuilletées.

Kopp reposa le livre et fit des yeux le tour de ces deux pièces. On eût pu les prendre pour des chambres de recueillement dans un couvent. « Une folle », pensa-t-il, et il se reprocha aussitôt ce jugement.

Il resta quelques instants immobile. Une lumière grise commençait peu à peu à envahir les lieux. Il hésita. Il pouvait ressortir, attendre une heure ou deux et se présenter officiellement.

D'un seul coup, la lumière jaillit, le crucifix nimbé d'une lueur claire comme dans certaines églises.

Kopp se retourna, la main gauche sur la crosse de l'arme qu'il portait derrière le dos enfoncée dans sa ceinture.

Une jeune femme aux longs cheveux blonds était debout sur le seuil. Elle avait les yeux agrandis par la peur mais elle tenait sous son aisselle droite un fusil de chasse à canon double, de ceux qu'on utilise pour le très gros gibier.

Et elle visait Kopp.

57

Kopp la regarda intensément.

Dans ces situations, tout se jouait durant les premières fractions de seconde. La jeune femme pouvait appuyer sur la détente avant que Kopp ait le temps de plonger sur le côté, de saisir son revolver et de la neutraliser en la blessant à l'épaule. Mais Kopp risquait, si elle ne l'atteignait pas, de la toucher à la tête ou à la poitrine, car un tir instinctif n'est jamais d'une précision absolue.

Kopp ne bougea donc pas, pensant à toutes ces données, sans cesser de la fixer.

À l'image de Bea Van Loo se superposa celle de la Vénus de Botticelli. Bea Van Loo avait les longs cheveux blonds dénoués du personnage créé par le peintre, elle en possédait la grâce étrange.

Elle portait une sorte de tunique en toile rêche aux manches longues qui tombait, droite, enveloppant tout son corps, jusqu'au sol. Mais sous le vêtement rude, Kopp devina des épaules rondes, des seins lourds, des hanches larges. Elle ressemblait aussi aux femmes des tableaux de nativité.

N'aurait été ce fusil qu'elle serrait entre ses bras et son flanc, la main droite sur la détente, l'avant-bras gauche soutenant les canons, Bea Van Loo eût pu appartenir aux temps bibliques, avec sa silhouette si dépouillée. Son visage à l'ovale parfait, lisse, ne portait aucun maquillage.

Tout en elle était caché, et cependant Kopp la vit comme si elle s'exposait nue, dans sa faiblesse native.

Il éprouva pour elle de la compassion. Il lui sembla que toutes ces Vierges qu'elle peignait étaient des autoportraits, et même les Christs qu'elle dessinait lui ressemblaient par la forme du visage, les yeux allongés, la bouche sensuelle, le regard perdu et las.

Quelques secondes passèrent ainsi.

— Je veux savoir qui a tué Monika Van Loo, dit-il en anglais.

Kopp n'avait pas réfléchi à la phrase qu'il venait de prononcer. Elle était venue d'elle-même.

— Je suis un enquêteur français, ajouta-t-il.

Il fallait gagner du temps. On ne tire facilement que lorsqu'on ne réfléchit pas, qu'on n'a pas eu le temps de voir le visage de l'homme que l'on veut abattre.

Il avait espéré que Bea Van Loo baisserait le fusil. Elle le releva au contraire imperceptiblement. Kopp pensa : «À cette distance, elle m'arrachera la tête, il y aura du sang partout.»

— Je vais vous tuer, dit-elle en anglais.

Elle avait à peine remué les lèvres pour chuchoter ces quelques mots, ce qui leur donnait encore plus de force.

Tout, en Kopp, se révolta. Mourir par cette femme c'était impossible. Mais il ne fit aucun geste. Le moindre mouvement pouvait déclencher sa réaction. Kopp réfléchit que les détentes de ces fusils étaient le plus souvent dures et qu'il fallait appuyer très fort pour débloquer le percuteur. Peut-être, si elle avait tenu un revolver, qu'un effleurement suffit pour actionner, Kopp serait-il déjà par terre.

Il pensa qu'elle ne saurait pas le suivre dans sa trajectoire s'il se jetait sur le côté, et qu'elle n'aurait pas le temps de tirer un second coup avant que lui-même l'ait abattue. Car il ne la raterait pas.

Mais il ne voulait pas la blesser.

Il revit l'atelier dont les murs étaient couverts de tableaux religieux de sa main.

Est-ce qu'on tue une femme qui porte une si folle passion en tête? Une femme qui se croit menacée, qui l'est sans doute, et chez qui on s'est introduit de nuit?

Il pensa cela et sa rage disparut d'être menacé de mort par une femme qui aurait mieux fait de l'écouter.

Il dit sans la quitter des yeux:

– Vous allez me tuer.

Il fut lui-même surpris du son de sa voix, de son calme.

Elle releva encore un peu le canon. Maintenant, vraiment, si elle tirait elle lui ferait éclater la tête.

– Je comprends votre réaction, reprit-il. Vous ne croyez pas que je suis ici pour châtier les responsables des malheurs de votre sœur, Monika Van Loo.

Il eut l'impression que le fusil s'abaissait un peu,

que quelque chose dans le visage et le corps de la jeune femme se détendait.

— Laissez-moi prier, dit Kopp. Pour elle, pour vous, pour moi.

Et il fit surgir du fond de sa mémoire l'une des prières que dans son enfance sa grand-mère le forçait à répéter chaque soir. Il ne l'avait plus jamais récitée depuis des décennies, mais les mots revinrent, comme si une voix intérieure les lui soufflait.

Il dit, s'exprimant pour la première fois en français :

— Sainte Marie, mère de Dieu / Le Seigneur est avec vous / Vous êtes bénie entre toutes les femmes / Et Jésus le fruit de vos entrailles est béni.

La jeune femme baissa les yeux, apparemment incapable de viser un homme qui priait.

Kopp bondit en même temps qu'il prononçait le dernier mot. Il écarta le canon du fusil d'un coup du bras gauche, puis arracha l'arme et la tint à bout de bras, cependant que la jeune femme hurlait en se débattant.

Il jeta le fusil, loin, saisit Bea aux épaules et se mit à la secouer violemment jusqu'à ce que ce tremblement de tout son corps la force à se taire, hébétée.

Alors Kopp s'immobilisa, et il répéta en anglais, d'une voix douce, sans lâcher les épaules de la jeune femme :

— J'enquête sur la disparition de Monika Van Loo. Je ne vous menace pas. Je veux vous protéger, faire arrêter les coupables s'ils existent.

Elle secoua la tête avec violence, les yeux révulsés. Ses cheveux blonds, entraînés par le mouvement, lui cachèrent à plusieurs reprises le visage. Elle balbutia en anglais :

— Monika est morte, morte, morte.

Chaque fois qu'elle prononçait le mot, elle jetait sa tête à droite puis à gauche.

Kopp lui prit le visage entre les mains, l'empêchant de bouger. Elle avait les joues brûlantes sous les cheveux fins comme des fils de soie.

– Qui l'a tuée ? dit Kopp.

La jeune femme leva son regard vers lui. Pour la première fois, Kopp lut autre chose que la terreur dans son regard. Elle avait les yeux d'un bleu vif. Il se mit à murmurer comme dans un confessionnal. Il avait vu, dit-il, son atelier – il tourna légèrement la tête pour indiquer la pièce par laquelle il avait pénétré dans la maison. Il avait été impressionné, ému par les œuvres qu'il y avait découvertes, ces tableaux représentant le Christ, ces nativités. C'était une artiste inspirée par une foi puissante.

Il ajouta :

– Je suis croyant.

En même temps, il eut un peu honte, parce qu'il ne s'était réellement jamais posé la question : croyait-il au Dieu des catholiques, des protestants, des juifs ou des musulmans ? En combattant les fous intégristes qui avaient mis au point le Complot des Anges, il avait mesuré que, dans toutes les religions, les fanatiques invoquent le nom de Dieu pour massacrer des hommes, au nom de leurs croyances. Il n'aimait pas ces mots de « croyant » et de « croyances ». Il aimait la raison, il tentait toujours, en toute action, de peser le vrai et le faux, le réel et l'illusoire, le bien et le mal.

Il se reprit.

– Je crois au Bien et je crois au Mal, chuchota-t-il.

Il la lâcha, tout en restant sur ses gardes, prêt à la bloquer si elle faisait un geste ou un mouvement pour s'emparer du fusil ou s'enfuir.

– Je crois qu'il faut combattre le Mal, dit-il encore.

Elle ne bougea pas, mais sous sa tunique dont le tissu avait le gros grain gris des étoffes monacales,

Kopp devina que sa poitrine haletait, même si elle s'efforçait de respirer sans bruit.

— Il faut empêcher certains individus de nuire, ajouta Kopp. Il faut les condamner, les arrêter. Vous croyez au châtiment de Dieu? Je crois, moi, que les hommes doivent commencer ce travail ici.

Kopp s'éloigna délibérément pour lui montrer qu'il avait confiance en elle.

Il ramassa le fusil, le posa sur la table, assez loin cependant de la jeune femme.

— Qui a tué Monika Van Loo? demanda-t-il en s'appuyant des deux mains à la table.

Il s'aperçut que Bea Van Loo ne le regardait plus. La tête levée, elle dit, comme si elle n'avait pas entendu la question de Julius Kopp:

— Il faut prier. Il faut repousser le Diable, il faut le faire sortir de soi.

Elle sembla de nouveau voir Kopp. Elle croisa les doigts dans un geste de supplication et de prière.

— Le Diable est en nous, le Diable revient toujours, le Diable est partout, il faut se protéger du Diable.

Elle fit un pas. Kopp se plaça entre elle et le fusil.

— Connaissez-vous Sandor Béliar? demanda-t-il.

La jeune femme se mit à secouer la tête en répétant: «Non, non, non», puis elle tomba à genoux et commença à prier.

## 58

Kopp resta d'abord debout derrière Bea Van Loo, puis il s'éloigna, ramassa le fusil, en ouvrit la culasse. Il était bien chargé. Il se tourna pour regarder la jeune femme dont il entendait le murmure exalté. Tête baissée, les poings fermés, tout en priant, elle se martelait la poitrine à petits coups rythmés.

Parfois elle était agitée de tremblements comme si un frisson la parcourait. Elle enfonçait la tête dans son cou en relevant les épaules.

Kopp, tenant toujours le fusil, s'approcha de l'escalier. Il n'y avait aucun bruit. La jeune femme avait crié assez fort pour être entendue du premier étage. Personne n'était descendu ou n'avait répondu. Bea Van Loo vivait donc seule dans cette étrange atmosphère.

Tandis qu'il revenait sur ses pas, elle se redressa, jetant un coup d'œil au fusil.

— Vous vouliez vraiment me tuer, dit Kopp.

Il montra les cartouches qu'il avait retirées.

— Qui vous a menacée ? demanda-t-il. Vous craignez pour votre vie, on a déjà voulu vous tuer ?

Kopp s'arrêta. La jeune femme s'était tassée et son regard était de nouveau plein d'effroi.

Kopp hésita : il ne savait comment ni dans quelle voie poursuivre. Et cependant il eut l'intuition qu'ici se trouvait l'une des clés qui lui permettraient de comprendre.

— Votre sœur, commença-t-il, Monika Van Loo...

La jeune femme s'agrippa à la table et Kopp eut la certitude qu'elle allait s'affaisser. Il se précipita, la prit par les aisselles au moment où elle s'effondrait, comme si ses jambes ne la soutenaient plus. Il sentit qu'elle tentait de se raidir, de se dégager, mais elle n'y parvint pas et à la fin elle s'abandonna.

Kopp ne s'était pas trompé. Sous la tunique, le corps de la jeune femme, qu'il devina en le soulevant, était épanoui, les formes rondes. Comme elle était grande, près d'un mètre quatre-vingts, jugea-t-il en se trouvant assez près d'elle pour comparer avec sa propre taille, elle devait avoir une fière allure, élancée et féminine, comme les mannequins à la mode. Ces modèles n'avaient plus les corps faméliques que Mariella Naldi seule continuait, si Kopp en jugeait par les photos qu'il avait vues dans la maison de couture, avenue Montaigne, à préférer.

— Monika Van Loo, votre sœur, reprit-il, était mannequin, n'est-ce pas, chez Mariella Naldi, en Italie ?

Comme elle ne réagissait pas, Kopp la conduisit à l'une des chaises, la fit asseoir et s'installa près d'elle en prenant appui sur la table. Il effleura le bras de la jeune femme avec son genou et elle eut un mouvement brusque de retrait. Elle se recroquevilla.

— Elle vous a parlé de Sandor Béliar ? dit Kopp.

Une nouvelle fois, Bea Van Loo se mit à secouer la tête.

— Vous êtes une fervente catholique, continua Kopp.

Il tendit le bras, montra le crucifix et le tableau de la Vierge.

— Vous priez.

Il montra d'un mouvement de la tête le prie-Dieu, le livre de prières.

Elle répondit pour la première fois avec violence, faisant claquer chaque mot.

— Ne parlez pas de ce que vous ne comprenez pas. Ne salissez pas ce qui est sacré. Respectez Dieu et la foi.

Kopp écarta les bras.

Il n'avait pas l'intention, dit-il, d'offenser qui que ce soit ou de se moquer de la foi. Au contraire.

Il s'arrêta un instant. Il fallait qu'il heurte cette jeune femme s'il voulait que, sous le choc, elle parle.

— Votre sœur, reprit-il.

— Elle est morte ! cria la jeune femme d'une voix aiguë.

– Votre sœur, recommença Kopp, à Bologne, dans une église désaffectée...

La jeune femme s'affola, recommençant à dire non par des mouvements de plus en plus rapides de la tête.

– Si, dit Kopp. On l'a identifiée. Elle a participé en compagnie d'autres initiés à une messe noire. Vous ne savez pas ce que sont les Enfants de Satan ? Elle était...

– Non ! Non ! cria la jeune femme.

– Nue sur l'autel, martela Kopp d'une voix forte. On l'a aspergée de sang. Une étrange cérémonie. Elle en était le personnage central. Après, votre sœur a disparu. Tuée par ceux qui l'avaient poussée à se livrer à cette mascarade ? Ou bien s'est-elle entièrement vouée au culte du Diable ailleurs ? Certains l'ont décrite comme possédée par le démon.

Kopp inventait, ajoutait intuitivement des détails, car la jeune femme en face de lui était haletante, son visage révulsé. Il ne fallait pas la lâcher maintenant, mais au contraire la forcer.

– Monika était entièrement soumise à Sandor Béliar, à Mariella Naldi, continua-t-il. Et peut-être n'est-elle pas morte, mais employée dans un de leurs clubs, à Berlin ou à Londres. Europa Sex Stars, vous connaissez ?

La jeune femme nia sans regarder Kopp.

– En somme, dit-il, votre sœur avait choisi de se mettre au service du Diable, de Béliar, de Mariella Naldi. Et vous, vous la rachetez, vous priez pour son salut.

La jeune femme était repliée sur elle-même, les bras croisés appuyés sur ses genoux.

– Monika Van Loo la perverse, dit Kopp brutalement, la démoniaque, et vous, Bea Van Loo, la sainte.

Il saisit la jeune femme aux épaules, la força à se redresser.

— Mais ça ne vous empêche pas de charger un fusil et de vouloir abattre un homme. Drôle de sainteté, dit-il. De quoi avez-vous peur ? Dieu vous protège, non ? Vous craignez la visite de qui ? De Sandor Béliar, de Mariella Naldi ? Ou de la police hollandaise ?

La jeune femme essaya d'échapper aux mains de Kopp, mais il lui serra les épaules durement.

— Vous avez dû rencontrer un enquêteur, dit-il. Le contrôleur de police Vanzuiderman ?

Il sentit sous ses doigts que Bea Van Loo se mettait à trembler.

— Vous vous souvenez ? Un homme gros, vêtu de manière un peu extravagante. C'est lui qui m'a communiqué votre adresse. Vous lui avez parlé, vous lui avez expliqué que Monika Van Loo était morte en Italie. Vous lui avez montré les papiers attestant le transfert du corps.

Kopp lui prit le menton, la força à relever la tête.

— Vous savez ce que j'ai dit à Vanzuiderman ? Qu'il aurait dû faire exhumer le corps, le toucher...

D'un mouvement brusque qui surprit Kopp, Bea Van Loo repoussa la chaise, s'échappa, traversa la pièce en courant, s'engagea dans l'escalier, qu'elle monta en sautant les marches deux à deux.

Kopp était derrière elle mais il n'eut pas le temps de l'empêcher de s'enfermer dans l'une des chambres.

Il frappa à la porte.

— Ouvrez ! cria-t-il.

Il lui sembla entendre un bruit sec. Il se jeta de côté et brusquement il y eut trois détonations sourdes, comme celles que provoque un revolver muni d'un silencieux. La porte fut percée, des éclats de bois volèrent dans le couloir.

Kopp entendit un cliquetis : le chargeur était vide ou le pistolet s'était enrayé.

Il s'avança et d'un coup d'épaule enfonça la porte, puis plongea sur le sol, saisissant les chevilles de la jeune femme, qu'il fit basculer.

Elle se débattit, lâcha le revolver.

Kopp, tout en immobilisant Bea Van Loo, constata que le revolver était un Beretta du modèle de celui que Narrouz lui avait remis, et de celui que portait Mikael Thorn, l'homme de l'impasse.

Kopp serra les poignets de la jeune femme et la maintint couchée sur le sol.

– Décidément, vous êtes une drôle de catholique, dit-il. Vous avez oublié le commandement : *Tu ne tueras point*. Savez-vous – il pesa sur elle – ce qu'on a fait à Vanzuiderman devant moi ? On lui a crevé la poitrine avec un pistolet comme le vôtre. Sa poitrine a éclaté comme vous avez crevé la porte en espérant que je sois derrière. Alors...

Kopp la tira par les bras pour la relever brutalement. Les manches de la tunique glissèrent, et Kopp découvrit à l'intérieur de l'avant-bras gauche un tatouage qu'on avait essayé d'effacer en brûlant la peau. L'épiderme était boursouflé. La plaie n'était pas cicatrisée depuis longtemps, il restait suffisamment de parties du tatouage pour que Kopp reconnût une tête de mort au centre de tibias croisés. Au-dessous se trouvaient, et c'était la partie où la brûlure avait dû être la plus forte, les traces de trois cercles.

Kopp, sans lâcher la jeune femme, la souleva en se redressant lui-même. Puis, alors qu'elle baissait la tête dans une attitude d'accablement, abandonnait tout son corps sans force, il lui retroussa les manches.

L'avant-bras droit portait le même tatouage, mais elle n'avait même pas tenté de le faire disparaître. Il ressortait, noir, inquiétant, sur la peau blanche.

Au-dessous de la tête de mort et des tibias croisés, on lisait le chiffre 666.

– Repentir, dit Kopp en montrant le bras gauche. Demi-repentir – et il souleva le bras droit. Le Diable n'a pas voulu s'effacer.

Puis, d'une poussée des deux mains, il envoya Bea sur le lit.

Elle resta étendue, se protégeant le visage avec les bras comme si elle craignait d'être frappée.

– Il va falloir me raconter tout ça, Monika Van Loo, dit Kopp.

Elle baissa ses bras et découvrit son visage.

## 59

– Vous êtes Monika Van Loo, dit Kopp. C'est vous qui étiez couchée nue sur l'autel, dans cette église, près de Bologne. Vous, la grande prêtresse de la fameuse messe noire.

La jeune femme glissa à reculons sur le lit. Elle s'adossa à la cloison. Kopp approcha, la saisit à nouveau par les poignets, lui tordit les bras de manière à voir les deux tatouages.

– Vous êtes marquée : 666, le chiffre du Diable, de l'Apocalypse, de toutes ces superstitions, et maintenant quoi, les bondieuseries après les diableries ? Pourquoi ?

Il la repoussa avec un geste dur, plein de mépris.

– Remords ? Vous avez peut-être tué votre sœur Bea pour prendre sa place, vous mettre à l'abri ? Vous étiez quoi – sœurs jumelles ?

Kopp ne maîtrisa plus sa colère.

– Je vous jure que vous allez parler.

Monika Van Loo se mit à sangloter, puis à pousser de petits cris aigus. Kopp la gifla.

– Ça suffit, dit-il. Racontez-moi. D'abord, Sandor Béliar et Mariella Naldi…

Elle secoua la tête, murmura, calmée :

– Je n'ai pas tué Bea, elle s'est suicidée… par ma faute. Elle ne supportait pas ce que je faisais, ce que j'étais devenue. Elle était mon aînée d'un an, nous nous ressemblions comme des jumelles. J'ai pris sa place. Elle était venue en Italie pour me demander de quitter ces gens, Béliar, Mariella Naldi, la maison de couture, ce milieu.

Monika se mit à sangloter, mais sans bruit, comme une petite fille prise en faute.

– Sa mort m'a sauvée, reprit-elle. J'étais droguée. Je vivais ailleurs. J'étais possédée par le Diable. Béliar et Mariella Naldi faisaient de moi ce qu'ils voulaient.

Elle parlait, la tête baissée, les mains croisées sur la nuque comme pour s'interdire de regarder Julius Kopp.

– Que voulaient-ils ? demanda Kopp d'une voix plus douce.

– Sandor Béliar, c'est le Diable, dit-elle. Il aime le mal, la mort, la torture. Il humilie. Il fait tuer. C'est un assassin. Il pervertit tout ce qu'il approche. Il est comme la mort. Si vous le voyez…

– Je l'ai vu, fit Kopp.

Elle dégagea son visage.

– Vous êtes avec lui, murmura-t-elle. Vous allez me tuer.

Kopp lui fit un signe rassurant.

– Je savais, dit-elle, qu'ils me cherchaient, qu'ils me trouveraient. Quand j'ai vu Vanzuiderman ici, j'ai compris que je ne pourrais pas leur échapper. J'ai prié, mais je voulais aussi me défendre.

– Ils ont tué Vanzuiderman, dit Kopp.

– Il y a les autres, reprit-elle. Vanzuiderman n'est pas venu seul. Ils étaient trois. Béliar a des hommes à lui partout. Il a l'argent, autant d'argent qu'il veut. Et puisqu'il dispose de l'argent, il est propriétaire des gens.

– C'est comme ça que vous...

Elle approuva.

Elle avait été élue dans un concours de mannequins, à Berlin, reine de la ville, expliqua-t-elle. La fête était organisée par la maison de couture de Mariella Naldi. On avait célébré le succès de Monika Van Loo à l'Europa Sex Stars de Berlin. Elle avait été entraînée, grisée par l'argent qu'on lui donnait. Tout lui avait paru possible, facile, naturel. Elle avait participé à des défilés de mode. Puis, insensiblement, elle avait accepté d'autres rôles. On lui avait présenté des personnalités qu'elle devait séduire, accompagner dans leurs déplacements. Elle avait commencé à se droguer, puis Béliar l'avait fait participer à d'étranges soirées, mystérieuses, dont elle n'avait pas compris d'abord le sens. Peu à peu elle avait accepté l'idée qu'elle faisait partie de l'élite du monde, celle qui sait, comprend et ne se laisse tromper par aucune illusion. Béliar était un être fascinant, effrayant, qui parlait, menaçait. Elle avait vécu avec lui à New York, à Saint-Moritz dans son immense chalet, à Venise.

– Où, à Venise ? demanda Kopp.

– Une île. C'est là qu'on m'a tatouée. C'est moi qui l'ai demandé. J'en étais fière.

Elle montra ses avant-bras.

– Ma tête était folle, mon corps était fou. J'avais tant d'argent, des bijoux, tout ce que je désirais je l'obtenais.

Puis ce fut la vie commune avec Béliar et Mariella Naldi, à trois. Béliar, impassible, regardait. Elle avait aimé Mariella, insista-t-elle, elle avait vécu avec elle à Paris quelque temps. Mais une autre fille était arrivée, belle, folle aussi, Martha Bronek, et Monika Van Loo avait été rejetée. Alors elle avait non seulement accepté tout ce qu'on lui demandait, mais elle avait devancé les exigences pour montrer qu'elle était la plus obéissante, la plus digne d'eux. Elle avait voulu conclure un pacte avec le Diable, puisque Béliar invoquait toujours le Diable.

— Ces messes noires, dit Kopp.

— C'est moi qui l'ai demandé, murmura Monika. On ne m'a pas forcée. Je voulais, moi.

Elle se frappa la poitrine de ses deux poings.

— J'avais le Diable en moi, dedans. C'est la mort de Bea qui l'a chassé, elle a payé pour moi, elle s'est sacrifiée pour moi.

— Depuis…, commença Kopp.

— Je prie, je me rachète, je regarde Dieu, je demande son pardon. Je croyais…

Elle s'arrêta, baissa de nouveau la tête, l'emprisonna entre ses mains.

— J'ai cru que je pouvais trouver mon salut ici. J'avais peur, mais la prière, la peinture me calmaient. Je ne voyais personne. Mais quand j'ai vu arriver ces policiers, j'ai su qu'on allait me retrouver, me faire payer mon départ, ma trahison. Le Diable allait reparaître. Je n'ai plus dormi. J'ai guetté. Je vous ai vu franchir le portail. Je vous ai entendu entrer dans mon atelier.

Elle se redressa.

— J'aurais dû vous tuer quand vous me tourniez le dos. Je n'ai pas eu ce courage.

— Ce n'est pas facile de tuer un homme, dit Kopp

lentement. Il n'y a que les fous qui font cela sans réfléchir.

Il baissa la voix.

— Certains peuvent aussi tuer par habitude, parce que — il hésita — c'est devenu leur métier.

Monika Van Loo fixa Kopp.

— Vous, murmura-t-elle.

Il fit non.

— Je tue pour me défendre, ajouta-t-il. C'est mon instinct de survie.

Puis il sourit, pour la première fois depuis qu'il était entré dans la maison.

— Mais vous, je n'ai pas voulu. Toutes ces images, vos tableaux.

Il ricana.

— J'ai même prié, vous avez entendu.

Il fut surpris de la voir faire le signe de croix.

— Il y a aussi ceux, dit-elle après quelques minutes de silence, qui tuent par plaisir.

— Sandor Béliar ? interrogea Kopp.

Elle fit oui, et se signa de nouveau.


# 60


Kopp s'avança vers la fenêtre pendant que Monika Van Loo priait. Il lui avait semblé entendre, porté par le vent, le grondement d'une moto qui devait rouler à vive allure et dont le moteur, dans le silence du jour naissant, déchirait la nuit.

Elle semblait parfois proche, parfois lointaine.

Kopp se plaça à droite du rideau, l'épaule contre le mur, de façon à voir sans être vu.

La rue Ereprijsweg était déserte. Le vent soufflait si fort que les cimes des grands arbres se courbaient vers les toitures au point de les effleurer, puis elles se redressaient d'un seul coup, jusqu'aux nuages sombres, avant d'être de nouveau ployées par la bourrasque suivante.

La pluie heurtait les vitres avec un bruit de grêle.

Kopp se pencha, toujours caché. Il lui sembla que la moto avait ralenti et qu'elle s'était rapprochée.

Il se tourna vers Monika Van Loo.

Celle-ci continuait de prier avec ferveur. Elle s'était agenouillée, la poitrine appuyée contre le bord du lit. Ses coudes s'enfonçaient dans le matelas et elle cachait son visage dans ses mains. L'attitude de son corps exprimait le désespoir. Ses cheveux blonds formaient comme une capuche sur ses bras, son front, ses joues et une partie de ses épaules.

Kopp se souvint brusquement d'une scène horrible dont il avait été le témoin dans un village d'Afrique où il s'était rendu pour déjouer une tentative de coup d'État. Un immense soldat noir portant sur la manche de son uniforme bariolé une tête de mort aux tibias croisés – c'était l'emblème de l'unité rebelle – se trouvait debout, pieds écartés, à l'entrée d'une case. Toute la famille était agenouillée, et le soldat avait appuyé le canon de son revolver successivement sur la nuque des cinq malheureux, dont Kopp, caché, n'apercevait que la silhouette tassée. À chaque coup, Kopp avait davantage baissé la tête.

Monika Van Loo agenouillée lui semblait attendre ce coup de feu mortel.

Elle avait pourtant dû, avant de tomber au fond de cet abîme, être une jeune adolescente poussée par l'ambition et le désir, lancée vers l'avenir par une énergie vitale, une force dont la seule trace n'était plus que sa voix qui psalmodiait.

Les démons, aurait-elle dit, l'avaient envahie. Et tant d'autres jeunes gens, dont ils avaient marqué les corps, manipulé les esprits en les poussant vers des cultes de mort et de violence, en les faisant croire au Diable, en les incitant aux profanations, aux exactions, aux mutilations.

Certains avaient mis le feu à des maisons d'étrangers. D'autres marquaient d'une tête de mort les corps des chevaux qu'ils mutilaient, égorgeaient. D'autres tuaient des clochards à coups de pied.

On leur fournissait la drogue, l'encre et les figures des tatouages, les sons aussi qui vidaient leur esprit, les vêtements présentés comme l'uniforme de l'Enfer. Et ces naïfs devenus enragés se prenaient pour des succubes ou des incubes, pour des soldats du Diable, alors qu'ils n'étaient que les instruments de Sandor Béliar !

Et lui, que voulait-il ?

Quel était son but ?

Il avait dit mépriser l'argent, parce qu'il en disposait d'autant qu'il voulait. Mais l'argent était la motivation des petits exécutants, des médiocres trafiquants, des proxénètes sordides, ceux de Zielona Gora appâtant les filles, les revendant aux patrons des Europa Sex Stars. Ceux-là, cette écume de boue, agissaient pour de l'argent. Ils écoulaient la drogue, les faux dollars, ils rabattaient vers les filles les hommes en manque, les personnalités aux mœurs perverses qu'ensuite on soumettait au chantage.

Mais dans quel but ?

Corrompre ? Dominer ce monde ? Le miner pour qu'il s'effondre dans l'apocalypse, ou qu'il sombre dans un chaos de plus en plus gigantesque, dont Béliar serait le spectateur ricanant, se prenant lui-même pour le Diable, faisant du monde le théâtre géant de sa folie ?

Vrai ou faux Diable ?

La question parut à Kopp de peu d'importance. Sandor Béliar, quels que fussent ses origines, ses buts, se comportait en authentique Prince du Mal, en criminel. Il fallait l'empêcher de nuire. Contre lui, Monika Van Loo devrait un jour témoigner. Il ne fallait pas qu'on l'exécute à genoux. Elle devait rester vivante, comme Roberto, Viva, Alexander.

Kopp tendit l'oreille. Le bruit de moto avait disparu.

– Ne restons pas là, dit-il en prenant le poignet de Monika Van Loo.

Il la força à se lever. En même temps, de sa main droite restée libre, il vérifia la place des deux armes qu'il portait, sous l'aisselle gauche et dans le dos.

## 61

Flair, intuition, instinct : Kopp sut qu'il fallait sortir immédiatement de la maison.

Il lança à Monika Van Loo un pull-over et l'anorak posés sur un coffre à droite de l'escalier Il lui désigna les bottes et poussa, pour la forcer à se dépêcher.

Sous l'escalier, il découvrit une petite lucarne qui donnait sur l'un des côtés de la maison. Kopp, tout en surveillant Monika, s'en approcha. Les fenêtres de la maison voisine étaient éclairées. Les points lumineux derrière les arbres et la pluie formaient des halos qui se fondaient les uns dans les autres en une sorte de rideau de lumière jaune.

Tout à coup, silhouette noire découpée sur ce voile, Kopp repéra l'homme.

Il reconnut aussitôt la silhouette athlétique du tueur qui avait abattu Vanzuiderman dans la brasserie de la place Nieuwe Market.

L'homme portait les mêmes vêtements noirs – bottes, pantalon, chemise et gilet. Mais par-dessus, il avait enfilé une sorte de grande cape, une sorte de triangle en toile imperméable zébré de lignes fluorescentes d'un rouge brillant, destinée sans doute, dans le brouillard, à attirer l'attention des automobilistes. Le visage de l'homme était dissimulé par un casque noir intégral, lui aussi marqué d'une épaisse ligne fluorescente, qui le partageait par le milieu.

Kopp pensa au sillon qui divisait le front et le crâne de Sandor Béliar.

Peut-être Alexander, s'il avait réussi à enquêter librement, pourrait-il raconter l'histoire de cette blessure, retracer la biographie de Sandor Béliar.

Mais ce n'était pas le moment de songer à l'aide d'Alexander. Il était de toute façon trop tôt pour qu'il soit arrivé à Bergen. Et d'ailleurs, avait-il reçu le message que Kopp lui avait envoyé ?

Kopp dégaina.

L'homme s'était arrêté au bord de la haie. Il avait dû laisser sa moto à l'entrée de la rue Ereprijsweg. Kopp ne voyait plus que son casque.

Il estima qu'à cette distance il pouvait l'abattre. Mais, si un deuxième individu se trouvait en couverture, en tirant Kopp se démasquait. Il valait toujours mieux laisser l'ennemi dans l'incertitude.

Kopp fit un signe à Monika. Elle avait passé un pantalon de toile et ses bottes, fermé son anorak et caché ses cheveux sous le capuchon qui lui enserrait les joues, lui faisant un visage poupin.

Kopp l'entraîna, et en quelques minutes, ayant franchi la fenêtre de l'atelier, ils se trouvèrent au bout du jardin, sous les arbres de la forêt.

Ils étaient déjà trempés, mais là, la pluie, arrêtée par les feuilles, était moins violente et ne tombait en grosses gouttes serrées que lorsqu'une rafale secouait les arbres.

Le bruit de la mer était si proche que Kopp se retourna machinalement, comme s'il s'attendait à recevoir une vague poussée par le vent.

Il força Monika Van Loo à s'allonger derrière les buissons et, parce qu'elle semblait avoir peur du contact avec cette terre gorgée d'eau, il la força en appuyant la main entre ses épaules. Elle ne résista pas ; au contraire, elle colla son visage sur le sol, comme si maintenant elle voulait s'y enfouir.

Kopp se coucha près d'elle et aussitôt l'humidité le pénétra. Il jura. Maudit pays. Il cala le canon de son arme entre son pouce et son index gauche, le coude fiché dans le sol, l'avant-bras raide servant de support, et fit pivoter l'arme afin de suivre l'homme qui avançait maintenant en longeant le côté de la maison ; il en fit le tour et découvrit la fenêtre de l'atelier entrouverte.

Kopp entendit un bref coup de sifflet aigu, et une deuxième silhouette apparut, venant de l'autre côté de la maison. L'homme portait un pantalon et un blouson de cuir noirs dont les fermetures Éclair brillaient comme autant de cicatrices. Lui aussi avait gardé son casque.

Ils se rejoignirent, échangèrent quelques mots, regardèrent en direction de la forêt. Et Kopp bénit ce pays de pluie et de brume où l'horizon se noyait dans la grisaille, où la terre n'était qu'un champ de boue absorbant toutes les traces.

Le premier entra dans la maison, l'autre resta près de la fenêtre, assurant le guet.

Peu après, ils se retrouvèrent et partirent ensemble.

Kopp se tourna vers Monika.

Elle avait les bras écartés, la tête immobile, comme un prêtre qui reçoit l'ordination.

Il attendit.

Il avait appris à maîtriser son impatience. Il voulait, avant de se lever, entendre le bruit de la moto. Peut-être les deux hommes continuaient-ils à surveiller la maison, auquel cas, jugea Kopp, il faudrait quitter l'abri de la forêt et marcher dans les dunes. Mais les deux hommes, de leur côté, pouvaient croire que Julius Kopp ou quelqu'un d'autre était passé avant eux pour enlever Monika Van Loo. Alors ils quitteraient Bergen.

Tout à coup, Kopp les vit revenir.

Ils portaient chacun deux bidons métalliques. Ils commencèrent à asperger le pied de la façade. Puis l'un d'eux rentra dans la maison et l'autre lui passa les deux bidons.

Kopp serra les dents. Ils allaient mettre le feu. Il jura. Deux fous. Et ceux qui les employaient, fous comme eux, mais démoniaques. Le feu, encore, comme à Amsterdam.

Quand l'homme ressortit de la maison, Kopp le mit en joue. Il attendit qu'ils soient assez proches l'un de l'autre pour être sûr de les abattre l'un et l'autre en deux coups seulement, sans leur laisser le temps ni de mettre le feu, ni de riposter.

Il s'apprêta à tirer.

Monika lui saisit le bras.

– Qu'est-ce qu'ils font ? demanda-t-elle.

Elle s'était redressée sur les coudes. Kopp se tourna vers elle.

Son visage était couvert de boue. De la terre s'était accrochée aux petites mèches qui s'échappaient de son capuchon.

– Qu'est-ce qu'ils font ? répéta-t-elle.

À cet instant retentit une explosion. Ils avaient dû

317

placer une charge, peut-être une grenade, dans la maison. Des flammes jaillirent aussitôt.

Les deux hommes s'écartèrent et commencèrent à courir.

Kopp ne pouvait plus les abattre à coup sûr. Il les visa pourtant.

Il y eut un cri et il vit devant lui, dans l'espace découvert, Monika s'élancer en hurlant vers sa maison. Il ne comprit pas ce qu'elle criait, mais Kopp fut sûr qu'elle répéta plusieurs fois le mot de « Dieu ». Peut-être voulait-elle sauver ses crucifix, ses tableaux.

Les deux hommes se retournèrent d'un bloc.

Kopp s'accroupit.

Ils tirèrent les premiers et Monika s'abattit à quelques mètres des flammes. Elle se redressa sur les genoux. Un autre coup de feu : Monika Van Loo bascula en arrière, le visage tourné vers le ciel.

Kopp baissa son arme.

Il attendit, immobile. Il entendit presque aussitôt les éclats du moteur, et il vit la moto passer comme une traînée noire entre les maisons de la rue Ereprijsweg.

Il y eut des cris.

Des silhouettes couraient en tous sens, cependant que les flammes enveloppaient la maison. D'autres explosions se succédèrent. Les deux hommes avaient dû déposer plusieurs charges à l'intérieur et contre la façade.

Puis ce furent les sirènes des pompiers.

Personne n'avait encore découvert le corps de Monika Van Loo.

Kopp s'éloigna, d'abord à reculons, heurtant les branches les plus basses des arbres, puis il tourna le dos aux flammes et marcha vers la mer.

## 62

Kopp, à la limite des arbres et des dunes, avançait dans le creux formé par le sable, gêné parfois par les branches entassées que le vent avait brisées.

La mer, à marée haute, ourlait la dune d'une écume bruyante.

Malgré l'épaisse futaie, il distinguait la route qu'il avait prise pour se rendre du centre de Bergen jusqu'à la rue Ereprijsweg. La pluie n'arrêtait pas, drue, poussée par le vent qui venait de la mer.

Kopp releva le col de son imperméable, enfonça les mains dans les poches. Il était mouillé jusqu'aux os, et de la terre était collée à ses vêtements. Il ne pouvait s'empêcher de penser à Monika Van Loo, qu'on avait dû découvrir maintenant. Des témoins avaient sûrement aperçu les deux motards au moment où ils s'enfuyaient, et donc leur culpabilité ne ferait pas de doute. C'est eux qu'on rechercherait, c'est leur signalement qu'on diffuserait.

Kopp se félicita de ne pas avoir cherché à les tuer après le meurtre de Monika Van Loo. Il aurait été obligé de quitter Bergen et manqué son rendez-vous avec Alexander.

Il se reprocha de ne pas avoir ouvert le feu avant. Il avait visé quelques secondes de trop et oublié de surveiller Monika Van Loo. Mais peut-être avait-elle eu la fin qu'elle désirait, une sorte de sacrifice salvateur au nom de Dieu. Une mort pour se racheter, pour échapper au souvenir des années du Diable.

Kopp s'arrêta. Il avait perdu un témoin capital contre Sandor Béliar mais il avait une raison de plus de le combattre, de le tuer si nécessaire.

Il jugea qu'il devait être parvenu à la hauteur du centre de Bergen et il s'enfonça de nouveau dans la forêt afin de rejoindre la ville.

Avant de l'atteindre, il mit un peu d'ordre dans sa tenue, détacha de ses vêtements les plaques de boue. Puis il s'engagea dans l'une des rues qui aboutissaient à une rotonde entourée par la forêt.

Il passa devant une église, revint sur ses pas, y pénétra. Une poignée de fidèles agenouillés sur les prie-Dieu étaient dispersés dans la petite nef. Kopp s'assit près d'une colonne dans l'un des angles où la pénombre était la plus dense. De la porte, on ne pouvait pas le voir.

Il décida d'attendre là l'heure du déjeuner, de laisser ses vêtements sécher. Il ferma à demi les yeux.

Il se souvint de sa rencontre avec Sandor Béliar, dans ce qui était aussi une nef, mais immense par rapport à celle-ci. Il revit l'autel avec le squelette gisant armé. Il entendit la voix de Sandor Béliar.

Pourquoi ce « criminel » avait-il décidé de le laisser en vie ? De lui faire signer ce contrat ? De le soumettre au chantage en jouant la vie de Roberto et de Viva, puis en prenant des photos compromettantes ? Il aurait été si simple de le faire abattre. Il existait d'autres agents habiles, des mercenaires bien plus accommodants que Kopp et aussi informés que lui.

Peut-être Béliar ne cherchait-il pas d'abord à tuer, il voulait corrompre, pervertir, faire basculer les gens dans son camp. C'était d'ailleurs le sens des propos qu'il avait tenus, comme des raisonnements de M$^e$ Narrouz. C'était trop simple, pour eux, de tuer. Ils voulaient s'assurer des complices nombreux, compromis et donc fidèles.

C'est ainsi que Béliar désagrégeait la société, infiltrait ses gens dans toutes les sphères de pouvoir. Éliminer un adversaire ne suffisait pas. Il fallait faire de lui un rouage. On ne tuait que ceux qui étaient défi-nitivement hostiles ou qui avaient trahi. Voilà pour-quoi Monika Van Loo devait mourir.

Julius Kopp se rendit compte que ni Narrouz, ni Béliar, ni Mariella Naldi n'allaient bientôt plus se faire d'illusion sur lui. Il devait agir vite s'il voulait pouvoir sauver Roberto et Viva.

Il sortit de l'église à la fin de la matinée. Il ne pleu-vait plus. Le centre de la petite ville était animé.

Kopp le parcourut lentement. Si Alexander arrivait à Bergen, il se rendrait d'abord rue Ereprijsweg. Il comprendrait en voyant la maison incendiée que la police devait garder. Il retournerait dans le centre et chercherait Kopp. Où ?

Tout à coup, Kopp repéra dans la rue principale un tabac dont la vitrine affichait une publicité pour les « vrais » cigares de Havane. Alexander, qui connais-sait la passion de Kopp, pouvait penser qu'il rôderait à proximité faute d'avoir fixé un point de rendez-vous.

Kopp entra dans le tabac, acheta une boîte de vingt-cinq Roméo et Juliette « Churchill », s'attarda. Il fallait aussi faire confiance au hasard. Au bout d'un certain temps, il fut bien obligé de ressortir.

Il avisa alors, sur le trottoir opposé, un restaurant italien, La Famiglia. De certaines tables, on pouvait surveiller le tabac. Kopp s'installa contre la vitre.

Il fallait que le temps passe. Il mit longtemps pour composer son menu, choisit un risotto aux cèpes, puisqu'il fallait vingt-cinq minutes d'attente, et ne le commanda qu'après avoir mangé son carpaccio.

Il prit une *cassata*, deux cafés, et enfin alluma len-tement son cigare en l'extrayant avec lenteur de son tube métallique. Il n'aimait pas ce type d'emballage, mais le tabac ne vendait de Churchill que sous cette forme.

Il fut le dernier client du restaurant à partir. Il commença à marcher lentement dans la rue, revenant sur ses pas comme un flâneur indécis.

Il ne vit qu'au dernier moment s'ouvrir la portière d'une voiture qui roulait lentement contre le bord du trottoir. Il bondit sur le côté, prêt à dégainer. Puis il aperçut Alexander, penché au-dehors.

Il monta aussitôt.

— Quittons Bergen, dit-il en jetant un coup d'œil à Alexander, dont les traits étaient tirés.

— Ça brûle beaucoup, derrière vous, murmura Alexander.

— Vous avez vu la maison ?

— J'en arrive. On embarquait le corps d'une femme dans une ambulance.

— Seulement maintenant ? grommela Kopp. Les cons !

Ces imbéciles n'avaient donc pas vu Monika Van Loo durant toute la matinée.

— Elle était à quelques mètres de la maison depuis plus de cinq heures, expliqua-t-il.

— Les Hollandais s'intéressent d'abord aux biens matériels, cher Julius, dit Alexander. Nous autres Anglais, nous les pratiquons depuis plusieurs siècles. Nous les connaissons bien.

Il roulait lentement dans la forêt, se dirigeant vers l'autoroute.

— La femme, ce n'est pas vous qui…, commença-t-il.

Kopp fit non.

— Naturellement, dit Alexander.

Il se tut quelques minutes, puis demanda :

— Où allons-nous ?

— Qu'avez-vous appris ? fit Kopp.

Alexander rit, haussa les épaules.

— Quelques petites choses, dit-il, mais…

Il jeta un coup d'œil à Kopp.

– Essentielles.

– Sandor Béliar ? interrogea Kopp.

– Sandor Béliar, répéta Alexander.

– Très dangereux, n'est-ce pas ? fit Kopp.

– Pire, murmura Alexander.

# Sixième partie

# 63

Julius Kopp tenait à deux mains un verre renflé rempli d'un vieux cognac aux reflets mordorés. Alexander était assis en face de lui.

Ils avaient roulé vite depuis Bergen, n'échangeant que quelques mots. Kopp avait demandé si Alexander avait prévu leur sortie de Hollande.

Alexander lui avait lancé un coup d'œil irrité.

— Qu'en pensez-vous, Julius ? avait-il répondu.

Sa voix était sarcastique et un peu courroucée. Puis, après un silence, il avait indiqué :

— Boîte à gants.

Kopp l'avait ouverte, découvrant tout un jeu de papiers et d'accréditations au nom de Daniel Béchoux, journaliste indépendant. Kopp avait fait glisser entre ses doigts les différents documents, répétant :

— Béchoux, Béchoux.

Alexander avait souri. Ce nom était suffisamment quelconque, un peu ridicule, avait-il expliqué, pour qu'il paraisse vrai, qu'il écarte toute curiosité.

— D'ailleurs, avait-il ajouté, c'est le nom d'un personnage des romans de Maurice Leblanc.

Kopp connaissait Arsène Lupin : Béchoux était le brigadier de la Sûreté, allié et rival de Lupin.

— Je ne pouvais pas fabriquer des vrais faux papiers au nom de Lupin, n'est-ce pas ?

Kopp avait fermé les yeux. Pour la première fois depuis plusieurs semaines, il s'était senti en sécurité. Il avait une confiance totale – presque totale, car de qui pouvait-on être réellement sûr? – en Alexander.

Kopp avait donc, tout en gardant les yeux fermés, reculé son fauteuil afin de pouvoir allonger les jambes, puis incliné le dossier du siège. Avant de s'endormir, il avait marmonné qu'Alexander avait sûrement prévu les étapes, qu'il se fiait donc à lui et que l'essentiel était d'arriver le plus rapidement et discrètement possible à Venise, où se trouvent Sandor Béliar, et peut-être, s'ils étaient encore vivants, Roberto et Viva.

Alexander s'était contenté de grommeler:

– Dormez, Julius. Je crois que vous êtes épuisé.

Et Julius Kopp s'était aussitôt endormi. Il ne s'était réveillé qu'au moment où la voiture avançait lentement sur le gravier d'une large allée bordée d'arbres immenses, chênes et ormes. Au fond, derrière des haies, se dressait la masse compacte d'un château.

Kopp avait redressé le dossier de son siège, lancé un coup d'œil interrogateur à Alexander.

– Kasteel Wittem, avait dit Alexander comme s'il avait deviné la question muette de Julius Kopp. L'un des meilleurs hôtels de Hollande. On ne viendra pas nous chercher ici. Nous sommes à quelques kilomètres de Maastricht, la frontière est à moins d'une demi-heure. Mais elle sera moins surveillée demain. Et puis une bonne nuit de sommeil pour vous et pour moi est indispensable.

Alexander s'était garé devant le perron. Kopp percevait derrière la grande porte vitrée un escalier en bois sculpté.

– D'ailleurs, avait ajouté Alexander en ouvrant la portière, nous avons à parler, n'est-ce pas?

Ils avaient dîné d'un foie gras d'oie poché, d'un marbré de filets de sole et saumon, accompagné d'une bouteille de sauternes. Le plateau de fromages du terroir avait été somptueux et le morgon avait donné à la saveur un peu amère d'un morceau de vieux hollande un velouté onctueux.

Ils avaient dégusté le repas en silence. Alexander avait seulement dit, comme s'il avait voulu aviver la curiosité de Kopp, qu'il n'était pas du tout persuadé que Sandor Béliar soit encore à Venise.

– Il se déplace beaucoup. Peut-être s'est-il installé dans sa résidence de Saint-Moritz.

Kopp s'était contenté de l'interroger des yeux. Alexander avait demandé au serveur qu'on lui remplisse son verre de morgon – Kopp avait refusé en couvrant son verre de sa paume –, ajoutant qu'il était persuadé en tout cas que Roberto et Viva ne se trouvaient pas à Venise, mais à Saint-Moritz.

– Qu'en savez-vous ? avait dit Kopp en se levant avec un mouvement d'impatience.

– Un informateur, avait répondu Alexander en quittant la table à son tour.

– Dans l'entourage de Sandor Béliar ? avait insisté Kopp en se retournant au moment où ils entraient dans le salon.

C'était une grande pièce meublée de larges fauteuils de cuir et de tables basses. Trois murs étaient lambrissés, le quatrième entièrement occupé par une cheminée faite de gros blocs de granit. Un billot de bois se consumait en jetant de temps à autre des gerbes d'étincelles.

Kopp s'était installé dans un fauteuil, situé à droite de la cheminée. Alexander avait pris celui de gauche. Ils avaient commandé un cognac. Kopp, après l'avoir humé, avait commencé à le chauffer avec ses paumes, puis il avait pris un cigare, l'avait décalotté d'un coup de dents, allumé, serré au coin de sa bouche, et d'une voix posée il avait dit :

— Cher Alexander, peut-être pourriez-vous m'expliquer, me dire ce que vous savez.

— Peut-être en effet, avait dit Alexander en se penchant vers Julius Kopp.


## 64

Kopp posa le verre de cognac, croisa les mains sous le menton, les coudes sur les genoux, et fixa Alexander.

Il attendait qu'Alexander s'exprimât avec sa désinvolture familière, et il lui sembla même découvrir dans ses yeux cette lueur d'ironie qui souvent l'avait irrité. Mais dès les premiers mots, il se convainquit que jamais Alexander n'avait été aussi tendu, et même que, contrairement à l'habitude, il se montrait, hésitant, circonspect, entourant ses propos de nombreuses précautions.

— C'est trop extraordinaire, commença-t-il.

— Cet informateur, coupa Kopp avec impatience, c'est donc l'un des proches de Sandor Béliar ? Il le trahit ? Pourquoi ? Il risque sa vie.

Alexander approuva.

— Qui est-ce ? demanda Kopp.

— Je ne sais pas, dit Alexander. Mais les informations me paraissent sûres. Avant même que j'aie reçu votre message, il m'avait averti que vous étiez à Amsterdam, et sur les traces de Monika Van Loo à Bergen. J'ai su aussi qu'un policier hollandais, Vanzuiderman, avait été abattu. J'ai alerté François Broué.

Il travaillait souvent avec Vanzuiderman. L'informateur m'avait aussi indiqué ce point. C'est lui qui m'a assuré que Roberto et Viva n'étaient pas gardés prisonniers à Venise mais à Saint-Moritz, et que pour l'instant ils étaient donc vivants.

Alexander s'appuya au dossier de son siège.

– Pour l'instant, répéta-t-il.

– Qui est-ce ? insista Kopp en prenant son cigare dans son poing. Vous l'avez entendu ? Vous l'avez peut-être vu ?

Alexander secoua la tête.

– Il m'a sauvé la vie à trois reprises, dit-il sans répondre précisément à la question de Julius Kopp. Les gens de Sandor Béliar ont essayé de me piéger. Ils avaient monté des traquenards, sur la route de la Ferme, puis à Paris même, alors que j'allais à un rendez-vous avec François Broué. Ils étaient donc avertis. Mais je l'étais aussi. J'ai changé mes projets. Et je suis ici.

– Comment vous transmet-il les informations ? interrogea Julius Kopp.

Alexander haussa les épaules.

– Tout bêtement, dit-il, en clair sur notre E-mail. Mais il change chaque fois de site de départ : Venise, Milan, Bologne, Paris même. S'il met ses messages en mémoire, ou bien si son ordinateur dispose d'une mémoire inerte, il peut être découvert. Mais il n'a pas l'air de s'en soucier, ou alors il réussit à effacer son message, à moins…

Alexander s'interrompit.

– À moins ? répéta Kopp.

– À moins qu'il ne soit insoupçonnable parce que trop proche de Sandor Béliar. Je penche pour cette hypothèse. Mais je le trouve courageux et suicidaire. Il me fait penser à ces «pianistes» de la Seconde Guerre mondiale qui émettaient de Berlin ou Paris vers Londres ou Moscou, alors que dans les rues tournaient les voitures de repérage des SS.

Kopp, avec un mouvement d'impatience, se leva, alla jusqu'à la cheminée, où il s'appuya des deux mains, bras tendus, à la pierre qui servait de clé de voûte. Les flammes bondissaient et Kopp fut contraint de s'écarter tant était forte la chaleur sur ses cuisses et son ventre.

– Il a passé plus d'un demi-siècle depuis la Seconde Guerre mondiale, dit Kopp. Il vous faudrait peut-être prendre d'autres références, vous ne trouvez pas ?

Alexander, pour la première fois depuis qu'il avait commencé de parler, sourit en faisant non de la tête.

– Vous avez vu les runes SS sur les cartes de membre des clubs Europa Sex Stars, dit-il avec une sorte de lassitude, comme s'il devait s'efforcer de faire comprendre une donnée élémentaire à un esprit obtus. Vous avez vu les têtes de mort et les tibias croisés, vous savez que c'est ainsi qu'on marque les chevaux torturés aujourd'hui, et vous prétendez qu'il faut oublier la Seconde Guerre mondiale ? Mais tout commence là, Julius, tout. Et même avant, en Autriche, où naît en 1919, à Linz, le 5 mars très exactement, Sandor Hagman, un garçon dont la mère est hongroise et le père autrichien. Mais Hagman père est l'un de ceux qui, comme Adolf Hitler, ont choisi de servir dans l'armée allemande. Il s'est engagé, comme Hitler, à Munich, dès le mois d'août 1914. Un héros, bientôt tué dans les rangs des corps francs, qui combattent dans le Nord sur les rivages de la Baltique, autour de Königsberg, comme leurs ancêtres les chevaliers Teutoniques.

Kopp se laissa tomber dans son fauteuil, rejeta la tête en arrière.

– Vous savez, continua Alexander, que ces chevaliers Teutoniques, ces corps francs, ont pour emblème la tête de mort.

– Et alors ? dit Kopp en haussant la voix. Je dois résoudre une affaire de profanation aujourd'hui, pas en 1919. J'ai mis au jour un réseau de traite des femmes qui doit servir de couverture à d'autres trafics. Il y a eu meurtres. J'ai vu des tueurs abattre sous mes yeux une jeune femme, Monika Van Loo, et quelques heures auparavant les mêmes hommes ont tué le contrôleur de police Vanzuiderman. J'ai la conviction qu'une véritable organisation internationale, dont le chef est un certain Sandor Béliar, a mis en place une structure pour écouler des centaines de milliers de faux dollars, et sans doute des armes et de la drogue. Cette organisation endoctrine les éléments les plus violents et les plus fragiles des sociétés occidentales, dans le but d'en accélérer la décomposition. Et vous me parlez des chevaliers Teutoniques !

Kopp se tut brusquement, et à voix basse, comme gêné, il ajouta :

– Je ne vous l'ai pas dit, Alexander, mais Monika Van Loo avait, tatoués sur ses avant-bras, deux têtes de mort, avec tibias croisés, ainsi que le nombre 666, le nombre symbolique du Diable, de l'Apocalypse, c'est ça ?

Il but une gorgée de cognac, tira longuement sur son cigare.

– Excusez-moi, Alexander, dit-il. Je vous ai interrompu.

Alexander fit un geste d'indifférence avec sa main gauche, cependant qu'il portait son verre à ses lèvres. Il fit claquer sa langue.

– Excellent, n'est-ce pas ? dit-il.

– Je vous en prie, murmura Julius Kopp, allons jusqu'au bout.

Alexander, après un moment de silence, posa brutalement son verre sur la table basse.

— Pour aller jusqu'au bout, Julius, dit-il, il faut remonter aux origines. Je vais vous raconter. On a arrêté il y a quelques jours, en France, quatre jeunes gens, des skinheads, comme on dit. Ils ont profané des tombes dans un cimetière juif et monté une mise en scène macabre, avec exhumation des corps. L'enquête, avant même leurs aveux, partiels, a montré qu'ils ont essayé de bâtir avec les cadavres exhumés une sorte de bûcher. Les corps étaient placés les uns sur les autres. Ils les ont aspergés d'huile et d'essence et ils ont mis le feu. Puis, effrayés sans doute par la hauteur des flammes et craignant d'être découverts, ils se sont enfuis. C'était il y a plusieurs mois. On vient seulement de les arrêter. Chez eux, on a trouvé des documents prouvant qu'ils étaient en relation avec différents partis néo-nazis, dont l'allemand, celui dont certains membres ont mis le feu à des foyers d'immigrés. Ce sont encore des membres de ce parti qui ont mutilé et égorgé des chevaux après les avoir marqués d'une tête de mort et de tibias croisés. Le commissaire François Broué a enquêté sur ces faits. Il a interrogé ces fous dangereux. Ces jeunes gens se prennent pour des représentants du Diable, mais...

Alexander ricana.

— En même temps, on retrouve aussi chez eux des brochures néo-nazies et des textes antisémites ainsi que, curieusement, des livres de témoins du martyre subi par les Juifs pendant la guerre. Mais en fait, quand on interroge ces fous, ce qu'ils puisent dans ces livres, ce sont des méthodes et des exemples. Ils s'en inspirent, Julius. Ils lisent les témoignages parce que...

Alexander hésita.

— Le malheur des victimes, les souffrances subies,

procurent du plaisir à ces jeunes dévoyés. Ils en jouissent, Kopp. Ils rêvent d'imiter les bourreaux, et ils ont commencé à le faire.

Alexander s'arrêta, regarda longuement Kopp en silence.

– Votre Sandor Béliar est mêlé à une histoire d'exhumation et de bûchers, de corps de Juifs empilés les uns sur les autres, aspergés d'huile et d'essence avant d'être brûlés. Mais c'est une tout autre échelle que celle des quatre profanateurs qu'on a arrêtés. Ce sont de pâles imitateurs, et pourtant, Julius, c'est du passé même de Sandor Béliar qu'ils s'inspirent. Le commissaire Broué a découvert que les imprimeries qui reproduisent les textes de ces petits groupuscules néonazis, en France, en Allemagne, en Hongrie et même en Pologne, sont les mêmes que celles qui impriment les textes dits sataniques. Vous savez, Julius, ce qu'on trouve dans ces textes ? La description des rituels de la messe noire, l'exaltation du démon, la célébration de la Mort et de l'Enfer, de la lutte entre la puissance du Mal, puissance d'énergie, et les prophètes de la pitié, de la compassion, le Christ et autres adeptes des grandes religions considérées comme des religions de la lâcheté. Et ces imprimeries, ces maisons d'édition éditent aussi de luxueux catalogues, des affiches, des recueils de photos, des livres d'art, des press book consacrés aux activités de la Mariella Naldi Company, de sa maison de couture, de sa ligne de produits Inferno, de ses agences de mannequins à Paris, Milan, Bologne. Rien de répréhensible dans ces faits. Mais c'est curieux, n'est-ce pas, surtout si l'on sait comme nous, ce que d'ailleurs personne n'ignore, que la compagnie de finances de Sandor Béliar est derrière la Mariella Naldi Company, donc que Béliar soutient l'activité de ces imprimeries, et donc qu'il subventionne les partis néo-nazis, les profanateurs et leurs bûchers de cadavres.

Alexander, qui avait parlé vite, se tut.

Kopp appela le serveur, demanda un nouveau verre de cognac, et Alexander fit aussi remplir le sien.

Ils burent en silence. Kopp regarda autour de lui. Ils étaient seuls dans le salon. Quand le feu ne crépitait pas, on entendait le vent secouant les branches des grands arbres. De petites lampes aux abat-jour en parchemin créaient en plusieurs points du salon des zones claires entourées de pénombre.

– Vous me parliez, dit Kopp, d'un enfant né le 5 mars 1919 à Linz, en Autriche, d'une mère hongroise et d'un père officier de la Reichswehr et tué dans les rangs des corps francs, à tête de mort, les Baltikum. C'est ainsi qu'on les appelait, n'est-ce pas ?

Alexander inclina la tête avec une moue admirative.

– Sandor Hagman a dix-neuf ans en 1938, reprit-il, l'année où Hitler réalise l'Anschluss. Ce que nous savons de Hagman se trouve rassemblé dans les archives du Centre Simon Wiesenthal à Vienne, qui recherche les criminels de guerre. Sandor Hagman a été membre des jeunesses nazies autrichiennes, mais en fait il se considérait comme allemand. Il a naturellement été partisan de l'annexion de l'Autriche par l'Allemagne. Avant 1938, on l'a arrêté plusieurs fois, parce que la police autrichienne le soupçonnait d'actions criminelles.

Alexander ricana en haussant les épaules, et but une longue gorgée de cognac.

– Ce jeune homme semble avoir eu une prédilection pour le feu et les profanations, continua-t-il. Il fut accusé en 1936 (il avait dix-sept ans) d'avoir incendié un immeuble appartenant à l'une des grandes familles juives viennoises. Puis il est interrogé à la suite de la tentative d'incendie criminel d'une synagogue, et pour finir on l'inculpe pour avoir saccagé le cimetière juif.

Alexander ricana de nouveau.

– Déjà, oui, dit-il. Chaque fois, il est libéré, sans doute au terme de pressions exercées par les milieux nazis et l'ambassade d'Allemagne. En tout cas, sa réputation est parfaitement établie : c'est un nazi d'une pureté de diamant.

Alexander écarta les mains comme pour s'excuser de cette expression.

– Diamant, répéta-t-il. Disons un nazi minéral, sans faille et sans hésitations. Un fanatique. Lors de l'entrée de Hitler à Vienne, il est présenté au Führer, et immédiatement admis dans la SS – mais oui, voilà vos runes, vos SS d'Europa Sex Stars.

– S'il est vivant, ce Sandor Hagman n'a pas encore quatre-vingts ans, murmura Julius Kopp. Tous ces anciens SS, ajouta-t-il, ont la vie dure, ce sont des hommes minéraux, en effet. Mais…

– Vous doutez ? dit Alexander.

– Vous ne m'avez pas expliqué le passage de Sandor Hagman à Sandor Béliar.

– Il n'y a aucun document à ce sujet dans les archives du Centre Wiesenthal. Ils perdent la trace de Sandor Hagman en 1945, en avril, à Berlin. On sait que Hagman a fait partie des derniers SS qui ont combattu autour du bunker du Führer, puis il disparaît. Les enquêteurs des troupes alliées ont conclu à sa mort durant les combats. On l'a vu tomber. Il a sûrement été blessé.

– A-t-on retrouvé son corps ? demanda Kopp en se souvenant de la blessure qui entaillait le front et le crâne de Sandor Béliar.

Alexander fit non d'un mouvement de tête.

– Votre thèse, c'est donc que Sandor Hagman devient Sandor Béliar, conclut Kopp.

– Ce n'est pas une thèse, dit Alexander, ce sont les faits.

Il se leva et resta debout devant la cheminée tout près de Kopp, si bien qu'il put continuer à parler bas. Il ne regarda à aucun moment son interlocuteur, fixant le plus souvent les flammes.

– En 1942, dit-il, Sandor Hagman est *Unter-sturmführer* des SS, cela, les archives du Centre Wiesenthal l'attestent. Sandor Hagman a fait la campagne de Pologne en 1939 mais n'a pas participé à la campagne de France. Il est resté en Pologne, et il a été placé à la tête d'une unité d'*Einsatztruppen* SS, dont la mission était de liquider les communautés juives. Il a commandé des milliers d'exécutions sommaires, suivant un scénario bien établi – rafles dans les ghettos des villes et des villages, séparation des hommes, des femmes et des enfants. Les premiers creusent les fosses communes, puis les SS exécutent les femmes et les enfants, et en dernier la plus grande partie des hommes, sauf quelques-uns qui sont chargés de refermer la fosse. On traîne ceux-là avec soi jusqu'à la prochaine exécution sommaire, où ils sont exécutés les premiers, et ainsi de suite.

Kopp et Alexander, en même temps encore, burent une gorgée de cognac.

– Attendez, ce n'est rien, dit Alexander. Bien sûr il y a le pillage des bijoux, des diamants, de l'or. Hagman a sûrement commencé à se constituer une fortune personnelle à ce moment-là, qu'il a dû dissimuler dans un lieu connu de lui seul. Et qu'il a récupérée après 1945. Peut-être en Suisse.

– Nous ne sommes qu'en 1942, dit Kopp.

– Je voudrais que vous imaginiez, dit Alexander comme s'il n'avait pas entendu la remarque de Julius Kopp. Sandor Hagman a une vingtaine d'années – vingt-trois ans en 1942 –, il dispense la mort. Il tue de ses propres mains. Il égorge. Il étrangle. Il viole. Il lance des nouveau-nés vivants dans la fosse commune. Il crie à des foules terrorisées : « Ceux qui choisissent d'être poignardés à droite, et ceux qui choisissent d'être pendus à gauche. » Le Centre Wiesenthal dispose de témoignages précis pour toute cette période. Hagman a réellement prononcé ces paroles, pour jouir de l'effet qu'elles provoquaient sur les malheureux, qui en fait étaient le plus souvent abattus à la mitrailleuse, debout au bord d'une fosse. Ce n'est plus un homme, Julius, dit tout à coup Alexander en se retournant et en s'accroupissant pour être à la hauteur du visage de Kopp. C'est le Mal, c'est le Diable. Et il se ressent ainsi, puissance infinie et infernale qui dispose, comme le démon, de la vie des hommes. Il peut tout sur des dizaines de milliers de vies. Mais à mon avis, continua Alexander en se redressant, Hagman n'est pas encore cliniquement fou. Il n'est pas encore Béliar, l'homme qui choisit délibérément pour nouvelle identité le patronyme biblique qui signifie le Mal, le Diable. Il n'est pas encore celui qui a pensé – *pensé*, Kopp, vous entendez ce mot –, pensé qu'il était invincible comme le Diable, le rival de Dieu, l'homme-démon qui allait dominer le monde.

– Je l'ai rencontré, murmura Kopp.

Il ferma les yeux.

– Il est ce que vous dites, reprit-il.

Alexander s'était mis à marcher devant la cheminée, ne quittant pas les flammes des yeux.

– Quand a-t-il basculé ? demanda Kopp d'une voix sourde. Quand s'est-il imaginé qu'il incarnait le Mal ?

– À mon avis..., commença Alexander.

Mais il s'arrêta et s'installa dans le fauteuil.

– Est-ce qu'on sait jamais si un être est totalement inconscient ? continua-t-il. Hagman est-il un schizophrène, un fou délirant, ou un homme qui joue à se prendre pour le Diable, ou à faire croire qu'il se prend pour le Diable, à prétendre qu'il est le Diable parce que c'est la voie qu'il a choisi d'imposer ? Je ne veux pas trancher, Julius, et au fond ça n'a guère d'importance.

– À moins…, dit Julius Kopp en levant la main pour montrer qu'il voulait parler et qu'Alexander devait l'écouter avec attention. À moins qu'il ne soit vraiment le Diable, que le Diable existe, et que Béliar en soit la représentation vivante, humaine, aujourd'hui, en cette fin de siècle. Pourquoi pas, Alexander ? Croyez-vous que, devant cet océan de sang qui couvre des villes, des pays entiers, devant toutes ces guerres, ces massacres, cette folie intégriste, ces égorgements, on puisse raisonnablement exclure que le Diable existe vraiment ? Vous étiez avec moi, Alexander, quand nous avons combattu la secte Ordo Mundi, essayé d'en finir avec ceux qui se prenaient pour les Maîtres de la Vie. Vous étiez à Malte quand nous avons empêché le Complot des Anges de réussir. Et vous écartez l'hypothèse du Diable ?

Alexander secoua la tête avec énergie.

– Non, dit-il, et vous non plus, Julius. Si nous croyons à la réalité du Diable, nous nous plaçons sur son terrain, nous abdiquons, nous sommes déjà vaincus. C'est en restant dans le domaine de la raison – quoi que nous en pensions – que nous pouvons vaincre, pas autrement. Et vous le savez mieux que moi, puisque c'est ainsi que vous agissez, je le sais, alors pourquoi…

– J'avais besoin de vous l'entendre dire, murmura Julius Kopp. Besoin d'un propos raisonnable. Parfois, on se croit seul à le tenir.

Il but la dernière gorgée de cognac.

– Donc, dit-il, en 1942, Sandor Hagman…

340

– C'est à la fin de cette année-là, enchaîna Alexander, et au début de 1943, après la défaite de Stalingrad, que les nazis ont commencé à penser qu'ils devraient peut-être se préoccuper de ce qui se produirait s'ils abandonnaient les territoires conquis, où ils avaient creusé d'innombrables fosses communes. Sandor Hagman a été chargé avec son unité et les commandos de Juifs qu'il devait constituer de déterrer les corps enfouis dans ces fosses, et de les faire disparaître. Il a donc commencé un terrible périple, inconcevable, en Pologne pour retrouver les fosses. Les Juifs requis sortaient les corps en état de décomposition, parfois reconnaissaient des membres de leur famille. Ils entassaient les corps les uns sur les autres en un gigantesque bûcher, puis les arrosaient d'huile et d'essence. Sandor Hagman, l'*Untersturmführer* Sandor Hagman, avait désigné un homme qu'il appelait le *Brandmeister*, le maître du feu. C'était le *Brandmeister* qui, à l'aide d'une pompe, aspergeait les corps d'huile et d'essence. Les flammes s'élevaient à plusieurs dizaines de mètres, la chaleur était intense. Les témoins…

Alexander baissa la tête.

– Le témoin, reprit-il. Car les membres du commando juif qui effectuait l'exhumation étaient exécutés et brûlés après quelques jours de travail, puis Hagman constituait un autre commando. Un seul membre de ces commandos a réussi à s'évader, à survivre. Il réside aux États-Unis, où il est historien. Il m'a expliqué qu'il voulait «que la terre se souvienne». Donc, ce témoin décrit Sandor Hagman comme un être fasciné, exalté par le spectacle du bûcher, de ces corps qui se consumaient. Hagman marchait autour du brasier, en uniforme noir, déclamant des textes. Il avait dessiné lui-même l'accoutrement du *Brandmeister* qui portait une sorte de bonnet à grelots. Il forçait parfois certains des assistants du *Brandmeister* à jouer du tambour, et les membres du commando à chanter, à maudire leur mère de les avoir mis au monde. Le témoin assure qu'à plusieurs reprises, il a entendu Sandor Hagman crier : «Je suis le Maître de la Mort, je suis le Diable !» Sandor Hagman a parcouru toute la Pologne, de fosse en fosse, exhumant les corps, élevant des bûchers et dispersant les cendres dans la campagne.

– Vous êtes sûr de son identification ?

– Le témoin, après la guerre, a croisé par hasard, dans une rue, à Budapest, à un arrêt de tramway, l'*Untersturmführer* Hagman. Le témoin a été saisi par une telle frayeur, comme s'il voyait un spectre, qu'il a été paralysé pendant plusieurs minutes. Sandor Hagman a immédiatement compris ce qui se produisait. Il s'est enfui et a disparu dans la foule. Nous sommes donc sûrs que, contrairement à ce qu'affirment les enquêteurs alliés, Sandor Hagman a survécu aux combats de la chancellerie du Reich, et qu'il est sorti vivant du bunker de Hitler.

– Après ? demanda Julius Kopp.

– Plus rien jusqu'aux années soixante, puis la montée en puissance de la Société de finances Sandor Béliar. L'homme rend des services pendant cette période de la guerre froide. Il est à la fois un espion de l'Est et un espion de l'Ouest, bref, une sorte d'agent double et d'intermédiaire. Sa société sert à toutes sortes de transactions. Et c'est peu à peu que Sandor Béliar constitue cette série d'entreprises, et notamment qu'il investit dans la mode et lance, en fait, la Mariella Naldi Company.

– Mais, dit Kopp en se dirigeant vers une fenêtre qu'il ouvrit, nous avons...

Il s'interrompit. Le bruit du vent avait envahi le salon. Kopp se pencha, respira, la bouche grande ouverte. Alexander le rejoignit et ils restèrent tous deux côte à côte, à regarder la nuit que la masse des arbres rendait plus profonde.

– Nous avons le versant Sandor Hagman, reprit Kopp, puis le versant Sandor Béliar. Ce qui nous manque, Alexander, c'est la jointure entre les deux, quelque chose de précis, de l'ordre de la preuve.

Alexander avança les lèvres dans une moue dubitative.

– Il nous faudrait le corps, mort ou vif, de Sandor Béliar, dit-il. Il doit porter le tatouage du groupe sanguin sous l'aisselle, comme tous les SS.

– Il a pu l'effacer, murmura Kopp.

– Il y aura la cicatrice, fit Alexander. Et puis nous avons les mensurations de l'*Untersturmführer* Sandor Hagman, et ses empreintes prises par la police autrichienne. Ces fiches ont échappé à la vigilance des nazis, peut-être parce qu'un policier autrichien a voulu, précisément, conserver des éléments d'identification qui permettraient un jour de condamner le jeune nazi incendiaire de 1936.

– Mais nous n'avons pas le corps de Sandor Béliar, dit Julius Kopp. Ni mort, ni vif.

– Nous sommes là pour ça, non ? répondit Alexander.

Il esquissa un geste tout à fait inattendu de familiarité, comme s'il avait voulu entourer l'épaule de Julius Kopp, mais celui-ci se déroba et Alexander, d'ailleurs, avait suspendu le mouvement de son bras.

– Beau travail, dit Kopp en s'éloignant.

– Aucun mérite, fit Alexander en rejoignant Kopp. Celui-ci se tourna et s'immobilisa.

– On m'a livré le nom de Sandor Hagman, sa date et son lieu de naissance.

– On ? interrogea Kopp.

– L'informateur, dit Alexander.

Kopp prit le bras d'Alexander.

– Courageux, cet informateur, murmura-t-il.

– Suicidaire, fit Alexander.

## 65

Kopp se réveilla en sursaut. Il respirait mal. Trop bu, trop fumé, pensa-t-il.

Il se leva, alla jusqu'à la fenêtre et l'ouvrit. Les nuages filaient vite, laissant de temps à autre, dans une échancrure, la lune inonder le parc, faire surgir de l'ombre les grands arbres secoués par le vent.

Kopp resta longtemps ainsi malgré le froid. Il avait l'impression que ce souffle glacé le lavait du cauchemar qui l'avait réveillé.

Il avait entendu les grelots du chapeau du *Brandmeister*, puis les roulements de tambour des assistants du maître du feu, et enfin les voix des Juifs que Sandor Hagman obligeait à chanter : *Eh, conne de ma mère, pourquoi m'as-tu donné le jour ?*

Il avait vu Sandor Hagman tête nue, les bras croisés, les jambes écartées, debout sur un tertre, contemplant la petite troupe en train de se diriger vers le bûcher où d'autres Juifs achevaient d'entasser les corps. Et parmi les derniers qu'ils plaçaient au sommet de la pyramide, Kopp avait reconnu ceux de Roberto et Viva ; il s'était réveillé.

Kopp ferma la fenêtre et commença à s'habiller, puis il sortit de la chambre et hésita à s'engager dans les couloirs du Kasteel Wittem. Des veilleuses ne répandaient qu'une faible lumière qui formait de petites flaques jaunes entourées de pénombre.

Kopp hésita.

La chambre d'Alexander se trouvait à l'autre extrémité d'une galerie qui surplombait le hall d'entrée, immense. Elle formait comme une coursive autour du bâtiment.

C'est au moment où Kopp s'apprêtait à retourner vers sa propre chambre qu'il aperçut les deux ombres qui se profilaient devant la porte d'entrée vitrée.

Leurs silhouettes se découpèrent un moment, quand la lune éclaira le parc, puis elles disparurent, ne revenant qu'après plusieurs minutes, quand les nuages à nouveau se déchirèrent, laissant le ciel nu.

Kopp, instinctivement, s'était allongé pour ramper vers la chambre d'Alexander, tout en surveillant les deux silhouettes.

L'une était accroupie et s'affairait au bas de la porte. Kopp la vit se redresser et commencer à faire jouer la serrure.

L'autre se tenait sur le côté, à demi dissimulée, assurant la protection du premier homme.

Kopp glissa la main sous son aisselle. Il craignit une fraction de seconde de n'avoir pas accroché l'arme à son épaule, mais il l'avait fait machinalement. Il dégaina et s'immobilisa.

L'homme, en bas, commençait à pousser le battant de la porte d'entrée.

Sa silhouette se dessina et Kopp reconnut aussitôt les épaules larges du tueur qui avait abattu Vanzuiderman et Monika Van Loo. L'autre devait être son complice de Bergen.

Comment avaient-ils pu parvenir jusqu'ici ? Peut-être n'avaient-ils pas quitté Bergen après leur meurtre, comme Julius Kopp l'avait cru, et étaient-ils restés en embuscade. Si c'était le cas, ils avaient la patience et l'obstination de professionnels aguerris. Ils l'étaient sûrement, pour ne pas s'être fait repérer durant tout le trajet entre Bergen et Kasteel Wittem, pour avoir su attendre, avant d'agir, la pleine nuit, afin de s'assurer le minimum de risques et le maximum de chances de succès. Ces hommes-là ne pouvaient faire partie que d'une organisation qui avait les moyens de recruter les meilleurs.

Kopp ne les vit plus.

Ils avaient dû gagner le local du gardien ou l'appartement du directeur du Kasteel Wittem, qu'ils devaient brutaliser pour obtenir d'eux le numéro des chambres qu'occupaient ces deux voyageurs arrivés en fin d'après-midi. Cela ne durerait que quelques minutes. Kopp se précipita, fit tourner plusieurs fois le loquet de la porte d'Alexander, chuchota son nom. Alexander ouvrit rapidement. Il était habillé et tenait son revolver à la main.

Kopp dressa deux doigts, montrant le hall. Alexander comprit aussitôt. Il se plaça à l'une des extrémités de la galerie, Kopp à l'autre bout. L'un et l'autre s'allongèrent. Ils contrôlaient ainsi l'escalier, et en même temps Kopp pouvait apercevoir le hall d'entrée.

Il y eut du bruit, le grincement d'un tiroir qu'on ouvre. Le faisceau d'une lampe de poche balaya les premières marches de l'escalier. Kopp entendit des chuchotements brefs.

Il s'installa le mieux qu'il put, les coudes posés sur le sol, le revolver tenu à deux mains. Il imagina qu'Alexander avait pris la même position : Kopp connaissait la précision et la rapidité de son tir. À la Ferme, dans le hangar qui servait de stand de tir, Alexander faisait jeu égal avec Kopp. Quant à Roberto, il les surclassait tous deux.

À la pensée de Roberto, Kopp se raidit. Les images du cauchemar, le son des grelots et des tambours, la marche dandinante du *Brandmeister* et la pose de Sandor Hagman lui revinrent aussitôt.

«Deux tueurs professionnels, deux assassins», se répéta-t-il.

Il revit le corps de Monika Van Loo qui s'effondrait. Elle était restée quelques dixièmes de seconde debout, les bras levés. Pas de pitié pour les tueurs. Ces deux hommes-là, pensa Kopp, avaient tort de s'obstiner.

Mais c'était souvent ainsi : le succès aveuglait.

Ils avaient tué deux fois, facilement. Ils se croyaient invulnérables. Ils s'imaginaient être les meilleurs. Ils jouissaient déjà à l'idée d'abattre d'un seul coup de feu deux hommes endormis, qu'on avait dû leur présenter comme des adversaires dangereux. Et ils avaient dû sourire avec suffisance tout au long de la journée en constatant que ces deux proies ne prenaient aucune précaution et ne s'apercevaient même pas qu'on les traquait.

Kopp entendit le craquement des marches de l'escalier. Il se reprocha un instant de ne pas avoir convenu d'une stratégie avec Alexander, de ne pas avoir décidé du moment où ils ouvriraient le feu.

Les deux tueurs débouchèrent en même temps de l'escalier et s'arrêtèrent. Le plus grand – le meurtrier de Vanzuiderman – se pencha vers l'autre.

La nuit était devenue claire, et par les ouvertures de la façade, pourtant étroites, elle se répandait dans la galerie.

Ils devaient se répartir les tâches : l'un vers la chambre d'Alexander, l'autre vers la chambre de Kopp.

«Maintenant, pensa Kopp, maintenant», se répéta-t-il comme s'il pouvait communiquer sa décision à Alexander, alors qu'il voyait les deux hommes se séparer et se diriger chacun vers l'une des extrémités de la galerie.

– Je prends le mien, murmura Kopp en faisant feu.

Choc sourd de la détonation et du corps qui tombe.

L'autre aussi était à terre. Alexander avait tiré au même moment.

Kopp se dressa et, toujours collé à la cloison, appuya sur l'interrupteur. Il aperçut Alexander lui aussi debout, à demi caché. Les deux tueurs se contorsionnaient. Ils avaient lâché leurs armes. Le plus grand avait le bras droit disloqué : Kopp l'avait touché à l'épaule. La violence de l'impact l'avait projeté à terre, sur le dos. Le second était couché sur le côté, la jambe repliée. Alexander lui avait fracassé le genou.

Kopp s'approcha, plaça le canon sur la gorge du premier.

— Qui ? dit-il en appuyant fermement.

L'homme grimaçait de douleur. L'autre geignait, le pantalon lacéré ; le sang qui se répandait peu à peu imbibait le tissu, coulait sur le sol. Kopp vit Alexander qui faisait un garrot à la cuisse en utilisant le blouson du blessé.

Kopp, d'un signe, indiqua à Alexander qu'il fallait quitter Kasteel Wittem immédiatement. Leurs armes à la main, ils descendirent rapidement l'escalier. Dans le hall, ils trouvèrent le gardien et le directeur bâillonnés, les mains liées dans le dos. Ils paraissaient seulement contusionnés. Les deux tueurs avaient dû les secouer pour les faire parler, et les deux hommes n'avaient pas résisté longtemps.

Alexander courut jusqu'à la voiture, et Kopp s'installa. Alexander démarra aussitôt, roulant déjà très vite sous les grands arbres de l'allée. Kopp lui saisit le bras pour qu'il ralentisse. À l'entrée du parc, sur le côté de l'allée, une moto était garée, à peine dissimulée par les buissons. Deux casques étaient accrochés au guidon.

Alexander accéléra sur la voie étroite qui rejoignait l'autoroute E5.

– Nous avons une ou deux heures d'avance, dit Alexander.

– Au Kasteel Wittem, ils n'ont pas relevé nos noms, dit Kopp. Quant aux tueurs, ils sont hors d'état de parler pour plusieurs heures.

– J'ai été imprudent, dit Alexander en jetant un coup d'œil dans le rétroviseur.

Mais la nuit recouvrait la chaussée et la campagne.

– Je n'imaginais pas qu'ils pouvaient nous suivre, dit-il.

– Moi non plus, coupa Kopp. Ils sont coriaces. Me Narrouz veut ma peau à tout prix. C'est pour lui une affaire personnelle.

Kopp prit son arme, la glissa sous le siège avec son étui. Puis il plaça le deuxième revolver dans la boîte à gants.

À cet instant, Alexander freina et s'arrêta. Ils étaient encore en pleine forêt mais on entendait déjà le bruit de l'autoroute. La frontière n'était pas loin.

Alexander s'agenouilla à la hauteur du tuyau d'échappement et demanda à Kopp de lui passer ses armes. Alexander avait fait basculer une sorte de tiroir ménagé dans la carrosserie, entre les roues.

Il y glissa son revolver et ceux de Kopp.

– Venise ou Saint-Moritz? demanda Alexander en remettant la voiture en route.

– D'abord Venise, dit Kopp. Il faut que nous ayons toutes les cartes en main.

## 66

La pluie, poussée par le vent en longues rafales, inondait les autoroutes allemandes et, chaque fois qu'Alexander s'approchait d'une voiture pour la doubler, le pare-brise était recouvert d'une couche boueuse que les essuie-glace effaçaient avec peine, laissant sur le verre des rayures épaisses. Mais Alexander conduisait avec virtuosité et élégance, déboîtait au dernier moment, accélérait à fond quand il dépassait un de ces camions à remorque dont les roues énormes faisaient un tel bruit qu'elles paraissaient décoller la chaussée ; elles soulevaient des nappes d'eau qui se fragmentaient en gerbes et giclaient sur la vitre du côté de Kopp.

À deux ou trois reprises, Kopp avait regardé le compteur. Alexander roulait entre 180 et 220 kilomètres à l'heure, et cependant il était détendu, ne dirigeant le volant que du bout des doigts. Les sorties se succédaient, Schweinfurt, Bamberg, Erlangen, Furth, puis les panneaux annonçant Nuremberg se multiplièrent.

— La ville des grandes messes noires, dit Alexander, bannières rouges et croix gammées, têtes de mort, et le Diable qui gesticule et crie du haut de sa tribune, devant des dizaines de milliers d'hommes en uniforme noir.

— Ce temps est fini, dit Kopp. L'époque n'est plus aux parades militaires, vous le savez bien, Alexander.

Alexander hocha la tête, puis se tut, le temps de doubler des camions qui formaient une ligne continue de plusieurs centaines de mètres.

– M<sup>e</sup> Narrouz, reprit-il quand il eut dépassé la file, vous hait donc personnellement.

– C'est un pervers et un frustré, fit Kopp avec mépris, qui essaie comme il peut de satisfaire ses désirs de puissance. Il s'est mis au service de Sandor Béliar, il aurait tout aussi bien pu choisir quelqu'un d'autre.

– Je ne crois pas, murmura Alexander.

L'autoroute sortait peu à peu de la nuit et, au fur et à mesure que la voiture gagnait vers le sud, le ciel se dégageait. La pluie ne tombait plus que par intermittence.

– M<sup>e</sup> Narrouz est une vieille connaissance des services français et anglais, continua Alexander.

Il tourna rapidement la tête vers Kopp afin de s'assurer de son attention.

– J'ai vu, après vous, le général Mertens.

– Chez lui, à Senlis ? fit Kopp avec étonnement. Il vous a reçu ?

Alexander fit oui de la tête.

Mertens, expliqua-t-il, s'était beaucoup inquiété après la visite de Julius Kopp. Il avait le sentiment que celui-ci s'était engagé sur un terrain miné, sous le feu d'un ennemi puissant et camouflé.

– Votre général Mertens, reprit Alexander, est un homme qui ne sous-estime jamais l'adversaire.

– Peut-être croit-il au Diable, fit Kopp.

– En tout cas, il pense qu'il existe des hommes diaboliques, répondit Alexander. Nous sommes tombés d'accord sur ce point. Il refuse les élucubrations. Ou les hypothèses.

Kopp secoua la tête. Le général Mertens lui avait paru moins assuré dans ses convictions que ne le prétendait Alexander.

– J'ai vu aussi nos amis du MI 6, et bien sûr Graham Galley. Ils m'ont aidé, comme le général Mertens. Tous vous aiment bien, ajouta Alexander en se tournant vers Kopp.

— Regardez la route, dit Kopp.

— Ils vous aiment bien, répéta Alexander, c'est ainsi, Julius. Et quand je leur ai communiqué une partie de mes informations – une partie seulement, vous me connaissez, Kopp, une petite partie – pour les appâter, ils ont commencé à trembler pour vous. Ils ne savent pas grand-chose de Sandor Béliar, qui a pratiqué derrière et autour de lui la politique de la terre brûlée. Pas de témoin, pas d'accusateur. Et qui, aujourd'hui, a codé de manière impénétrable toutes les données qui le concernent. Mais M$^e$ Narrouz, c'est différent. Il est présent dans toutes les archives. Un avocat, c'est un homme public auquel s'intéressent les Services, surtout quand il défend systématiquement un certain type de clients. C'est le cas depuis le début des années soixante-dix, quand Narrouz a débuté au barreau de Londres.

— Londres ? fit Kopp avec étonnement.

Il descendit la vitre de la portière afin qu'elle se nettoie, et immédiatement un tourbillon d'air humide envahit la voiture.

— Il est aussi citoyen britannique, expliqua Alexander, je ne sais trop comment, peut-être parce qu'il est né à Malte et qu'il a eu le droit d'opter pour cette nationalité. On le comprend, non ? Bref, à ses débuts il fut le défenseur attitré des skinheads. Il y a même une photo où on le voit, minuscule, entouré par des brutes aux crânes rasés, vêtus de blousons noirs Harrington et chaussés de Doc Martens.

Ils s'arrêtèrent à une station-service, firent le plein d'essence et, sous une pluie fine, hésitante, ils marchèrent sur le parking en buvant un café brûlant. Durant cette dizaine de minutes, ils ne parlèrent pas.

– Nous avons à peu près parcouru la moitié de la distance, dit Alexander au moment où ils quittaient la station.

– On ne peut pas rouler plus vite ? dit Kopp. Je conduirai après Munich, jusqu'à Venise.

Alexander accéléra et, de déboîtement en déboîtement, il réussit à rejoindre les voitures qu'ils avaient doublées avant l'arrêt à la station-service. Kopp les vit peu à peu s'estomper dans le rétroviseur, puis disparaître.

– Vous me parliez de Narrouz, dit-il après une vingtaine de kilomètres en silence.

– Narrouz, répéta Alexander. C'est sans doute à ce moment-là qu'il a attiré l'attention de Sandor Béliar. Depuis, il a élargi son champ d'activités. Ce n'est plus seulement un avocat classique qui défend des accusés, mais aussi un conseil juridique. Il reste cependant dans le même secteur. C'est lui qui rédige les contrats des groupes de rock liés aux skinheads, et plus tard aux punks.

Alexander se mit à siffloter quelques notes.

– Pour un Anglais de ma génération, dit-il, *Sham 69*, *Cockney Rejects*, *Angelic Upstarts*, ça chante à l'oreille. Mais surtout, Me Narrouz devient le représentant attitré du groupe Skrewdriver, dont le chanteur, Ian Stuart, est l'idole de milliers de crânes rasés. Vous ne connaissiez pas ça, Julius.

Alexander sourit.

– J'avais tout ça dans l'oreille, mais pas dans la tête, reprit Alexander. Ce sont le général Mertens et Graham Galley qui m'ont éclairé. On ne connaît bien la réalité, Julius, vous le savez, que lorsqu'on l'étudie sur un écran ou sur le papier. Les souvenirs, les impressions vécues, je n'y crois pas.

– Narrouz ? répéta Kopp.

– Me Narrouz devient ainsi un personnage important de ce milieu, reprit Alexander. Bien sûr, derrière lui, il y a Sandor Béliar. C'est Narrouz qui défend la revue de Ian Stuart, *Blood and Honour*, quand elle est attaquée en justice par des organisations antiracistes. C'est Narrouz qui se rend aux États-Unis, où il sert probablement d'intermédiaire entre les mouvements néo-nazis et skinheads européens, et le Ku Klux Klan ou l'organisation White Aryan Resistance, qui choisit de s'appeler WAR. Il fait régulièrement le voyage entre l'Europe et les États-Unis, et Galley le soupçonne d'avoir représenté à un congrès néo-nazi qui s'est tenu à Atlanta, le British National Party, un petit groupuscule néo-nazi.

– Tout ça, dit Kopp, ne représente rien, peut-être quelques milliers de membres dans le monde entier. Peut-être quelques centaines en France, en Allemagne.

– Plus que ça, dit Alexander. Le général Mertens les évalue à cinq mille en Allemagne, à près de quatre mille en Hongrie, et vous avez vu vous-même, Kopp, les ramifications des sectes, des milices, avec ces groupuscules. Derrière ce grouillement, il y a Sandor Béliar, sa folie, ses millions de dollars. C'est lui qui finance, Julius.

Kopp haussa les épaules, maugréa qu'il savait tout cela, exigea qu'Alexander s'arrête sur un parking, parce que bien qu'on n'eût pas encore atteint Munich, il avait besoin de conduire.

Alexander s'exécuta aussitôt, sans le moindre commentaire. Mais dès que Kopp eut démarré, il recommença à parler sur un autre ton, celui d'un expert qui fait un rapport.

Il ne regardait pas Julius Kopp, et celui-ci ne répondait pas, paraissant tout entier concentré par la conduite.

L'autoroute aux abords de Munich était plus fréquentée et, à plusieurs reprises, Kopp fut contraint de ralentir. D'ailleurs, les zones de limitation de vitesse se multipliaient.

– On trouve Me Narrouz, et donc Sandor Béliar, reprit Alexander, chaque fois que l'un de ces groupes a un problème juridique. Même dans les questions d'enregistrement et de cassettes pirates, c'est le cabinet Narrouz qui intervient. Il a déjà défendu les intérêts du groupe No Remorse. Vous savez ce que ça signifie, Julius, No Remorse ? Aucun regret pour l'Holocauste. Narrouz a aussi plaidé pour des éditeurs de fanzines, ces publications photocopiées qui, le plus souvent, n'ont aucune référence. Mais quand la justice a pu identifier l'origine de l'un de ces fanzines, c'est Me Narrouz qui l'a défendu. Le général Mertens pense même qu'il est plus que le conseil de Combat 18, un groupe français qui a choisi ce nombre parce qu'il est composé du chiffre 1, la première lettre de l'alphabet, et 8, la huitième lettre – c'est-à-dire A pour Adolf, et H pour Hitler.

– Ces gens sont fous, dit Julius Kopp les mâchoires serrées, et il rétrograda de vitesse, faisant hurler le moteur, pour dépasser une voiture qui doublait elle-même un semi-remorque.

– Fous ? répéta Alexander. Qu'est-ce que ça signifie, Julius ? Hitler était-il fou ? Et Himmler ? Et l'*Untersturmführer* Sandor Hagman ? Je le crois, mais qu'est-ce que ça change ? Les actes, les crimes qu'ils accomplissent sont «normaux», puisqu'ils se déroulent dans la société humaine, qui est peut-être folle elle aussi, mais qui est la seule que nous connaissions. Ces fous, des hommes, Julius, prennent le pouvoir, dirigent des millions d'hommes et en exterminent des dizaines de millions. Leur folie est un phénomène historique normal, qu'il faut combattre «normalement».

– Ne me faites pas un cours de philosophie historique, Alexander! lança Julius Kopp. Vous n'êtes pas payé pour ça!

Kopp se tourna vers Alexander, qui s'était tu.

— Excusez-moi, reprit Kopp après plusieurs minutes de silence. Vous m'avez secoué, Alexander. Hier soir, le *Brandmeister* avec ses grelots, l'*Untersturmführer* Sandor Hagman, cette nuit nos deux tueurs, et maintenant M^e Narrouz et le groupe No Remorse – assez, Alexander, j'étouffe.

Kopp baissa la vitre et, malgré la vitesse, il roula ainsi une cinquantaine de kilomètres. Le bruit du vent qui s'engouffrait était si fort, que durant ce trajet ils n'échangèrent plus un mot.

Puis Kopp remonta la vitre, ralentit. On commençait à distinguer à l'horizon la barrière des Alpes.

— À Venise, dit-il, j'ai aussi quelques comptes personnels à régler.

— Je sais qu'ils vous ont maltraité, répondit Alexander. Pendant plusieurs jours.

Kopp se tourna vivement.

— Qu'est-ce que vous savez d'autre? demanda-t-il, tendu.

Alexander secoua la tête.

— C'est tout, dit-il. Mon informateur m'a indiqué, par un seul message, qu'il essayait de vous sortir de là, mais que ce n'était pas facile. Il a d'ailleurs mentionné le nom de M^e Narrouz, comme l'homme le plus dangereux pour vous.

Kopp se tut puis, comme à regret, demanda:

— Quoi d'autre sur lui?

Alexander fit une grimace. Il avait à peu près tout dit, expliqua-t-il. Narrouz était évidemment l'avocat du groupe Mariella Naldi Company, il intervenait souvent pour défendre les intérêts de ses sociétés, l'exclusivité des modèles, ou bien il discutait de la cession des droits.

356

– Pendant toute une période, murmura Alexander, il a souvent été vu avec Mariella Naldi après qu'elle eut cessé d'être la maîtresse officielle de Sandor Béliar. Puis, semble-t-il, elle a quitté M<sup>e</sup> Narrouz pour vivre avec de jeunes mannequins, dont – vous l'avez compris, mais le commissaire Broué me l'a confirmé – Martha Bronek, celle dont on a retrouvé le cadavre chez elle, dans son lit, avenue Charles-Floquet.

– Qu'est-ce que vous en pensez ? fit Kopp à voix basse. On m'a laissé entendre que l'appel de Mariella Naldi et la mise en scène autour de Martha Bronek n'étaient qu'une manière de m'attirer dans la toile d'araignée.

– Non, coupa Alexander. Je crois que Mariella Naldi a vraiment essayé de se dégager. Elle a cherché un allié, John Leiser lui a donné votre nom. Elle vous a téléphoné aussitôt. Mais Béliar et Narrouz l'ont tellement terrorisée qu'elle est rentrée dans le rang très vite. Elle a compris le message. D'ailleurs, elle sait trop de choses pour pouvoir s'en sortir indemne. Il n'y avait pas de survivants dans les commandos qu'utilisait l'*Untersturmführer* Sandor Hagman.

– Un, fit Kopp. Un historien, d'après ce que vous m'avez dit.

– Un, en effet, admit Alexander. Même le Diable ne peut tout contrôler.

Il sourit.

– Il y a cet informateur, reprit-il d'une voix lente.

– Très proche de Sandor Béliar, fit Kopp.

Il se tourna vers Alexander et ralentit.

– Vous avez pensé à Mariella Naldi ?

– J'y ai pensé, dit Alexander.

Il baissa la tête.

– C'est une femme comment ? demanda-t-il.

– Haïssable, fit Kopp. On l'a appelée la *Strega nera*, la Sorcière noire.

— Intéressante, en somme, dit Alexander.

Ils se turent, le temps de franchir la frontière germano-autrichienne. Les policiers ne leur prêtèrent aucune attention, leur indiquant d'un signe las qu'ils pouvaient passer sans s'arrêter.

— Est-ce qu'une femme peut vraiment croire à ces folies ? fit Kopp lorsque après quelques kilomètres ils roulèrent sur l'autoroute qui file en direction d'Innsbruck vers le col du Brenner.

— Vous les croyez à l'abri ? demanda Alexander.

— Elles peuvent se laisser aveugler un moment, dit Kopp, puis la lucidité l'emporte.

— Monika Van Loo ? interrogea Alexander.

Kopp s'interrompit. Il revit l'atelier et les portraits du Christ qui couvraient les cloisons. Monika avait simplement changé de religion. De celle du Diable, elle était revenue à la croyance traditionnelle. Mais elle était restée pareillement fanatique. Adepte du Mal, puis du Bien.

— Je ne sais plus, avoua Kopp.

— Jugeons aux actes, dit Alexander, seulement aux actes. Les mots sont aussi des actes. Au cours du dernier procès dans lequel Narrouz a plaidé aux États-Unis, il s'agissait pour lui de défendre une publication, intitulée *Wotan*. Vous voyez la référence, Julius, païenne, violente. Et *Wotan* signifie : *The Will Of The Aryan Nation*, la volonté de la nation aryenne. La justice reprochait notamment à *Wotan* d'avoir publié en exergue de ses numéros une citation de Ian Stuart, le chanteur de Skrewdriver, une jolie petite phrase : « J'admire tout ce que Hitler a fait sauf une chose : perdre. »

— Nous n'allons pas perdre, dit Kopp. Narrouz et Béliar ne vont pas nous admirer, croyez-moi, Alexander.

— Et Mariella Naldi ?

Kopp klaxonna, freina et jura. Une voiture avait brusquement déboîté devant lui sans signaler sa manœuvre.

## 67

La pluie recommença à tomber dru lorsqu'ils entrèrent en Vénétie, mais Kopp continua de rouler vite, le buste penché en avant, effaçant de temps à autre du plat de la main la buée qui voilait le pare-brise.

Ils s'engagèrent sur le Ponte della Libertà, qui relie la terre ferme à Venise, alors qu'il était un peu plus de minuit. Kopp fut contraint de ralentir.

Le pont semblait s'enfoncer dans les eaux de la lagune, qui paraissaient elles-mêmes avoir tout recouvert. La voiture glissait sur la chaussée, donnant l'impression qu'elle n'adhérait plus au sol, mais flottait, poussée vers la droite par le vent.

– Comment disiez-vous, Julius ? murmura Alexander. *Strega nera*, Sorcière noire ? La bien nommée, continua-t-il. Elle et le Diable nous ont jeté un sort.

Kopp grommela et accéléra. Les roues patinèrent, la voiture se déporta, et il dut freiner progressivement. Heureusement, le pont était désert, et quand enfin ils parvinrent au parking, ils constatèrent que peu de voitures s'y trouvaient. La pluie avait chassé les touristes. L'eau, d'ailleurs, avait envahi certains secteurs, et ici et là on avait lancé des passerelles qui créaient d'étroits chemins au-dessus des immenses flaques : on aurait cru voir annoncer la submersion de toute la ville et la victoire définitive des eaux.

Kopp se gara dans la partie du parking qui lui sembla la plus sèche. Puis il croisa les bras.

– Maintenant, n'est-ce pas ? murmura-t-il. La pluie est notre chance. Tous les bergers sont dans leurs trous. Place libre pour les loups.

Il se tourna vers Alexander.

– Nos armes, dit-il.

Alexander ouvrit la portière. Le vent et la pluie s'engouffrèrent, et aussi un bruit de vagues qui ajoutait à l'impression de raz de marée, poussant vers la terre inéluctablement toutes les eaux des cieux et des mers.

Alexander revint au bout de quelques minutes, dégoulinant de pluie. Ses cheveux habituellement tirés en arrière avec soin lui couvraient le front. Il posa les deux revolvers sur les genoux de Julius Kopp.

– *Strega nera*, dit-il.

Kopp essuya ses armes, vérifia les chargeurs, puis il accrocha l'un des revolvers sous son aisselle et glissa l'autre dans son dos.

Quand il eut terminé de se contorsionner, il resta quelques instants immobile, le menton sur la poitrine. Puis il se redressa :

– Allons-y, dit-il.

La pluie les prit de face et ils eurent, avant d'atteindre la première passerelle, de l'eau jusqu'aux chevilles. Puis ils réussirent à gagner, par des voies que l'eau n'avait pas envahies, la gare de chemin de fer. Mais le Canal Grande débordait sur le Fondamenta Santa Lucia, devant la gare. Là où habituellement plusieurs vedettes-taxis stationnaient, il n'y avait aucune embarcation.

– Il nous faut un bateau, dit Kopp. Maintenant.

Il entra dans la gare.

Alexander le vit tambouriner à plusieurs portes, discuter longuement avec un employé qui, à la fin, téléphona.

Kopp lui prit d'un geste brusque l'appareil, parla en agitant son poing gauche fermé.

Alexander s'était mis à l'abri sous un auvent. Kopp le rejoignit et tout à coup s'élança vers ce qui restait d'appontement.

Une vedette apparaissait, ses feux de position diffusant dans la nuit deux points lumineux, rouge et vert.

– Bravo, dit Alexander en rejoignant Kopp au moment où celui-ci sautait dans le canot.

Le conducteur était un homme jeune, mais déjà chauve. Une épaisse moustache noire barrait son visage.

Il commença à parler tout en s'avançant, presque menaçant, les mains levées. Dans son anglais rudimentaire et rugueux, il roulait les « r ». Il voulait voir les dollars qu'on lui avait promis, sinon il repartait. Et d'ailleurs, il avait dit mille dollars, mais étant donné la pluie, les risques qu'il prenait avec ces bourrasques, il voulait mille cinq cents dollars.

Kopp, tout à coup, se précipita vers lui et d'un mouvement rapide des avant-bras lui écarta les mains, puis le projeta contre le tableau de bord, le maintenant paralysé, un genou écrasant son bas-ventre.

Il lui parla italien. Il aurait bien plus que ce qu'il demandait, s'il faisait ce qu'on lui commandait, dit-il.

– D'accord ?

De son bras droit, Kopp appuya sur la gorge de l'homme, qui roulait des yeux effarés, et de sa main gauche Kopp brandit une liasse de billets de cent dollars. Il les passa plusieurs fois devant le visage de l'homme, qui suivit le mouvement de ses yeux agrandis. Kopp, lentement, retira son avant-bras, abaissa son genou.

L'homme répétait qu'il était *d'accordo*, *d'accordo*,

*non sapevo*, qu'il ne savait pas, *non volevo dire*, qu'il ne voulait pas dire. Son regard ne quittait pas les billets.

Kopp, d'un geste, le fit taire, et lui compta dix billets de cent dollars, que l'homme empocha aussitôt, les fourrant dans la poche de son pantalon, puis les comprimant comme s'il avait craint qu'ils ne s'échappent.

Kopp recompta une nouvelle série de dix billets, puis une troisième, une quatrième et une cinquième.

L'homme fixait les doigts de Kopp. Kopp lui montra qu'il disposait encore de plusieurs dizaines de billets de cent dollars.

— Chaque fois mille dollars, dit-il.

L'homme s'inclina et Kopp s'installa près de lui à côté du volant, sous la capote qui protégeait l'avant de l'embarcation de la pluie. Alexander était entré dans la cabine, surveillant la scène.

— Rio Cà di Dio, dit Kopp.

L'homme demanda s'il devait arriver par le Canal Grande. Kopp approuva. Il voulait descendre au coin de la Riva degli Schiavoni et du Rio Cà di Dio. La vedette attendrait là leur retour. Il sourit, toucha l'une de ses poches – si, bien sûr, dit-il, l'homme voulait gagner les mille dollars suivants.

— *Per bacco*, *si*, *si*, répéta l'homme.

Il lança le moteur et, dans les remous, la vedette démarra.

La pluie et les embruns couvrirent aussitôt le pare-brise. Le vent soulevait sur le Canal Grande des vaguelettes qui devinrent une véritable houle quand on approcha de la Piazza San Marco et que le vent ne fut plus coupé par les méandres du canal et les *palazzi* qui le bordaient.

Aucune embarcation, à l'exception de deux vedettes de la police, ne croisait sur l'eau. La Piazza San Marco était vide, éclairée par des lampes suspendues à des câbles. Elles oscillaient, ballottées par le vent, et éclairaient les passerelles de bois qui permettaient de traverser la place entièrement couverte par les eaux de la lagune.

L'homme parlait, mais Kopp paraissait ne pas l'entendre. Il était penché en avant, et souvent il quittait l'abri de la capote pour regarder vers la Riva.

Quand la vedette eut dépassé la Piazza San Marco, Kopp, sans se tourner, annonça à Alexander qu'on approchait. Il ordonna à l'homme de ralentir et de longer le quai au plus près. Les vagues étaient assez hautes et la limite du quai masquée par les eaux. Heureusement, il y avait de place en place des poteaux qui marquaient les appontements.

– Là, dit Kopp.

L'homme expliqua qu'ils n'étaient pas encore parvenus à l'angle de la Riva degli Schiavoni et du Rio Cà di Dio.

Il montra le poteau, expliqua qu'il voulait que la vedette y reste amarrée le temps qu'il faudrait. Il tapa de nouveau du plat de la main sur l'une de ses poches.

L'homme baissa plusieurs fois la tête en souriant d'un signe d'approbation. Il montra la cabine, expliqua qu'il allait se mettre là et dormir, attendre toute la nuit et même le lendemain.

Il coupa le moteur et, habilement, se laissa porter par la vague pour nouer deux amarres à l'appontement.

Kopp sauta sur la passerelle qui permettait d'accéder à un chemin de planches surélevé, aménagé contre les façades des maisons de la Riva degli Schiavoni.

Alexander le suivit.

Ils marchèrent ainsi une centaine de mètres jusqu'à l'angle du Rio Cà di Dio. Kopp leva la tête. Il reconnut la balustrade du petit balcon, à laquelle il s'était accoudé. C'est là qu'il avait été retenu cinq jours, sans entraves, dans deux petites pièces.

– Plus loin, dit-il à Alexander.

Le palais où il avait été gardé durant plus d'une semaine et humilié, le palais à la statue noire et blanche dressée dans la cour, aux colonnes roses et aux fresques, le palais où il avait été lié sur un lit, écartelé, le palais où il avait été possédé par Mariella Naldi et où il l'avait possédée – alors qu'en fait il avait obéi à cette *Strega nera* –, le palais se trouvait le long du Rio, à quelques centaines de mètres du Canal Grande.

Ils longèrent les façades des maisons de la Riva degli Schiavoni, s'engagèrent dans la Calle Cagholetto, puis par un dédale de ruelles où ils circulèrent sur des passerelles situées à deux mètres au-dessus du sol noyé d'eau, ils atteignirent une petite place, et de là, par la Calle Doccie, rejoignirent les bords du Rio Cà di Dio.

Le palais, occupait tout un angle, l'une de ses façades surplombant le Rio Cà di Dio, l'autre la Calle Erizzo. Il était bâti en grosses pierres grises, comme une maison fortifiée, et Kopp, se souvenant de ce qu'il avait vécu, se sentit envahi par la colère et une détermination rageuse. Les ruelles étaient désertes. La grande porte qui donnait dans la Calle Erizzo était fermée.

Kopp et Alexander tentèrent en vain de la forcer. Puis Kopp aperçut, à moins d'un mètre au-dessus de la passerelle, une petite fenêtre qui, lorsque la ruelle était à sec, devait se trouver à plus de trois mètres du sol. Elle n'était pas grillagée.

Kopp se tourna vers Alexander, montra la fenêtre. Alexander s'accroupit et Kopp se hissa sur ses épaules, puis, d'une traction, parvint sur le rebord de la croisée. Il reprit son équilibre, puis, d'un coup de coude, il cassa la vitre opaque et il ouvrit la fenêtre.

Aussitôt, il reconnut la galerie, l'escalier, la cour et les colonnades. Il entendit la pluie qui tombait dans la cour, le martèlement des gouttes se mêlait au bruit de la fontaine dont il aperçut au centre la statue noire et blanche.

La fenêtre donnait sur la galerie du premier étage.

Kopp se pencha, tendit les mains à Alexander et le hissa.

Ils sortirent leurs armes avant de s'engager dans la galerie.

Le palais était désert. Kopp ouvrit les portes, entra dans les pièces, s'arrêta longuement devant le paravent qui cachait le lit à baldaquin.

Alexander se tenait à quelques pas derrière lui.

Ils découvrirent que les meubles étaient protégés par des housses blanches. Kopp, en s'approchant du lit, nota que le matelas avait été roulé et enveloppé lui aussi d'une toile.

— Partis, chuchota Alexander.

Kopp donna un violent coup de pied contre le paravent, qui se renversa avec un bruit sourd. Puis, avec la même violence, il jeta une chaise contre l'un des coffres, dont, sous la housse, on devinait la forme. Cette fois, ce fut un vacarme.

— Nous allons voir, dit Kopp.

Ils se glissèrent sur la galerie, dos collé au mur.

Un triangle de lumière éclaira l'un des côtés de la cour, du côté du portail. Une porte s'ouvrit, et la lumière découpa un vaste rectangle sur les pavés où l'eau ruisselait, vers des rigoles qui tout autour de la cour recueillaient l'eau que l'on voyait courir sans doute vers le Rio Cà di Dio.

Une silhouette se détacha. Elle tenait une torche,

dont elle balaya le bord des galeries, faisant surgir de la nuit les colonnades.

Kopp commença à avancer vers l'escalier, en se tenant appuyé au mur. Alexander le suivit. Le faisceau de lumière les effleura, puis disparut.

Il y eut un bruit de porte qu'on refermait.

Kopp se mit à descendre rapidement l'escalier, et en quelques enjambées il se trouva plaqué à la porte d'une sorte de petite construction qui se trouvait dans l'un des coins de la cour, et devait servir de logement au gardien. Alexander le rejoignit. Ils se concertèrent du regard et, en lançant leur pied de toutes leurs forces, ils enfoncèrent la porte, avec un hurlement. Quelqu'un bougea, sur qui Kopp bondit. Alexander alluma.

L'homme que Kopp avait repoussé sur sa couchette avait les cheveux coupés ras. Un anneau d'or pendait à son oreille gauche. Il portait un gros pullover noir à col roulé, et il était en slip. Les manches de son pull étaient relevées, et sur chaque avant-bras Kopp vit les têtes de morts aux tibias croisés, tatouées en noir. Le chiffre 666 était, comme sur les avant-bras de Monika Van Loo, tracé sous la tête de mort.

L'homme avait gardé son sang-froid, et même dévisageait Kopp avec un regard où se mêlaient l'ironie, le défi et le mépris.

Kopp, en le menaçant de son revolver, le força à se lever. L'homme était grand, de la même taille que Julius Kopp, donc plus d'un mètre quatre-vingt-dix. Il avait la musculature d'un homme entraîné, lutteur ou boxeur. Ses traits étaient brutaux. Le nez était écrasé, les mâchoires larges, mais les lèvres fines, comme absorbées par la bouche.

Kopp, d'une bourrade, le força à se tourner et lui tordit les bras, lui lia les poignets avec une ceinture, puis il poussa l'homme sur le lit et lui entrava les chevilles avec une serviette.

Alexander se tenait sur le seuil de la porte, à surveiller la cour tout en suivant ce qui se passait à l'intérieur de la pièce.

– Sandor Béliar, dit Kopp en français.

Il hésita, puis, successivement en italien, en anglais et en allemand, il demanda où se trouvait Sandor Béliar.

L'homme fit mine de ne pas entendre, mais il esquissa un sourire. Kopp prit son revolver par le canon et répéta :

– Sandor Béliar, Mariella Naldi ?

Lentement, dans toutes les langues qu'il avait déjà employées, il demanda de nouveau où Sandor Béliar et Mariella Naldi se trouvaient.

L'homme ne répondit pas.

Kopp leva la crosse au-dessus du visage de l'homme, qui suivit, incrédule, le mouvement de la main.

– Je vais te casser les dents, dit Kopp en français, deux fois. D'abord celles d'en haut.

Il frotta la crosse contre la lèvre supérieure de l'homme.

– Puis celles d'en bas.

Et il toucha la lèvre inférieure.

Il leva le bras. L'homme recula.

– Je ne sais pas, dit-il en français. Je dois garder le *palazzo*. Tout le monde était déjà parti quand je suis arrivé.

– Où ?

L'homme secoua la tête.

– Tu connais l'île de Sandor Béliar ? Le parc avec la grande salle à colonnes, la salle noire ? Et le clocher avec un dôme, tu vas nous conduire jusque-là, n'est-ce pas ?

Kopp repoussa la chaise, menaça à nouveau de le frapper au visage.

Il se pencha au-dessus de lui, appuyant la crosse sur la bouche, le forçant ainsi à reculer.

– Qui es-tu ?

– Cyril Garnier, répondit Alexander.

Il tendit à Kopp une carte d'identité, puis une carte de membre du club Europa Sex Stars de Berlin, ainsi qu'un écusson en métal représentant une tête de mort, la croix gammée et l'inscription *PRENS*.

Kopp examina l'écusson et, brutalement, secoua Cyril Garnier en le saisissant par les épaules.

– Explique-moi, dit Kopp. Explique-moi tout.

L'homme avait baissé la tête pour la première fois, comme si la découverte de son identité, de ses papiers et de l'écusson l'avait déstabilisé.

– C'est un parti, commença-t-il.

Kopp s'arrêta de le secouer.

– Un groupuscule, dit Alexander. Je ne l'ai pas mentionné, mais il a sa place dans l'éventail néo-nazi : c'est le Parti des Rebelles Européens Nationaux-Socialistes. Il a été créé par des Français mais il est surtout représenté dans l'ancienne Allemagne de l'Est, continua-t-il. Ses membres sont responsables de plusieurs incendies criminels dans des foyers d'immigrés, impliqués dans les mutilations des chevaux, et bien sûr dans les profanations de cimetières. Mais le PRENS est aussi représenté en France et en Italie. Ils ont commis plusieurs profanations dans le nord de l'Italie et saccagé des cimetières dans le sud de la France.

Kopp eut un rictus de dégoût.

– Rien, dit-il en repoussant à nouveau Cyril Garnier, des malades mentaux.

Puis il se retourna brusquement vers l'homme, le souleva.

– Nazi ? dit-il. Tête de mort ? Parfait. Tu as une minute. Ou bien tu acceptes de nous conduire dans l'île, ou je t'abats d'une balle dans la nuque à la manière de Sandor Hagman. Tu connais l'*Untersturmführer* Sandor Hagman ?

Garnier avait un air si surpris qu'il ne pouvait être simulé. Qui, d'ailleurs, connaissait Sandor Hagman, à l'exception de quelques dizaines de personnes ?

– On te balancera dans la lagune. Si tu veux crever comme ça, ne dis rien.

Kopp sortit le chargeur de son revolver, le replaça, puis vérifia l'ajustement du silencieux vissé au bout du canon.

– Je ne sais rien, répéta Garnier.

Sa voix avait changé. Elle exprimait l'angoisse et la peur.

– Tu sais beaucoup de choses, fit Kopp en faisant basculer Garnier sur la couchette.

Garnier essaya de se retourner pour continuer de regarder Kopp. Mais Kopp lui appuya le visage sur le lit.

– Je sais que Sandor Béliar donne de l'argent pour le Parti, dit Garnier d'une voix étouffée. Mais je ne l'ai jamais rencontré.

Kopp le laissa se relever.

– On recevait parfois des ordres de ceux qu'on appelait les chefs de section, reprit Garnier. On faisait des coups en France et dans d'autres pays, en Allemagne, en Hongrie, en Italie, en Belgique. Et ceux qui s'étaient distingués, ils recevaient des primes. Ils trouvaient un emploi. On m'a demandé d'assurer pour plusieurs mois la garde d'un palais à Venise, j'ai accepté. C'est bien payé. On est peinard. Pourquoi j'aurais refusé ?

– Qui l'a demandé ?

— Branko, fit Garnier. Branko, on ne le connaît que sous ce nom-là.

— Mariella Naldi, vous l'avez rencontrée ? demanda Alexander.

Il s'était approché, bras croisés, si bien qu'on ne voyait pas qu'il tenait dans sa main droite son arme glissée sous son aisselle. Il avait parlé d'une voix presque aimable.

— Quelquefois, dit Garnier.

Kopp recula, fit quelques pas dans la pièce, paraissant se désintéresser de l'interrogatoire.

— Elle habitait ici, n'est-ce pas ? continua Alexander.

— Je n'ai vu qu'elle, répondit Garnier, et puis l'avocat, le nain, Me Narrouz.

— Vous voyez, Julius, dit Alexander. Nous allons tous les retrouver.

Il s'assit près de l'homme.

— Si vous avez un problème ici, vous devez appeler quelqu'un, n'est-ce pas ? Il nous faut ce numéro de téléphone.

Garnier hésita.

— Croyez-moi, dit Alexander, vous devriez nous le donner.

Il dénoua les bras, et d'un geste d'une violence que rien dans ce qui précédait ne laissait prévoir, il posa son arme sur le front de Cyril Garnier.

— Dommage, dit-il sans changer de voix. Je vais vous faire exploser le crâne, maintenant.

Garnier tourna la tête vers le téléphone.

Alexander se leva. Le combiné était placé sur une petite table. Il n'y avait aucun papier, ni bloc, ni fiche. Alexander prit l'appareil, le retourna. Un numéro était inscrit sur une bande de papier collée à même le socle de l'appareil.

— Voilà, dit Alexander.

Kopp s'approcha.

– Ils sont en Suisse, dit Alexander.

Il montra les deux premiers chiffres, les énonça : « 41 ».

Puis, sans hésiter, il composa le numéro. À la première sonnerie, on décrocha, et on répondit en allemand.

– Hôtel Badrutt's Palace, Saint-Moritz, dit Alexander en raccrochant.

Kopp se tourna vers Cyril Garnier.

– Tu nous conduis à l'île de Sandor Béliar, tout de suite, dit Kopp en le bousculant.

Il fit signe à Alexander de dénouer les chevilles de Garnier.

Celui-ci secoua la tête, mais Kopp ne prêta pas attention à ce geste de refus.


## 68


Alexander trouva les clés de la poterne accrochées à un tableau dans la petite pièce qu'occupait le gardien. Kopp poussa Garnier dans la cour.

La pluie continuait de tomber. Kopp jeta un coup d'œil à la statue de la fontaine, leva la tête vers les galeries, et resta quelques secondes immobile, cependant qu'Alexander l'observait.

Kopp sentit ce regard, prit les clés et fit jouer la grosse serrure, mais dès qu'il tira à lui l'un des battants de la porte, l'eau qui stagnait Calle Erizzo déferla dans la cour.

Ils durent attendre plusieurs minutes avant de pouvoir emprunter les passerelles et atteindre la Riva degli Schiavoni. Garnier marchait entre Kopp et Alexander.

Kopp aperçut la vedette amarrée à l'appontement qui disparaissait presque entièrement sous les eaux. Il sauta de la passerelle dans l'embarcation. Le conducteur dormait, allongé dans la cabine. Il se réveilla en sursaut en entendant Garnier crier qu'il ne savait pas où se trouvait l'île de Sandor Béliar, qu'il n'avait jamais quitté le *palazzo* depuis son arrivée à Venise.

— On part, dit Kopp.

Mais l'homme vit que Garnier avait les poignets liés dans le dos, et il eut une expression effrayée quand Kopp le projeta dans la cabine entre les banquettes et l'obligea à s'allonger, le visage contre le plancher.

— Surveillez-le, dit Kopp à Alexander qui s'installa sur l'une des banquettes, les pieds sur le dos de Garnier.

— *Ma, che cosa…*, commença l'homme en secouant la tête. *Non posso…*

Il demandait des explications. Il expliquait qu'il ne pouvait pas naviguer dans ces conditions.

— *La polizia…*

Kopp sortit de sa main droite son revolver, et de la gauche, l'une des liasses de dix billets de cent dollars. Kopp ne menaça pas le conducteur mais il garda son arme au bout de son bras, le long du corps. Le regard de l'homme allait de l'arme à la liasse de billets.

— *Ma, dove andiamo?* demanda-t-il d'une voix larmoyante.

Kopp lui tendit la liasse, l'homme la prit, l'enfouit dans sa poche. Il répéta qu'il voulait savoir où il devait aller.

Kopp dit qu'il fallait se diriger vers l'aéroport Marco Polo, puis jusqu'à l'île de Torcello. Quand on y serait, Kopp indiquerait la direction.

L'homme leva les bras, se pencha, expliqua qu'il y avait un risque de tempête.

– *Temporale, temporale*, répéta-t-il.

Kopp, de la main gauche, le poussa vers le tableau de bord.

L'homme invoqua Dieu et la Vierge, mit le moteur en route, puis il dénoua les amarres et commença à éloigner la vedette du quai en marche arrière.

Dans le chenal balisé par de hauts poteaux plantés dans le fond de la lagune et signalés par des plots lumineux, les vagues heurtaient la proue, provoquant chaque fois une gerbe d'écume qui venait se briser contre le pare-brise, mêlée aux rafales de pluie. Les essuie-glace ne réussissaient pas à refouler l'eau qui ruisselait, rendant la visibilité quasi nulle.

Le conducteur maugréait et se lamentait. Il se tourna à plusieurs reprises vers Kopp, commençant chaque fois une phrase qu'il interrompait en voyant le visage déterminé de Julius Kopp.

Le phare de la vedette éclairait une eau grise, moutonneuse, creusée par une houle courte et rageuse.

Kopp rengaina son arme et s'accouda au tableau de bord. Il expliqua lentement, en italien, qu'il cherchait une île avec une église surmontée d'un clocher en forme de dôme. Il devait y avoir à côté une sorte de basilique située au fond d'un parc. La basilique était une propriété privée appartenant à Sandor Béliar.

– Sandor Béliar, répéta-t-il.

Une île privée après Torcello, sûrement.

Le conducteur secoua la tête. Il n'allait jamais au-delà de Torcello. L'île passée, commençait la zone des «paludes». Les chenaux étaient mal drainés et on risquait de heurter le fond.

– *Vede, vede, non si può.*

– On peut, dit Kopp. J'y suis allé déjà avec une vedette comme celle-ci.

Le conducteur se tut. Il montra l'aéroport dont on apercevait les pistes signalées par les longues lignes de points lumineux, puis la vedette s'enfonça dans une nuit qui paraissait plus noire encore.

Le conducteur, au bout d'une dizaine de minutes, cria :

– *Torcello ! Torcello !*

Kopp rentra dans la cabine et donna un coup de pied dans les mollets de Garnier.

– C'est maintenant que tu vas faire appel à ta mémoire, dit-il.

Kopp poussa Garnier vers l'avant et lui ficha le canon de son revolver dans le dos.

– On est à Torcello, dit Kopp en montrant les quelques lumières qui paraissaient vaciller derrière les rafales de pluie.

– Je ne sais pas, répéta Garnier.

Kopp le tira en arrière et le poussa contre le flanc de la vedette en l'obligeant à se pencher au-dehors.

– Je te tue, dit Kopp en posant le revolver sur la nuque de Garnier, puis je te balance dans la lagune, ce sera ta fosse. Les fosses, tu connais, vous connaissez, toi et tes petits camarades du PRENS ?

Kopp fit feu contre l'oreille de Garnier, qui hurla et fit un bond sur le côté gauche, mais Kopp le ramena vers lui.

– La prochaine fois, c'est la bonne, dit Kopp.

Garnier haletait. Il expliqua, en essayant de se retourner vers l'intérieur de la vedette, qu'il lui semblait avoir entendu Me Narrouz parler d'une sorcière, un jour où il quittait le *palazzo*.

– Isola della Strega, murmura Kopp.

Puis il repoussa violemment Garnier dans la cabine et expliqua au conducteur qu'il devait exister une

Isola della Strega, peut-être même se nommait-elle Isola della Strega nera.

L'homme poussa une exclamation, serra son poing droit brandi.

Bien sûr, les journaux en avaient parlé, dit-il, il y avait moins d'une semaine. C'était un îlot en face de Lio Piccolo, au nord-est de Torcello, dans la Palude Maggiore. Un incendie avait ravagé l'île et détruit tous les monuments anciens, une église, un palais du Moyen Âge, d'autres bâtiments. Il ne se souvenait plus, mais l'île appartenait à une femme célèbre qui dirigeait une maison de couture.

– C'est là qu'on va, dit Kopp.

L'homme parut rassuré, fouilla dans les tiroirs qui se trouvaient sous le tableau de bord, en sortit une grande carte de la lagune et indiqua l'îlot.

Kopp lui tendit une nouvelle liasse de billets de cent dollars et les posa sur la carte.

– Vite, dit-il.

Il rejoignit Alexander.

– Le feu, dit Kopp.

– Le maître du feu, murmura Alexander.

– *Brandmeister*, dit Kopp.

## 69

Passé Torcello, dans la zone des Palude, la lagune était calme. Le conducteur accéléra et Kopp, debout près de lui, aperçut bientôt malgré la pluie une série de petites îles entre lesquelles la vedette se glissa.

Kopp donna l'ordre de réduire la vitesse. Le phare

de la vedette éclaira les terres qui surgissaient à peine de la Palude.

Kopp reconnut les arbres. Il fit stopper le moteur et la vedette s'arrêta devant un appontement, lui aussi en partie submergé.

– Attendez, dit Kopp.

Le conducteur lui passa une torche. Il sauta à terre. Alexander poussa Garnier et sauta à son tour.

Ils n'eurent qu'une marche à monter. Les autres étaient sous le niveau des eaux.

Kopp, dès qu'il eut atteint le parc, éclaira le sol. Il se baissa, toucha les dalles, se souvint du grain de la pierre que, les yeux bandés, il avait effleurée de la main lorsqu'il avait volontairement trébuché.

Il courut, entraînant Garnier. Alexander marcha derrière eux.

En dirigeant la torche à droite de l'allée, Kopp put découvrir le clocher dont le dôme s'était effondré. Une partie de la charpente pendait, découvrant les formes arrondies dont Kopp se souvenait.

Ils reprirent leur progression dans l'allée, vers une masse sombre. Lorsqu'ils l'atteignirent, Kopp reconnut l'architecture du péristyle et, avec le faisceau de la torche, il découvrit derrière les ruines de la façade les fûts des colonnes, brisés.

– Pas seulement le feu, dit Alexander en s'avançant sur les gravats et parmi les blocs.

Kopp reconnut des éléments du plafond noir, puis les débris des petites colonnes qui entouraient l'autel sur lequel était couché le squelette au glaive. L'autel n'existait plus.

Pas un élément du bâtiment n'était resté intact.

– Explosif puissant, constata Alexander, pour une destruction complète, qui déclenche en même temps l'incendie. On a placé en plusieurs points du bâtiment des charges explosives et incendiaires. Un travail de professionnel.

Kopp continua d'avancer, tenant toujours Cyril Garnier par le bras.

– Pourquoi ? demanda Kopp. Quelle raison ?

– *Brandmeister*, fit Alexander. Ne pas laisser de traces. Déclencher l'Apocalypse.

– Sur cette île ? dit Kopp. Une scène minuscule ?

– Mais une scène, répondit Alexander. Un décor et un acte symboliques.

La police et les pompiers avaient collé ici et là des affichettes que la pluie avait maculées. Elles avertissaient qu'il était interdit de circuler dans les décombres. Les dangers d'effondrement étaient réels. Des morceaux de colonnes étaient restés debout, mais en équilibre instable.

Kopp, tout à coup, poussa Cyril Garnier contre l'un de ces fûts. Des tiges d'acier que l'explosion avait recourbées s'échappaient des blocs. Kopp attacha les poignets de Garnier à l'une de ces tiges. Il tira sur les liens pour s'assurer que Garnier ne pourrait pas se libérer.

– Si tu bouges trop, dit-il, ça te tombe dessus.

Puis il s'éloigna, cependant que Garnier protestait en criant.

– Sandor Béliar a dû prévoir que vous pouviez retrouver l'île, revenir ici, dit Alexander. Il a préféré ne rien laisser. Un homme comme lui choisit toujours la destruction.

– Il faudrait fouiller chaque mètre, dit Kopp.

Alexander fit quelques pas, s'enfonçant dans la nuit. Kopp l'éclaira. La pluie avait rabattu les cheveux d'Alexander, qui lui couvraient ainsi le haut du visage.

– On trouverait peut-être les corps des fosses communes, murmura Kopp.

Alexander fit non.

– Souvenez-vous, Kopp, de l'*Untersturmführer* Sandor Hagman. Il était chargé de rouvrir les fosses, de brûler les corps. S'il y a eu des corps ici, Sandor Béliar les a brûlés.

Kopp s'éloigna à grands pas vers l'appontement. Il pensait à Roberto et à Viva. Il entendit Garnier qui criait.

– Je vais te tuer ! hurla Kopp.

Garnier se tut, et Kopp, suivi d'Alexander, sauta dans la vedette.

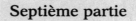

# Septième partie

# 70

Julius Kopp conduisit tout au long des autoroutes de la vallée du Pô.

Depuis qu'ils avaient quitté le parking, à Venise, il n'avait pas prononcé un mot. Il se tenait bras tendus, mains serrées sur le haut du volant, dos appuyé au siège du fauteuil, la nuque raide, le visage fermé.

Même dans la station-service où il s'était arrêté pour faire le plein, il n'avait pas bougé, et c'était Alexander qui était descendu, avait payé avec sa carte de crédit. Il avait rapporté à Kopp un gobelet de café que Kopp avait bu, sans presque bouger la tête, les yeux fixes.

Il s'était engagé à très vive allure sur la bretelle qui rejoignait l'autoroute et il avait encore accéléré, cependant qu'un long camion klaxonnait en faisant des appels de ses phares blancs qui perçaient le rideau de pluie.

Car l'averse continuait, comme si la vallée du Pô était une immense gouttière dans laquelle se déversaient toutes les pluies d'Europe.

Quand Alexander vit les panneaux annonçant Bergame, il répéta plusieurs fois qu'il fallait prendre cette sortie, se diriger vers Lecco, longer le lac de Côme et gagner ainsi la haute vallée de Saint-Moritz par la Majolapass.

Kopp ne répondit pas, et Alexander finit par hurler :

– Bergame ! Bergame !

Kopp donna un coup de volant, comme s'il entendait Alexander pour la première fois, et la voiture tangua sur la courbe raide qui conduisait au péage de sortie. Kopp, en freinant de manière progressive, redressa la voiture et réussit à ne pas déraper.

Le péage passé, il lança un coup d'œil à Alexander.

– Il faut faire une halte, dit-il, manger.

– Vous êtes un homme tout à fait raisonnable, répondit Alexander.

Kopp sourit.

– Croyez-vous qu'ils nous attendront ? demanda-t-il.

Maintenant, il roulait lentement dans la banlieue de Bergame, en direction du centre-ville.

– Ce numéro de téléphone, à Saint-Moritz, cet hôtel – le Badrutt's Palace, n'est-ce pas ? continua Kopp. Sandor Béliar ne vit quand même pas à l'hôtel, comme un touriste ?

– Lui, non, dit Alexander, mais Mariella Naldi ou Narrouz, pourquoi pas ?

Béliar dans son bunker, les autres aux avant-postes, dans un palace.

Alexander montra un panneau de parking situé sur le côté d'une grande avenue. Au fond, surgissant du plafond des nuages, on distinguait à peine, comme une esquisse, la ville haute, bâtie au flanc d'une colline aux pentes raides.

Kopp se gara. Ils s'engagèrent sur l'avenue, entrèrent dans un restaurant où les serveurs achevaient de dresser les tables. Il était à peine midi et l'obscurité était telle qu'on eût pu se croire à la fin de la nuit.

– Si Sandor Béliar est à Saint-Moritz, dit Kopp en commençant à lire la carte, je ne comprends plus.

Voilà quelqu'un qui dispose de moyens illimités, qui peut vivre dans une hacienda du Paraguay, d'Argentine ou du Chili, se mettre à l'abri là où il veut, et qui réside en Europe, à Venise ou à Saint-Moritz. C'est quoi? De la provocation? Ou alors Sandor Béliar n'est qu'un fou, et le passé que vous lui attribuez n'est pas le sien.

– Il faut déjeuner, dit seulement Alexander.

Ils commandèrent des *pappardelle* aux aubergines, à la tomate et aux champignons accompagnées d'un osso bucco. Kopp choisit une bouteille de vin blanc du Piémont, Gavi di Gavi, «plus léger que du rouge», expliqua-t-il, et le maître d'hôtel affirma que le cru de l'année 1994 était tout à fait remarquable.

Il n'avait pas menti: ce vin sec mais d'un ample drapé se mariait très bien avec la sauce tomate de la viande et des pâtes, onctueuses.

Kopp se fit même servir un morceau de parmesan *pura grana*, qui craquait sous les dents avant de fondre en pâte savoureuse.

Ils avaient si faim qu'ils avaient mangé sans même parler. Ils burent deux cafés, puis Kopp alluma un cigare.

– Vous allez conduire, dit Kopp quand ils se retrouvèrent près de la voiture.

Il tendit les clés de la voiture à Alexander.

– Julius, commença Alexander en s'installant au volant, Béliar n'est pas un ancien nazi comme les autres. Ce n'est pas un retraité qui se cache. C'est un combattant qui n'a renoncé à rien – au contraire. Il a affiné sa théorie. Il est fou, si l'on veut, mais comme le sont les fanatiques qui rêvent de plier le monde à leurs fantasmes.

Alexander démarra.

– C'est vous qui l'avez rencontré, Julius, reprit-il. C'est vous qui l'avez écouté, c'est vous qui savez de quoi sont capables Sandor Béliar et les gens qui l'entourent. Vous avez vu Branko Zalitch, Cyril Garnier, Monika Van Loo, Mᵉ Narrouz et Mariella Naldi, vous avez un échantillon de ceux qui le servent ou l'ont servi. Car il y a des «repentis» parmi ceux-là, Monika Van Loo...

Il se tourna vers Kopp tout en commençant à rouler.

– Peut-être Mariella Naldi, ajouta-t-il, mais elle aussi, c'est vous qui la connaissez, pas moi, Julius.

Il accéléra et prit la direction de Lecco.

– Et je le regrette. J'ai raison, n'est-ce pas ?

Julius Kopp ferma les yeux.

Le mauvais temps dura tant qu'ils longèrent le lac de Côme, vers Chiavenno et la Majolapass. Mais dès qu'ils commencèrent à s'élever sur les pentes, par des lacets en épingles à cheveux, le temps changea. En haut du col, le long des petits lacs vers Saint-Moritz, le ciel était entièrement dégagé, d'un bleu étincelant, et la lumière, renvoyée par la neige qui couvrait le paysage, était éblouissante. Ils étaient à plus de 1 800 mètres, au-dessus des nuages qui s'entassaient dans la vallée du Pô.

– Bon présage, dit Alexander, le Diable aime l'ombre, la nuit et la foudre. Quel temps merveilleux !

Kopp baissa la vitre, et un air glacé et vivifiant envahit la voiture. Il ouvrit la bouche comme s'il voulait s'abreuver à cette source.

Ils traversèrent un premier village, Maloggia, puis un second, Grevasalvass. Alexander avait ralenti. La circulation était dense et il était difficile de doubler les autocars chargés de skieurs qui avançaient à la file, à vitesse réduite.

Tout à coup, Alexander freina. Il se rangea sur le bas-côté de la route, les roues de droite écrasant le talus couvert de neige. Le froid était vif, la lumière encore plus aveuglante, l'air si sec qu'il semblait que chaque bruit le froissait et le déchirait.

Julius Kopp interrogea Alexander du regard.

– Sils-Maria, dit Alexander en montrant le panneau qui annonçait le nom du prochain village.

Kopp marqua par une mimique qu'il ne comprenait pas.

– Nietzsche, Julius. Nietzsche a vécu ici, au bord de ce lac.

– C'est pour ça ? murmura Kopp. Béliar s'est installé ici pour ça ?

– Tout le monde, dit Alexander, et surtout le fou, a besoin de repères, de symboles, de références et de grands exemples.

Se frappant les épaules avec ses mains pour se réchauffer, il allait et venait dans la neige.

– Il n'y a que les vrais sages qui peuvent vivre sans décor, en affrontant leur seule pensée, en dialoguant avec eux-mêmes, en refusant de s'évader de leur condition. Les fous, Julius, ne vivent que de mise en scène.

Alexander s'arrêta.

– Souvenez-vous, l'*Untersturmführer* qui oblige les Juifs de son commando, qu'il va faire abattre pourtant, à se déguiser en *Brandmeister*, à chanter, à jouer du tambour. Sandor Béliar, à la fin de sa vie, continue de se comporter comme Sandor Hagman, l'officier SS qu'il a été. Il vit dans le mythe, Julius. Il est le Diable ou son agent. Il est celui qui met en acte de prétendues illuminations philosophiques qu'il impute à Nietzsche. Il le croit, il le veut.

Alexander s'approcha de Julius Kopp.

– J'en suis persuadé, Julius, Béliar a choisi Sils-Maria à cause de Nietzsche. Vous vous souvenez, sur le visage du cadavre de Martha Bronek, ce livre ouvert, *L'Antéchrist* ?

– Fou, dit Kopp en remontant dans la voiture.

## 71

À la réception du Badrutt's Palace, l'employé, penchant un peu la tête comme pour mieux jauger leur tenue, répondit à Julius Kopp et à Alexander qu'il ne pouvait leur indiquer immédiatement s'il disposait de chambres libres. Il devait consulter le sous-directeur.

En attendant, Kopp fit quelques pas dans les salons. Des boiseries couvraient les cloisons et le plafond de ces immenses salles dont les baies vitrées donnaient sur le lac.

Il avait l'impression de se trouver sur un paquebot naviguant dans un fjord. Les fauteuils, à hauts dossiers recouverts de tissu ouvragé, entouraient des tables de jeu. Dans les cheminées, de grosses bûches brûlaient.

Les salons, en ce milieu d'après-midi, alors que le soleil brillait encore sur les pistes de ski, étaient peu fréquentés, mais les quelques couples que Kopp put observer le convainquirent que Mariella Naldi pouvait en effet séjourner dans cet hôtel où chaque détail témoignait de l'élégance, du luxe, et en même temps exprimait une sorte de quiétude.

On devait, ici, se sentir à l'abri. Et si, comme Alexander l'avait imaginé, Sandor Béliar se trouvait à Sils-Maria, Mariella Naldi avait pu choisir cet hôtel pour obéir aux ordres de celui qui avait sans doute exigé qu'elle demeurât près de lui, tout en se tenant à distance.

Kopp retourna à la réception.

Le sous-directeur, un homme jeune, blond, en costume noir, avait ouvert devant Alexander un grand registre cartonné et, l'air navré, expliquait qu'il ne disposait plus de chambres. Alexander l'écouta, puis, brusquement, il l'interrompit sur le ton méprisant d'un lord, avec l'accent d'Oxford qui convenait, et le sous-directeur, dont l'anglais avait des inflexions germaniques, commença à reculer, à feuilleter fébrilement son registre.

Alexander expliqua qu'on leur avait volé leurs bagages en Italie, à Bergame, ce qui expliquait leur tenue négligée, que tout cela était inopportun, malencontreux, d'autant plus qu'ils devaient rencontrer ici même, au Badrutt's Palace, pour une négociation très importante, Mme Mariella Naldi, qui leur avait précisément donné rendez-vous ici aujourd'hui, pour dîner.

– Mme Naldi, bien sûr, bien sûr, répéta le sous-directeur.

Il allait pouvoir probablement libérer deux chambres voisines au premier étage, donnant bien entendu sur le lac, qui étaient déjà réservées, mais il trouverait une solution pour les autres clients, s'ils arrivaient. Mme Naldi était une habituée de l'hôtel, précisa-t-il.

– Le numéro de la chambre de Mme Naldi ? demanda Kopp en allemand.

Le sous-directeur expliqua qu'elle occupait deux chambres, au deuxième étage : 137 et 138.

Alexander sourit, posa quelques questions sur les boutiques de l'hôtel et de Saint-Moritz, puisqu'ils devaient renouveler leur garde-robe, n'est-ce pas ?

Le sous-directeur les accompagna lui-même jusqu'à leurs chambres, 22 et 23, et se lamenta sur les désagréments qui résultaient de l'insécurité croissante.

– Mais la Suisse..., commença Alexander.

Le sous-directeur concéda que la Confédération helvétique, au moins certains cantons dont heureusement la région de l'Engadine faisait partie, était relativement préservée.

387

– Au Badrutt's Palace, nous maintenons, nous maintenons, dit-il.

Kopp frappa, et Alexander ouvrit la porte de communication entre les deux chambres.

– Elle est là, comme prévu, dit Alexander.

– Alliée ou ennemie ? murmura Kopp.

Alexander marcha jusqu'à la fenêtre et l'ouvrit.

La chambre disposait d'un large balcon ensoleillé d'où l'on dominait les courts de tennis et le lac. Le cirque de hautes cimes enneigées formait un panorama grandiose, et cependant, malgré cette proximité de la montagne, Kopp, au lieu de se sentir écrasé, éprouva au contraire une sensation d'euphorie. Le paysage exprimait la puissance et la majesté, une noblesse de la nature qu'il n'avait plus ressentie depuis longtemps.

– Je n'aime que le grandiose, dit-il en souriant pour bien marquer qu'il se moquait de lui-même.

– On nous entraîne toujours dans la haute montagne, dit Alexander.

Et il évoqua les bâtiments qu'avaient fait construire, dans les Dolomites, les Maîtres de la Vie, à partir desquels ils dirigeaient la secte Ordo Mundi.

– Les fous, murmura Alexander en s'accoudant à la balustrade, aiment les décors majestueux, je vous l'ai dit, Julius. Voyez Hitler et son nid d'aigle : le Berghoff, à Berchtesgaden.

– Je n'aime aussi que le grandiose, répéta Kopp. Suis-je fou, Alexander ?

– Les fous ne peuvent être compris et vaincus que par des fous, dit Alexander.

Kopp lui donna une bourrade amicale, puis il rentra dans la chambre.

– Mariella Naldi, ennemie ou alliée ? reprit-il.

– Vous l'avez rencontrée, dit Alexander. Vous avez une expérience…

Kopp le fixa.

– Expérience incertaine, murmura-t-il.

– Essayons, dit Alexander.

Il prit le téléphone, composa le numéro de la chambre qu'occupait Mariella Naldi.

Kopp s'approcha.

Il entendit la voix de la jeune femme, qu'il reconnut aussitôt.

Alexander, sur le ton mécanique d'un standardiste, annonça qu'il avait une communication pour Mme Mariella Naldi.

Il tendit l'appareil à Julius Kopp, puis sortit de la chambre, refermant la porte derrière lui.

– Je veux vous voir, dit seulement Kopp.

Elle ne posa aucune question. Elle l'avait donc reconnu, mais elle resta muette pendant plusieurs minutes, et Kopp ne dit rien non plus. Il entendait son souffle.

– Où êtes-vous ? demanda-t-elle enfin.

– Descendez l'escalier, dit Kopp, dans cinq minutes exactement. Je vous attends.

Il eut la tentation de raccrocher sans ajouter un mot, mais il dit :

– Il n'y a pas d'autre solution si vous voulez rester en vie.

Il entendit sa respiration s'accélérer. Il ne posa l'appareil qu'après quelques secondes.

Il plaça son arme dans la poche de sa veste, puis il ouvrit la porte de communication avec la chambre d'Alexander.

– Elle vient, dit Kopp. Vous surveillerez les chambres du couloir. Elle peut avoir averti quelqu'un. Elle ne sait pas où je suis. Je l'intercepte dans l'escalier.

Il se précipita au bout du long couloir et se plaça derrière la porte par laquelle on accédait au palier de l'étage. Kopp pouvait voir aussi ceux qui arrivaient, mais lui, on ne pouvait remarquer sa présence qu'en empruntant le couloir.

Il n'attendit que quelques minutes.

Il entendit d'abord un pas étouffé par l'épais tapis qui couvrait les marches de l'escalier.

Le pas était hésitant, il ralentissait au fur et à mesure qu'il approchait du palier.

Kopp aperçut la silhouette de Mariella Naldi dans l'un des miroirs qui faisaient face aux portes de l'ascenseur. Elle portait un pantalon noir en crêpe de Chine et un chemisier largement décolleté, noir aussi. Kopp remarqua un épais collier ras du cou en or, serti de pierres. Il la serrait comme un collier d'esclave. Ses cheveux étaient relevés en chignon, d'où s'échappaient deux lourdes boucles.

Elle avança sur le palier d'une démarche raide, avec cette expression méprisante qu'il lui avait vue à Venise, et il éprouva aussitôt une poussée de colère. Il devait briser cette femme-là.

Un instant, il l'imagina agenouillée devant lui.

Quand elle passa devant la porte sans tourner la tête, il la saisit violemment par le bras, lui colla la main gauche sur la bouche et l'attira vers lui, puis, sans la lâcher, l'obligea à courir avec lui dans le couloir.

Alexander était devant la porte de la chambre, ouverte.

Kopp se précipita. Il entendit la porte se refermer derrière lui. Maintenant Alexander interdirait l'accès de la chambre à quiconque.

Kopp lâcha Mariella Naldi.

Elle le dévisagea et il eut envie de la gifler pour ce qu'elle lui avait fait subir, pour la manière dont il avait capitulé devant elle, pour cette façon ironique et hautaine qu'elle avait de le regarder.

Il se contint.

– Asseyez-vous, ordonna-t-il.

Mais elle resta debout au milieu de la chambre.

Comme elle esquissait un geste pour ouvrir le petit sac noir qu'elle portait en bandoulière, Kopp s'élança, lui arracha le sac et le jeta sur le lit.

– Pas d'arme, dit Mariella Naldi en secouant à peine la tête dans un geste de commisération.

La colère emporta Kopp.

Il poussa brutalement Mariella Naldi dans le fauteuil qui se trouvait près de la fenêtre. Elle fut surprise par cette violence, et un instant il lut dans ses yeux de la peur, puis elle se reprit, se redressa le dos droit, assise sur le bord du siège.

– Où est-il ? demanda Julius Kopp.

Elle ne bougea pas.

Kopp se mit à marcher dans la chambre à grands pas.

– Vous connaissiez Monika Van Loo, n'est-ce pas ? Je l'ai rencontrée,

Kopp se pencha sur Mariella Naldi en s'appuyant aux deux accoudoirs du fauteuil. Il respira son parfum. Il effleura ses cheveux de ses lèvres. Il eut envie de la saisir aux épaules, de la secouer, de la gifler, de la jeter sur le lit.

Il recula, si vite qu'il heurta le coin du lit. Il avait l'impression qu'il était capable de succomber comme à Venise, que cette femme était pour lui une tentation inassouvie, qu'elle le savait, qu'elle en avait joué dès leur première conversation au téléphone, puis dès qu'il l'avait vue chez elle, avenue Charles-Floquet.

– Qui êtes-vous ? dit-il sans la regarder. Avec qui marchez-vous ? Qu'est-ce que vous ressentez ?

Il se tourna. Il lui sembla qu'elle s'était un peu tassée. Elle avait posé ses mains sur ses genoux.

— Monika Van Loo, reprit-il, je lui ai parlé, pas très longtemps. Elle était devenue une croyante un peu excessive. Mais vous savez que c'était une passionnée?

Il se rapprocha de Mariella.

— Elle vous a aimée avec passion, m'a-t-elle dit.

Mariella Naldi baissa la tête.

— On l'a abattue devant moi.

Mariella ne bougea pas. Elle savait.

— Vous êtes comme lui, dit Kopp. Mais vous n'avez pas été *Untersturmführer* SS, c'est votre seule différence. Vous n'étiez pas née à ce moment-là. Sinon... Mais vous connaissez Sandor Hagman? Vous savez ce qu'il a accompli en Pologne? On vous a parlé du *Brandmeister*?

Il avait baissé la voix. Il chuchotait, mais les mots en prenaient plus de force.

— Vous êtes avec lui, pourtant. Il est vrai...

Il ouvrit la fenêtre, dit: «De l'air, de l'air! Qu'on respire!»

— Il est vrai que vous aimez le noir, n'est-ce pas? reprit-il. On vous a appelée *Strega nera*, et vous avez vécu avec ce fou criminel, Sandor Hagman, Sandor Béliar. Vous aussi, vous jouez à être le Diable?

Il regarda le panorama.

— La première fois que je vous ai vue, chez vous, je n'ai eu aucun soupçon, continua-t-il. J'ai remarqué votre chauffeur-garde du corps, Branko Zalitch, un drôle de personnage, que j'ai appris à connaître mieux plus tard. Ma voiture a explosé, vous le savez? Mais je n'ai pas deviné que vous mettiez en place un piège, que vous exécutiez des ordres. C'est après, avenue Montaigne, que j'ai commencé à avoir des doutes, quand vous avez changé d'avis après m'avoir mis sur la trace de Martha Bronek. Même aujourd'hui, j'ai du mal à vous imaginer dans la même bande qu'un Narrouz. Et pourtant...

Il se tourna. Elle avait changé de position. Elle était maintenant appuyée au dossier du fauteuil, et elle avait baissé la tête, si bien que son menton touchait sa poitrine et qu'il ne voyait plus d'elle que ses cheveux.

— Et pourtant, à Venise, vous avez...

Il s'interrompit.

— Vous êtes une femme experte, douée, dit-il.

À ces souvenirs, il eut la gorge sèche.

— Comme une putain de luxe, de grand luxe, murmura-t-il.

— Vous ne tenez pas à la vie, vous? demanda-t-elle en relevant la tête.

Elle n'avait plus le même regard.


# 72


Mariella Naldi commença à parler.

— J'ai voulu rester en vie, dit-elle, à n'importe quel prix. Est-ce que vous pouvez comprendre ça? Ou bien est-ce que vous êtes de ceux qui acceptent de mourir comme si la vie ne valait rien?

Elle fixa Julius Kopp mais ne lui laissa pas le temps de répondre.

— J'avais quinze ans quand ils ont tiré sur mon père, qu'ils l'ont transformé en une pauvre chose qui n'avait plus de vie que dans son regard. Vous croyez qu'à quinze ans, on accepte ça? Alors je suis devenue *la Noire*, la *Strega nera*, et pendant quelques années j'ai voulu écraser, tuer tous ceux qui me semblaient responsables de la déchéance de mon père, ceux que j'appelais les «rouges». Et puis j'ai développé mon entreprise, je me suis lancée dans la mode, j'ai exprimé comme cela mon énergie et ce qui m'avait marquée, et ce que j'avais été, *Strega nera*. J'ai réussi, les gens voulaient du noir, ils ont aimé ce que je proposais, ils ont acheté ce que j'avais conçu, mes vêtements, ma ligne de produits…

— Inferno, coupa Kopp. Je sais tout cela.

Il s'assit sur le rebord du lit en face de Mariella Naldi.

— Je peux même comprendre, murmura-t-il, mais…

Elle ne le laissa pas poursuivre. Elle continua à raconter, la tête baissée, et Kopp ne vit plus d'elle que son front et sa bouche qu'elle ouvrait à peine pour laisser les mots glisser entre ses lèvres serrées.

Elle serrait ses mains, écrasait ses doigts, les tordait.

C'est à ce moment-là, expliqua-t-elle, qu'elle avait rencontré Sandor Béliar, par l'intermédiaire de son banquier. La Société de finances Béliar cherchait à investir : elle disposait de fonds illimités. Mariella Naldi avait dîné plusieurs fois avec Béliar, à Venise, à Milan, à Paris, à New York, à San Francisco.

— Vous l'avez rencontré, murmura-t-elle. Il est fascinant. Au début, il ne m'a pas parlé de son passé, mais il m'a ouvert une ligne de crédit sans exiger de contrepartie. Il avait de l'autorité et de la fantaisie, une désinvolture séduisante. Il m'apportait un soutien financier dont je n'avais jusqu'alors pas bénéficié. Je me suis laissé entraîner chez lui à Venise. Il m'a séduite. Il n'a pas eu beaucoup de peine, j'étais déjà conquise, entre ses mains. Il a une culture, une force, une détermination…

— C'est un tueur, dit Kopp, un criminel de guerre, un être répugnant.

Elle leva un instant la tête, sembla vouloir répliquer, puis reprit son récit.

C'est peu après que Sandor Béliar lui avait avoué qu'il s'était appelé Sandor Hagman, qu'il avait fait la guerre et qu'il avait combattu jusqu'aux dernières heures dans les ruines de Berlin, autour du bunker de Hitler. C'est là qu'il avait été blessé à la tête. Mais il avait réussi à fuir, à passer en Hongrie, à se cacher dans la famille de sa mère.

– Un SS, dit Kopp. Il a abattu de ses mains des dizaines de Juifs, il en a fait exécuter des milliers. Est-ce qu'il vous a parlé des fosses communes en Pologne, des bûchers, du *Brandmeister*?

Elle tordit ses doigts jusqu'à les rendre perpendiculaires à sa paume. En même temps, elle secoua la tête.

Elle n'avait pas su cela. Elle avait vu en lui un homme d'honneur et de fidélité, un homme qui n'avait pas trahi ses idées, des idées étranges, morbides peut-être, mais fortes, singulières. Il lui avait fait lire Nietzsche. Elle était restée des années sous son emprise. Puis elle avait découvert peu à peu que Sandor Béliar était d'une cruauté sadique, maladive, et elle avait commencé à le craindre. Il l'avait entraînée loin, très loin. Elle avait compris qu'il avait une ambition démesurée, qu'il finançait des groupes violents, bien plus dangereux que ceux auxquels elle-même, dans son adolescence, avait participé. Non seulement ils étaient partisans de la violence politique, mais Béliar les endoctrinait avec ses idées, qui allaient bien au-delà du nazisme. Il leur affirmait qu'ils étaient les enfants du Diable, les fils de Satan. Et Sandor Béliar assurait qu'il était lui-même un envoyé et une incarnation du démon, peut-être le Diable en personne.

– Il est devenu fou, répéta-t-elle.

– Mais non, dit Kopp d'une voix lasse. Cette folie-là, c'est celle des SS, de Hitler.

Elle fit non de la tête, elle agita les mains.

– Pire, pire, dit-elle. Sandor ne croit qu'à la mort et au Mal. Il veut le Mal. Il veut corrompre. Tuer n'est rien, pour lui. Il veut pervertir.

D'une voix aiguë, elle lança :

– Vous ne savez rien, rien ! Moi, si !

Sandor Béliar non seulement avait mis sur pied des réseaux pour organiser le trafic des femmes, de la drogue, mais il avait aussi créé des maisons de prostitution dans des pays d'Asie, et en Europe aussi, où les clients trouvaient à leur disposition de jeunes enfants. Les malheureux avaient été achetés dans des villages, puis enfermés, battus, torturés.

– Une nuit, à Venise, dans son palais de l'île..., reprit-elle après quelques secondes de silence.

– L'île de la Strega nera, dit Kopp. La *Strega nera*, c'est vous.

– Il avait décidé de l'appeler ainsi au début de nos relations, dit-elle en haussant les épaules. Mais une nuit, il m'a expliqué son plan de destruction des sociétés. La civilisation, à l'entendre, n'est que le paravent hypocrite des lâches. Lui allait établir le règne de la vérité, c'est-à-dire celui du Diable. Il jubilait en me racontant comment des charters remplis d'honnêtes citoyens allemands, japonais, hollandais, américains, se précipitaient dans les bordels où on leur offrait de jeunes enfants. Il y avait des écrivains honorés, à Paris, qui se vantaient de leurs exploits avec des gamins de dix ans contraints de se soumettre à leurs fantaisies. Voilà la civilisation, l'art. Et on osait critiquer les SS ! Il avait ricané. Il allait faire exploser le monde. Il allait renverser tous les paravents, dévoiler la pourriture et la décadence des villes orgueilleuses en offrant simplement à leurs habitants ce qu'ils voulaient : des corps, de la drogue. Il y avait trente mille enfants mineurs que l'on prostituait à New York. Lui-même avait créé des sociétés qui produisaient et diffusaient des cassettes vidéo montrant des scènes de meurtres d'enfants, de viols de fillettes, de tortures. Et il criait : «Je vends ça, je suis le Diable, Mariella!» Il préférait même financer ce genre d'affaires plutôt que les petits partis néo-nazis, qui coûtaient cher et avaient moins d'influence. Il voulait corrompre, démasquer les désirs!

— Et les Europa Sex Stars? murmura Kopp pendant que Mariella reprenait son souffle. Vous utilisiez certaines de ces femmes, Monika Van Loo, Martha Bronek, comme mannequins.

— J'ai su plus tard, dit Mariella.

— Vous avez vécu avec elles, ajouta Kopp.

— Je ne voulais plus être aux côtés de Sandor Béliar. J'avais besoin de l'amour de Monika, de Martha; nous nous serrions l'une contre l'autre comme des naufragées. C'est avec elles que j'ai commencé à m'éloigner de Sandor, à lui échapper.

— À Venise, dit Kopp d'une voix sourde, avec moi...

Elle le regarda.

— J'ai obéi, dit-elle. Me soumettre ou mourir – j'ai accepté.

Kopp se leva, s'éloigna de Mariella Naldi.

— Vous aviez une sorte d'enthousiasme dans l'obéissance, dit-il d'un ton sarcastique, qui m'a laissé de grands souvenirs.

Elle resta un long moment silencieuse.

— J'étais écoutée, observée, surveillée.

— Filmée, dit Kopp.

Elle ne répondit pas.

— Quand je vous ai appelé à Paris, après le saccage de mon appartement...

Elle s'interrompit.

– Il n'y a pas eu de piège, reprit-elle. J'avais rencontré un journaliste américain, John Leiser. Il est tombé amoureux fou de moi et il m'a raconté sa vie, son aventure avec Barbara Wingate, toute l'affaire du Complot des Anges. Il m'a parlé longuement de vous, de votre agence, de vos talents, de votre courage. J'ai pensé que vous pouviez m'aider. Je vous ai téléphoné. Sandor l'a appris et m'a menacée. Puis j'ai découvert mon appartement saccagé, j'ai compris qu'il était décidé à me soumettre. J'ai cru que, grâce à vous, je pourrais résister. Mais je n'avais pas imaginé qu'il ferait tuer Martha Bronek, qu'il organiserait cette mise en scène chez moi. Quand vous êtes entré dans mon bureau, avenue Montaigne, Sandor Béliar venait de m'expliquer au téléphone que j'allais connaître le même sort, mais qu'il me torturerait lentement avant de me laisser mourir. J'ai résisté quelques minutes mais je n'ai pas eu le courage d'aller jusqu'au bout, je me suis soumise. Et par jeu, par intérêt, et aussi parce que j'ai plaidé dans ce sens, il a pensé qu'il pourrait vous utiliser, vous convertir. Mais son but, au début, était de vous supprimer. C'est ce que Branko Zalitch a tenté en faisant exploser votre voiture puis en vous attaquant. Mais il fallait que je donne des gages. Je devais être pour vous, m'avait ordonné Sandor Béliar, le serpent et l'araignée, je devais redevenir la *Strega nera*. Ou bien j'acceptais, ou nous mourions tous, moi, vous, vos amis.

– Ils sont vivants ? demanda Kopp.

– Ils l'étaient il y a quelques heures encore. Sandor ne désespère pas de vous reprendre. Il est obstiné. Il ne renonce jamais.

– Où est-il ? questionna Kopp.

Il se rassit en face de Mariella Naldi.

– Dans sa maison de Sils-Maria, murmura-t-elle. Narrouz est avec lui.

Elle regarda Kopp longuement.

La demeure de Sandor Béliar était protégée par un système de surveillance électronique. Béliar disposait de gardiens armés.

— Vous ne pourrez pas entrer, dit-elle à voix basse. Parfois...

Elle hésita.

— Je crois que personne ne pourra jamais le tuer, il est invincible, immortel. Je crois qu'il est vraiment le Diable. Il devine, il pressent. On ne peut pas lui résister.

— Quelqu'un le trahit, dit Kopp.

Il tendit la main, souleva le menton de Mariella Naldi, qui avait baissé la tête.

— Quelqu'un a pris des risques pour nous informer, reprit-il. Quelqu'un qui ne le craint pas, ou plus, qui accepte de mourir pour tenter de l'abattre.

Mariella Naldi recula, appuya sa tête au dossier du fauteuil de manière à éviter que la main de Kopp ne soutienne son menton.

— J'ai pensé, dit Kopp, que c'était vous qui informiez Alexander, qui lui aviez évité de se faire prendre ou tuer, que c'était vous qui aviez livré le nom de Hagman.

Elle se leva et Kopp fit de même. Ils se trouvèrent ainsi corps contre corps.

— J'aimerais que ce soit vous, murmura-t-il.

Elle le repoussa.

— À vous de décider, dit-elle.

Elle marcha jusqu'à la fenêtre, appuya son front à la vitre.

— Je suis la seule à pouvoir entrer dans la maison de Sils-Maria, dit-elle.

Elle se tourna vers Kopp.

— De l'intérieur, je peux vous aider. Je connais le code du système électronique. Je peux le couper.

Kopp fit un pas vers Mariella Naldi. Il avait brusquement envie de l'enlacer.

Elle croisa les bras comme pour se protéger.

– Il se défendra, dit-elle. Narrouz aussi.

– On les tuera, dit Kopp en se rapprochant d'un pas.

– Est-ce que le Diable meurt ? murmura-t-elle.

Elle tendit les bras pour tenir Kopp à distance, mais il lui saisit les poignets et l'attira contre lui.

## 73

Julius Kopp s'adossa au mur d'enceinte.

Il était trempé jusqu'à la taille d'avoir avancé depuis plus d'une heure dans la neige. Alexander le rejoignit et, en heurtant les branches les plus basses des arbres, fit tomber la neige amoncelée, qui lui couvrit la tête et les épaules. Il la rejeta d'un geste lent et murmura :

– Agréable promenade.

Il avait, comme Kopp, la respiration haletante.

Ils marchaient vite, depuis la route, sur les pentes raides du Furtschellas.

Ils avaient garé la voiture à l'entrée de Sils-Maria et s'étaient dirigés, en suivant les indications de Mariella Naldi, vers la station du téléphérique. Le chemin était dégagé, emprunté dans la journée par des centaines de voitures. Mais Mariella avait insisté pour qu'ils le parcourent à pied. Les gardiens de Sandor Béliar effectuaient régulièrement des rondes le long du mur d'enceinte. Ils observaient toutes les voies d'accès au Friedrich Berghoff – c'était le nom qu'avait choisi Sandor Béliar pour sa demeure –, et une voiture roulant en pleine nuit eût attiré leur attention.

Arrivés à la station, Kopp et Alexander avaient contourné les bâtiments et commencé à grimper sous les arbres en suivant des sentiers couverts de neige, que des poteaux qui dépassaient à peine balisaient.

– Ils ne vous verront pas, avait assuré Mariella.

Les gardiens négligeaient cette partie du mur d'enceinte parce qu'elle était bordée par la forêt, où personne ne s'aventurait. Il y avait des fondrières, des risques d'éboulement, et l'utilisation des skis y était impossible à cause de l'épaisseur de la futaie. Le sommet du mur était en outre parcouru par un réseau de fils électriques, balayé par un faisceau optique qui déclenchait un système d'alarme. Mais les chutes de neige provoquaient de fréquentes mises en alerte, et le plus souvent les gardiens débranchaient le système. Mariella Naldi veillerait, avait-elle assuré, qu'il en soit ainsi. Elle connaissait le code qui commandait le système.

– Le plus souvent, avait répété Kopp.

Mariella était penchée sur la table poussée contre le mur de la chambre. Elle avait dessiné à grands traits le plan du parc qui entourait la maison, puis indiqué à l'aide de flèches le parcours qu'il fallait suivre pour atteindre l'entrée des garages. C'était par là qu'il fallait accéder à la maison.

En se redressant, elle avait rencontré la poitrine de Kopp.

Il avait appuyé ses mains à la table et il emprisonnait Mariella entre ses bras.

– Le système, à cet endroit-là, sera débranché, et la porte d'entrée des garages sera ouverte, avait-elle dit.

Kopp s'était redressé et Mariella avait pu commencer à se recoiffer, à reboutonner son chemisier, pour ajouter sur le plan de la maison un détail.

Puis elle avait quitté la chambre de Julius Kopp.

Quelques minutes plus tard, Alexander était rentré, évitant ostensiblement de regarder le lit défait. Il s'était contenté de dire :

– C'était elle mon informatrice, n'est-ce pas, Julius ?

Kopp, sans répondre, avait commencé à expliquer à Alexander la manière dont ils pénétreraient dans le Friedrich Berghoff.

Alexander avait souri, hochant la tête, murmurant que Sandor Hagman était décidément un homme qui aimait les symboles et la mise en scène.

– Il se tiendra là, avec Narrouz, avait dit Kopp en montrant une pièce au centre de la maison. C'est la salle de projection. Écran géant sur l'une des cloisons, système de vidéotransmission, etc. Sandor Béliar est un grand dévoreur d'images. Il se fait projeter les actualités allemandes de la Seconde Guerre mondiale.

Alexander ricana.

– Ce n'est qu'un imitateur nostalgique, dit-il. Hitler, dans son bunker...

Kopp l'avait interrompu.

– Et il visionne les cassettes vidéo que les sociétés de production qu'il contrôle fabriquent, diffusent. Films d'horreur ou pornographiques, dont les acteurs sont des enfants. Il adore les scènes de viol, de meurtre, de profanation de tombes, d'exhumation.

Kopp avait glissé le plan de la maison et du parc dans sa poche.

– Sandor Béliar, c'est ça, aussi ça.

– C'était déjà ça, Sandor Hagman, avait murmuré Alexander. J'ai négligé de vous raconter les détails de ses plaisirs. Hagman aimait sélectionner lui-même les acteurs de ses orgies. Des enfants, le plus souvent.

Alexander avait respiré longuement, comme si

l'évocation de ces scènes l'étouffait. Puis, d'une voix forte, il avait répété :

– Tuons-le, Kopp, tuons-le, il faut l'écraser.

Kopp risquait être le plus facilement reconnu, par Narrouz et peut-être par des hommes de Béliar qui l'auraient gardé lorsqu'il était prisonnier dans la chambre à Venise.

Alexander était sorti acheter un équipement de montagne, chaussures, raquettes, combinaisons, pull-over, gants, torches électriques.

Quand il était rentré, Kopp avait fait servir un repas dans la chambre d'Alexander, mais par la porte communicante restée ouverte, on apercevait le lit défait dans la chambre de Kopp.

Ils avaient dîné silencieusement de saumon fumé, d'une salade mêlée et d'un strudel recouvert de crème à la vanille.

Alexander, son verre de chablis à la main, s'était approché de la fenêtre, l'avait ouverte et était resté quelques minutes sur le balcon-terrasse.

– Très froid, avait-il dit en rentrant. Nuit claire.

Il avait vidé son verre d'un trait puis il avait commencé à enfiler son pull-over.

– C'est ce que j'appelle une «nuit philosophique», avait-il repris. L'esprit est dégagé comme le ciel. On regarde les étoiles, on imagine les millions d'étoiles, les galaxies, les univers. On se pose des questions d'adolescent sur l'origine du monde, le sens de la vie, Dieu.

– Le Diable nous attend, avait coupé Kopp.

Il passa dans sa chambre. Son pull-over et sa combinaison étaient posés sur le lit défait.

– En somme, avait dit Alexander en le rejoignant, après cette seconde expérience, satisfaisante j'imagine, vous avez confiance en elle, une grande confiance ?

Kopp n'avait pas répondu.

## 74

Kopp se hissa d'une traction des bras au sommet du mur d'enceinte où il resta quelques secondes en position.

Le Friedrich Berghoff était une construction massive. Dans la nuit claire, Kopp aperçut les grosses pierres de taille qui formaient comme les écailles d'une carapace. À l'un des angles s'élevait une tour carrée, terminée par un toit à quatre pans triangulaires recouverts de neige.

Les garages situés à l'autre extrémité de la maison composaient une sorte d'annexe. Mariella Naldi ne l'avait pas indiqué, mais les gardiens devaient loger là, au-dessus des garages, à cet étage qui comportait cinq petites fenêtres.

Le parc, autour de la maison, était composé de haies formant un labyrinthe. Des bouquets d'arbres dont les grands troncs se serraient les uns contre les autres constituaient des îlots sombres. On pouvait, en sautant d'un bouquet d'arbres à l'autre, atteindre la porte des garages sans parcourir de trop longues distances à découvert.

Kopp sauta et s'accroupit dans la neige. Alexander le rejoignit aussitôt.

Ils attendirent.

Tout à coup, du sommet de la tour, un projecteur balaya le mur d'enceinte en commençant par la partie opposée à celle où Kopp et Alexander se tenaient.

Le faisceau, lentement, parcourut le mur, progressant vers eux. Il était large, d'une lumière crue, intense.

Kopp toucha l'épaule d'Alexander et s'élança vers

le premier bouquet d'arbres. Il se glissa entre les troncs, heurtant les branches basses avec son visage et sa poitrine. Alexander bondit à son tour et ils restèrent ainsi serrés l'un contre l'autre, enfoncés dans la neige.

— Vous ne m'aviez pas parlé du projecteur, chuchota Alexander.

Le faisceau continuait de glisser régulièrement le long du mur d'enceinte. Il franchit le point où Kopp et Alexander étaient passés sans s'arrêter, et tout ce secteur du parc fut de nouveau seulement baigné par la clarté de la nuit.

— Le système était bien débranché, dit Kopp.

— Vous avez toujours une entière confiance, murmura Alexander. Soit, Julius. Nous allons juger sur pièce.

— Les garages, dit Kopp en montrant le bâtiment annexe.

Le faisceau du projecteur avait recommencé à parcourir le mur d'enceinte.

— Après ? demanda Alexander.

Kopp retira ses gants, sortit son revolver.

— Improvisation, ajouta Alexander.

Kopp changea plusieurs fois son arme de main. La crosse de l'arme était si froide qu'elle collait à la peau.

— On peut mettre le feu, dit-il. Ils aiment le feu. Nous les verrons danser.

Tout en parlant il se reprocha de ne pas avoir préparé l'action dans le détail. Il ne s'était soucié que de pénétrer dans la maison. Et Mariella Naldi, si elle avait dessiné le plan de l'intérieur, en encadrant de plusieurs traits la pièce centrale où devaient se tenir Narrouz et Sandor Béliar, n'avait donné aucune autre indication.

— Si nous avions des explosifs, dit Alexander.

– Les voitures, murmura Kopp.

Il se sentit tout à coup sûr de lui. Un plan venait de se mettre en place. S'ils réussissaient à pénétrer dans le garage...

Il tenta d'écarter la pensée douloureuse qui venait de jaillir. Mariella Naldi avait peut-être bâti le piège ultime. C'était bien dans la manière de Sandor Béliar de faire grimper les enchères pour rafler toute la mise. Kopp et Alexander entrant eux-mêmes, librement, dans la cage, conduits pas à pas jusqu'à la cellule où ils iraient rejoindre Roberto et Viva.

Peut-être Mariella Naldi n'avait-elle tenu qu'un rôle de plus, peut-être que ce que Kopp avait pris pour de l'abandon, de la sincérité, n'était-il qu'habileté, maîtrise professionnelle d'une actrice rouée et douée.

Kopp regarda Alexander.

Le faisceau du projecteur revint sur le mur.

– Nous devons agir comme si nous avions confiance, n'est-ce pas, Julius ? fit Alexander.

– Après le prochain passage, murmura Kopp.

Ils s'élancèrent vers les portes du garage dès que le faisceau eut commencé à s'éloigner. Ils atteignirent ainsi un second bouquet d'arbres. Puis, au terme d'une nouvelle course, ils se collèrent contre les portes.

Il s'agissait de grands panneaux métalliques qui basculèrent quand Kopp commença à les soulever. Mariella Naldi n'avait pas menti : les portes n'étaient pas bloquées.

Kopp referma aussitôt derrière eux et ils se glissèrent à l'intérieur du garage.

Il n'y avait plus d'autre issue que la réussite de l'action.

Kopp éprouva cette sensation d'excitation et de tension extrêmes, identique à celle qu'il avait ressentie quand il avait sauté en parachute au-dessus de territoires hostiles pour des missions dont seuls quelques hommes connaissaient l'existence. Aucune autre manière de survivre que de vaincre. Personne ne serait venu à son secours.

Alexander alluma sa torche et Kopp dénombra six voitures aux carrosseries rutilantes. Il compta deux Mercedes, une Bentley, peut-être celle de Mariella Naldi, une Jaguar et deux Land-Rover.

Kopp se faufila entre les voitures.

Les portières étaient ouvertes, les clés sur le tableau de bord.

Kopp à son tour alluma sa torche. Il vit Alexander qui ouvrait les réservoirs et qui, un tuyau à la main, s'apprêtait à siphonner l'essence.

Kopp s'éloigna, fit le tour du garage. Dans un des angles, il découvrit plusieurs jerricans pleins. Il commença à les vider sur le sol.

Tout de suite une odeur entêtante d'essence remplit le garage.

Kopp fit une longue traînée de carburant jusqu'aux portes, puis il versa le contenu de deux jerricans sur un escalier qui conduisait au premier étage, là où devaient habiter les gardiens.

Il éclaira Alexander, qui aspergeait l'intérieur des voitures à l'aide de son tuyau.

Kopp, d'un éclat de sa lampe, lui indiqua qu'il fallait en finir. Il fit basculer les portes. Alexander sortit, puis Kopp lança une poignée d'allumettes enflammées sur la traînée d'essence, et quand le souffle chaud et bruyant de la flamme l'enveloppa, il bondit hors du garage et courut avec Alexander jusqu'au premier bouquet d'arbres.

— Ça va être un feu d'enfer, dit Alexander en s'accroupissant, le dos appuyé contre le tronc.

Il y eut une première explosion, puis les flammes

embrasèrent comme une immense torche tout le bâtiment annexe.

Kopp compta cinq nouvelles explosions, sans doute les réservoirs qu'Alexander avait refermés et laissés à demi pleins et qui sautaient sous l'effet de la chaleur.

Elle rayonnait, elle éclairait.

Kopp s'était allongé sur la neige dans la position du tireur. Alexander s'était placé près de lui.

Les cris ne retentirent que plusieurs minutes après la première explosion. Des silhouettes commencèrent à gesticuler aux fenêtres, puis sautèrent dans la neige. Certaines se tordirent dans le brasier.

Les flammes gagnaient le bâtiment principal. Le projecteur s'éteignit.

Kopp se redressa.

— On entre par la grande porte, dit-il en se mettant à courir.

Ils firent le tour de la demeure, que les flammes avaient pénétrée. Les fenêtres étaient éclairées par le foyer, alors que les murs de pierre restaient sombres.

Kopp sauta les marches du perron. La porte ne résista pas à sa poussée. Le hall d'entrée était immense, surmonté d'une galerie en bois. D'immenses drapeaux rouges à l'emblème de la tête de mort pendaient le long des murs. Les flammes n'avaient pas encore atteint ce secteur de la maison.

Kopp avait tant étudié le plan dessiné par Mariella Naldi qu'il se dirigea sans hésiter vers la porte située à droite du hall. Il reconnut le long couloir. Des étendards marqués du signe SS étaient accrochés aux murs, alternant avec des armes anciennes et des crânes.

Alexander suivit Kopp pour le couvrir.

Celui-ci défonça la porte qui fermait le couloir et devait donner dans la pièce centrale, celle où Sandor Béliar visionnait ses films. Elle était vide. Au moment où Kopp s'avançait, une partie du plafond en bois s'effondra. Les flammes, instantanément, embrasèrent les lambris de la pièce.

De longues langues zigzagantes glissèrent sur le parquet, dont les lattes éclatèrent.

Kopp dut reculer jusqu'au hall. Les flammes déferlaient comme une vague dans l'étroit couloir, dévorant les oriflammes SS, embrasant les drapeaux qui pendaient à la galerie.

Alexander tira Kopp en arrière, loin du perron. Le Friedrich Berghoff était entièrement enveloppé de flammes.

Venant de la vallée, le ululement des sirènes retentit, amplifié par l'écho.

Tout à coup, se détachant sur le brasier qui forma un rideau mouvant, Kopp vit cinq silhouettes. Il reconnut aussitôt celle de Narrouz, puis celles de Mariella Naldi, de Viva et de Roberto.

La dernière devait être celle de Sandor Béliar.

C'était le plus grand, et il restait à l'écart, tenant ce qui semblait être un fusil à répétition.

– Kopp, Julius Kopp ! Je vais les tuer ! cria Sandor Béliar.

Kopp fit feu aussitôt et Sandor Béliar s'effondra.

Alexander se précipita, alors que Kopp restait immobile, comme saisi.

Puis il courut lui aussi vers le perron.

Mariella Naldi, soutenant Roberto et Viva, tentait de les tirer loin des flammes.

Alexander souleva Roberto et s'éloigna de la maison en le portant. Kopp saisit Viva, secouée de tremblements, la souleva, rejoignit Alexander. Mariella Naldi prit Viva contre elle et lui caressa les cheveux, essayant de la calmer.

Roberto, le visage creusé, des hématomes aux paupières, était assis dans la neige contre un tronc d'arbre.

– Narrouz! cria Kopp.

Il se précipita vers le perron. Mais l'auvent venait de s'effondrer et les flammes empêchèrent Kopp de s'approcher.

Le corps de Sandor Béliar avait disparu, semblait-il, dans le brasier.

– Ni mort ni vif, dit Kopp en fixant les flammes. Nous ne trouverons plus rien.

Il s'agenouilla devant Roberto, qui respirait difficilement.

– Nous ne saurons rien de plus, murmura Julius Kopp.

Il regarda Mariella Naldi. Elle avait enveloppé Viva d'un pull-over et l'entourait de ses bras.

Kopp pensa qu'il fallait faire confiance, malgré tout.

# Épilogue

## Extrait d'un article paru
## dans *Le Quotidien* (Genève)

*Les causes du tragique incendie qui a détruit la superbe demeure du financier international Sandor Béliar et provoqué plusieurs victimes, parmi lesquelles se trouve sans doute Sandor Béliar lui-même, demeurent mystérieuses.*

*Le Friedrich Berghoff, situé sur les pentes du Furt-schellas, au-dessus de Sils-Maria, à proximité de Saint-Moritz, a brûlé en effet en quelques dizaines de minutes.*

*Le feu, selon les enquêteurs, paraît avoir pris dans le garage et s'est propagé rapidement dans l'intérieur de la demeure, entièrement lambrissé.*

*Sandor Béliar avait choisi de s'installer dans les environs de Sils-Maria en souvenir de Friedrich Nietzsche, dont il était un fervent admirateur.*

*Peu de jours auparavant, une des autres demeures de Sandor Béliar, dans une île de la lagune vénitienne, avait aussi été détruite par un incendie.*

*Cette succession de sinistres conduit à s'interroger, d'autant plus que ni le corps de Sandor Béliar ni celui de son plus proche collaborateur, Mᵉ Narrouz, n'ont été retrouvés.*

*Mᵉ Narrouz était un avocat international connu pour ses curiosités et activités multiples. C'était un avocat spécialisé dans les questions financières, et il lui arrivait, par une sorte de défi, de défendre des jeunes gens* membres de formations néo-nazies et accusés de profanations, de violences et d'incendies. On a plusieurs fois soupçonné Sandor Béliar de financer ces groupuscules dont son avocat se faisait le défenseur. Si bien que l'hypothèse d'incendies criminels et d'actes de vengeance n'est pas écartée par la police, qui ne dispose pourtant d'aucun indice.

La disparition des corps de Sandor Béliar et de Me Narrouz est étonnante. Même dans les incendies les plus violents, on retrouve toujours des éléments du squelette des victimes. Il semble que ce ne soit pas le cas cette fois-ci.

Certains pensent donc que ni Sandor Béliar ni Me Narrouz ne se trouvaient sur le lieu de l'incendie, ou bien qu'ils ont réussi à quitter la demeure dès le début du sinistre. Ça n'a pas été le cas des six employés de Sandor Béliar ainsi que d'une jeune femme, identifiée comme étant Abigaïl Miller, une amie de Sandor Béliar, dont les corps ont été découverts dans les décombres.

Certains ont été saisis par les flammes dans leur sommeil, d'autres ont succombé en luttant contre l'incendie.

Parmi les rescapés de cette tragédie qui endeuille l'Engadine, se trouve la célèbre couturière Mariella Naldi, une amie proche de Sandor Béliar.

Elle a été interrogée par les enquêteurs mais n'a pu fournir aucune indication susceptible de permettre de découvrir les causes du sinistre.

Elle avait été invitée à dîner, en compagnie de quelques amis, par Sandor Béliar.

Ils avaient quitté le Badrutt's Palace où ils résident, pour se rendre en début de soirée au Friedrich Berghoff.

Aux premiers moments de l'incendie, ils ont pu sortir de la maison, en compagnie de deux autres invités de Sandor Béliar.

Selon le témoignage de Mariella Naldi, Sandor Béliar et Me Narrouz ont tenté jusqu'au bout de lutter contre l'incendie et de sauver les collections d'art que possédait Sandor Béliar.

Ils ont dû être cernés par les flammes.

L'enquête sera donc longue et difficile.

On ne peut encore évaluer les conséquences qu'aura, sur le plan financier, la disparition de Sandor Béliar.

Le commissaire François Broué a tenu ce matin une conférence de presse pour dresser le bilan de la lutte conduite par les services de police des différents pays européens, coordonnés par Interpol, contre les agissements des groupuscules néo-nazis.

Les profanations de cimetières, de monuments divers, les actes de violence – incendies criminels, tentatives criminelles à connotation raciste – se sont en effet multipliés.

Selon le commissaire François Broué et ses collègues européens, si ces actes sont souvent l'œuvre de personnalités marginales agissant de leur propre chef, il existe aussi à l'échelle européenne, et sans doute mondiale, des organisations qui favorisent ces activités, les financent, les justifient. Elles sont d'ailleurs mêlées à d'autres activités criminelles – drogue, prostitution, crime organisé, trafic de fausse monnaie.

En même temps, par les moyens de communication les plus récents – Internet –, ces organisations diffusent des consignes, des textes, des conseils pour la fabrication d'explosifs, des justifications des crimes racistes, qui créent un climat dangereux. Ils nient l'existence de l'Holocauste.

Les références au nazisme et à Adolf Hitler sont de plus en plus fréquentes, comme la diffusion de rituels sataniques et l'exaltation du «Diable».

Dans une époque où les repères disparaissent et où les conditions de vie se dégradent – chômage, etc. –, ces manifestations sont inquiétantes.

Passant au bilan précis de l'action des polices européennes, François Broué a fait état du démantèlement du réseau des Europa Sex Stars, de l'arrestation de membres du Parti des Rebelles Européens Nationaux-Socialistes (PRENS).

À la question d'un journaliste qui faisait état de rumeurs mettant en cause Sandor Béliar dans le financement de ce parti et

d'autres organisations nazies et d'extrême
droite, François Broué a répondu qu'il
n'avait pu interroger M. Béliar avant sa
disparition.

Le mot «disparition» utilisé par François
Broué a suscité de nombreuses questions : le
terme disparition signifie-t-il mort ? Ou
bien son emploi indique-t-il que la police
n'est pas sûre de la mort de Sandor Béliar ?

François Broué a répété : «Je m'en tiens
au mot disparition.»

## Lu dans *Bruits de mode* (Paris)

*La présentation de la nouvelle collection de printemps
de Mariella Naldi manifeste un bouleversement complet
dans la manière de la grande styliste italienne.*

*Fini, les jeunes femmes faméliques aux joues creuses
et aux hanches saillantes, fini, les modèles Inferno,
haillons de luxe, provocants et inquiétants, évocateurs
d'un satanisme qui a longtemps tenté celle que dans ses
débuts on appelait* la Strega nera – la Sorcière noire.

*Les femmes de Mariella Naldi sont aujourd'hui bien
vivantes, bien en chair. Elles marchent d'un pas allègre
dans des tailleurs clairs, des tuniques transparentes, des
voilages qui laissent deviner leurs seins et leurs fesses
généreuses.*

*Mariella Naldi semble elle-même changée.*

*Elle a accueilli les journalistes de la presse féminine
dans les salons de sa maison de couture, avenue Montaigne, et a répondu à toutes les questions. Même les
plus indiscrètes.*

*On lui a ainsi demandé si les nouveaux investisseurs
étaient responsables de son changement de style.*

*On sait en effet que la Société de finances Béliar a été
mise en liquidation. Les actions qu'elle possédait dans la
Mariella Naldi Company ont été rachetées par un groupe
d'investisseurs français. Mariella Naldi a répondu
qu'elle était souveraine chez elle et décidait seule.*

*On l'a interrogée sur sa vie privée. Mais Mariella
Naldi s'est contentée de sourire.*

*Il est vrai qu'on l'aperçoit souvent en compagnie de
M. Julius Kopp, qui dirige l'Ampir – Agence Mondiale
Pour l'Information et le Renseignement –, une société
internationale de conseil...*